AMOR EM VENEZA

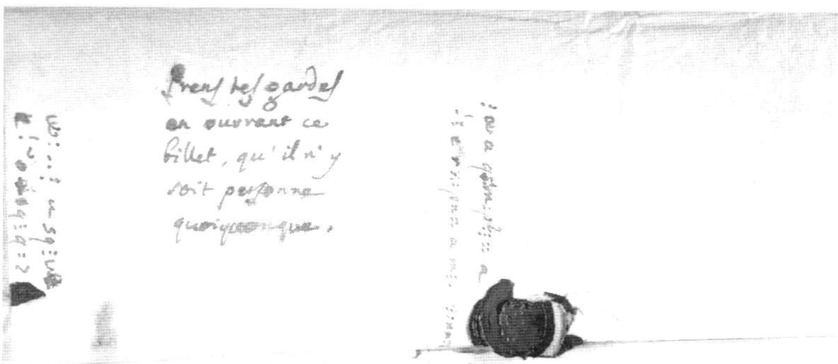

Come ho io vivuto jeri dopo pranso? Dove ero io a due ore di notte, cosa facevo alle tre? Cosa sarà di noi oggi dopo pranso, questa sera? Questa mattina io vado a buon conto dalla Contessa Santonini, poi dal Smith. Oggi facilmente non passerò per casa tua per poter essere a tempo di trovarmi [illegible] Mi dispiace solamente che in jeri non ho potuto vedere Marietina che l'avrei avvisata perchè oggi si trovasse da Faustina. Questo sarà per un altra volta: non vorrei che sospettassi anche questo mio desiderio per uno dei miei soliti progetti dei quali tu sempre m'incolpi.

Cosa vuoi che ti dica adesso? Avrei assai cose, ma voglio salvarle per altro tempo. Io son molto contento di te, e per dir il vero anche di me medesimo che sans aucune sorte de gêne je peux te sacrifier tous les momens de ma vie .... Que dis-je sacrifier! oh que ce mot est detestable a ce propos bien que en bonne langue françoise, il ne signifie que simplement dedier... Io t'amo assai. Ciò che vedrai adesso non n'è che l'ultimo contrassegno. Mon esprit est toujours hors de soi même, il est chatouillé de cette aimable coquine ......

ANDREA DI ROBILANT

Amor em Veneza

Tradução
Hildegard Feist

Companhia das Letras

A presente tradução foi publicada mediante acordo com Alfred A. Knopf, uma divisão de Randon House, Inc.

Título original
A venetian affair

Capa
Ettore Bottini
sobre detalhe de *Vista da entrada do Arsenal* (1732), óleo sobre tela de Canaletto.

Preparação
Beatriz Antunes

Revisão
Ana Maria Barbosa
Carmen S. da Costa

Dados Internacionais de Catalogação na Publicação (CIP)
(Câmara Brasileira do Livro, SP, Brasil)

Robilant, Andrea di, 1957-
Amor em Veneza / Andrea di Robilant ; tradução Hildegard Feist. —
São Paulo : Companhia das Letras, 2005.

Título original: A venetian affair.
ISBN 85-359-0606-1

1. Romance norte-americano I. Título.

04-8800 CDD-813.5

Índice para catálogo sistemático:
1. Romances : Literatura norte-americana 813.5

[2005]

EDITORA SCHWARCZ LTDA.
Rua Bandeira Paulista 702 cj. 32
04532-002 — São Paulo — SP
Telefone (11) 3707-3500
Fax (11) 3707-3501
www.companhiadasletras.com.br

Em memória de meu pai, Alvise di Robilant

Prólogo

Anos atrás meu pai chegou em casa com uma caixa de papéis velhos que o tempo e a umidade haviam tornado quase ilegíveis. Ele a encontrara no sótão da antiga residência da família, um *palazzo* situado nas margens do canal Grande, onde morara quando menino, na década de 1920. Muitas vezes fascinara a mim e a meus irmãos com histórias de sua infância encantada, repleta de passeios de gôndola, chás da tarde e piqueniques no Lido; em nossa imaginação, as crianças ocupavam o primeiro plano, enquanto, ao fundo, os adultos sempre tomavam champanhe e divertiam-se em bailes à fantasia. Igualmente romântica para nós, embora muito mais melancólica, era a descrição da maneira como o extravagante estilo de vida de meus avós começou a declinar. No início da década de 1930 marchands passaram a visitá-los com freqüência cada vez maior. Grandes espaços vazios surgiram nas paredes. Móveis antigos sumiram. Até os estandartes puídos e as espadas enferrujadas que nossos bravos ancestrais arrancaram dos turcos foram a leilão. No fim meu avô perdulário vendeu o palácio, andar por andar, e, assim, cortou os laços da família com

Veneza. Meu pai ficou tão desolado que passou o resto da vida suspirando por sua herança veneziana. Nunca voltou a morar em Veneza, porém, mesmo velho, continuou fazendo nostálgicas peregrinações aos lugares de sua infância, sobretudo àquele suntuoso casarão que, embora não nos pertencesse havia muito tempo, ainda abrigava caixas e caixotes da família.

Na verdade, a família di Robilant é do Piemonte. A relação com Veneza estabeleceu-se no final do século XIX, quando meu bisavô Edmondo di Robilant, um homem muito alto e austero, natural de Turim, casou-se com Valentina Mocenigo, uma *grande dame* veneziana de belos olhos negros e língua afiadíssima. Os Mocenigo eram uma das velhas famílias que governaram Veneza — "deram sete doges à república", meu pai vivia repetindo. Quando meus bisavós se casaram, os dias de glória da república veneziana pertenciam a um passado distante, mas os Mocenigo ainda possuíam palácios, dinheiro e belos quadros. Assim, os depauperados di Robilant mudaram-se para Veneza, depois da Primeira Guerra Mundial, e em pouco tempo dilapidaram o que restara da fortuna dos Mocenigo.

Tendo crescido no decadente esplendor do Palazzo Mocenigo, meu pai acabou reverenciando mais seus ancestrais venezianos que os piemonteses. A caixa de papéis constituía um pequeno tesouro que ele miraculosamente resgatara de seu passado veneziano. E me lembro bem da alegre expectativa estampada em seu rosto quando ele entrou em nossa casa na Toscana e colocou a caixa sobre a mesa da sala de jantar, para que todos nós a víssemos.

Os papéis estavam quase se esfacelando e exibiam marcas de cera e manchas de vinho. Eram intrigantes. Não se pareciam com os habituais inventários domésticos que, como destroços de um naufrágio familiar desgastados pelo tempo, surgiam de quando em quando em algum canto esquecido do *palazzo* de Veneza.

Abrimos um por um e constatamos que eram cartas de amor escritas na década de 1750. Algumas eram escritas em hieróglifos, o que acrescentava mistério à descoberta de meu pai. Passamos um chuvoso fim de semana decifrando o estranho criptograma e tentando entender os primeiros fragmentos que conseguimos ler. Lembro-me de nossos escrúpulos em desvendar segredos enterrados tanto tempo atrás. Mas nem por isso desistimos, pois o fascínio era irresistível.

Terminado o longo fim de semana voltei para Roma, onde trabalhava como jornalista, e meu pai assumiu a tarefa de decifrar e transcrever as cartas — cerca de cem — que agora estavam em seu poder. O resultado desse esforço foi a extraordinária história de amor entre nosso ancestral Andrea Memmo, descendente de uma das famílias mais antigas de Veneza, e a bela e brilhante Giustiniana Wynne, uma anglo-veneziana de nascimento ilegítimo. Sua correspondência revelou uma ardente paixão romântica que destoava das galantes aventuras amorosas tidas como típicas do século XVIII. Tratava-se, sem dúvida, de uma relação clandestina: os curiosos pontinhos e círculos e as minúsculas figuras geométricas rabiscadas pelos amantes atestavam seu medo de que as cartas caíssem em mãos erradas.

Quando começou a pesquisar a história de Andrea e Giustiniana, meu pai encontrou referências ao romance nos arquivos públicos de Veneza e Pádua, e até mesmo de Paris e Londres. Estudiosos da Veneza setecentista tomaram conhecimento do caso graças aos escritos de Giacomo Casanova, amigo íntimo dos dois. Nos primeiros anos do século XX, Gustav Gugitz, o grande estudioso de Casanova, identificou Mademoiselle XCV, figura de destaque em suas memórias, como Giustiniana.[1] Mais tarde, na década de 1920, o historiador veneziano Bruno Brunelli localizou nos arquivos de Pádua dois pequenos volumes de cópias manuscritas das cartas de Giustiniana a Andrea. Brunelli escreveu um livro baseado nessas cópias e lamentou não ter achado também as cartas de Andrea. Consolou-se com a idéia de que provavelmente não seriam "tão envolventes quanto as de Giustiniana", as quais o levaram a crer que faltava a Andrea "o temperamento de um grande amante".[2]

Outros especialistas em Casanova também se interessaram por essa paixão. Muitos vasculharam — inutilmente — velhos sebos e antiquários, na esperança de encontrar cartas de Andrea. O tesouro que meu pai achara no sótão do Palazzo Mocenigo revelou-se a parte que faltava: a outra voz. Evidentemente essas cartas tinham sido devolvidas por Giustiniana e conservadas pela família, mas não eram, de modo algum, todas as que Andrea escrevera. Muitas haviam sido queimadas; muitas provavelmente apodreceram e foram parar no lixo. Entretanto, as que tínhamos nas mãos eram suficientemente ricas para compor um quadro muito mais completo dessa história de amor — e desmentir o que Brunelli dissera sobre o temperamento de Andrea como amante.

Quando terminou de transcrever as cartas, meu pai tentou publicá-las. O tempo ia passando, e eu me perguntava se algum dia ele concretizaria seu projeto. Faltava-lhe a vocação natural para elaborar um livro; seu verdadeiro talento consistia em *contar* uma boa história. Durante anos ouvi-o falar de Andrea e Giustiniana, cujo romance ele ia transformando num tema de conversação. Lembro-me dele vividamente, o copo de vinho tinto na mão, encantando os convidados com mais um elegante relato de *sua* história de amor veneziana. Meu pai venerava Andrea que, posteriormente, se tornou um dos últimos grandes estadistas venezianos. E, galante como era, adorava Giustiniana — pela beleza, pelo espírito, pela inteligência. Torcia por ambos com sinceridade, enquanto explicava a seus ouvintes — que talvez não fossem bastante versados nas leis e costumes da Veneza setecentista — que se tratava de "un amore impossibile". Naquela época era inconcebível que um membro proeminente da elite esposasse uma moça de linhagem obscura. Giustiniana nascera fora do matrimônio. Sua mãe tinha um passado duvidoso, e seu pai era um modesto baronete inglês e, ainda por cima, protestante. Por esse motivo, meu pai esclarecia, Andrea e Giustiniana se encontravam às escondidas e freqüentemente usavam em sua correspondência um estranho alfabeto. Nesse ponto ele rabiscava algumas palavras no código particular dos dois amantes, levando ao auge a empolgação da platéia.

Com o tempo, as cartas acabaram se tornando basicamente um pretexto para meu pai discorrer sobre seus heróis e a cidade que tanto amava. E provavelmente teriam permanecido como tal se não tivesse ocorrido uma desgraça. Em janeiro de 1997 um intruso invadiu o apartamento de meu pai, em Florença, e o matou a pancadas. Foi um ato absurdo, incompreensível — um fim violento para um homem gentil, que amava a vida. Depois do enterro, meus irmãos e eu permanecemos em Florença por uma semana, esperando ajudar na investigação. Nesse momento tão difícil, a história de Andrea e Giustiniana não poderia estar mais longe de minha cabeça — até que de repente apareceu estampada nos jornais locais. Os *carabinieri* tinham apreendido o laptop de meu pai, que estava aberto sobre sua mesa, e os disquetes que continham a transcrição das cartas. Posteriormente não só deixaram vazar para a imprensa informações sobre Andrea e Giustiniana,[3] como, numa atitude ainda mais bizarra, enviaram agentes a Veneza para averiguar possíveis pistas.

A investigação não levou a nada, e dois anos depois arquivou-se o processo. Então a polícia nos entregou os pertences de meu pai, inclusive as cartas originais de Andrea, os disquetes com as transcrições e as notas sobre o código. A essa altura eu me estabelecera em Washington como correspondente do diário italiano

La Stampa. Mas prometi a mim mesmo que, cumprida minha tarefa nos Estados Unidos, faria de tudo para levar a cabo o projeto de meu pai e publicar as cartas. Minha resolução se fortaleceu ainda mais quando encontrei outro maço de cartas numa biblioteca situada a pequena distância do local onde eu atuava como correspondente estrangeiro.

O diplomata e erudito americano James Rives Childs apaixonou-se por Giustiniana ao estudar a vida de Casanova. No final da década de 1950 ele estava em Veneza, procurando alguma coisa para enriquecer sua coleção casanoviana, e se deparou com um pequeno volume de cartas de Giustiniana a Andrea que acrescentou mais um capítulo fascinante a essa história de amor. Childs nunca teve tempo para publicá-las, porém incluiu alguns excertos em *Casanova Gleanings*. Ao morrer, em 1988, legou sua coleção — inclusive as cartas de Giustiniana — a sua *alma mater*, o Randolph Macon College, em Ashland, Virgínia, que fica a apenas duas horas de Washington, D. C. Eu já conhecia bem essa região da Virgínia. Childs era de Lynchburg, onde minha mãe crescera — meu pai teria se encantado com a coincidência. Além disso, ela freqüentara o Randolph Macon Women's College. Portanto, para mim, a busca que começara anos antes com a caixa que meu pai encontrara no sótão da casa de sua infância, em Veneza, terminava de um modo meio estranho nos Estados Unidos, a alguns quilômetros do local onde minha mãe nascera.

A década de 1750 — quando Andrea e Giustiniana se conheceram — foi um momento particularmente intenso no longo ocaso de Veneza. A milenar república estava a menos de cinqüenta anos de seu rápido colapso perante o exército invasor de Napoleão Bonaparte. Sinais de seu declínio se evidenciavam desde muito, e nenhum veneziano sensato acreditava que a Sereníssima, como a república fora chamada durante séculos, pudesse recuperar o lugar que um dia ocupara entre as nações poderosas do mundo. No entanto Veneza não parecia uma civilização prestes a exalar o último suspiro. Ao contrário, vivia uma velhice alegre e até confiante. A economia prosperava. As ruas estavam movimentadas, as lojas cheias de especiarias, jóias, tecidos luxuosos, artigos domésticos. No continente, a agricultura e a pecuária passavam por mudanças revolucionárias, e os venezianos abastados construíam vilas imponentes em suas propriedades rurais. A população aumentava, e Veneza, com seus 140 mil habitantes, ainda era uma das cidades mais populosas da Europa. Um governo experiente e, em linhas gerais, conservador, composto por um emaranhado de conselhos e comissões cujos membros pertenciam às famílias mais poderosas, administrava a cidade num estilo que pouco se modificara ao longo dos séculos. A classe dominante continuava sendo uma casta exclusiva, simbolizada pelo Livro de Ouro — o registro oficial do patriciado veneziano. Sua obstinada recusa em absorver sangue novo, somada a uma ferrenha resistência a mudanças, depois de uma história tão longa e gloriosa, enfraquecia sua posição. Contudo, como observou um historiador, "o futuro desse Estado construído sobre uma forma inteligente de paternalismo parecia assegurado".[4]

Os meados do século XVIII também assistiram a um extraordinário florescimento das artes, incompatível com a imagem de uma civilização agonizante. Na verdade, essa foi a última e gloriosa manifestação do gênio criador de Veneza — e foi uma festa: Tiepolo trabalhando em seus afrescos celestiais no Ca' Rezzonico; Goldoni escrevendo suas maiores comédias; Galuppi deleitando ouvidos com sua música alegre. Nunca houve em Veneza mais divertimentos e atrações. Imaginamos o Carnaval sem fim, os bailes extravagantes, os teatros lotados de espectadores ruidosos. Na década de 1750 sete grandes teatros funcionavam toda noite, atraindo barulhentas multidões. O ponto de encontro mais concorrido era o Ridotto, uma casa de jogos famosa em toda a Europa. Os venezianos estavam tomados de uma verdadeira febre do jogo, dando maciça preferência a um carteado chamado faraó, semelhante ao bacará ("faraó" era a carta do rei). O Ridotto comportava diversos salões e um total de oitenta mesas de jogo. Todos os salões se abriam para uma sala comprida — a *sala lunga* —, onde uma eclética multidão de homens e mulheres mascarados se aglomerava, à luz de velas, e tecia comentários sobre quem estava amontoando cequins e quem estava amontoando dívidas aquela noite.

Talvez mais que qualquer outra coisa, a máscara era o símbolo dessa época despreocupada. Tornara-se parte integrante da indumentária veneziana, como a peruca, o leque, a pinta postiça. Havia dois tipos de máscara: a *moretta*, mais informal, branca ou preta, que cobria apenas os olhos; e a *bautta*, ou máscara "encapuzada", que escondia toda a cabeça, até os ombros. Podia-se usar máscara em público entre outubro e a quaresma, com exceção da novena — o período de nove dias que antecede o Natal —, e todos a usavam, desde o doge até as verdureiras do mercado. O costume acrescentava ao dia-a-dia uma pitada de mistério e intriga.

A Guerra dos Sete Anos (1756-63), travada entre as grandes potências da Europa, logo mudaria a atmosfera da cidade. Neutra durante todo o conflito que pôs fim ao expansionismo francês e assinalou a ascensão da Grã-Bretanha como potência dominante, a república veneziana se sentiria à deriva depois da guerra. Mas até esse momento prevaleceu a sensação de que tudo se manteria inalterado, como havia séculos, e, portanto, devia-se aproveitar a vida ao máximo.

Nessa época mais alegre, a casa do cônsul Joseph Smith, um rico comerciante inglês que se tornara colecionador de arte, era um dos lugares mais movimentados e interessantes de Veneza — um ponto de encontro de artistas, intelectuais e visitantes estrangeiros. Foi em sua sala de estar, um aposento abarrotado de quadros, no Palazzo Balbi, à margem do canal Grande, que Andrea e Giustiniana se conheceram, em algum momento do final de 1753. Ele tinha vinte e quatro anos; ela ainda não completara dezessete. Andrea era alto e vigoroso — bonito, no estilo veneziano, com o nariz longo e aquilino que caracterizava muitos perfis patrícios. Sua mente arguta estava sintonizada com as novas idéias do Iluminismo, e ele possuía a autoconfiança natural de sua classe — seguro que estava de seu lugar na oligarquia veneziana. Os velhos já o viam como uma das promessas mais brilhantes de sua geração. E para uma menina oito anos mais nova ele devia ser deslumbrante — sábio para a idade e inteiramente à vontade no *salon* meio intimidador do cônsul Smith. Mas Giustiniana também se destacava. Atrás daquele olhar inocente e assustado havia uma jovem adorável, transbordante de vida. Radiosa, sagaz, dotada de um fino senso de humor, ela imediatamente conquistou Andrea. Era muito diferente das outras moças que ele conhecia — de certo modo se parecia com elas, pois, afinal, nascera e se criara em Veneza; mas por outro lado era muito diferente, até mesmo um pouco exótica, graças não só a seu sangue inglês, como a sua singular personalidade.

Andrea e Giustiniana encontraram-se várias vezes na casa do cônsul Smith. A atração física era visível: logo não agüentariam ficar longe um do outro. No entanto havia entre eles algo mais profundo e mágico, mais misterioso: a fusão de duas almas muito diferentes que, contudo, se desejavam mutuamente. "Minha paixão por ele absorveu toda a minha vida",[5] Giustiniana lembrou muitos anos depois. Andrea também se rendeu a seus sentimentos como nunca o fizera.

Infelizmente a primeira parte de seu romance permanece

obscura. Se eles se corresponderam nessa época — como é provável — as cartas nunca foram encontradas. Mas sua correspondência posterior guarda vestígios do encantamento dos primeiros dias juntos, quando corriam pelos salões do Palazzo Balbi à procura de um canto escuro onde pudessem se abraçar e beijar-se, em seu êxtase de amor.

Desde o início a história de Andrea e Giustiniana implicou um desafio ao mundo exterior. Impelidos pela força de seus sentimentos, eles mantiveram sua relação a despeito das convenções sociais claramente desfavoráveis. É bem verdade que em meados do século XVIII, com os arroubos pré-românticos difundindo-se pela sociedade veneziana, jovens apaixonados começaram a afrontar os rígidos costumes da velha república. O número de casamentos clandestinos sancionados em segredo pela Igreja aumentou muito. Mas infringir as regras ainda custava muito caro. Como disse um historiador, "todo patrício que cedeu à tentação do casamento secreto inevitavelmente entrou em conflito direto com a família e as instituições. Ao desonrar-se renunciou a qualquer carreira política e ao privilégio de ver seus filhos reconhecidos como membros do patriciado. Poderia perder toda a assistência econômica da família e ser deserdado".[6]

A maioria das uniões clandestinas que efetivamente se realizaram ocorreu entre patrícios empobrecidos ou membros da pequena nobreza que não tinham muito a perder contrariando a vontade dos pais. Para Andrea, com seu histórico familiar, sua educação, seu senso de dever para com a república, a idéia de casar secretamente com Giustiniana não fazia o menor sentido. A união não só cobriria de vergonha sua família, como dificilmente se sustentaria, considerando-a de um ponto de vista prático. Onde iriam morar? De que iriam viver? Apesar da pouca idade e das emoções intensas, Giustiniana também era realista o bastante para perceber que eles seriam esmagados se afrontassem os vetustos costumes da república.

O namoro se iniciara havia alguns meses, quando a mãe de Giustiniana interveio. Mrs. Anna tinha uma tarefa urgente, que consistia em arrumar um marido adequado para sua primogênita. Para isso precisava mantê-la longe dos jovens e ardentes patrícios venezianos — que poderiam tentar seduzi-la pelo prazer da conquista e por mera diversão, mas nunca a esposariam — enquanto procurava um partido razoável, ainda que menos atraente. Não podia permitir que Giustiniana arruinasse seus planos com uma relação que, a seus olhos, não tinha futuro e só haveria de desonrar a família. Assim, no verão de 1754, mrs. Anna cortou as visitas de Andrea a sua casa e proibiu os apaixonados de se verem.

Sua atitude deveria significar o fim do romance proibido. No entanto as velhas cartas continuaram aparecendo ao longo dos anos — nos arquivos de Pádua, no sótão do Palazzo Mocenigo, no Randolph Macon College — para demonstrar que esse foi apenas o começo de uma extraordinária história de amor.

1.

À noite, Andrea encontrou Giustiniana no teatro. Ela estava radiosa em sua capa de brocado, e a ansiedade com que o procurava tornava-a ainda mais encantadora. Ela sorriu ao vê-lo, e ambos trocaram alguns sinais, a uma distância segura, aparentemente sem despertar as suspeitas de mrs. Anna. Terminada a peça, Andrea seguiu mãe e filha até o Ridotto, esgueirando-se pelas ruas estreitas e lançando olhares nervosos para os vultos a sua frente. Na casa de jogos, entre a multidão de mascarados que rondavam as mesas de faraó, foi difícil evitar mrs. Anna, que constantemente entrava e saía das sombras, nas salas iluminadas por velas. Temendo que ela o visse e fizesse uma cena terrível, Andrea desistiu e voltou para casa sem seu desejado momento a sós com Giustiniana.

Naquela noite não pregou os olhos, revirando-se na cama, inquieto, perguntando-se se não teria deixado o Ridotto sem ter feito Giustiniana entender a razão de sua partida. Na manhã seguinte, levantou-se cedo e escreveu a ela:

Diletíssima consorte

[...] Estou ansioso para saber se ontem à noite tua mãe percebeu alguma imprudência de minha parte e se te dei motivo para ficares contente ou aborrecida comigo. Tudo é incerto para mim. No teatro até que as coisas não correram mal, porém no Ridotto — no Ridotto não sei como terminaram. Sempre que tua mãe podia me ver, eu tratava de esconder-me, como deves ter notado. Mas tranqüiliza-te: quando não me vias, era porque mrs. Anna estava olhando em minha direção. Quando deixaste as salas, procurei nossa tirana e, como não a encontrasse, imaginei que tivesse ido embora [...]. Quis assegurar-me e, avistando-a novamente no banco,[...] achei melhor voltar para casa. *

Sem dúvida mrs. Anna esperava que, graças a sua intervenção, a paixão que tão perigosamente se inflamara na casa do cônsul Smith arrefecesse antes de causar a sua filha um dano irreparável. Mas decretara a separação no exato momento em que os dois jovens se apaixonavam loucamente. Sua necessidade de estar juntos era mais forte que qualquer obstáculo que ela conseguisse erguer em seu caminho; a empolgação da relação proibida só os aproximava. Como Andrea assinalou, a implacável vigilância de mrs. Anna e o clima de desaprovação geral que ela ajudava a alimentar tornaram "ainda mais obstinado" o desejo de estar juntos. Na verdade, o decreto de mrs. Anna não resultou em separação

* Para não sobrecarregar o leitor com notas repetitivas, decidi não mencionar a fonte de cada uma das citações extraídas da correspondência de Andrea e Giustiniana (a não ser quando a especifico no próprio texto), esperando que uma informação sucinta sobre os vários maços de cartas, presente nas notas bibliográficas, seja suficiente para os leitores interessados saberem de onde saiu determinado trecho. Talvez o leitor também queira saber que, ao traduzir as cartas do italiano, esforcei-me para preservar o sabor original do século XVIII, embora tenha eliminado o excesso de maiúsculas e alterado a pontuação para facilitar a leitura e o entendimento.

nenhuma. Os apaixonados continuaram procurando-se cada vez mais freneticamente, jogando um intenso esconde-esconde pelas ruas de Veneza, no teatro, entre a multidão do Ridotto.

É fácil ver mrs. Anna no papel de mãe insensível e extremamente severa, ou tirana, como os namorados a chamavam. No entanto sua firmeza se devia a um bom motivo. Ela era uma mulher experiente, que lutara muito para conquistar respeitabilidade e que conhecia bem os intricados processos da sociedade veneziana, em que imperavam os interesses das famílias dominantes. Também estava perfeitamente ciente do lugar especial que Andrea ocupava nessa sociedade — e do formidável adversário que enfrentava em sua luta para proteger a filha.

Os Memmo figuram entre os fundadores de Veneza, no século VIII — segundo historiadores, a linhagem de Andrea remonta à *gens Memmia*, da época romana. Os Memmo elegeram um doge já em 979 e nos oito séculos seguintes forneceram à república um fluxo contínuo de estadistas e servidores de alto gabarito. Na época de Andrea ainda exerciam grande influência na política veneziana; constituíam uma elite dentro da elite, enquanto muitas outras famílias patrícias residentes na cidade se tornaram politicamente irrelevantes.* Não estavam, porém, entre as famílias mais ricas; na década de 1750 seus rendimentos haviam se reduzido a cerca de seis mil ducados por ano, e eles precisariam de pelo menos o dobro dessa soma para cobrir confortavelmente os gastos inerentes a sua elevada posição (a renda das famílias mais abastadas era dez vezes maior). De suas proprieda-

* Independentemente de influência política, vinte e quatro famílias eram tidas como as fundadoras de Veneza; doze delas remontavam aos primórdios do cristianismo e se denominavam "apostólicas". Os Memmo estavam entre essas doze.

des no continente mal tiravam o bastante para viver com o devido decoro no Ca' Memmo, o amplo *palazzo* situado na extremidade ocidental do canal Grande.[1]

Pietro Memmo, o pai de Andrea, era um homem amável e virtuoso, debilitado pela saúde precária. Lucia Pisani, a mãe, pertencia a uma família rica que dera à república seu maior e mais popular almirante: o bravo Vettor Pisani, que salvara Veneza dos genoveses no século XIV. Pietro sempre foi uma figura meio distante — ele e Andrea não tinham muito a dizer um para o outro — e Lucia tampouco era muito calorosa com os filhos; sua rigidez era comum entre as damas patrícias mais antiquadas de seu tempo. Em comparação com o marido, porém, ela foi muito mais marcante, e Andrea se sentia mais próximo da mãe que do pai. A única pessoa da família que ele realmente adorava era sua irmã Marina, seis anos mais velha, uma jovem sensível e bondosa em quem sempre podia confiar. Andrea tinha dois irmãos: Bernardo, um ano mais novo, e Lorenzo, quatro anos mais novo. Graças à pequena diferença de idade, os três passaram a maior parte da infância juntos. E tinham uma irmãzinha, Contarina.

O patriarca da família era Andrea Memmo, o venerável tio de Andrea, conhecido pela coragem e pela firmeza de caráter. Em 1713, quando atuava como embaixador em Constantinopla, foi preso e torturado pelos turcos. Serviu a república com grande distinção e encerrou sua carreira política como *procuratore di San Marco*, a posição mais prestigiosa do governo depois do cargo supremo de doge. Tornou-se então um estadista respeitado, tido por seus pares como "possivelmente o maior especialista em assuntos venezianos".[2] Morreu aos oitenta e seis anos de idade, em 1754 — mesmo ano em que se iniciou o amor secreto de Andrea e Giustiniana.

Durante décadas, Andrea Memmo governou a família com pulso firme, fiscalizando tudo, das alianças políticas às decisões de negócios, das despesas domésticas à educação dos mais jovens. Em sua longa gestão, Ca' Memmo era famoso pelo forte apego à tradição. Mas também era considerado uma casa progressista, que sempre acolhia bem escritores, artistas e compositores. À mesa do jantar, discutiam-se as novas idéias procedentes de Paris, em especial os tratados políticos de Montesquieu (os venezianos tinham predileção por tudo que envolvesse a máquina do governo).* O grande dramaturgo Goldoni, amigo da família, era presença constante na hora do almoço. Assim como o compositor alemão Johann Adolph Hasse, o "divino saxão", que se casara com a diva Faustina Bordoni e dirigia o conservatório musical dos Incurabili, um dos asilos onde os jovens órfãos aprendiam música e canto.

Fazia tempo que Andrea Memmo escolhera como sucessor seu sobrinho favorito e homônimo. No correr dos anos incutiu-lhe um senso de dever em relação à família e à nação que o acompanharia por toda a vida. E preparou-o para fazer carreira a serviço da "sábia república veneziana que, por mais de dez séculos, testemunhou a queda de reinos maiores e mais ricos e, não obstante, conseguiu manter-se firme em meio aos infortúnios alheios".[3]

O jovem Andrea recebeu sua primeira instrução formal de Eugenio Mecenati, um carmelita que exercia a função de preceptor junto a várias famílias patrícias. Mas só despertou de fato para o estudo quando conheceu Carlo Lodoli, um impetuoso e carismático franciscano que, na década de 1740, firmou-se como o controverso filósofo residente de Veneza. Erudito e professor bri-

* O *Espírito das leis*, de Montesquieu, foi publicado em Veneza em 1749. O próprio Montesquieu visitou a cidade para estudar suas leis e seu sistema de governo. Os inquisidores o escorraçaram, e reza a lenda que, ao fugir para o continente, ele jogou todas as suas anotações na laguna. Jean-Jacques Rousseau também era uma figura conhecida, tendo sido secretário do embaixador francês em Veneza em 1743-4.

lhante, discorria com a mesma facilidade sobre astronomia, filosofia ou economia. Sua grande paixão era a arquitetura, campo no qual aplicou os princípios do utilitarismo para desenvolver sua visionária teoria sobre função e forma. Envolto em seu hábito grosseiro, o frade tinha uma aparência rude e desleixada que podia ser intimidante: "Manchas vermelhas no rosto, cabelo desgrenhado, barba hirsuta, olhos de fogo — ele chegava a assustar os espíritos mais fracos",[4] Andrea lembrou muitos anos depois. Os discípulos de Lodoli pertenciam às famílias mais esclarecidas de Veneza. Ele nunca escreveu livros, porém fascinava os alunos com a força de sua personalidade e o poder devassador de suas conversações socráticas. Sua missão, acreditava, consistia em abrir horizontes aos jovens patrícios. As autoridades venezianas observavam com cautela sua forte influência sobre os discípulos. Mas o frade não estava interessado em subverter a ordem política estabelecida, como insinuavam seus críticos conservadores; queria aprimorá-la — aprimorando os homens que logo seriam chamados a servir a república.

Andrea se manteve fiel a Lodoli por toda a vida, embora tivesse dificuldade em acatar seu rigor moral, seu ascetismo. É fácil perceber por que seu lado sensual de certo modo se frustrava com o franciscano e por que ele se demorava cada vez mais na esplêndida casa-museu do cônsul Smith, à margem do canal Grande, a alguns passos do Ca' Memmo. Andrea dedicava horas ao estudo da vasta coleção de quadros e esculturas que o cônsul reunira ao longo de trinta anos e se encerrava, contente, na biblioteca — um tesouro excepcional de clássicos e modernos em volumes lindamente encadernados.

Smith chegara a Veneza nos primeiros anos do século, quando a cidade ainda atraía grande número de negociantes estrangeiros. Fora trabalhar para a firma de seu compatriota Thomas Williams e se saíra suficientemente bem para assumir a empresa quando Williams se aposentou, anos depois, e retornou à Inglaterra. Smith fez uma fortuna considerável negociando com o Oriente, comprando produtos dos mercadores venezianos e vendendo-os no mercado britânico. Em 1717 casou-se com Catherine Tofts, uma cantora que conquistara fama nos teatros londrinos antes de partir para Veneza. Rica e bem relacionada, Catherine era certamente o grande atrativo do casal nos primeiros anos da união. Com o tempo, no entanto, retirou-se pouco a pouco da sociedade, talvez por não conseguir superar a perda de seu filho, John, que morreu em 1727, aos seis anos de idade.

Com os negócios prosperando, Smith comprou o Palazzo Balbi, que alugara ao desembarcar em Veneza, e contratou o arquiteto Antonio Visentini, seu amigo e protegido, para reformar a fachada. Depois de alguns conluios na comunidade inglesa local e muitos pedidos ao governo em Londres, finalmente obteve o título de cônsul, em 1740. Para seu desgosto, nunca se tornou British Resident (embaixador).

Provavelmente estaria esquecido há muito tempo, se não tivesse diversificado suas atividades e se tornado um dos maiores marchands de sua época. Smith adquiriu o hábito de visitar artistas, muitos dos quais estavam instalados a uma curta caminhada de sua casa. Tinha bom olho e adorava pechinchar. Sua coleção incluía belas alegorias de Sebastiano Ricci e Giovan Battista Tiepolo, grandes vistas de Francesco Guardi, cenas da vida veneziana captadas por Pietro Longhi e delicados retratos de Rosalba Carriera. Mas sua particular admiração era pelas vistas precisas e minuciosas de Canaletto, o grande *vedutista* veneziano, com quem acabou estabelecendo uma estreita relação profissional.

Smith possuía o olho do amante da arte e a mentalidade do comerciante. Sabia que se encontrava no centro de um extraordinário florescimento artístico e que dispunha de condições excepcionais para transformar seu patrocínio num lucrativo negócio.

Num momento em que se difundia a moda de colecionar obras de arte, encomendava trabalhos a seus artistas prediletos e os vendia a abastados aristocratas ingleses. (Teve tanto sucesso na comercialização de seu querido Canaletto que o pintor acabou se mudando para Londres, a fim de pintar vistas do Tâmisa para uma clientela em expansão.) Paralelamente, Smith formou sua coleção particular, enriquecendo-a com quadros importantes de velhos mestres. Obras de Bellini, Vermeer, Rembrandt, van Dyck e Rubens adornavam as paredes de seu *palazzo*. Apaixonado por livros, talvez mais que por quadros, adquiriu valiosas edições dos grandes clássicos, bem como de manuscritos e desenhos originais, e participou ativamente do boom editorial que estava ocorrendo em Veneza. Investiu na tipografia e livraria de Giovan Battista Pasquali e com ele publicou as obras de Locke, Montesquieu, Helvétius, Voltaire, Rousseau, Diderot e seus colegas enciclopedistas (os primeiros volumes da revolucionária *Encyclopédie* foram lançados em 1751). A loja de Pasquali logo se converteu num dos pontos de encontro favoritos do crescente público livresco de Veneza. "Após desfrutar o ar fresco e partilhar os prazeres da praça San Marco", escreveu o viajante francês Pierre-Jean Grosley, "íamos à loja de Pasquali ou de outro livreiro. Esses estabelecimentos funcionam como o ponto de encontro habitual de estrangeiros e aristocratas. Comumente tempera as conversações aquele sal veneziano que deve muito ao aticismo grego e à alegria francesa, sem ser nenhum deles."[5]

De certo modo a sala de visitas de Smith era uma extensão da loja de Pasquali num ambiente mais elegante. Era o centro da pequena comunidade inglesa (e nunca perdeu seu toque de singularidade). Era sobretudo um lugar onde artistas, intelectuais e patrícios venezianos podiam reunir-se num clima de cordialidade e erudição. Carlo Goldoni dedicou uma de suas peças — *Il filosofo inglese* — a Smith. E escreveu em sua lisonjeira apresentação: "Todos que entram em vossa casa encontram a mais perfeita união de todas as ciências e de todas as artes. Não sois um amante que simplesmente contempla com admiração, mas um autêntico *connoisseur*, desejoso de partilhar o significado e a beleza da arte que vos rodeia. O bom gosto, o conhecimento perfeito vos inspiram a escolher as coisas mais belas, e a coragem de vosso espírito generoso vos leva a adquiri-las".[6] Andrea passou muitos dias felizes no Palazzo Balbi. Foi na biblioteca do cônsul que leu seu Vitrúvio, estudou desenhos de Palladio e se debruçou sobre o último volume da *Encyclopédie* (adquiriu o hábito de copiar longas passagens para melhor absorver o espírito do Iluminismo francês). Tendo perdido seu único filho muitos anos antes, Smith afeiçoou-se sinceramente a Andrea e, em sua velhice, fez dele seu confidente e ajudante. Em 1750 já estava na casa dos setenta. Não tinha mais tino para os negócios, e sua combalida situação financeira só piorava. Sem herdeiro e cada vez menos endinheirado, concebeu um plano ambicioso para vender sua vasta coleção de arte e sua biblioteca à Coroa britânica.[7] E convocou Andrea para ajudá-lo a catalogar todos os seus quadros e livros.

Graças à influência de Goldoni, Andrea passou a interessar-se vivamente por teatro. Durante a temporada, que se estendia de outubro a maio, ia ao teatro praticamente todas as noites. Participou com entusiasmo do violento debate em que se engalfinhavam críticos conservadores e progressistas. Embora fosse vinte anos mais velho, Goldoni apreciava a companhia de seu jovem amigo, a quem via não só como um membro promissor da classe dominante, mas também como um possível aliado em sua cruzada por peças mais próximas do cotidiano de Veneza. Em 1750 dedicou-lhe seu *Momolo cortesan*, dizendo que, com ele, esperava "livrar o teatro das peças obscenas e mal concebidas"[8] de seus rivais conservadores. Sob seu incentivo Andrea concebeu o projeto de um teatro inteiramente dedicado à dramaturgia francesa, dos clássicos de Molière às comédias ligeiras de Marivaux. O objetivo, explicou, era "aprimorar nosso teatro [...] e elevar os ânimos honestamente".[9]

Enquanto esperava pacientemente sua vez de servir ao governo veneziano, Andrea ocupava seus dias com o trabalho para Smith, o projeto do novo teatro e o fardo crescente de responsabilidades familiares que seu velho tio lhe jogava nas costas. À noite, sobrava-lhe tempo bastante para passeios e galantarias no Campo Santo Stefano e na Piazza San Marco, para discussões nos cafés e nas *malvasìe* (tabernas especializadas em malmsey, ou malvasia) e até para uma visita ao Ridotto — embora não fosse exatamente um jogador, gostava de ir até lá para encontrar os amigos e observar.

Um desses amigos era Giacomo Casanova, que retornara a Veneza em 1752, depois de sua primeira viagem a Paris. Com freqüência Casanova e os três irmãos Memmo eram vistos juntos em alguma *malvasia*, onde bebiam até tarde, jogavam cartas e criticavam ruidosamente a última peça do abade Pietro Chiari, o maior rival conservador de Goldoni. A mãe de Andrea não aprovava a amizade dos filhos com Casanova, a quem considerava um ateísta perigoso e imoral, disposto a corromper sua prole, e alertou as autoridades por intermédio de suas relações políticas. Acontece que os Inquisitori di Stato — o comitê de três membros que supervisionava a segurança interna — viam Casanova sob o mesmo prisma e já estavam elaborando um alentado dossiê sobre ele. Com efeito, o bando de alegres farristas vinha sendo vigiado pelos poucos informantes que ainda constavam da folha de pagamento do governo. Em seu relatório, um desses informantes explicou, com absoluta segurança, que o que unia Casanova e os três rapazes era o fato de que "são filósofos da mesma laia [...] todos epicuristas".[10]

Apesar dos afazeres e das muitas distrações, o senso do dever para com a república estava tão arraigado em Andrea que, para ele, sua paixão pela arquitetura, seu amor ao teatro, seus conhecimentos de pintura e desenho não eram fins em si mesmos, porém dons que poderia usar no exercício do serviço público. Não lhe ocorria a possibilidade de procurar um caminho distinto do que seu tio lhe traçara. Sem dúvida Andrea tinha a mesma visão do casamento. Antes de conhecer Giustiniana, colecionara vários casos. Adorava a companhia feminina e desde muito jovem era requisitado pelas amigas — até porque era exímio dançarino. Mas não havia tido um grande romance ou uma relação duradoura. Sabia — e aceitava — que deveria casar-se com uma moça de sua classe social e que as famílias selariam o acordo nupcial após longas negociações que pouco teriam a ver com os sentimentos do noivo ou da noiva. Tudo que jovens como ele aprenderam em casa "enfatizava a irracionalidade de escolhas baseadas unicamente em sentimentalismos".[11]

O mundo de Andrea — rico, variado, instigante, mas também muito previsível — abalou-se de repente em fins de 1753, quando Giustiniana entrou em cena. Ela pertencia a uma esfera totalmente distinta e acabava de voltar de Londres, para onde viajara com a mãe e os irmãos a fim de tomar posse da herança deixada por sir Richard, seu amado pai. Durante o ano que ficara ausente de Veneza, ela desabrochara, tornando-se uma jovem cheia de vida e muito atraente. Os Wynne tinham um visto de permanência válido por dois anos e passível de renovação; não eram cidadãos venezianos e, portanto, como todos os outros estrangeiros, precisavam de autorização especial para permanecer na cidade. Instalaram-se numa casa alugada, no bairro de Sant'Aponal, e a princípio levaram uma vida tranqüila, basicamente confinada à pequena comunidade inglesa.

Sir Richard Wynne deixara seu Lincolnshire natal após a morte de Susanna, sua primeira esposa. Viajou pela Europa e chegou a Veneza em 1735 com o intuito de "superar a dor causada pela perda de sua senhora",[12] conforme escreveu — em tom de desaprovação — lady Mary Wortley Montagu, famosa e incansável viajante inglesa então residente na cidade. Pouco depois seu gondoleiro apresentou-o a Anna Gazzini, uma extraordinária veneziana de vinte e dois anos com um passado que estava longe de ser impecável. Na verdade, Anna havia nascido em Lefkos, ilha grega do mar Jônico, onde seu pai, Filippo Gazzini, se estabelecera como comerciante, porém a família voltou para Veneza quando ela ainda era pequena.

Anna e sir Richard se tornaram amantes pouco depois de se conhecerem. Dois anos mais tarde tiveram uma menina, que, no dia 26 de janeiro de 1737, batizaram com o nome de Giustiniana Francesca Antonia Wynne na igreja de San Marcuola. Louco pela filha, sir Richard não voltou para a Inglaterra; casou-se com Anna em 1739 e, seis anos depois, legitimou Giustiniana. (Nos papéis da legitimação o pai de Anna consta como "ser Filippo Gazzini, fidalgo de Lefkos",[13] porém essa tardia pretensão à nobreza tinha um caráter dúbio mesmo na época.) Anna deu à luz mais duas meninas: Mary Elizabeth, ou Bettina, em 1741, e Teresa Susanna, ou Tonnina, em 1742. O primeiro filho, Richard, nasceu em 1744, e o segundo, William, em 1745. Anna Amelia, a caçula, nasceu em 1748 e morreu dois anos depois.

Não devia ser fácil conviver com mrs. Anna. Talvez para expiar os pecados de sua juventude, ela se tornou uma católica fervorosa, que arrastava os filhos para a igreja e apoquentava o marido anglicano para levá-lo à conversão. Disciplinadora rigorosa, estava determinada a dar à prole a educação mais tradicional possível: música, dança, francês e pouca coisa além disso. Sir Richard ficou muito contente de delegar a criação dos filhos à esposa e refugiar-se em sua bem provida biblioteca. Com o agravamento de sua gota, afastou-se ainda mais do convívio familiar. Muitos anos depois Giustiniana recordou-o sentado em sua poltrona predileta, com um livro nas mãos, durante "os seis meses do ano que não passava na cama".[14]

Apesar da saúde precária, sir Richard criou fortes laços com sua primogênita. Ambos partilhavam o mesmo amor pela literatura, e ele lhe deu a chave de sua biblioteca. Desde pequena Giustiniana lia avidamente, mas sem orientação nem método, devorando a esmo livros de viagens, fábulas de La Fontaine, textos árduos como a história do Concílio de Trento, de Paolo Sarpi, proibido pela Inquisição por causa da simpatia do autor pela Reforma. Giustiniana foi pega lendo-o em segredo. Pelo pouco que sabemos de sir Richard, ele deve ter rido da temeridade da filha. Anna, porém, teve um ataque e ameaçou trancafiar a menina no convento.

Sir Richard faleceu em 1751, e no ano seguinte a viúva arrastou os cinco filhos para Londres a fim de reclamar sua herança. Foi uma viagem longa e enfadonha. Muitos anos depois Giustiniana se lembraria unicamente dos hotéis sujos, da comida ruim e de "todas aquelas igrejas [na Alemanha] tão sobrecarregadas de ornamentos". Em contrapartida, adorou Londres — "os jardins, o barulho das ruas, os belos chapéus [...] e aquela atmosfera de bem-estar geral" — e teria se instalado lá sem hesitar. "Aprendi a falar inglês e a manejar o garfo com desenvoltura. Esperava dar bom uso a meus novos talentos."[15] Mrs. Anna, porém, estava ali por causa do dinheiro. Quando enfim recebeu uma parte dele, graças à intercessão do guardião de seus filhos, Robert d'Arcy, conde de Holderness, que servira em Veneza como *british resident* e era amigo de sir Richard, fez as malas novamente e voltou para casa — agora optando por um itinerário mais agradável, via Paris.

Giustiniana ainda não completara dezesseis anos quando

chegou a Paris com a mãe e os irmãos. Porém não passou despercebida durante sua breve estadia. Casanova a conheceu na casa de Alvise Mocenigo, o embaixador veneziano. Quarenta anos mais tarde ainda guardava uma vívida lembrança desse encontro. "Seu caráter já se delineava à perfeição em seu belo rosto",[16] escreveu em suas memórias. Giustiniana adorou a vida parisiense — "o teatro, a elegância dos homens, o ruge das mulheres"[17] — mas mrs. Anna estava ansiosa para regressar a Veneza, de modo que seguiram viagem, levando uma governanta francesa, Toinon, muito estimada pela habilidade com que penteava o cabelo das meninas.

A volta das irmãs Wynne — *"le inglesine di Sant'Aponal"*,[18] como logo se tornaram conhecidas — provocou certa empolgação entre os rapazes. Pouco depois que elas se instalaram, Casanova — que entrementes também regressara — foi bater em sua porta, declarando-se apaixonado por Giustiniana. Ciente de sua reputação e decidida a evitar que as filhas se metessem em confusão, mrs. Anna despachou-o sem rodeios. (Em sua *História de minha vida*, Casanova conta que, na ocasião, Giustiniana lhe escreveu uma carta encantadora, "que me permitiu suportar a afronta".[19]) Mrs. Anna tinha a firme intenção de manter as filhas a rédea curta, e Giustiniana, que começava a apreciar os prazeres da sociedade, descobriu, horrorizada, que sua vida em Veneza "se reduzira a um pequeno círculo". A família passava grande parte do tempo em casa, "falando de Paris e Londres".[20] Uma tristeza.

A casa do cônsul Smith, uma das poucas que as irmãs Wynne podiam freqüentar, constituía seu elo com o mundo. O cônsul, que conhecera sir Richard bem, era um dos residentes estrangeiros mais ilustres da cidade. Tinha visto os filhos do amigo crescerem e prometera a ele que velaria por sua família e ajudaria mrs. Anna a pôr as finanças em ordem. O Palazzo Balbi se tornou um segundo lar para os jovens Wynne, um lugar distante da casa soturna onde viviam, em Sant'Aponal; um lugar cheio de belos objetos, onde o cosmopolitismo das conversas lhes lembrava Paris e Londres. Smith, por sua vez, dedicava-lhes um afeto de tio. Gostava sobretudo de Giustiniana, que sempre levava a sua casa uma lufada de ar fresco. "Mister Smith partilhava comigo o amor por seus quadros, suas antigüidades, sua biblioteca a fim de ensinar-me a amar a arte",[21] ela recordou, mais tarde. Provavelmente o cônsul gostava de desfilar por seus esplêndidos salões conduzindo pelo braço uma moça tão encantadora.

Por ocasião de uma de suas visitas ao Palazzo Balbi, ele a apresentou a seu jovem e garboso assistente. Quando soube da paixão da filha, mrs. Anna ficou preocupadíssima. Desde que enviuvara, temia que a respeitabilidade que construíra com tanta obstinação ao longo dos anos se esvaecesse, expondo a família a formas insidiosas e materialmente daninhas de discriminação social. Seu medo tinha fundamento. Mesmo na atmosfera relativamente tolerante da Veneza setecentista, muita gente ainda fazia questão de lembrar que lady Wynne era, na realidade, filha de um comerciante "grego". E persistiam os rumores sobre as aventuras amorosas de sua juventude: alguns até diziam que ela tivera um filho antes de se envolver com *il vedovo inglese* — o viúvo inglês. Considerando que agora ela própria era viúva e morava numa casa alugada com cinco filhos e com pecados antigos para esconder, é fácil entender por que achava tão precária sua situação na sociedade — ainda mais que se encontrava em Veneza ao bel-prazer das autoridades, que podiam não renovar seu visto de permanência ou até mesmo revogá-lo. Para manter a posição que Sir Richard lhe deixara, mrs. Anna precisava agir sensatamente.

Detestável aos olhos dos dois apaixonados, sua intransigência certamente se justificava aos olhos da comunidade inglesa. O cônsul Smith gostava de Andrea e Giustiniana, mas era um homem prático. Ao ouvir as confidências de Andrea, condoeu-se — até certo ponto — do jovem casal. Não obstante, tomou o partido de mrs. Anna. As poucas famílias venezianas que se relacionavam socialmente com os Wynne também a apoiaram — em especial os Morosini, a quem Andrea e sua família detestavam por causa de uma velha rixa política. Contudo a maior aliada de mrs. Anna — apesar das diferenças de gosto e temperamento — era a mãe de Andrea. Lucia percebia, talvez com mais clareza que o restante da família, as desvantagens materiais que uma união com Giustiniana acarretaria para uma casa antiga que precisava revigorar suas finanças combalidas. E temia o prejuízo político que os Memmo sofreriam, se seu filho mais velho e mais promissor os traísse e afrontasse os inquisidores, esposando uma mulher de condição social inferior.

A diferença entre as duas mães era que Lucia só queria que Andrea não se encasquetasse em casar com Giustiniana. Um namorico, como tantos que os rapazes costumavam manter antes de tomar estado, não lhe causaria maiores preocupações nem prejudicaria o futuro de seu primogênito. Já mrs. Anna travava uma batalha diária para impedir que os apaixonados tivessem qualquer contato capaz de manchar a reputação da família e pôr em risco as possibilidades de um casamento respeitável para sua filha.

Mrs. Anna estava perdendo a batalha. A corte que Andrea fazia a Giustiniana era assídua, escancarada e altamente comprometedora. Ele a via diariamente no Listone, na piazza San Marco, onde os venezianos se reuniam para seu passeio vespertino, e, com freqüência, também mais tarde, no teatro. Muitas vezes atracava sua gôndola ao cais estreito da casa dos Wynne e visitava a amada diante dos olhos da família. No inverno de 1754, mrs. Anna finalmente o enfrentou. Fez uma cena terrível. Declarou-o *persona non grata* em sua casa e deixou bem claro que não queria mais vê-los juntos. Proibiu todo tipo de comunicação: cartas, recados, um simples olhar. Determinou a altos brados que aquela história tinha de acabar — e despachou-o.

A notícia de sua dramática atitude correu rápido pela cidade. Andrea descreveu a cena como sua *cacciata funesta* [22] — sua funesta expulsão, o início de todo o seu sofrimento.

Mrs. Anna era um feroz cão de guarda, sempre atenta e obsessivamente desconfiada. Vigiava de perto sua primogênita e não a deixava sair sem acompanhante — geralmente ela própria. Plantava espiões em todos os lugares onde os namorados pudessem tentar escapar de sua vigilância, tanto na comunidade inglesa como entre as famílias venezianas, e vivia de orelha em pé para não perder nenhum mexerico referente ao casal. Veneza era pequena. Todo mundo sabia quem estava perdendo a fortuna no Ridotto em tal ou tal noite e quem estava tendo um caso com quem. Andrea e Giustiniana estavam cientes do risco que assumiam ao desafiar mrs. Anna; tinham de ver bem com quem falavam e o que diziam. Num nível mais profundo, sabiam que não havia grandes possibilidades de seus problemas terminarem no futuro. Mas ainda era cedo para se preocupar com o futuro. Apesar de todos os transtornos que seu amor já havia causado, só uma coisa lhes importava no inverno e na primavera daquele ano: aproveitar todas as oportunidades de ficar juntos.

Assim como mrs. Anna recorreu às artes da inteligência veneziana, Andrea organizou uma pequena rede de informantes para inteirar-se diariamente dos passos de Giustiniana. Para isso contava, sobretudo, com Alvisetto, um jovem criado dos Wynne que nem sempre era confiável, pois o medo que tinha de mrs. Anna às vezes superava a lealdade que devia a seu pagador secreto. Esse rapaz tinha o péssimo hábito de desaparecer durante suas missões, deixando Andrea confuso, numa esquina ou numa ponte. "Alvisetto sumiu de repente; corri a procurá-lo, mas foi inútil", Andrea lamentou. "Em que mãos estamos, Giustiniana querida!"

Alvisetto era também o principal mensageiro do casal e corria de um lado a outro, levando e buscando cartas e bilhetes de amor. Eventualmente os gondoleiros do Ca' Memmo atracavam perto do cais dos Wynne e deixavam ou recolhiam um envelope. Se mrs. Anna estava em casa, os namorados se valiam da "*bottega* de costume", um armazém das redondezas, pertencente a um comerciante prestativo. Se a mensagem não podia esperar — ou se a necessidade de ver a amada era irreprimível —, Andrea assomava à janela do Ca' Tiepolo, o imponente *palazzo* situado em frente à modesta residência dos Wynne, no outro lado de um rio estreito.

O Ca' Tiepolo pertencia a uma das famílias mais antigas e ilustres de Veneza. Sua fachada neoclássica se erguia majestosa à beira do canal Grande, porém da janela lateral do mezanino avistava-se a sacada dos Wynne. Laços seculares uniam os Tiepolo e os Memmo. Andrea era amigo dos jovens Tiepolo, principalmente de Domenico, mais conhecido como Meneghetto, um dos poucos a quem contara que seu romance com Giustiniana prosseguia em segredo. Meneghetto tinha prazer em ajudar, e Andrea o visitava com freqüência, após enviar instruções precisas à namorada. "Depois do almoço, dá um jeito de sair ao balcão", recomendou-lhe num bilhete. "Mas, pelo amor de Deus, toma cuidado com tua mãe e não me obrigues a aparecer na janela, porque ela certamente há de me ver."

Seu telescópio portátil era muito útil. Andrea se postava num *campiello*, pequena praça, existente na margem oposta do canal Grande, e dali mirava a varanda de Giustiniana para verificar se ela estava em casa, ou se estava se arrumando para sair, ou, melhor de tudo, se estava preguiçosamente debruçada no peitoril do balcão, o cabelo preso numa touca, observando os barcos que passavam. Giustiniana nem sempre percebia que ele a contemplava a essa distância — cerca de cem metros. "Hoje te admirei com o *canocchiale* [telescópio]", ele comunicou, maliciosamente. "Que me importa, se tua mãe me viu? [...] Basta-lhe que eu não vá a tua casa, nem te escreva."

A rigor, Andrea também respeitava os limites impostos quando, graças novamente à benevolência — e ao suor — de seus gondoleiros, descia o canal Grande e acenava para a amada. Nos dias em que Giustiniana estava presa em casa e eles não tinham outra maneira de se ver, a repentina aparição de Andrea na janela do vizinho ou o barulho conhecido da gôndola dos Memmo servia de consolo. "Passa pelo canal, pois minha mãe não quer deixar-me sair", ela pedia. "E, se puderes, vai também ao Ca' Tiepolo."

Eles criaram uma linguagem de sinais para se comunicar à distância, durante o passeio vespertino no Lisone, ou no teatro, ou, mais tarde da noite, na casa de jogos. "Passa a mão no cabelo, se vais ao Ridotto", ele pedia. "Faz um aceno ou balança a cabeça, se vais à *piazza*." Esses pequenos sinais geravam confusão, quando não tinham sido previamente combinados. E era preciso fazê-los com grande discrição, para não acionar os alarmes de mrs. Anna. "Ao deixar o teatro", Andrea escreveu, ansioso, "acenaste para mim, e creio que tua mãe percebeu. Se estou certo, e considerando todos os outros gestos feitos nos camarotes, isso poderá prejudicar-nos." Apesar de ocasionais demonstrações de coragem, Andrea vivia profundamente preocupado não só com o que mrs. Anna poderia ter visto, como com o que ela *pensaria* ter visto. Para evitar falsas impressões, ele chegou a extremos tais que às vezes soava como um obstinado diretor teatral. "Quando ris com alguém que tua mãe não consegue ver, a culpa recai sobre mim", advertiu-a, irritado. "Portanto, isso também requer atenção."

Outro motivo de constante preocupação para ele era a correspondência. Se suas mensagens caíssem nas mãos erradas, ocorreria uma explosão capaz de "reduzir tudo a ruínas". Mesmo assim, Andrea enviava à amada uma torrente de cartas e bilhetes, geralmente cheios de conselhos práticos e descrições minuciosas de suas rondas febris pela cidade. "Somos completamente loucos. [...] Se soubesses como temo que tua mãe descubra que estamos nos vendo novamente."

Era uma aventura gloriosa. Às vezes eles conseguiam se aproximar o bastante para roubar um rápido abraço num canto do Ridotto ou nas ruas escuras próximas aos teatros de San Moisè, e a emoção era sempre intensa. "Ontem à noite", Andrea escreveu na manhã seguinte a um desses raros encontros, "estavas tão inflamada, tão amorosa, tão linda, e eu ardia em chamas." No início, porém, eles geralmente se controlavam. Agiam com deliberação. Mantinham-se a uma distância segura: o namoro se limitava praticamente ao que seus olhos podiam ver e dizer.

É fácil imaginar a crucial importância da linguagem do olhar, numa cidade onde homens e mulheres usavam máscaras durante boa parte do ano. E o que era verdadeiro para os venezianos em geral era particularmente verdadeiro para Andrea e Giustiniana em função das rígidas restrições que lhes foram impostas. Andrea foi bem literal quando declarou, ansioso: "Quantas vezes queria dizer-te que te adoro, meu coração [...]. Hoje o direi pouco com os lábios. Mas haverá outras maneiras. [...] Entenderás meus olhos?". O que os olhos diziam nem sempre era doce e nem sempre era claro. Com emoções tão fortes em jogo, poderiam levar dias para esclarecer um mal-entendido resultante de um olhar equivocado ou esquivado. Uma noite, Andrea voltou para o Ca' Memmo depois de uma tentativa particularmente frustrante de estabelecer contato com Giustiniana. Encontrá-la no teatro custara-lhe uma noite inteira de esforço e criatividade. No entanto, ela não demonstrou a habitual cumplicidade que transformava até o mais breve encontro num momento de alegria. Ao contrário, foi tão desagradável que ele desejou não tê-la visto:

Fiz de tudo para tentar falar contigo. [Antes do almoço] *os gondoleiros não puderam servir-me.Depois do almoço, saí e* [...] *e passei pelo Campo Santo Stefano, mas nada. Caminhei até a piazza San Marco e, chegando à ponte de San Moisè, topei com Lucrezia Pisani!** *Dei-lhe a mão na ponte e, ao ver-te, imediatamente a deixei. Procurei-te cá e lá e finalmente te avistei na piazza.* [...] *Mandei Alvisetto* [...] *averiguar se ias à ópera ou à nova peça do Teatro Sant'Angelo, para eu providenciar um camarote adequado* [...]. *Então esperei, cheio de desejo. Por fim chegaste, e instalei-me no camarote, como viste, para contemplar-te, para admirar-te, não só desfrutando o delicioso espetáculo que és, mas também esperando receber um sinal capaz de consolar-me a alma aflita. E nada. Riste e tagarelaste sem parar, até encerrar-se o espetáculo, deixando-me triste e furioso, como bem podes imaginar.*

Dias mais tarde Andrea seguiu-a novamente por ruas apinhadas e atravessando canais. Dessa vez o prêmio compensou o esforço:

Ao avistar tua mãe, tive a esperança de ver também minha querida pequena. Olhei para todos os lados [...] *e nada. Tua mãe se afastou, e eu a segui. Ela foi a San Moisè, eu fui a San Moisè. E me aproximei tanto que, se não tivesse sido rápido, teríamos nos esbarrado na porta de uma* bottega. [...] [Depois] *esperei em vão por Alvisetto, que eu havia mandado seguir tua mãe* [...] *e, ao ler em tua carta que ias a San Benetto, corri imediatamente para lá, mas para meu desgosto já tinhas chegado, e a ópera havia começado. Ah, meu Deus, o que dirá minha Giustiniana, vejamos como me trata. Meu Deus, lá está aquela marota. E, então, olha para mim ou não?* [...] *Olha, minha pequena!* [...] *E assim, pouco a pouco fiquei con-*

* Grande amiga e prima de Andrea por afinidade.

tente — contentíssimo, depois que mudei de camarote, porque de lá podia ver-te e ser visto comodamente e sem grande perigo de que tua mãe percebesse nossos mínimos gestos.

Andrea achava estrategicamente importante convencer mrs. Anna de que seu amor arrefecera e ela podia enfim baixar a guarda. Assim seria mais fácil encontrar maneiras de se verem. Portanto, na presença da mãe, Giustiniana devia fingir completo desinteresse:

Às vezes, ao assumir riscos, é preciso estar disposto a ser la dupe de soi-même [...]. *Portanto, age de modo a fazê-la pensar que está obrigando-te a ir a todos os lugares onde ela sabe que podes topar comigo, como o Ridotto ou San Benetto. Com tempo bom, mostra sempre pouca vontade ou dificuldade* [em ir] *até a praça. De seu engano depende nosso bem. Para não ir a San Benetto a desculpa é que não te sentes bem. Quanto ao Ridotto, podes dizer: "Francamente, entedio-me demais lá; deixa-me ficar em casa; não temos com quem conversar, e não quero jogar; e, desacompanhadas, não fazemos boa figura; deixa-me ir dormir". Se tua mãe insistir em levar-te, me verás, e ela dirá: "Giustiniana não sofre mais por Memmo".*

Em público, Andrea e Giustiniana agiam como dois estranhos. Contudo, se pretendiam levar adiante sua relação e providenciar locais onde pudessem realmente ficar juntos por algum tempo, com tranqüilidade, precisavam de aliados mais confiáveis que Alvisetto — amigos dispostos a assumir o risco de lhes dar cobertura e abrigar seus encontros íntimos. Andrea se empenhou muito em identificar as pessoas que poderiam lhes ser mais úteis. Forneceu a Giustiniana instruções precisas sobre a maneira de proceder para obter o apoio deste ou daquele amigo. Nem sempre, porém, suas instruções eram claras. Numa ocasião, Giustiniana inocentemente disse a um aliado em potencial que não amava mais Andrea. Ora, ele lhe pedira para dizer o contrário e repreendeu-a asperamente: "Sempre que consigo alguma coisa, estragas tudo. [...] Lamento muito ter de dizê-lo, mas não correspondes a minhas expectativas".

Andrea também sabia ser duro quando achava que Giustiniana não estava mantendo suficiente distância de seus possíveis inimigos. Ele temia os jovens nobres venezianos que freqüentavam o Ridotto e adoravam mexericos e intrigas. Era importante não lhes dar motivo para maledicências. Como norma, explicou a Giustiniana, "convém termos o maior número de amigos e o menor número de inimigos". Porém não era preciso aproximar-se daquele bando mais que o estritamente necessário. E ele a criticava quando a surpreendia esbanjando simpatia com conhecidos que não julgava dignos de confiança.

Entre esses conhecidos figuravam, com destaque, os Morosini, que sempre apoiaram mrs. Anna em sua luta contra os dois apaixonados — só para contrariá-lo, pensava Andrea. Os Wynne almoçavam com freqüência no Ca' Morosini, no Campo Santo Stefano, e a persistente confraternização de Giustiniana com o inimigo enfurecia o jovem Memmo — que acabou obrigando-a a escolher entre ele e "aqueles asnos dos Morosini":

Sei que é pedir muito, porém não posso pretender menos. Preciso submeter-te a esta prova, que me dará a medida de teu amor por mim. Se me falhares, Giustiniana [...], *ficarei muito aborrecido. Nunca vi ninguém tão insolente e tão falso em relação a nós. Querem-te só para divertir-se* [...]. *Por Deus, serias indigna de mim se te rebaixasses a ponto de adular esses estúpidos, meus inimigos declarados, rígidos guardiães de Giustiniana, espiões de tua mãe. Eles são malvados, não têm humanidade, desconhecem as leis da amizade. Perdoa-me por falar dessa maneira, porém estou tão furioso que não agüento mais isso.*

No início do namoro, Andrea se dirigia a Giustiniana num tom autoritário e tendia a conduzir todos os aspectos do relacionamento. Sendo alguns anos mais velho, era natural que assumisse o controle e ela acatasse suas decisões. Entretanto, com o passar dos meses, Giustiniana se tornou mais segura de sua capacidade de dissimular. E, apesar da prepotência de Andrea, começou a gostar de conspirar às escondidas da mãe. Passou a desempenhar um papel mais ativo no planejamento de seus encontros e muitas vezes se admirava da própria audácia: "Realmente, Memmo, não me reconheço. Faço coisas que nunca teria feito e penso de formas tão diferentes que já não pareço a mesma".

Foi Giustiniana quem informou a Andrea que N., um amigo cujo apoio ambos se esforçaram para conquistar, finalmente concordara em ceder-lhes seu *casino*, um dos pequenos recreios que eram a coqueluche da época e constituíam a resposta muito prática de Veneza a um desejo generalizado de conforto e prazer. (A cidade abrigava cento e cinqüenta *casini*, usados como *boudoir*, como ponto de encontro de sediciosos e — com muita freqüência — como discretos ninhos de amor.) "Consegui para sexta-feira", ela escreveu, confiante. "Não pode ser antes. Não quis pressioná-lo e, assim, deixei a data a seu critério. Ele se tornou meu amigo e confia-me não só suas preocupações, como seus problemas domésticos."

Os apaixonados se empolgavam mais e mais a cada dia, na expectativa dos momentos que passariam juntos. Já não lhes bastava trocar olhares e sinais à distância. Se Giustiniana se tornara muito mais ousada no espaço de algumas semanas, era porque seu desejo se tornara intenso. Ela ansiava pelos beijos, pelos abraços de Andrea. E suas tramas finalmente estavam dando resultados. Eis Giustiniana, três dias antes do encontro secreto no *casino* de N.:

Sexta-feira nos encontraremos. Mas, meu Deus, como esse ínterim há de parecer-me interminável! E depois? Depois pensarei em outro dia, para sempre ocupar-me docemente de ti. [...] *Diz, Memmo, és totalmente feliz comigo? O que posso fazer para agradar-te mais? Gostarias que eu mudasse alguma coisa em meu modo de agir, em meu estilo de vida? Fala, pois farei tudo que quiseres. Que maior consolo poderei ter que o de ver-te contente e cada vez mais ligado a mim? Nunca pensei que seria possível amar com tamanha violência. Tudo em mim é excesso.*

Na noite seguinte, Alvisetto foi até o quarto de Giustiniana para entregar-lhe a resposta de Andrea: "Minha alma, que prazer será o nosso! [...] Ama-me, adora-me [...], pois o mereço por bem conhecer-te [...]. Oh, meu Deus, não caibo em mim". Acompanhava a carta um pequeno leque, delicadamente bordado — um mimo para tornar a espera mais suportável. A fim de não despertar as suspeitas de mrs. Anna, Andrea sugeriu a Giustiniana que pedisse para tia Fiorina fingir que o leque era para ela. Também em outras ocasiões a irmã de mrs. Anna demonstrara certa compaixão ante as dificuldades da sobrinha. Sempre à procura de aliados confiáveis, Andrea achou que esse subterfúgio não só poderia dirimir quaisquer dúvidas de mrs. Anna em relação ao presente, como ainda lhes permitiria avaliar a disposição de tia Fiorina para ajudá-los no futuro.

Na quinta-feira, véspera do encontro, Alvisetto entregou a Andrea uma carta longa e terna:

E então, meu querido Memmo, amanhã estaremos juntos. Existe algo mais natural do que isso, entre duas pessoas que se amam? [...] *Sinto-me fora de mim, e te amo, te amo tanto, Memmo, que nem sei expressá-lo. Tu me amas da mesma forma? Quero ter merecimento, quero ser bela, quero adornar-me com infinitas qualidades, e tudo para agradar, para merecer, para prender meu Memmo.* [...] *Sabe, no entanto, que teu amor também me torna orgulhosíssima e vaidosa ao extremo.* [...] *Onde se encontra com tal facilidade um homem amável, da alta-roda, e, ao mesmo tempo, tão firme, tão profundo ao refletir sobre as coisas mais importantes da vida? Onde* [se encontra] *um jovem dotado de uma imaginação tão rica, de idéias tão precisas, tão claras, tão ousadas, de tanta graça e tanta força ao expressar o que pensa? Meu Memmo, tão versado em humanidades, tão inteligente em belas-artes, é* [também] *um homem que domina a moda, possui uma bela figura, tem garbo e, com todas essas qualidades tão raras, sabe ser, por reflexão, modesto e isento de preconceitos. E, se às vezes ultrapassa limites* [...], *é para satisfazer os desejos da idade e do temperamento. E esse é o caminho da felicidade. És louco por princípio, por sólido raciocínio. E não és um raríssimo filósofo? Com as mulheres — o que tens sido com as mulheres? O que és? Outro dia N. me perguntou: "Como conseguistes agarrar esse* volage*?". E fiquei orgulhosa, Memmo.*

Quanto ao leque, acrescentou: "Pedirei a Fiorina que o aceite por mim. Se não se importa conosco, ao menos leva a crer que sim".

Na manhã seguinte ao encontro no *casino* de N., Giustiniana, embevecida com as mais doces lembranças da noite anterior, escreveu a Andrea em francês — não era a língua que melhor conhecia, mas evidentemente era a que julgava mais condizente com seu estado de espírito:

Ah, Memmo, que felicidade! Ontem passei quase duas horas contigo; e te ouvi falar; e me seguraste a mão; e nossos amigos, como-

vidos com nosso amor, prometeram ajudar-nos com mais freqüência. Depois que foste embora, A. e N. garantiram-me que me amas muito. Sim, tu me amas, Memmo, amas-me perdidamente. Diz uma vez mais que me amas; não me canso de ouvir, e, quanto menos usares de perífrases para dizê-lo, mais me enlevarás. O coração não quer rodeios, e [no amor] *a simplicidade vale mais que os mais belos ornatos. És o filósofo mais encantador que já escutei* [...]. *Se pudesse* [...] *eu ficaria contente de tornar o mundo inteiro espectador de meu amor! Ah, não falemos de tamanha felicidade. Adeus, eu me vou. Quando te verei? Diz-me, estás tão impaciente quanto eu?*

E acrescentou, para espicaçá-lo:

Ah, tenho uma notícia para dar-te. Minha mãe recebeu a proposta de um casamento entre mim e um cavalheiro romano muito rico. É terrível, Memmo. Não sentes nem um pouco de ciúme? E se ele for tão amável como me disseram? E se minha mãe o aceitar... Não posso continuar, nem de brincadeira. Sou inteiramente tua, meu tudo, meu querido. Adeus.

2.

Nos primeiros meses de sua relação clandestina, Andrea e Giustiniana eram tão discretos que apenas alguns amigos de confiança sabiam o que estava acontecendo. Como Andrea previra, mrs. Anna acabou baixando a guarda e passou a concentrar-se em possíveis pretendentes à mão de sua primogênita. No outono de 1754 os apaixonados se viam com muita freqüência e grande ousadia. Agora dispunham de vários locais para ficar juntos. O *casino* de N. estava sempre disponível. Meneghetto Tiepolo lhes dera acesso a um apartamento no mezanino de seu *palazzo*. E uma mulher chamada Rosa, que morava numa casinha muito simples, perto dos Wynne, eventualmente lhes alugava um quarto. Marcar um encontro secreto muitas vezes era trabalho de alguns dias. Demandava informações fidedignas e bom planejamento. Alvisetto corria furtivamente da casa dos Wynne ao Ca' Memmo, entregando cartas com as últimas providências ou com a notícia de uma inesperada mudança de plano. Muita coisa foi escrita sobre deixar e pegar chaves.

Os preparativos febris e o medo constante de serem surpreendidos tornavam seus encontros ainda mais ardentes. "Esses tolos desconhecem o refinamento que, com tais proibições, acrescentam a nossos prazeres?", Giustianiana escreveu, deliciada. "[A princípio] eu te via uma vez, por exemplo, e exultava muito com tua presença, é verdade; mas esta comoção, esta agitação, esta infinita doçura que me tira de mim mesma não eram tão intensas, com certeza."

À medida que o amor crescia e se tornava mais carnal, o ciúme se insinuava em seu pequeno mundo. Apesar da postura mais relaxada de mrs. Anna, Giustiniana não podia circular pela cidade tão livremente quanto Andrea — o que resultava em desvantagem psicológica. Quem Andrea via, quando não estava com ela? As cartas dele estavam cheias de descrições detalhadas de suas atividades diárias, mas até que ponto eram confiáveis? No relativo confinamento de sua casa, em Sant' Aponal, ela dispunha de muito tempo para afligir-se. A mera alusão a um mexerico desagradável bastava para enfurecê-la.

Entre os melhores amigos de Andrea figurava sua prima, Lucrezia Pisani, a jovem que ele encontrara casualmente na ponte, quando procurava Giustiniana pela cidade. Alegre, atraente, popular no círculo do primo, ela costumava receber pessoas interessantes, e Andrea gostava de visitá-la. Contudo, os relatos dessas visitas faziam Giustiniana sentir-se excluída. Ao saber que ele via Lucrezia com freqüência cada vez maior nos dias em que não podiam estar juntos, Giustiniana protestou, irritada. Sua atitude o deixou perplexo. Andrea explicou que Lucrezia era uma velha amiga, uma aliada, uma das poucas pessoas que conheciam seu envolvimento. E reagiu à indignação da amada com uma indignação ainda maior:

O que foi que eu te fiz? Que tipo de criatura és tu? Que modo de pensar é esse? Que obstinação! Que crueldade! Então faço a corte a Lucrezia há dez dias, não é? Pois se enganam no tocante ao tempo. [...] *Ela passou vários dias no campo. Eu podia ter ido também, mas não quis. Nesse período fiquei em casa o dia inteiro e, muitas vezes, também à noite.* [...] *Um dia almocei com ela* [...] *e, sempre que nos encontramos no teatro, estive em seu camarote, é verdade. Mas haveria de assistir a comédias inteiras sozinho num camarote ou com um amigo? Devo estar louco para defender-me tanto. Sim, a companhia dela me agrada, confesso. Em primeiro lugar, porque é uma mulher com quem se tem mais liberdade* [...]. *É espirituosa, culta, inteligente, permite que se fale de tudo sem acanhamento e quase sempre está em boa companhia. E é tua amiga, fala de ti com freqüência e com interesse.* [...] *Ah, tu és louca, louca, louca.* [...] *Acabarás levando-me ao desespero com tuas malditas dúvidas* [...]. *Se procuro tranqüilizar-te, continuas duvidando. Fica sossegada: nunca mais deixarei que me vejam com ela. Mas aonde hei de ir? Aonde quer que eu vá, sempre haverá outros mexericos e novas cenas.* [...] *Sim, por Deus, vou trancar-me no quarto, desde que arranjes quem me vigie, pois, do contrário, nunca acreditarás em mim. Quando não me virem mais em lugar nenhum, hão de pensar que estou me divertindo às esconsas e de modo mais seguro. Que vida a minha...*

Entretanto, as suspeitas de Giustiniana não eram totalmente infundadas: dizia-se que Lucrezia nutria por Andrea uma afeição que ultrapassava sua velha amizade. Como Giustiniana não mudasse de atitude, Andrea concluiu que teria de fazer algo mais drástico para apaziguá-la. E o fez de um modo que revelou seu pendor para a intriga:

É um pouco difícil obter [este favor], *mas és tão desenvolta, tão livre de preconceitos, tão espirituosa, tão compreensiva que talvez o concedas. Lucrezia tem me atormentado para ler algumas car-*

tas tuas — o que nunca permiti. Eu gostaria que me escrevesses uma carta, em francês, recomendando-me que agradeça a ela e dizendo, se quiseres, que, embora não tenhas ciúme, tu a julgas inteligente bastante para entender que não me convém ser visto a seu lado com demasiada freqüência. Ela já sabe de toda a minha paixão por ti e de todo o teu desvelo por mim. Garanto que só te peço isso porque desejo enfatizar sempre mais que amo uma mulher muito mais singular que ela. Se não puderes atender-me, não importa. Basta que me ames.

Giustiniana sentia-se mal com esse tipo de jogo. Uma coisa era recorrer a uma pequena artimanha para escapar ao controle da mãe e encontrar o amado às escondidas. Outra coisa, meio inquietante, era usar de artifício pelo simples prazer de enganar. A facilidade com que o companheiro mais terno e carinhoso conseguia se transformar no manipulador mais ardiloso parecia um traço arraigado no caráter de Andrea. E, considerando que Lucrezia, outra especialista em dissimulação, provavelmente não daria grande importância ao comportamento do primo, era muito mais difícil entender isso. Giustiniana também tinha um lado sedutor, uma propensão a flertar com jovens e velhos. Mas retraía-se diante da ambigüidade excessiva. Atinha-se a uma norma que não era muito comum entre as jovens venezianas: a exclusividade dos sentimentos românticos. Assim, ficou estupefata quando, ao almoçar com os Morosini, pouco depois do episódio de Lucrezia, soube que Andrea estava flertando também com Mariettina Corner, outra sedutora notória. A vida amorosa de Mariettina já era bastante complicada: ela era casada com o irmão de Lucrezia, tinha um amante oficial e estava de caso com um terceiro homem, Piero Marcello — um jogador mulherengo que por acaso morava perto dos Wynne. Disseram a Giustiniana que, embora mantivesse o relacionamento com Piero, Mariettina estava na verdade interessada em Andrea.

Mais uma vez Giustiniana cobrou explicações do companheiro, e mais uma vez ele a criticou por dar ouvidos a todo mexerico que circulava entre os Morosini: "Mas o que anda te dizendo essa gente com a qual tanto te divertes? Crês em todos os seus disparates, mesmo sabendo que eles me odeiam. [...] A primeira acusação é a seguinte: que estou envolvido com Mariettina. Será possível que vivas com medo de que eu te ofenda com todas as mulheres que vejo?".

A história do suposto caso de Andrea com Mariettina reunia todos os ingredientes de uma farsa de Goldoni. A pedido de Mariettina, Andrea atuara como intermediário em seu romance secreto com Piero. E Giustiniana — como Andrea se apressou em lembrá-la — até o incentivara a assumir esse papel por imaginar que, enquanto estivesse ocupada com outros homens, Mariettina não representaria uma ameaça para ela. Contudo, as idas e vindas de Andrea entre os dois amantes forneceram muito assunto aos mexeriqueiros. Na confusão que se seguiu, Giustiniana não sabia em quem acreditar. Andrea reconheceu que "algumas pessoas poderiam bem pensar que Mariettina se interessava por mim, pois constantemente falava comigo, fazia-me sinais, sentava-se a meu lado, sem se importar nem [com o amante], nem com o marido, nem com o mundo". Tratava-se de um terrível mal-entendido: ele era inocente, e Giustiniana seria uma "tola" se dedicasse "mais que um momento a conversas desse tipo".

Não era fácil para ela esquecer o que escutara, pois grande parte da vida de Andrea transcorria longe de seus olhos ou de seu alcance. Os rumores eram ainda mais nocivos por repercutirem em círculos aos quais Giustiniana tinha acesso, porém não pertencia. Ela conhecia a maioria dos amigos de Andrea e era bem recebida na casa de muitas famílias patrícias. Contudo, embora talvez não fosse tão visível como em outros lugares da Europa, o véu da discriminação social era bem real; governava a sociedade veneziana sutilmente e de modos menos sutis — como em relação ao casamento. Quando escrevia a Andrea sobre as amigas dele, Giustiniana muitas vezes demonstrava uma ansiedade que ia muito além de um natural ciúme romântico.

Mas ela também tinha como revidar.

Enquanto Andrea e Giustiniana lutavam para esclarecer o mal-entendido sobre o papel que ele desempenhara no caso dos amigos, Mariettina organizava um de seus célebres bailes na Giudecca — a ilha separada da parte sul de Veneza por um largo canal, onde os patrícios tinham casas de campo com jardins e vinhedos. Esse era um dos grandes acontecimentos sociais da temporada. Os preparativos se estendiam por vários dias. As jovens venezianas tinham paixão por luxo. Gostavam de trajes ricos e rebuscados, porém relativamente confortáveis, para movimentar-se com maior desenvoltura no minueto e na furlana, dança popular originária da região do Friuli. Passavam horas penteando o cabelo em forma de altas colméias, decoradas com pedras preciosas e grampos de ouro. Pintavam as longas unhas com cores vivas. Ensopavam-se de perfumes exóticos e dedicavam especial cuidado à escolha das pintas postiças (a *appassionata* no canto do olho; a *coquette* acima do lábio; a *galante* no queixo; e a *assassina* no canto da boca).[1] Ostentavam leques enormes, ricamente bordados, e fieiras de pérolas e diamantes. Os saltos altos haviam caído de moda: para a noite, as damas de Veneza preferiam sapatos baixos, mais razoáveis, em geral adornados com fivela de diamante. Eram fabulosamente caros, porém muito confortáveis, sobretudo para dançar. Os homens usavam o tradicional costume francês: casaco de seda, calções na altura dos joelhos e meias brancas. Punhos e jabôs de renda da ilha de Burano conferiam à indumentária um toque veneziano. As elegantes perucas de noite eram penteadas e arrumadas para a ocasião.

O baile de Mariettina proporcionaria a Andrea e Giustiniana uma oportunidade de esclarecer as coisas de uma vez por todas. No entanto, ainda aborrecida com todo o imbróglio, Giustiniana não tinha a menor vontade de comparecer a um evento social tão importante. Assim, enviou um bilhete a Andrea no momento em que ele estava se arrumando para sair:

Se o mau tempo persistir, certamente não irei à festa de Marietta Corner. Sabes como minha mãe tem medo de vento. Ela declarou que não atravessa o canal da Giudecca se a mínima brisa estiver soprando. Mas talvez seja melhor que um pretexto razoável me dispense de ir, porque, acredita, ficaremos muito mal. Ainda farei o possível para dissipar o medo de minha mãe: terás mais essa prova de minha complacência. Já me propus uma nova conduta. Podes fazer o que quiseres: não vou reclamar, nem enfadar-te com meus queixumes. Quando me causares dissabores, tentarei convencer-me de que o fazes não por ter má intenção, e sim por não julgar-me sensível a essas coisas [...]. *Não agüento mais essa história de pedir desculpas, saber que agiste mal ao ofender-me e persistir no mesmo jeito. Continuarei dando-te as maiores provas de meu afeto; continuarás dando-me dissabores sempre mais doídos, e pode ser que meu sofrimento não te leve a mudar de atitude.* [...] *Adeus, Memmo, não quero atrapalhar tua toalete.*

No fim, Giustiniana não conseguiu convencer a mãe — se é que tentou — e não foi ao baile de Marietta. No dia seguinte mandou para Andrea este bilhete doce e amargo: “Não te escrevi de manhã porque pensei que, cansado da festa, devias estar dormindo. O mau tempo impediu-me de ir, porém, como já te disse, estou convencida de que foi melhor assim. Hoje tive alguma esperança de encontrar-te no Ca' Tiepolo, mas vejo que me enganei. À noite, iremos à casa de Smith, e amanhã te escreverei. [...] Não tenho nada a pedir-te, além de que me ames muito, se puderes. Adeus".

Andrea sempre reagia defensivamente, até mesmo com impaciência, aos acessos de ciúme de Giustiniana. Não era imune a tais sentimentos, porém, em tese, adotava o que considerava uma postura "filosófica":

Dificilmente poderei ser ciumento, não porque julgue ter tanto mérito que não te permita distinguir o [mérito] *dos outros, e sim porque não quero crer que sejas leviana, coquete, inconstante, imprudente ou malvada. Se chegasse a ter motivos para duvidar de ti* [...] *certamente te tomaria por outra mulher, e a dor causada por tua mudança haveria de ser acerba, porém a meus olhos não serias mais a amável, a raríssima Giustiniana, e, perdendo o que fez nascer meu sumo amor e o alimenta sempre mais, eu perderia também toda a ternura e voltaria a ser o Memmo de antes.*

Essa era a teoria. Na prática, Andrea logo perdia a calma quando via outros rapazes rondando Giustiniana. Temia, em especial, Momolo Mocenigo, que, embora conhecido como Il Gobbo — o Corcunda — por causa de uma ligeira curvatura na coluna, era, na verdade, um conquistador irresistível. "Ele era o mais bonito de todos os patrícios que jogavam no Ridotto", Casanova escreveu em suas memórias.[2] Quando não estava apostando na mesa de faraó, Il Gobbo freqüentava os teatros, onde assediava as damas e tentava semear discórdia. Apreciava particularmente a companhia de Giustiniana, cuja disposição em comprazê-lo irritava muito Andrea. Uma ocasião, após surpreendê-la, uma vez mais, numa "longuíssima conversa" com ele, Andrea disparou: "Todo mundo conhece Il Gobbo como um femeeiro de marca maior. [...] Há algum tempo, ele resolveu enfurecer-me, dando a entender, na presença de outras pessoas, que eu praticamente deveria agradecer-lhe por não ter querido seduzir-te, apesar da benevolência que lhe demonstraste. Confesso que não quis suportar tal prepotência e que ele não teve motivo para ficar muito contente com minhas respostas. [...] Que necessidade havia de sair sozinha, sem tua mãe, para ir prestar homenagem a Momolo? Por que falar com ele quase cochichando-lhe ao ouvido? Por que informá-lo de que ias a San Moisè, para ele contar-me isso de um modo que tanto me desagradou?".

Uma noite, Andrea estava em casa, com febre e com uma terrível dor de garganta, quando soube que o "femeeiro de marca maior" ia se encontrar com Giustiniana. Furioso, saiu às pressas, atravessou a cidade correndo e irrompeu no apinhado Ridotto. "Procurei-te por toda parte [...] e te encontrei na mesma sala que ele", escreveu com raiva e uma boa dose de autopiedade. O incidente, garantiu-lhe, "redobrou a inflamação da fauce, como bem podes imaginar".

Não obstante, Il Gobbo irritava-o menos que Piero Marcello, o belo *coureur de femmes* que cortejava Mariettina Corner, mas também tinha olhos para Giustiniana. Andrea considerava-o frívolo e vaidoso, o tipo de jovem que, ao comprar uma roupa nova, "fazia um tremendo estardalhaço para chamar atenção". Muitas vezes Piero deixava sua gôndola no mesmo cais usado pelos Wynne. "Vê como as aparências enganam", Andrea comentou, temeroso de que se pensasse, erroneamente, que Piero estivesse visitando Giustiniana e suas irmãs, quando na verdade apenas morava ali perto. Com efeito, uns e outros já se referiam às irmãs Wynne como as "namoradas de Piero Marcello". Além de cortejar Giustiniana, Piero alfinetava Andrea publicamente, perguntando se ele e sua amada ainda se encontravam às escondidas. Uma vez os dois quase se atracaram por causa dela, conforme

Andrea afirmou, com mais que uma ponta de gabarolice, ao descrever o confronto:

> PIERO: *Por acaso estás com ciúme de mim? Podes crer que não tive intenção nenhuma.* [...] *Quando* [as mulheres] *me chamam, confesso que não sei me conter.* [Mas] *sou teu amigo, não hei de trair-te, fico longe das mulheres dos amigos. Se desconfias de mim, não falarei mais com ela.*
>
> ANDREA: *Quem pensas que és? O Terror do Mundo? Achas que me dás medo? Se Giustiniana fosse louca, como tuas amantes, se quisesse teu dinheiro* [...] *se tivesse as fraquezas e as tolices e os preconceitos das mulheres comuns, se não soubesse da existência de outros homens de algum mérito, se fosse uma coquete ou coisa pior, poderias desafiar-me. Todavia, caro Piero, com quem crês que estás lidando?*

Andrea concluiu: "Disse-lhe isso com minha habitual clareza, de modo que, após afetar surpresa, ele resolveu levar a coisa na brincadeira".

A história não terminou aí. Dias depois Andrea viu Piero e Giustiniana conversando mais uma vez. E advertiu-a severamente: "Agora estou falando como marido: não quero, de maneira nenhuma, que demonstres publicamente que conheces Piero Marcello. Aborreci-me muitíssimo, quando Mariettina, ao perceber que eu tentava ver com quem estavas rindo, sussurrou-me ao ouvido: 'Ela ri com Piero, que está lá embaixo'".

Mesmo depois dessa reprimenda, Andrea não admitia que era ciumento:

> *Já te disse cem vezes: não te proíbo de ver Piero por ciúme* [...] *mas em público não quero absolutamente que olhes para ele, nem que o cumprimentes, ainda mais que ele adora afetar uma certa*

ambigüidade que não me agrada e que é muito insolente. [...] *Nem Momolo nem Piero são para donzelas.* [...] *Um se pavoneia e o outro se desmancha, com o mesmo objetivo: fazer crer que tiveram alguma intimidade com todas as mulheres que conheceram um pouco. E por isso ambos incomodam tantos pobres amantes.*

Apesar dos mal-entendidos e dos arrufos que se seguiam, o relacionamento de Andrea e Giustiniana se fortaleceu na primavera e no verão de 1755 a tal ponto que eles praticamente não se interessavam por mais nada. Dedicavam toda a sua energia a si mesmos e à busca de locais para se encontrar. Haviam se tornado especialistas em transpor barreiras e agora se esgueiravam de uma alcova a outra. O amor absorvia sua vida e pouco a pouco os transformava.

Giustiniana tinha fama de animada e sociável. O carinhoso apelido de *inglesina di Sant'Aponal* evocava uma alentadora imagem de juventude e graça. Sendo a primogênita, pouco depois de seu retorno a Veneza ela passara a dividir com a mãe os deveres de uma boa anfitriã, enquanto Bettina, Tonnina, Richard e William ainda estavam sob os cuidados de Toinon. Esse papel lhe assentava como uma luva. Na sala de sua casa ou na do cônsul, ela se sentia à vontade, deliciando a todos com seus encantos. Por volta de 1755, no entanto, estava farta de tudo isso; farta de representar. Mal se reconhecia. "A coqueteria era meu maior prazer", disse a Andrea num momento de introspecção. "Agora tenho dificuldade em formular as mais simples *politesses*; tudo me aborrece, tudo me enfastia. Todos me dizem que fiquei obtusa e boba e já não sei entreter as visitas. Eu também percebo isso e não me importo nem um pouco." Ela passava o dia escrevendo para Andrea, imaginando, preocupada, com quem ele estaria, planejando seu próximo encontro — onde, a que horas e, sempre, o que fazer com as chaves. Quando saía com a mãe — para almoçar na casa do cônsul ou para ir à igreja, ao teatro, ao Ridotto —, tudo o que fazia se relacionava, de um modo ou de outro, com Andrea: as pessoas com quem decidia conversar, as coisas que dizia, a maneira como as dizia.

Andrea também estava inteiramente entregue à paixão. "Se meu amor não comandasse todos os meus atos...", suspirou. "Não penso, não vejo, não ouço senão minha adorável Giustiniana. Todo o resto, acredita, é indiferente para mim." Ele ainda mantinha sua rotina: saía com a família, ia até a tipografia do impressor Pasquali a mando do cônsul, almoçava no Ca' Tiepolo e, à noite, dava um pulo no teatro. Mas fora do mundo secreto que partilhava com Giustiniana sua vida já não era muito empolgante nem muito divertida. Desde que seu tio Andrea falecera, no ano anterior, o Ca' Memmo recebia menos visitantes e deixara de ser o reluzente pólo intelectual do passado. Ademais, preocupada com a influência de Casanova sobre seus três filhos, Lucia Memmo por fim conseguiu o que queria, e convenceu os inquisidores a prendê-lo.* Nas *malvasie* lotadas, as acaloradas conversas, noite adentro, sobre o último livro que chegara de Paris ou a nova peça de Goldoni perderam seu participante mais interessante.

O projeto de criar um teatro francês em Veneza não avançava, e Giustiniana temia ser o principal entrave: "É por minha causa que não consegues retomá-lo? Caro Memmo, tenta de novo. Abro mão de tudo, quando se trata de tua honra. [...] Vê o quanto me interesso por todas as tuas coisas e principalmente o

* É provável que um conjunto de fatores tenha determinado a prisão de Casanova em 25 de julho de 1755 — o ateísmo professo, o envolvimento com magia negra, a fama de ter ludibriado três velhos (e simplórios) patrícios. Mas a pressão de Lucia Memmo sobre os inquisidores também influiu no encarceramento. E Casanova tinha certeza disso. "A mãe [de Andrea] teve parte na trama que me mandou para a prisão",[3] escreveu mais tarde em sua *História de minha vida*. Mas não guardava ressentimentos contra os filhos de Lucia.

quanto me interesso por essa, que, pela própria grandeza, pela particularidade, pela forma excelente com que conduziste todas as etapas, deveria estabelecer tua reputação [...]. E pensar que eu, com sentimentos tão justos, talvez tenha te prejudicado é algo que me mortifica imensamente". Andrea admitiu que pouco progredira e que "todos os envolvidos" no empreendimento estavam furiosos. "Dizem que os fiz de bobos. Veneza inteira atribui a meu amor excessivo o fracasso desse projeto. Por Deus, não me importo [...]. Ah, meu Deus, quantas vezes eu queria dizer-te que te adoro, meu coração." Carinhosamente ele acrescentou que retomaria a idéia, "porque me dará a sensação de estar fazendo algo por ti. Corri até os advogados para reativar o processo, porém não os encontrei. Mas hei de encontrá-los". No fim, apesar de eventuais esforços, o projeto nunca se concretizou.

Andrea continuava apegado a seu mentor, Carlo Lodoli, o franciscano que ainda fascinava os membros mais abertos da nobreza veneziana. Agora que não era mais seu discípulo, Andrea o via com menos freqüência, porém ansiava para que Giustiniana também se aprimorasse com o homem que o influenciara tão profundamente. Incentivou o velho mestre a visitá-la tanto quanto possível e a conduzi-la para seu círculo de seguidores. Giustiniana sempre o recebia com prazer, faminta que estava de novos livros e novas idéias no restrito ambiente intelectual reinante em sua casa. Encantava-se principalmente com a oportunidade de desfrutar a presença de alguém que conhecia tão bem seu amado. Quando o frade ia a sua casa, era como se levasse Andrea junto — ao menos em espírito. "Lodoli acabou de sair", ela escreveu a seu amor. "Fez-me companhia por muito tempo, e conversamos com toda a liberdade. Hoje o apreciei imensamente, mais que de costume [...] [é] o homem mais útil à sociedade que já conheci [...]. Falou-me muito de ti [...] e elogiou-te pelo que os homens realmente devem ser elogiados, ou seja, pelas belas qualidades da alma e pela lisura do espírito."

Durante anos a biblioteca do cônsul Smith fora um segundo lar para Andrea. E durante seu namoro secreto com Giustiniana ele continuava visitando o cônsul e ajudando-o a catalogar suas obras de arte e seus livros. Quase dois anos tinham se passado desde que conhecera Giustiniana naquela casa. Enquanto trabalhava, deliciava-se com doces lembranças da época em que se apaixonaram entre belos quadros e livros raros. "Quantos objetos me fazem continuamente recordar-me de ti [...]. Oh, Deus, Giustiniana, Giustiniana, meu ídolo, tu te lembras de nossa felicidade?"

Na verdade, ele freqüentava o cônsul mais por dever e gratidão que por prazer. O velho podia ser cansativo. "Quando começa a falar, depois do chá da noite, não pára mais", Andrea comentou, fatigado. "E pede-me para ficar lá enquanto se despe." Muitas vezes essas conversas de homem para homem mencionavam os Wynne, e em várias ocasiões Andrea se divertiu ao perceber o tom vagamente libidinoso que Smith adotava ao falar de Giustiniana.

À medida que as vidas dos amantes se entrelaçavam, tornando-se cada vez mais inextricáveis, a desesperança em relação a sua situação inevitavelmente os invadia, acarretando mais tensão e novas crises. Andrea enchia suas cartas de declarações de amor e devoção, porém nunca apresentava grandes perspectivas — planos a longo prazo que, mesmo vagos, permitissem a Giustiniana sonhar com um futuro em comum. Ao contrário, comentava, impensadamente, que seria muito mais simples se ela se casasse com outro homem ou, melhor ainda, se fosse uma jovem viúva, "isto é, [estivesse] numa posição que dispensa certos cuidados; então veriam quanto e como Memmo te adora".

Giustiniana estava sofrendo mais que Andrea. Suas cartas, sempre mais impulsivas e emocionais que as dele, tornavam-se mais desvairadas com suas oscilações entre felicidade e desespero. Veneza se convertia de repente num lugar hostil, um labirinto aquático de espelhos, sombras e sussurros. Ela não conseguia controlar a vida de Andrea e, conseqüentemente, tampouco a sua. Sentia-se cada vez mais perdida. Com freqüência sucumbia a ataques de ciúme que a levavam à beira de um colapso.

Grande beldade e *femme fatale* notória, Caterina (Cattina) Barbarigo recebia seus admiradores num *casino* que, entre os patrícios progressistas, estava na moda, e, entre os inquisidores, era visto com desconfiança. Embora mais velha que Andrea — era casada e tinha duas filhas lindas —, ela gostava de cercar-se de jovens promissores. Ele, por sua vez, estava encantado por fazer parte de seu círculo de amizades — mesmo ferindo os sentimentos de Giustiniana. "Passaste o dia com a signora Cattina Barbarigo, não passaste?", ela perguntou, em tom de acusação. "Chega, não me lamentarei. [Por que] não só não te vi, como sequer recebi uma linha tua? Mas antes não ter recebido nada que se tivesses escrito tarde [da noite], às pressas e quase por obrigação. Amanhã me escreverás com mais vagar." Nos dias subseqüentes, porém, ela não recebeu nenhuma carta. No quarto dia de silêncio, a ansiedade se transformou em raiva:

Que vergonha, Memmo [...]. *Será possível agir de pior forma com uma mulher que se diz amar perdidamente? No sábado escrevo, e não podeis responder porque estais com a Barbarigo. No domingo não vos vejo, embora tenha passado o dia inteiro na janela, tampouco recebo carta nenhuma, apesar de que, na segunda-feira, dia solene, deveis esperar que eu saia de casa e, por conseguinte, deveis averiguar e tentar ver-me. Oh, escrevestes* [...] *e, se vosso amigo não pôde entregar-me o bilhete, faltaram-vos, talvez, outros meios de informar-me alguma coisa, mesmo depois de* [eu passar] *dois dias sem saber nada de vós* [...]. *Minha mãe está doente há muitos dias, temos como avistar-nos com menos receio, e no entan-*

to Memmo se diverte e só se lembra de Giustiniana quando o impele a inescusável necessidade. O que devo, então, pensar? De toda parte chegam-me gracejos sobre vossas novas diversões e vossas amáveis e velhas amizades.

Naturalmente Andrea alegou absoluta inocência. "Pelo amor de Deus, minha alma, não sejas tão má comigo. Que *rendez-vous* tenho eu? O que foi que eu fiz para deixar-te tão indignada? [...] Minha querida menina, acalma-te, confia em mim, pois desse modo me arrancas o coração." Ele explicou, de um jeito meio oblíquo, que considerações táticas e nada mais o obrigavam eventualmente a guardar silêncio por alguns dias ou a interromper a torrente de cartas. Mas lembrava-lhe que, se às vezes sumia, era pelo bem *dela* e certamente não porque estivesse cortejando outras jovens: "Eu te adoro, sabes, e por isso, em vez de reclamar [...] dessa eterna desconfiança, [devias saber que] não penso senão em tua situação [...]. De bom grado eu te prestaria contas de minha vida diariamente, mas sabes que tenho medo de escrever-te [...]. Tua mãe é capaz de qualquer bestialidade [...]. Basta-me que nem as pessoas de tua casa, nem nossos inimigos, nem a outra multidão que nos observa venham, por qualquer imprudência acidental de nossa parte, a descobrir nosso atual relacionamento".

Suas palavras não a tranqüilizaram. Na verdade, sua atitude matreira deixou-a ainda mais aborrecida e revoltada:

Como pudeste jurar que não me causarias o mínimo desprazer, se ao mesmo tempo procuravas afastar-te de mim, pretextando prudência para correr logo a ver N. [...] Não estejas tão certo do poder que tens sobre mim, pois romperei este maldito elo. Abri os olhos. Meu Deus! A que homem fui dar um amor extremo [...].*

* Evidentemente não se trata do mesmo N. que lhes emprestava o *casino*.

Deixa-me, por caridade, deixa-me. Acredita, sou um estorvo: em breve, talvez, me odiarás. Desgraçado! Por que me trais? [...] Todos me falam dessa tua nova amizade com N. [...] Tentas justificar-te. Tranqüilizo-me novamente e consinto que a vejas e circules, uma vez ou outra, em sua companhia. Depois de nossa reconciliação [...] apressas-te em deixar-me para voltar a vê-la. Que maior prova que esta, para conhecer tua infidelidade? Maldito! [...] Minha indignação é tanta que não me deixa dizer tudo que eu gostaria [...]. Não me apareças, pois não quero [...]. Entendo por que me aconselhaste a fingir que nossa amizade havia terminado; entendo, sim, e agora me é patente tua artificiosa sinceridade, tua infame prudência [...]. Agora te conheço. Achavas que poderias enganar-me para sempre? Chega, Memmo. Chega. Não quero mais ser um divertimento para ti.

Os rumores eram verdadeiros? Andrea cortejava N., ou Giustiniana se enredava numa espiral de ciúme sem fundamento? O que quer que estivesse ocorrendo, Andrea subestimara, sem dúvida, a profundidade do desespero de Giustiniana. De repente ele se viu na defensiva, lutando para conter-lhe a raiva: "Como posso descrever o estado em que me encontro, mulher cruel? Estou imerso em mil pensamentos, agitado, acossado por mil coisas diferentes! Por Deus, a maneira como me tratas não poderia ser mais inumana. E a que se deve tudo isso, santo Deus, que ainda não sei? [...] O que foi que eu fiz para merecer tal procedimento? [...] Será possível que ainda não conheças meu caráter? [...] Vem cá, Giustiniana, fala com teu Memmo com a liberdade que deves e podes ter".

Agora Andrea percebia com mais clareza que, enquanto se sentisse presa a um relacionamento sem futuro, Giustiniana ficaria mais angustiada e mais intratável e a vida de ambos se tornaria um inferno. No entanto ele continuava ambivalente: "Diz-me se desejas sair da situação em que te encontras, fala francamente, expõe as soluções possíveis, e, por danosas que possam ser para mim, se te deixarem contente [...], fala e verás se te amo". Estaria sugerindo que fugissem? Estaria começando a pensar num casamento secreto, com todas as conseqüências negativas que acarretaria? Se assim era, escolhera um modo tortuoso e hesitante de abordar o assunto, como se estivesse apenas tentando aplacar a fúria de Giustiniana. Com efeito, já em sua carta seguinte ele recuou, retomando sua posição mais tradicional: a felicidade de ambos dependia de arrumar um marido para Giustiniana. "Ah, meu Deus, infelizmente vejo que, até tu te casares e eu poder visitar-te à vontade, não teremos muita coisa; mas, entrementes, tentemos fazer o mínimo mal possível."

Giustiniana, porém, não havia extravasado toda a sua ira. De repente as cartas de Andrea lhe pareciam fúteis e previsíveis. Onde estava o jovem forte e decidido pelo qual se apaixonara tão loucamente? No isolamento cada vez mais freqüente de seu quarto em Sant'Aponal, ela decidiu pôr um ponto final em sua história de amor. Seria melhor romper de uma vez, por mais que lhe doesse, que suportar a tortura que Andrea lhe infligia.

Esta é a última vez que te importuno, Memmo, e, graças a tua conduta, sinto-me em condições de poder, livre e tranqüilamente, escrever-te estas linhas. Não te reprovo a traição, o pouco amor, a pouca gratidão, o desprezo. Não, Memmo; se bem que todas essas coisas tenham me magoado muito, superei-as a ponto de não me lamentar ou desejar vingança. Sabes o quanto te amei; sabes que perfeita foi minha amizade. Ah, meu Deus, coloquei toda a minha felicidade em amar-te perdidamente! Sabias disso e deixaste que por algum tempo eu me acreditasse amada com a mesma intensidade [...]. *E agora que te conheço, agora que percebo meu engano, agora, ao romper um laço tão tenaz, eu te dou, quer dizer, eu te dei a maior prova de minha paixão. Apesar de todas as injúrias, de toda a tua infidelidade, minha resolução de abandonar-te já vacilava; no entanto, o desprezo dos últimos dias, o pouco empenho em justificar-te, a insistência nessas coisas que sabes que me desagradam, teu total afastamento fizeram-me ver que não poderia ocorrer-te nada melhor. Nesses dias abri os olhos, aprendi a conhecer-te e a conhecer-me e me tornei indiferente e firme na resolução de não pensar nunca mais em quem me desprezou e me traiu de forma tão cruel.*

Portanto, entre nós está tudo acabado. Sei que não posso dar-te maior prazer que este [...] *e sei também que minha tranqüilidade, meu decoro e, talvez, minha vida dependem dessa ruptura. Nunca te odiarei (vê quanto te prometo), mas terei, ao mesmo tempo, prazer e desprazer com tua felicidade e com tuas desgraças. Digo mais: nunca amarei ninguém como te amei, Memmo ingrato. Faz-me o favor de devolver todas as minhas cartas, que só te servem para lembrar-te minha fraqueza e tua perfídia.* [...] *Vou queimá-las, para tirar de minha frente tudo que possa lembrar-me o quanto fiz por quem não merece.*

Aqui está teu retrato, que outrora foi meu deleite e meu conforto e que agora não quero mais perto de mim. Quanto ao que encomendaste, pede ao pintor que o traga; eu lhe pagarei aos poucos e o guardarei comigo. Tua vaidade já teve suficiente satisfação. Todos sabem o quanto te amei* [...]. *Fica longe de mim por mais alguns dias. A distância tem me feito bem e tenho motivo para esperar que, com o tempo, seja maior o benefício. Eu te perdôo por tudo. Na realidade, mereci o tratamento que recebi, pois julguei-te capaz de um fervor sincero e constante e não posso condenar-te, se tua inconstân-*

* Andrea encomendara um retrato a "Nazari", possivelmente Bartolomeo Nazzari (1699-1758), pintor que estava na moda em Veneza e era protegido do cônsul Smith. Infelizmente o retrato nunca foi encontrado.

cia é insuperável e faz parte de tua natureza. Não te peço amizade, nem um lugar em tua memória. Não quero mais nada de ti. Deixei de ser a amante mais apaixonada e não quero ser outra coisa. Adeus, Memmo, considera-me morta. Adeus para sempre.

A dramática ruptura limpou o ar. Ao cabo de alguns dias a atmosfera envenenada que os envolvera se dissipou, e mais uma vez eles estavam juntos, cheios de amor e desejo. Giustiniana até riu de suas fraquezas:

Ah, meu Deus! Como expressar tanto excesso, meu Memmo? Como dizer que te amo, que ainda és minha verdadeira felicidade, meu único bem? Ah, estou louca, completamente louca. E esses últimos dias? Tens pena de mim? [...] *Com minhas suspeitas, com meu ciúme* [...]. *Só tu podes entender-me, pois conheces meu coração e o poder que tens sobre ele. Não sei como me ocorreu essa mudança tão repentina nem como me atrevo a dizer-te isso! Não, não sei mais o que faço* [...]. *Mas amanhã nos veremos. Acho que vou já para a cama. Depois de estar em doce conversação com meu Memmo* [...], *imagina se posso suportar a tola companhia que está lá embaixo!*

Andrea ansiava tanto por abraçá-la novamente que até uma espera de vinte e quatro horas lhe parecia intolerável. Sozinho em seu quarto, no Ca' Memmo, entregou-se a fantasias eróticas, que prontamente transmitiu à amada:

Minha pequena, minha pequena, queres que te divirta com minhas loucuras; tens coragem de ouvir? [...] *Estou tão repleto de fantasias a teu respeito que qualquer coisinha basta para lançar-me num movimento universal. Por exemplo: leio uma carta tua* [...]. *Olho fixamente os caracteres traçados por tua mão e digo a mim mesmo: escreveu-os minha adorável Giustiniana* [...] *e julgo ver tua mão, tua própria mão, ah, meu Deus, beijo a carta não encontrando outra* [coisa para beijar], *estreito-a como se fosses tu, meu Deus, abraço-te com a imaginação, não agüento mais. O que fazer, meu Deus? Não consigo mais resistir. Ah, meu Deus, outra mão tua me alivia, ah, não posso, não posso dizer mais, imagina, minha alma, o resto, ah, meu Deus, meu Deus* [...]. *Não falo mais, não falo mais* [...].

Em seus enlevos, Andrea se sentia capaz de "qualquer despropósito": "Agora tenho mais vontade de levar-te embora e esposar-te que de tentar qualquer outra coisa". E, quando ele se expressava dessa forma, Giustiniana sempre se entregava inteiramente: "Meu Memmo, serei sempre tua. Ah, tu sabes que me encantas, que estou fora de mim, que nunca encontrarei um Memmo com todas as qualidades e todos os defeitos que me agradam em ti. Fomos feitos um para o outro, sem dúvida. Basta moderar minha desconfiança e tua pequena leviandade, e seremos felizes".

Depois desses momentos de êxtase, porém, a tristeza mais uma vez se instalava em seus corações. Andrea se perguntava como seu relacionamento poderia sobreviver. "Nunca teremos um instante de paz e tranqüilidade. Ainda mais crendo, como crês, em tudo que ouves... Santo Deus, não sei mais o que fazer! É impossível que mudes teu temperamento, enquanto estou longe de ti. Parece-me impossível que me acredites todo teu, como de fato sou, e é impossível mudar tua mãe ou tuas circunstâncias. Portanto, o que se há de fazer?", ele perguntou, desesperado, a Giustiniana. "Não sei como continuar tendo-te comigo."

3.

No início de dezembro de 1755, correu a notícia de que Catherine Tofts, a elusiva esposa do cônsul Smith, falecera após uma longa enfermidade. Anfitriã ativa e talentosa, com freqüência ela dera recitais privados em sua casa. Um belo quadro de Marco Ricci, um dos pintores favoritos do cônsul, focaliza-a cantando, feliz, com uma orquestra de câmara. Mas o retrato foi elaborado pouco depois de seu casamento com Smith e antes da morte de seu filho. Com o passar dos anos, ela se apresentava cada vez menos (Andrea nunca a menciona em suas cartas). No fim da vida, dizia-se que enlouquecera e o marido a trancafiara num hospício.

Smith organizou um funeral suntuoso, ao qual compareceu um vasto contingente da comunidade estrangeira de Veneza (os italianos se abstiveram, porque a Igreja católica proibia o luto público por protestantes). Um comerciante alemão luterano, amigo do cônsul, registrou a ocasião em seu diário: "O signor Smith recebeu condolências e serviu doces, café, chocolate, vinho de Chipre e muitas outras coisas; a cada um dos presentes deu um par de luvas de pelica branca, no estilo inglês". Composto de vinte e cinco gôndolas, com quatro tochas em cada uma, o cortejo fúnebre desceu o canal Grande, passou pela Dogana di Mare, cruzou a bacia de São Marcos e atracou no Lido, onde o corpo de Catherine foi sepultado no cemitério protestante: "Os navios ingleses ancorados em São Marcos saudaram o cortejo com um canhoneio".[1]

O cônsul tinha oitenta anos, mas ainda estava em boa forma e cheio de energia. E não pretendia restringir suas atividades. No começo da primavera murmurava-se que já havia abandonado o luto e se mostrava ansioso para arranjar uma nova esposa — uma reviravolta que agitou a comunidade inglesa.

John Murray, o embaixador britânico, tinha um relacionamento conturbado com Smith desde o momento em que desembarcou em Veneza, em 1751. Smith pleiteara o cargo na esperança de coroar sua carreira como embaixador do rei na cidade em que passara a melhor parte de sua vida. Entretanto, seus contatos londrinos não foram suficientemente fortes para assegurar-lhe a honraria, e Murray, um *bon vivant* mais interessado em mulheres e boa mesa que na arte da diplomacia, fora escolhido. "É um sujeito escandaloso em todos os sentidos da palavra", disparou lady Mary Wortley Montagu, que, com certo esnobismo, preferia a companhia dos patrícios locais à de seus compatriotas menos aristocráticos. "Não merece confiança para trocar um cequim, é desprezado por seu governo porque se dedicava inicialmente ao contrabando e vive cercado de proxenetas e agentes, que são seus conselheiros particulares."[2] Casanova, como seria de se esperar, tinha uma opinião diferente: "Um homem bonito, espirituoso, culto, amante prodigioso do belo sexo, de Baco e da gastronomia. Nunca fui mal recebido em seus encontros amorosos, nos quais, para falar a verdade, ele se conduzia muito bem".[3]

O cônsul não escondeu sua decepção. Desdobrava-se para

fazer Murray se sentir indesejável, e o novo embaixador logo estava reclamando dele com lorde Holderness, o secretário de Estado, veterano em Veneza e amigo dos Wynne: "Assim que cheguei, tentei seguir seu conselho e tratar bem o cônsul Smith. Mas ele me pregou tantas peças desagradáveis que acabei tendo de confrontá-lo abertamente. Ele prometeu emendar-se, porém recomeçou, obrigando-me a romper relações".[4]

A viuvez de Smith e, mais importante, sua intenção de casar-se novamente acarretaram uma repentina suspensão nas hostilidades entre ele e o embaixador. Murray ponderou que seu ex-inimigo poderia ser o marido perfeito para sua irmã Elizabeth, que o acompanhara na mudança para Veneza (e talvez calculasse que, com o casamento, acabaria pondo as mãos na valiosa coleção de arte do cônsul). Smith gostava realmente de Betty Murray. Apreciava suas freqüentes visitas ao Palazzo Balbi, achava-a gentil e, pensando bem, não de todo desprovida de atrativos. Logo começou a considerar seriamente a possibilidade de esposar "aquela formosa virgem quarentona", como a chamava lady Montagu.[5]

Murray e a irmã não eram os únicos que viam o cônsul com novos olhos. Após a morte de Catherine, mrs. Anna também estava interessada nele, por imaginar que seria o marido perfeito para Giustiniana: Smith poderia dar a sua filha uma posição respeitável na sociedade, além de segurança financeira. Ademais, era amigo da família havia vinte anos e certamente cuidaria dos jovens Wynne — ao menos durante o pouco tempo de vida que ainda lhe restava. Afinal, haveria melhor maneira de ele cumprir sua promessa de velar pela família de sir Richard? Mrs. Anna começou a atraí-lo delicadamente, convidando-o a freqüentar sua casa com mais assiduidade, exibindo-lhe Giustiniana e jogando uma indireta cá e lá. Também resolveu eliminar Betty Murray da competição, ao mesmo tempo que tentava preservar as melhores relações possíveis com ela e seu irmão. Inevitavelmente, contudo, surgiram tensões no pequeno grupo, e Betty Murray revidou, chamando a atenção do cônsul para o fato de que, a seu ver, Giustiniana ainda estava muito apaixonada por Andrea.

A princípio Giustiniana ficou perplexa com o plano da mãe, porém sabia que não podia fazer nada. E, embora tivesse só dezoito anos, não se mostrou horrorizada com a idéia de esposar um octogenário. Gostava de Smith e reconhecia as vantagens materiais de tal união. O que realmente a preocupava, no entanto, era o efeito que o plano teria sobre seu relacionamento com Andrea. Ajudaria a acobertá-lo ou acarretaria seu fim? Facilitaria ou dificultaria seus encontros? O cônsul era tão velho que o casamento estava fadado a durar pouco. O que aconteceria depois que ele morresse?

Andrea havia dito muitas vezes, ora rindo, ora não, que seriam muito mais felizes se Giustiniana fosse casada ou, melhor ainda, viúva. Mas falara por falar. Agora, inesperadamente, eles contemplavam a possibilidade bem concreta de Giustiniana se casar em breve e logo enviuvar. Andrea encarou o assunto com seriedade. E expôs seu raciocínio cuidadosamente:

Quero que acredites que desejo esse matrimônio por amor a ti. Enquanto ele viver, estarás na mais feliz das situações [...]. *Não terás cunhadas nem cunhados, nem damas ou cavalheiros com quem entrar em conflito, e sim um único homem, que é de trato difícil, porém, se o manejares bem desde o começo, terás um escravo. Ele te amará com o maior respeito do mundo* [...]. *Cercado de luxo e riqueza, adora* étaler *sua fortuna e seu gosto; por vaidade, por sua imensa vaidade, há de querer que convivas com muitas damas, o que te dará liberdade para conviver também com cavalheiros. Teremos, por certo, de tomar extremo cuidado para que ele não descubra nossa afeição antes do tempo.*

Andrea passou a colaborar com mrs. Anna, insinuando a Smith que faria um casamento muito sensato. Giustiniana concordava com tudo, se bem que cautelosamente, pois continuava desconfiada. Quanto ao cônsul, a mera perspectiva de esposar a bela jovem que vira desabrochar levou-o a um estado de euforia que nem sempre ele conseguia conter. Andrea percebeu sua mudança de imediato: "Ele me contou: 'Não sei, ontem não consegui dormir. Sempre pego no sono tão logo me deito, mas ontem acho que estava com a imaginação acesa; só consegui pregar olhos lá pelas sete e às nove me levantei, fui até Mogliano,* comi um bocado de pão com boa manteiga e agora estou ótimo'. E, para demonstrá-lo melhor, deu dois saltos que realmente comprovaram sua energia".

A notícia de uma possível união entre o velho cônsul e Giustiniana extrapolou os limites da comunidade inglesa e tornou-se tema de mexericos nos mais altos círculos venezianos. Smith pouco fez para pôr fim ao falatório. "Ele vive adulando minha mãe", Giustiniana escreveu ao amado. "E deixa correrem à solta os rumores sobre nosso casamento." Andrea, por sua vez, comunicou-lhe que acabava de chegar da casa de Smith, onde se travara um diálogo muito sugestivo na presença do general Graeme,** o novo e iracundo comandante do combalido exército veneziano, e vários outros convidados.

Falando de mulheres casadas, até contando quantas se encontravam presentes, disse-me [o cônsul]: *"Outro amigo vosso vai casar-se em breve".*

* O cônsul tinha uma vila em Mogliano Veneto, no continente.

** O general William Graeme era escocês e sucedeu o marechal Johann Matthias Schulenburg naquele ano (1755). A república costumava contratar militares estrangeiros para comandar suas forças terrestres.

"Quem será esse meu amigo, que não confia em mim o bastante para contar-me isso?", retruquei.

"Eu mesmo... Não é o que se murmura por toda parte? O próprio general [Graeme] *me falou que no palácio do doge..."*

"É verdade, eu também estava lá. Aliás, um dos maiores comentários de Graeme foi que, quando mencionou o assunto, não tomastes nenhuma providência para defender-vos."

"Como haveria de me defender de uma coisa que muito me honra, sendo eu idoso?"

Andrea deixou a casa do cônsul um tanto confuso, sem saber ao certo se o anfitrião falara "a sério ou por brincadeira". E pediu a Giustiniana que o mantivesse a par de tudo que ouvisse. "Estou muito curioso por novidades sobre Smith." Ninguém sabia realmente quais eram as intenções do velho — se ia pedir a mão de Giustiniana ou se decidira esposar Betty. Tampouco estava claro se de fato pretendia casar ou se apenas se divertia às custas dos outros. Giustiniana também achava difícil ler seus pensamentos. "Ele esteve aqui até as quatro horas", relatou ao amado. "Não ocorreu nada de especial, a não ser que renovou o convite para visitar sua casa de Mogliano e apertou-me a mão ao despedir-se. Estás satisfeito?"

Andrea temia que Smith se irritasse com os rumores — habilmente alimentados pelo clã dos Murray — de que seu caso com Giustiniana prosseguia em segredo e, assim, permaneceu cauteloso ao encorajá-lo: talvez o cônsul precisasse de mais tempo; afinal, acabara de enterrar a esposa. Mrs. Anna, contudo, estava decidida a não perder a oportunidade de promover o noivado da filha, e aumentou a pressão.

No verão, os venezianos abastados iam para suas propriedades no campo. Quando o poderio marítimo de Veneza começou a declinar, no século XVI, a república pouco a pouco se voltou para a expansão de seus territórios no continente e o fomento da agricultura e da indústria para sustentar sua economia. A nobreza adquiriu vastas extensões de terras e construiu vilas elegantes, que às vezes rivalizavam em luxo com as mais suntuosas casas de campo inglesas ou os castelos franceses. No século XVIII a vila era um importante indicador de status social, e a vilegiatura no campo tornava-se cada vez mais chique. Quem tinha uma vila, abria-a para familiares e convidados na temporada de verão, que começava no início de julho e se estendia setembro adentro. Quem não tinha, tratava de alugar uma. E quem não podia arcar com o aluguel, saía à cata de convite. Uma lufa-lufa estressante sempre cercava as idas e vindas da estação.

O que levava os venezianos ao campo não era um desejo romântico de conviver mais de perto com a natureza. Seu êxodo estival, meio forçado — que Goldoni ridicularizou numa comédia muito aplaudida, meses antes, no Teatro San Luca* —, era um modo caprichoso e ostensivo de transferir para o campo o ócio que cultivavam na cidade durante o inverno. O campo lhes proporcionava, literalmente, uma mudança de cenário, como se os *burchielli*, os barcos confortáveis que transportavam os veranistas pelo canal Brenta acima, também carregassem os intrincados cenários da nova produção teatral da temporada.

Smith era adepto da vilegiatura desde a década de 1720, mas só na década seguinte comprou uma casa em Mogliano, no norte de Veneza, na estrada de Treviso, e chamou seu amigo Visentini para reformá-la. Construída no típico estilo neopaladiano —

* Goldoni escreveu a trilogia *Villeggiatura* para a temporada do Carnaval de 1756.

com linhas bem definidas e espaços simples e elegantes —, a casa dava para um pequeno jardim formal, adornado de estátuas clássicas e vasos de limoeiros dispostos simetricamente pelo piso de pedra. Uma aléia estreita e bem cuidada, guarnecida de portões decorativos, estendia-se, paralela à construção, na extremidade do jardim, proporcionando um local seguro para as caminhadas matinais ou vespertinas. O cônsul levara parte de sua pinacoteca para a vila, adornando-lhe as paredes com obras de contemporâneos ilustres — Marco e Sebastiano Ricci, Francesco Zuccarelli, Giovan Battista Piazzetta, Rosalba Carriera — e de velhos mestres como Bellini, Vermeer, Van Dyck, Rembrandt e Rubens. "Nunca vi uma coleção de quadros tão bonita",[6] o arquiteto Robert Adam comentou, quando esteve em Mogliano.

Várias vezes Smith convidara os Wynne para conhecer sua linda casa de campo. Agora, na primavera de 1756, renovou o convite com um propósito mais premente: cortejar Giustiniana com maior empenho e decidir se a pediria em casamento, possivelmente no final do verão. Até então relutante por causa das complicações logísticas que até mesmo uma pequena viagem ao continente acarretaria para uma família tão grande como a sua, mrs. Anna resolveu aceitar o convite.

Giustiniana não se empolgou nem um pouco com a perspectiva de passar vários dias nas garras do cônsul. Numa carta a Andrea, expressou seu desejo de que o velho "nos deixe em paz" e confessou que "cem vezes mandei para o inferno aquela maldita Mogliano". Andrea, porém, explicou-lhe que o convite de Smith era uma coisa boa, pois significava que ele pretendia mesmo esposá-la e estava prestes a desistir da solteirona Betty Murray. Giustiniana continuava temendo a visita — e o papel que Andrea e sua mãe esperavam que desempenhasse. Sua aflição só fez aumentar durante a viagem de um dia inteiro até Mogliano. Mas, uma vez no campo, instalada na esplêndida vila de Smith, ela começou a gostar de seu papel de sedutora do *vecchio* e a apreciar o lado engraçado da situação. O tempo que passava com seu anfitrião fornecia-lhe assunto para entreter seu verdadeiro amor:

Nunca vi Smith mais animado que ontem. Além de caminhar comigo pelo jardim durante a manhã inteira e de subir as escadas saltitando, quis dar-me ainda outra prova de sua agilidade e de sua força. [Os meninos] *estavam no jardim, brincando de atirar pedras para ver quem acertava mais longe. E — acreditas, Memmo? — Smith perguntou-me: "Quereis ver como acerto mais longe que qualquer um deles?". Pensei que estivesse gracejando, porém ele pediu duas pedras aos meninos, atirou-as na presença da família inteira e, como não atingisse o alvo, reclamou que as pedras eram leves demais e jogou outras. Eu me arrebentava de rir, mas mordia os lábios.*

A visita a Mogliano deixou todo mundo contente, e até Giustiniana retornou a Veneza de bom humor. A essa altura Smith parecia perdidamente apaixonado e decidido a cortejá-la durante o verão. Como isso seria inviável se os Wynne permanecessem em Veneza, ele sugeriu a mrs. Anna que alugasse Le Scalette, uma vila pertencente à família Mocenigo e situada em Dolo, o local da moda, às margens do Brenta e a umas duas horas de Mogliano. O próprio Smith se encarregou das transações financeiras e possivelmente arcou com parte das despesas, já que o aluguel devia ser caro demais para mrs. Anna.

Claro está que a idéia não agradou Giustiniana. Uma coisa era passar alguns dias em Mogliano, e outra, muito diferente, era ter o velho rondando-a o verão inteiro. E Andrea? Onde estaria? Quando poderiam se encontrar? Era insuportável a idéia de ficar longe do amado por tanto tempo. Mais uma vez Andrea tentou tranqüilizá-la. Não havia por que se preocupar: arrumar encontros clandestinos provavelmente seria mais simples no campo que na cidade. Ele viajaria sempre que pudesse, ficaria com amigos de confiança — os Tiepolo tinham uma vila nas proximidades — e a visitaria assiduamente. Seria fácil.

Por outro lado, parecia-lhe necessário dedicar ao cônsul o maior tempo possível, a fim de bajulá-lo, afastar suas suspeitas e induzi-lo a tomar uma decisão com respeito ao casamento. Logo se evidenciou que Smith também desejava a companhia de seu jovem amigo. Ele explicou que o queria a seu lado para cuidar de seus negócios legais e financeiros, mas provavelmente resolvera testá-lo, observando-o de perto para ver se ainda amava Giustiniana. Parecia depender de Andrea como nunca. Os dois se tornaram inseparáveis — uma estranha dupla, deslocando-se entre Veneza e Mogliano, onde a criadagem do cônsul preparava a casa para a temporada de verão, e fazendo freqüentes viagens de negócios a Pádua.

Giustiniana ficou sozinha para pensar no futuro. Sofria com as ausências de Andrea, apavorava-se com a incerteza de sua situação. Não entendia por que ele precisava dedicar tanto tempo a "esse bendito homem". Achava que estavam perdendo "momentos preciosíssimos", em que poderiam estar juntos. Contudo, suas reclamações sempre acabavam cedendo lugar a palavras de grande ternura. Durante uma das viagens de Andrea ao continente, com Smith, ela escreveu:

Tu estás longe, querido Memmo, e eu estou muito mal. [...] *Quando estás aqui, fico mais contente, mesmo sabendo que não posso falar contigo. Imagino que, se um feliz acaso me proporciona um instante* [de liberdade], *posso avisar-te, podes correr, posso ver-te da janela;* [...] *o tempo passa* [mais rápido], *e sinto menos o peso das circunstâncias. Entretanto, estes dias são bem compridos, e este domingo realmente não acaba nunca! Todavia, é verdade, querido Memmo, que tens me proporcionado momentos felizes; como quan-*

do me levantei e encontrei dois bilhetes teus, que li e reli o dia inteiro e que me deram imenso prazer. Depois, tenho muitas cartas tuas, que, para minha sorte, ainda não te devolvi, e que também viajaram. E teu retrato — ah, quão docemente me ocupou! Falei com ele, disse-lhe tantas coisas que sinto ao ver-te e que não posso expressar quando estou perto de ti [...]. Minha mãe me levou para tomar um pouco de ar, e, enquanto caminhávamos, devagarinho, junto ao canal, abandonei-me inteiramente a minhas reflexões, já que ela estava tão taciturna quanto eu. Despertando, porém, corri os olhos avidamente por todos os lados, como se fosse encontrar-te, e, ao avistar um barco que não me parecia muito diferente do teu, não deixei de crer que estivesses a bordo; e, assim, também em casa um movimento inopinado muitas vezes me levou até a janela, onde costumo ficar quando espero ver-te [...]. Depois, à noite... ah, essas horas foram bem desagradáveis. Recebemos um bom número de visitas, e tive de fazer-lhes companhia. Mas não me perturbaram muito o coração nem os pensamentos, pois preferi ficar sozinha, num canto da sala [...]. Agora me recolhi, graças a Deus, e estou contigo, com todo o espírito e o coração; este é o momento mais feliz da noite. E tu, minha alma, que estás fazendo no campo? Estás sempre comigo [...]. Agora Tonnina me atormenta porque quer dormir e me chama para deitar-me. Ah, que menina maçante! Preciso fazer-lhe a vontade. Escrevo-te amanhã. Entrementes, se puder sonhar que estou contigo, não será uma delícia? Adeus, meu Memmo, adeus. Te adoro [...]. Memmo, penso sempre em ti, sempre, sempre, minha alma, sim, sempre.

À medida que se aproximava a vilegiatura, Giustiniana ficava mais ansiosa. Andrea ainda reservava ao cônsul a maior parte de seu tempo, explicando que assim trabalhava pela futura felicidade de todos. Smith, contudo, não dava sinal de estar chegando a uma conclusão. Ademais, perturbava-a a idéia de passar o verão no campo, enganando o velho. O pessimismo a dominava. Nada de bom poderia resultar daquele plano absurdo. Andrea não estava sendo realista, e era loucura prosseguir. "Acredita em mim: temos muito a perder e nada a ganhar [...]. Verás que cometeremos muitas imprudências; ele acabará sabendo e, com razão, haverá de aborrecer-se conosco; ao invés de um amigo, terás nele um inimigo perigosíssimo; e minha mãe nos mortificará ainda mais, por termos estragado o que considera o mais belo projeto de sua vida." Ambos estavam sendo inconseqüentes, Giustiniana afirmou — ela, por insinuar-se junto ao cônsul sempre que o via, "como se realmente pretendesse torná-lo meu marido", conforme o desejo de sua mãe; e Andrea, por exortá-la "todo dia a esposá-lo". No entanto, ainda que, ao cabo de suas maquinações, Smith a pedisse em casamento e ela o aceitasse, Andrea acreditava mesmo que, de repente, tudo ficaria mais fácil para eles ou que o velho acabaria por admitir seu relacionamento? "Pelo amor de Deus, não metas na cabeça tamanha loucura. Crês, caro Memmo, que ele toleraria tua presença em sua casa ou junto a mim? Deus sabe as cenas [que ocorreriam], a vida miserável que seria a minha, a dele, a tua."

Em junho, enquanto Giustiniana aguardava o temido momento de partir para o campo, Andrea se ausentava da cidade com maior freqüência. Outros encargos se somavam aos que o cônsul lhe confiava: agora que seu tio havia morrido, os Memmo esperavam que ele desse mais atenção às propriedades da família no continente. Assim que regressava a Veneza, porém, Andrea tratava de confortar Giustiniana, reafirmando a lógica de seu projeto. Assegurava-lhe que não tinham outra alternativa: Smith era sua única chance. Pedia-lhe paciência e geralmente era tão persuasivo que, só com ouvi-lo falar, Giustiniana mergulhava "num estado de verdadeiro contentamento", apesar de todas as suas reservas.

Aos poucos ela começava a aceitar a idéia de que o fingimento era um mal necessário para alcançar a felicidade. Mas não era versada na arte de fingir. Quando não estava nos braços de Andrea, subjugada pelas palavras tranqüilizadoras do amado, seu modo de pensar mais inocente prevalecia, e ela entrava em pânico: "Ah, meu Deus, meu Memmo! Pintaste um quadro de minha atual situação, e também da futura, que me faz estremecer. Smith é a única solução? Se ele não me quiser, eu te perderei; se me quiser, não poderei mais ver-te. E queres que eu seja sensata [...]. Memmo, o que devo fazer? Não agüento mais, acredita, estou fora de mim".

"Ah, Memmo, estou aqui. Já não há remédio!"

No começo de julho, após semanas de preparativos, os Wynne finalmente atravessaram a laguna, subiram o canal Brenta e chegaram a Le Scalette, a vila que Smith lhes arranjara. Durante toda a viagem, Giustiniana não fez outra coisa senão recordar a chorosa despedida que tivera lugar pela manhã, no canal Grande: enquanto os Wynne e seu pequeno séqüito se amontoavam no barco, Andrea lhe acenava de sua gôndola, aparentemente sem que mrs. Anna o visse. Deitada na cabine, Giustiniana fingiu dormir para que nada interrompesse, sequer por um instante, o fluxo de imagens que a mantinha enlevada, pensando em Andrea. Contudo, ao instalar-se na vila, lançou um olhar a sua volta e descobriu que a casa e o jardim eram realmente muito bonitos e a localização, à beira do Brenta, não poderia ser mais aprazível. "Ah, se estivesses aqui, este lugar seria delicioso! Passaríamos o tempo docemente", escreveu a Andrea, antes de dormir naquela primeira noite.

Os rituais cotidianos da vilegiatura tinham início, todas as manhãs, com uma xícara de chocolate quente, que adoçava o palato após uma longa noite de sono, proporcionava uma boa dose de energia e geralmente era servido num ambiente íntimo — desjejum no *boudoir*. Anfitriões e hóspedes se cumprimentavam, trocavam mexericos, antes de receber a correspondência da manhã, e planejavam as atividades do dia. Depois de se arrumar, as damas dedicando grande parte do tempo a trabalhosos penteados, todos caminhavam um pouco pelo jardim. Ao fim da caminhada, reuniam-se na sala de visitas para jogar cartas até a hora do almoço, uma refeição rebuscada que, nas casas mais luxuosas, comumente era preparada sob a supervisão de um cozinheiro francês. À tarde, faziam visitas sociais ou davam um passeio mais formal à beira do Brenta — exercício que os venezianos apelidaram de *la trottata*. Em geral essa trotada terminava na *bottega*, onde os veranistas se inteiravam das últimas novidades de Veneza. Após o jantar, ocupava-se a noite com conversas e brincadeiras de salão — das quais a cabra-cega era uma das favoritas. Nas vilas maiores havia concertos, recitais e, ocasionalmente, bailes.

Giustiniana não se animava com nada disso. Mal chegou a Le Scalette, viu-se assaltada por preocupações de ordem logística, perguntando-se se encontrar-se com Andrea às escondidas realmente seria mais fácil no campo que em Veneza. Vistoriou a casa em busca de um lugar adequado para abrigá-los, e imediatamente comunicou ao amado que o quarto de hóspedes, vizinho ao seu, estava vago. Mais importante: "A pequena distância da cama, há uma porta que dá acesso a uma escadinha secreta que, por sua vez, conduz ao jardim. Assim, podemos entrar e sair livremente, sem nos verem". Ela prometeu a Andrea explorar o local mais detalhadamente: "Vou espionar todos os cantos da casa, do jardim, dos alojamentos da criadagem e enviar-te um relatório exato".

A vila ao lado pertencia a Andrea Tron, um político astuto que, embora nunca se tornasse doge, era tido como o homem mais poderoso de Veneza (posteriormente desempenharia um papel importante na carreira de Andrea). Tron interessou-se vivamente por seus novos vizinhos. Como velho amigo de Smith, sabia que a morte de Catherine Tofts causara grande comoção entre os ingleses de Veneza. Como todo veneziano bem informado, sabia também do caso que Andrea e Giustiniana haviam tido e estava curioso para descobrir se a paixão ainda ardia. Assim, apareceu em Le Scalette para almoçar e convidou os Wynne a visitá-lo em sua vila. Mrs. Anna ficou encantada; era uma boa política fazer amizade com um homem tão influente. Instada pela mãe a ser simpática com o ilustre vizinho, Giustiniana sentava-se na extremidade do jardim, perto do portão que dava para a via principal, desfrutando o frescor da tarde e olhando sonhadoramente para os transeuntes. Tron geralmente passava por ali e parava para conversar um pouco com ela.

A princípio Giustiniana ponderou que a vasta propriedade do vizinho talvez fosse útil para suas escapadas noturnas. Tron possuía vários *casini*, onde ela e Andrea poderiam encontrar-se, protegidos pela escuridão. Entretanto, graças a suas freqüentes visitas aos alojamentos dos criados, onde já andava construindo alianças valiosas, Giustiniana descobriu que os *casini* viviam "cheios de gente, e, mesmo que um estivesse vago, correríamos enorme perigo por causa da quantidade de pessoas que estão nos outros".

No fim, pareceu-lhe mais conveniente e sensato combinar tudo com os Tiepolo, seus amigos de confiança. A vila deles era um pouco mais distante, porém Andrea certamente se hospedaria lá, e poderiam arquitetar um encontro secreto com maior segurança. Giustiniana até expressou a esperança de conseguirem recriar no campo o Ca' Tiepolo, que tão bem lhes servira em Veneza. E, com a imaginação à solta, acrescentou que, quando Andrea chegasse, seria melhor encontrarem-se pela manhã: "É mais fácil para mim levantar-me antes de todo mundo, ao passo que, à noite, a casa está sempre cheia e sou observada constantemente".

Enquanto diligentemente preparava o terreno para um verão de amor, ela se perguntava se "tudo isso nos será útil algum dia". Andrea vivia correndo de um lado para o outro, era uma presença fugidia ao longo do Brenta. Quando não estava com o cônsul em Mogliano, estava viajando para Pádua a negócios, visitando a propriedade dos Memmo ou voltando às pressas para Veneza, onde sua irmã, Marina, que não se encontrava bem havia já algum tempo, adoecera gravemente. Giustiniana era informada de que ele estava num vilarejo das redondezas e logo iria vê-la. Depois não recebia mais notícias. Toda vez que começava a sonhar que ele entrava sorrateiramente em seu quarto, na calada da noite, ou que a surpreendia na *bottega* da aldeia, chegava-lhe uma carta anunciando um adiamento ou uma mudança nos planos. Assim, só lhe restava esperar e escrever, esperar e escrever:

Passeei muito pelo jardim, a maior parte do tempo sozinha. Levei teu retrato comigo: ah, quanto o contemplei, quantas coisas lhe disse! Quantas preces, quantos protestos lhe dirigi! Ah, se soubesses, Memmo, a que ponto te adoro! Na verdade, desafio qualquer mulher a amar-te como eu te amo. E nos conhecemos tanto e não podemos desfrutar nossa perfeita amizade, nem aproveitar nossa mútua afeição! Meu Deus, que delírio! Nestas circunstâncias tão cruéis, é bom para mim ter a certeza de que me amas ao extremo e que não duvido de ti: de outro modo, que inferno seria minha vida?

Dias depois, ela ainda estava roendo as unhas:

Recebi tua carta ao deixar a mesa e voei para o quarto, onde me tranquei e me entreguei ao prazer de ouvir meu Memmo, que falava comigo, que me declarava seu carinho, que me contava de seus afazeres. Oh, como ficarias contente se me visses! Deitei-me displicentemente, tendo em uma das mãos tua carta e, na outra, teu retrato. Li e reli [a carta] *avidamente, trocando de quando em quando esse prazer pelo outro de olhar para ti. Estreitei uma e outro contra o peito, com transportes de ternura. Assim, pouco a pouco adormeci, e uma hora e meia depois, já desperta, eis-me escrevendo para ti.*

Uma noite, Andrea estava finalmente a caminho de Dolo, quando recebeu um bilhete de seu irmão Bernardo, comunicando-lhe que Marina estava agonizante. Transtornado, voltou para Veneza e, no caminho, escreveu a Giustiniana para explicar a mudança de planos. Ela respondeu de imediato, mandando-lhe todo o seu amor e sua solidariedade:

Tua irmã está à morte, Memmo, e tens de regressar correndo a Veneza? Fazes muito bem em ir. [...] *Eu mesma te aconselharia isso.* [...] *Mas não perco as esperanças com relação a sua vida. Talvez tua mãe e teus parentes tenham escrito com tanta premência para apressar teu regresso.* [...] *Se ela se curar, peço-te que venhas logo ver-me; se ela falecer, precisarás de consolo e, depois daquele período imposto pela decência, virás buscá-lo em tua Giustiniana.*

Dessa forma transcorreram dias e semanas. Por fim, Giustiniana parou de planejar encontros secretos. Durante sua longa espera, às vezes se assustava com a intensidade dos próprios sentimentos. O que se passaria na cabeça e no coração de Andrea? Havia as cartas dele, naturalmente. Mas sua ausência prolongada a desnorteava. Ela precisava muito vê-lo — vê-lo em carne e osso, e não evocar sua imagem num mundo de fantasia. "Tremo ao pensar que meu excessivo amor venha a enfastiar-te, Memmo. Só tenho a ti [...]. Onde estás agora, minha alma? Por que não posso ver-te?"

* * *

Ao mesmo tempo que ansiava pela presença da Andrea, ela se obrigava a ser gentil com o cônsul, que visitava os Wynne com freqüência, aparecendo para almoçar e às vezes pernoitando em Le Scalette — a criadagem ficava em polvorosa com suas chegadas de surpresa e seus horários estapafúrdios. Smith levava Giustiniana para caminhar pelo jardim e passava um bom tempo com a família, dispensando atenção a todos. Ninguém tinha dúvida de que estava perdidamente apaixonado por Giustiniana e a cortejava com a intenção de esposá-la. Até as crianças menores já o consideravam "fisgado" e "pertencente" à primogênita, conforme ela escreveu a Andrea.

Enquanto esperava o amado, Giustiniana observava com certa perplexidade os abraços contidos de sua irmã Tonnina e Alvise Renier, o pequeno noivo, que veraneava numa vila das vizinhanças. "Pobre menino!", comentou. "Toma-a nos braços, estreita-a contra o peito, e ela continua com sua indolência e nem se move, tal qual uma estátua; ou, se o acaricia, é tão friamente que dá raiva de ver. Eu não entendo esse amor, porque se tu, minha alma, me fazes a menor dessas carícias, incendeias-me por completo." Estava sendo um pouco dura com a irmã. Afinal, Tonnina tinha apenas treze anos, e Alvise era um pouco mais velho; tratava-se de um inocente primeiro amor. Mas, naturalmente, ao vê-los juntos, Giustiniana ansiava por estar nos braços de seu impetuoso amante.

Ignorando a torrente de cartas entre Le Scalette e Ca' Memmo, mrs. Anna exultava com a evolução dos acontecimentos. Com Andrea longe, o cônsul parecia cada vez mais animado com a idéia de esposar Giustiniana. Não era absurdo esperar um pedido formal ao término da temporada. Os outros veranistas acompanhavam com gosto a movimentação na casa dos Wynne. Na *bot-*

tega de Dolo comentavam-se as visitas de Smith e a ostensiva ausência de Andrea. Será que ainda se encontravam sem o velho saber? Ou teriam finalmente se rendido à pressão da família? Os jovens venezianos amigos de Giustiniana geralmente a encostavam na parede, quando ela aparecia na *bottega* para apanhar a correspondência. Por mais cautelosa que devesse ser, ela não conseguia renunciar ao secreto prazer de deixar escapar, em seu estilo alusivo, que ainda amava Andrea profundamente. "Hoje se comentava como os ingleses tentam fugir das paixões e como os italianos, ao contrário, parecem procurá-las", relatou. "O signor N. perguntou-me, maliciosamente, qual era minha opinião sobre isso. Respondi: 'A vida é curta demais. Uma paixão bem fundada, dirigida a uma pessoa amável, proporciona-nos mil prazeres. Nesse caso, por que fugir?'. O signor N. replicou: 'Mas, se ela é combatida, ou se pode causar dano?'. Retruquei: 'Uma vez desencadeada, deve-se mantê-la sempre'. [...] Será que tenho de importar-me com as opiniões desses tolos que me rodeiam? Sou orgulhosa demais para renegar minhas escolhas."

As repetidas visitas de Smith — e a contínua ausência de Andrea — criaram um clima de inevitabilidade em relação ao futuro casamento, e Giustiniana estava abalada. Em público, esforçava-se para demonstrar coragem. No entanto, assim que ficava sozinha, entregava-se aos mais sombrios pressentimentos. A esperança de que, quando tudo terminasse — quando se realizasse o casamento —, ficaria livre para entregar-se inteiramente ao amado sustentava-a em sua cotidiana representação. Mas ela não conseguia vencer o medo de, apesar de seu plano engenhoso, não poder ver Andrea depois que o cônsul a esposasse. Como lhe disse um dia um amigo inglês que veraneava às margens do Brenta: "Conheço meu país e acredito que o primeiro homem que Smith banirá de sua casa é Memmo". Giustiniana escreveu a Andrea:

Também o conheço, infelizmente! O que fazer, então? Esperar que de sua morte [resulte] *nossa liberdade? E até lá? E depois? Ele pode viver anos comigo, e eu não posso viver sem ti um mês. É verdade que qualquer outro marido me vedará tua companhia sem proporcionar-me as vantagens deste e sem ser tão velho. Mas tudo é incerto, e para nós, querido Memmo, só vejo um futuro ainda pior que o presente. Evidentemente não é o caso de nos casarmos. Eu não haveria de querer tua ruína, meu querido, em troca de toda a felicidade que teria vivendo contigo. Não, meu Memmo! Eu te amo do modo mais desinteressado, mais sincero possível, exatamente como deves ser amado. Creio que nunca poderemos ser completamente felizes, porém sempre serei tua, te adorarei, dependerei de ti por toda a vida. Disponho-me a fazer o que te agrada e juro, por todo o amor que te tenho, que se Smith me quisesse e meu Memmo não estivesse totalmente contente, de imediato largaria Smith e tudo o mais, pois meu verdadeiro destino é subordinar-me só a ti.*

Em agosto Marina melhorou, e Andrea finalmente pôde ir para o campo. Embora não estivesse bem — ainda se recuperava de uma febre que o forçara a guardar repouso —, decidiu viajar para Dolo e aproveitar o convite dos Tiepolo. Giustiniana ficou empolgadíssima. "Vem logo, meu coração, já que o estado de tua irmã te permite [...]. Vem, pois espero-te com a maior impaciência." Sendo arriscado demais recebê-lo em sua vila, tomara as devidas providências para encontrá-lo na modesta casinha da mãe de uma das empregadas, graças à intercessão de um padre local, no qual confiara de imediato. "Fui até lá e devo dizer-te que não passa de um tugúrio", avisou-o, "mas será suficiente para nós." Outra alternativa era o alojamento do caseiro, ao qual dava acesso "uma escadinha junto ao estábulo".

Tais providências revelaram-se desnecessárias. Andrea chegou tarde da noite, de carruagem; estava exausto, tendo feito um longo desvio até Pádua, a serviço do cônsul, exigente como sempre. Deixou a bagagem na casa dos Tiepolo e foi surpreender Giustiniana, entrando em seu quarto pelo jardim.

Na manhã seguinte, depois de se demorar na cama em alegre torpor, ela rabiscou um bilhete e o enviou a Andrea, aos cuidados dos Tiepolo: "Meu querido, amável Memmo, como te agradeço! Existe coração maior que o teu? Qualquer um pode visitar a amada, porém nas circunstâncias e da maneira como vieste ontem à noite, com tanta graça, ninguém, ninguém sabe fazê-lo! Cara minha felicidade, és muito especial, por certo. Quando [...] poderei demonstrar-te toda a minha ternura?".

Giustiniana estava preocupada com a saúde de Andrea. Temia uma recaída, pois ele não parecia nada bem. "Creio que emagreceste um pouco e te achei muito mais pálido que de hábito. Não quis dizer nada, meu querido, mas me deixaste um pouco aflita. Por todo o amor que te tenho, peço-te que te cuides. Imagina: sofreste a noite inteira, talvez com febre, exposto ao movimento da carruagem. Tornas caro demais, minha alma, o prazer de ver-te." Entretanto, estava tão faminta de sua presença, após a longa ausência, que não suportaria ficar sem vê-lo agora que ele estava tão perto: "Pode ser que venhas hoje à noite. Não te exponhas a nenhum risco, pois morrerei, se te causar qualquer transtorno. Se realmente estás bem, vem, pois te espero com a maior impaciência; mas, se ainda não te curaste de todo, cuida-te, minha alma querida. Irei encontrar-te... Ah, não posso. Que crueldade!".

Andrea passou o resto do verão na vila dos Tiepolo. Com a saúde plenamente recobrada e com a irmã fora de perigo, estava ansioso para recuperar o tempo que vivera longe da amada. Logo eles restabeleceram sua velha rotina, exaurindo os mensageiros e acionando aliados de confiança para organizar encontros secretos. As musselinas de Giustiniana voltaram a farfalhar, quando ela corria até o tugúrio que agora chamava de "nosso ninho de prazer", o alojamento do caseiro, a vila dos Tiepolo, ou mesmo a *bottega* da aldeia, se ambos se sentiam particularmente ousados. Quando não estavam juntos, trocavam bilhetes, planejando a escapada seguinte. Giustiniana estava no céu. Não havia preocupações em sua mente, nem nuvens escuras no horizonte: "Estou realmente em teu coração? Meu Memmo, como sinto minha felicidade! Que delicioso prazer experimento em possuir-te! E não obstante, confesso que, às vezes, duvidei de minha felicidade. Agora, Memmo, acredito em ti piamente e sou a mulher mais feliz do mundo! Que provas maiores de carinho, de amizade, de verdadeiro afeto posso desejar que me dês, meu bem? És incomparável, meu coração. Se eu não enlouquecer de prazer e de alegria, será realmente um milagre".

Na tranqüila atmosfera do verão veneziano, quando os dias transcorriam entre um carteado, um mexerico, uma *trottata* vespertina, a súbita movimentação entre a vila dos Tiepolo e Le Scalette não passou despercebida. Novos comentários sobre Andrea e Giustiniana circulavam entre os veranistas. Até alguns familiares dos Wynne estavam preocupados. Tia Fiorina, sempre solidária com os amantes, tomara conhecimento de sua farta correspondência ao longo do verão e não se importara. Contudo, ao saber que eles estavam se encontrando, assumiu uma atitude enérgica e passou "uma longa descompostura" na sobrinha. Os interesses em relação ao cônsul eram grandes demais para se dedicarem a um jogo tão perigoso, explicou.

As apreensões de Fiorina pressagiaram coisas piores. Andrea se ausentou por alguns dias para tratar de assuntos da família em Veneza. Giustiniana escreveu-lhe várias vezes, porém as cartas nunca chegaram a suas mãos: o mensageiro foi impedido. Alguém da casa dos Wynne — talvez um serviçal — traiu Giustiniana e entregou as cartas a mrs. Anna. As últimas linhas de uma frenética mensagem a Andrea são o único fragmento que sobreviveu para nos dar uma idéia do pânico e do caos que se seguiram:

> [...] *aos remédios mais violentos. Sabe-se que tenho enviado cartas a Veneza, mas não a quem! Todos, meu Memmo, todos me espionam. Não me abandones, Memmo, e não te arrisques a escrever-me. Não te perderei, mas, se acontecer algo de violento, sou capaz de tudo. Morrerei se me abandonares, minha alma!*

Infelizmente mrs. Anna sabia muito bem quem era o destinatário da correspondência, pois também interceptara algumas cartas de Andrea. Trêmula de raiva, interpelou a filha. "Passei o dia inteiro num verdadeiro inferno, se é que no inferno há tanto mal", Giustiniana lamentou, quando por fim conseguiu se isolar ("Escrevo-te onde e quando posso"). No auge da fúria, mrs. Anna ameaçou processar Andrea, denunciando-o "como um sedutor que perturba o sossego das famílias, conforme demonstram as cartas que tenho em meu poder", esbravejou. Giustiniana implorou misericórdia com tanto ardor e tamanha convicção que acabou acalmando-a. Aos prantos, sua mãe retirou a ameaça, porém advertiu-lhe que não haveria outro perdão: "Serás constantemente vigiada, manterei os olhos bem abertos, saberei de tudo; e tenho nas mãos [o suficiente] para arruinar o signor Memmo".

Evitou-se o pior — o que poderia ser mais terrível que ver seu romance esmiuçado num tribunal? Entretanto a traição expusera a vida oculta dos amantes. Os lugares onde se encontravam, os arranjos secretos, as promessas de amor eterno — agora mrs. Anna estava a par de tudo. Possuía uma lista dos nomes de seus mensageiros e cúmplices. No tocante aos Tiepolo, não podia fazer muita coisa além de proibir a filha de pôr os pés em sua casa. Já no tocante aos serviçais, não tardou em distribuir punições. Repreendeu e castigou severamente todos que ajudaram os amantes e demitiu Alvisetto, que participara da história desde o início.

A demissão de Alvisetto envolve algo profundamente triste, que nos lembra a que ponto a vida de um criado estava nas mãos do *padrone*. Em geral os patrões tinham com os empregados um relacionamento formal e até distante. Todavia, os membros mais jovens da família comumente se aproximavam mais da criadagem. Muitas vezes iam a seus alojamentos trocar mexericos ou pedir um favor. E não era raro uma filha dos patrões confiar um segredo a uma empregada (ou um filho buscar favores sexuais). Tratava-se, contudo, de uma relação sempre desproporcional e ambígua, que muitas vezes dava margem tanto à traição quanto à conivência — de ambos os lados. Afinal, na cozinha de Le Scalette Giustiniana encontrou seus aliados, mas provavelmente encontrou também seu traidor. Goldoni ridicularizou as complexas relações entre patrões e criados numa de suas peças mais populares. Alvisetto, porém, não se parecia em nada com "o astuto e mudo" Truffaldino, protagonista de *Servidor de dois patrões*. Fora obrigado a cooperar com Giustiniana e Andrea, contrariando o próprio bom senso. Agora pagava muito caro por uma confusão que não era obra sua. E eles nada podiam fazer para salvá-lo.

Ao cabo de alguns dias os amantes restabeleceram a comunicação. Giustiniana se entrincheirava na casa de um camponês solícito e apressadamente escrevia a Andrea. No entanto, dadas as circunstâncias, não podiam nem pensar em se ver. "Ah, Memmo, o que devo fazer? Será que te verei de novo? Adoro-te ainda mais que antes e te perco! Ajuda-me, aconselha-me." Não demoraram a atinar com uma solução. Andrea se propôs escrever a mrs. Anna, professando seu imorredouro amor por Giustiniana e prometendo esposá-la ao fim de dois anos, se o cônsul Smith não a pedisse em casamento. Estava blefando: ambos sabiam que não pretendia cumprir a promessa. Mas ele achava que convenceria mrs. Anna de suas boas intenções e, assim, teria permissão para ver a amada. Era uma estratégia arriscada para um ganho de curto prazo. Não obstante, Giustiniana concordou com o plano e decidiu envolver tia Fiorina até certo ponto — falando-lhe da carta que Andrea pretendia escrever a sua mãe, porém omitindo que se tratava de uma mentira. Tia Fiorina reagiu com sentimentos diversos. "Não se pode negar que Memmo te ama e é um cavalheiro", declarou à sobrinha. Sua proposta era "muito sensata". O problema, em sua opinião, consistia em fazer mrs. Anna escutá-lo. De qualquer modo, estava disposta a ajudar.

Mesmo com a colaboração de tia Fiorina, Giustiniana achava que o sucesso ou o fracasso dependia de Andrea atinar com o tom adequado e as palavras certas para se dirigir a sua mãe. Quanto a isso, deu-lhe instruções bem precisas — e que denotam uma considerável determinação de conduzir a situação.

Tu me enviarás uma carta, lamentando, já no início, que eu não tenha encontrado um jeito de escrever-te. Dirás que tens certeza de que te amo muito [...]. *Reafirmarás teu extremo amor por mim e acrescentarás que, para prová-lo, escreveste a minha mãe, pois queres fazê-la ouvir uma coisa importante — e me enviarás uma cópia da carta destinada a ela. A coisa importante (e aqui, meu bem, deves ter astúcia e confiança em mim) será que estás decidido a redigir um papel, como disseste, no qual prometerás esposar-me ao cabo de dois anos, caso Smith, ou outro partido mais vantajoso, não se apresente. Discorre sobre a vantagem que seria para mim tornar-me tua mulher e mostra que teu extremo amor por mim te leva a tomar essa decisão, a qual te notifico que abraçarei de todo o coração. Explica que estabeleces esse prazo porque tuas atuais circunstâncias não te permitem casar agora e que em dois anos poderão suceder alterações capazes de proporcionar-nos felicidade e conforto para o resto da vida, mas* [ressalva] *que será necessário extremo cuidado para manter esta promessa em segredo.*

É difícil imaginar que, embora ciente do blefe, Giustiniana não esperasse, no fundo do coração, que o falso plano se concretizasse um dia. Se assim era, guardou sua esperança para si mesma.

Andrea elaborou um primeiro rascunho. Giustiniana mostrou-o a Fiorina, que ficou "contente com teus sentimentos", mas um pouco assustada com o ressaibo contra mrs. Anna. "Ela me encarregou de dizer-te que para seduzir aquela mulher convém não lhe falar impetuosamente, e sim adulá-la." Giustiniana pediu ao amado que tentasse de novo e acrescentou, para encorajá-lo: "Se conseguirmos enganá-la, meu bem, que felicidade! Ou Smith me esposará, e não precisaremos [do subterfúgio], ou não me esposará, e ela não poderá negar a quem acredita que virá a ser meu marido um dia a liberdade de ver-me de vez em quando".

O segundo rascunho, porém, foi ainda mais decepcionante.

Meu Memmo, esta não é a carta que há de causar a impressão necessária [...]. *É fraca e não levará a nada* [...]. *Perdoa-me, mas não a mostrei nem a minha mãe, nem a minha tia.* [...] *A outra era mais forte e serviria divinamente a nosso propósito, se retirasses as poucas linhas de injúrias a minha mãe* [...]. *Nesta, contudo, vejo apenas o amante. Portanto, escreve outra ou copia aquela, mas da maneira como te expliquei* [...]. *Remete-a imediatamente. Hoje minha tia perguntou se* [a carta] *havia chegado, e muito me desagradaria que nos considerasse pouco diligentes face a um assunto de tamanha importância.*

Parte do problema se devia ao fato de que Andrea se resguardava para o caso de o plano falhar. Nos rascunhos ele se comprometia muito vagamente a esposar Giustiniana, pois temia que a carta lhe acarretasse transtornos com sua família, se mrs. Anna a usasse de maneira indevida. Adivinhando o motivo de sua hesitação, Giustiniana sugeriu que contasse a verdade para a mãe *dele*, que lhe mostrasse algumas cartas suas para convencê-la de que não tinham intenção de levar adiante o projeto, que tudo não passava de uma trama para enganar mrs. Anna e que ela — Giustiniana — nunca o aceitaria, pois tinha plena consciência do dano que causaria aos Memmo. Nada indica, porém, que Andrea tenha seguido seu conselho.

Em sua correspondência, nem um nem outro aventa a possibilidade de um dia se tornarem marido e mulher. Ao contrário, recusam-se obstinadamente a tocar nesse assunto. O que não deixa de ser irônico: mrs. Anna temia cada vez mais que se casassem, quisesse ela ou não. E, no estado de paranóia em que se encontrava desde que interceptara a última leva de cartas, chegou mesmo a desconfiar que tivessem se unido secretamente.

Nesse sentido a carta mentirosa de Andrea, uma vez aprovada por sua exigente editora e entregue à destinatária, deve ter lhe proporcionado algum alívio. Contudo, não serviu para amolecê-la e acabou piorando a situação. A princípio mrs. Anna achou que a carta era falsa. Quando sua irmã Fiorina por fim a convenceu de que era autêntica, ela explicou à filha por que não podia aceitar a proposta de Andrea. Eis como Giustiniana registrou a reação da mãe:

Li a carta de Memmo e percebi seu honesto desejo de esposar-te. Gostas de Memmo, Memmo te ama, e vossa união por certo seria desejável; mas, querida Giustiniana, não podes casar com ele. Vou contar-te uma coisa que nunca saberias: o contrato não seria aceito. Qualquer um te conviria, exceto um gentil-homem veneziano.

Pensa e resolve. Queres ser rejeitada por todos, impedida de entrar na casa de um nobre, odiada pela família de Memmo? [...] Queres causar tanto mal àquele pobre rapaz e aos filhos que viríeis a ter? Vamos, minha criança, coragem. Compreendo tua dor de perder o homem que adoras justamente quando te achavas tão perto de tê-lo. Se o amas, certamente não hás de querer sua desgraça nem a de seus filhos. Casa-te e leva adiante essa amizade que te é tão preciosa.

Sua linha de raciocínio era surpreendentemente parecida com a maneira de pensar dos dois amantes. E pela primeira vez mrs. Anna manifestava algum grau de empatia com a primogênita. Apesar de sua severidade e de suas cenas terríveis, ela entendia o que Giustiniana estava sofrendo (lembrar-se-ia, talvez, de alguma separação dolorosa ocorrida em sua juventude?). Evidentemente é impossível saber até que ponto esse relato de sua reação corresponde à realidade. De acordo com a versão que Giustiniana forneceu a Andrea, mrs. Anna até parecia admitir a possibilidade de, uma vez casada, a filha levar adiante sua história de amor.

De qualquer modo, o assunto não estava encerrado. Mrs. Anna anunciou que, tão logo voltassem para Veneza (a temporada chegara ao fim, e os Wynne se preparavam para deixar Le Scalette), queria conversar pessoalmente com Andrea. Entrementes, Giustiniana devia escrever a ele, solicitando formalmente a devolução de toda a sua correspondência e recusando o pedido de casamento: pelo bem de Andrea e da família Memmo, assim como pelo bem de seus irmãos, cujo futuro na Inglaterra poderia estar ameaçado, se ela esposasse um católico.

Pouco depois que os Wynne retornaram a Veneza, mrs. Anna e Andrea se viram frente a frente. Foi seu primeiro encontro, desde a *cacciata funesta*, a funesta expulsão do jovem apaixonado, dois anos antes. E não foi fácil para nenhum dos dois. Não obstante, conseguiram agir civilizadamente. Mrs. Anna até demonstrou uma certa compaixão, assegurando a Andrea que não lhe queria mal. Entendia que ele e sua filha se amavam muito e estava certa de que, no futuro, poderiam ficar juntos, mas por ora isso era impensável. Explicou que se achavam num momento muito delicado: como ele bem sabia, Smith manifestava interesse em esposar Giustiniana, e o futuro de sua família estava em jogo. Novamente pediu que Andrea parasse de se comunicar com sua primogênita.

Na prática, estava sutilmente firmando um pacto secreto com seu arquiinimigo. Se ele concordasse em afastar-se e deixá-la levar a bom termo suas complexas transações com o cônsul, ela não se oporia, no futuro, ao relacionamento dos dois amantes. Andrea aceitou suas exigências — afinal, sempre perseguira o mesmo objetivo. Prometeu que não procuraria Giustiniana de forma nenhuma, até realizar-se o casamento com Smith. Por insistência de mrs. Anna, escreveu uma carta a Fiorina, renegando sua intenção de esposar Giustiniana ao cabo de dois anos — um pedido fácil de atender. Depois, escreveu à amada, declarando que, tendo em vista as circunstâncias, seria realmente sensato absterem-se de qualquer contato. Mrs. Anna obteve uma vitória completa.

Giustiniana ficou perplexa com a traição de Andrea. Não conseguia acreditar que ele acatara tão docilmente as imposições de sua mãe. "Achas que poderei viver sem ver-te, sem escrever-te? É querer demais. Antes morrer." Ele tentou apaziguá-la, porém se manteve inflexível: "Fomos feitos um para o outro, e no futuro saberão disso, mas, crê em mim, não é o momento [...]. Não nos resta outra alternativa [...]. Se acontecer alguma coisa, manda alguém avisar-me [...]. Por piedade, tem paciência, não me escrevas [...]. A melhor resposta que poderás dar a esta carta é não respondê-la [...]. Ama-me, confia em mim [...]. Agora te deixo!".

Giustiniana não conseguiu conter a raiva:

Se estás disposto a contentar-te com tudo, eu não estou. Ainda não me conheces? Não sabes que sinto a mais violenta paixão, que sou capaz de tudo e que agora me reduziste a um estado horrível? Julgas que estarei tranqüila, sabendo que te encontras entre os maiores divertimentos, entre as mais belas companhias, entre as mulheres mais amáveis do país? Põe-te no lugar desta verdadeira amiga e diz se ficarias tranqüilo! Talvez ficasses, já que ignoras essas coisas. Então, esperarei com indiferença um matrimônio incerto, como o que me propões. Que tipo de amor é esse? [...] *Tua carta me fez derramar tantas lágrimas que tive de esconder-me a manhã inteira.* [Como] *pudeste abandonar-me em tais circunstâncias? Como não te compadeceste de minha situação, de meu coração, de meu amor? Memmo, não tenho ninguém no mundo, além de ti. E não serás mais meu?*

Andrea exasperou-se com sua reação. Embora temesse "ultrapassar os limites" impostos por mrs. Anna, enviou a Giustiniana um bilhete irritado: "Minha dor já não é dor, e sim um forte acesso de cólera. Diz-me, cretina, o que devo fazer por ti. Que espécie de amor é o teu, que nunca estás contente comigo? Eu te adoro ao extremo e desejo tanto viver a teu lado que me sinto morrer um pouco a cada dia. Não te escrevo, por Deus, [mas] não carrego outras culpas. Como haveria de escrever-te, se tu mesma sabes muito bem dos riscos?".

A única coisa razoável que lhes cabia fazer, ele insistiu, era concentrar as atenções no cônsul e ajudar mrs. Anna a alcançar seu objetivo o mais rapidamente possível. Esse ainda era o caminho mais seguro para sua felicidade. Giustiniana nunca abandonou o ceticismo, porém Andrea esperava, cada dia mais, que as coisas mudassem a seu favor. "Aproxima-se o momento em que poderei desfrutar tua felicidade", declarou, "e satisfazer plenamente meu desejo de que o mundo inteiro tome conhecimento da consideração e do desvelo que tenho por tua pessoa." Mais uma vez ele infringiu as normas que acatara solenemente para explicar que a evolução dos acontecimentos não poderia ser melhor:

Por Deus, Giustiniana, temos sorte, pois só com Smith esta comédia poderia acabar bem. E temos ainda mais sorte porque ele é velho, é rico, é meu amigo, é reverenciado pelo mundo, é reverenciado por mim, [...] é vaidoso, é louco e tem tudo que poderíamos desejar. Queres que te diga mais? Nossa atual desgraça, ou seja, continuar assim por tanto tempo, é nossa maior sorte (desde que isso acabe em setembro próximo). Pergunto: se Smith tivesse te esposado quando sabia que [...] meu amor por ti ainda era ardente demais, eu poderia apresentar-me diante de ti? [...] Acredita: enamorar um gato velho e depois fazê-lo de bobo é algo que leva tempo. De qualquer modo, sei que preparei tudo, sei que o tenho ligado a mim, sei que nos ama sempre mais e sempre mais confia em nós. Avancei muito e espero que sejamos felizes.

O gato velho estava atento. Ao regressar a Veneza, após a vilegiatura em Mogliano, não demorou a saber do colóquio entre mrs. Anna e Andrea e também — o que o deixou mais furioso — da prostração de Giustiniana ante a perspectiva de não ver mais o amado. Andrea e Giustiniana não estavam facilitando as coisas para si mesmos; não conseguiam respeitar a proibição referente a sua correspondência, e o vaivém de mensageiros recomeçou. Logo voltaram a se encontrar, às vezes até mesmo na piazza San Marco ou no Campo Santo Stefano, durante o passeio vespertino. Mais cedo ou mais tarde alguém acabaria contando tudo a Smith, e em Veneza não faltava quem estivesse disposto a tirar proveito da desgraça alheia.

A essa categoria de gente pertencia o abade Testagrossa, uma figura dúbia que vivia de adulação e mexerico. Ele trabalhava como secretário do embaixador francês, porém não perdera o costume de apregoar pobreza para filar o almoço e o jantar — e em troca entoava o que quisessem. Quem tinha algum segredo devia guardar distância desse homem. Uma noite, Andrea e Giustiniana conversavam a sós num local próximo ao Campo Santo Stefano, quando o abade apareceu de repente e passou por eles, sorrindo. Andrea ficou tão preocupado com a possibilidade de Testagrossa provocar um escândalo que se desdobrou para bajulá-lo e, ao encontrá-lo novamente, até o convidou para almoçar no Ca' Memmo. "O que eu poderia fazer?", perguntou, acabrunhado, a uma Giustiniana ainda mais aflita. "Cruzei com ele no canal, perto de casa. 'Não tenho mais cozinha e agora me vejo obrigado a mendigar um prato de comida cá e lá', disse-me." Garantiu-lhe, contudo, que não pretendia mais agradá-lo: "Eu o tratarei com tanta cerimônia que ele se dará conta de que o repasto de hoje não representa uma retomada de amizade. Não haverias de querer que esse falastrão indiscreto me incluísse entre seus inimigos, pois não?".

No entanto, Andrea admitiu que, com seu "caráter tortuoso", o abade provavelmente tentaria prejudicá-los. Pelo que sabemos de Testagrossa, é bem possível que tenha contado a Smith — talvez durante uma refeição no Palazzo Balbi — que viu os dois apaixonados sozinhos, nas proximidades do Campo Santo Stefano.

Agosto chegou ao fim, entrou setembro, e o pedido de casamento não se concretizou. Andrea estava desesperado para descobrir o que teriam dito a Smith. O bastante para arruinar todo o trabalho que tivera no verão? Parecia mais difícil conduzir o plano na cidade, entre murmúrios maliciosos e conversas insinuantes. Andrea buscava a companhia do cônsul para observá-lo de perto. Mas não conseguia entendê-lo tão bem como no passado. "Certas coisas não fazem sentido", lamentou. Às vezes, Smith parecia o mesmo homem de sempre. Às vezes, sua voz assumia um tom de sarcasmo que o preocupava. Eis um trecho de uma conversa entre ambos que Andrea transcreveu para Giustiniana:

"O que tendes, caro Memmo, que suspirais tanto?"

"Não sei", respondi, "não estou de muito bom humor. É o siroco."

"Ah, deve ser outra coisa. Esses suspiros não são de siroco."

O velho descobrira sua trama? "E não obstante esse homem me trata com muita gentileza", Andrea ponderou, "conforme seu jeito de ilhéu."

Em casa a pressão também se intensificava. Os Bentivoglio, uma rica família do continente, procuraram Pietro e Lucia Memmo para oferecer a mão de uma de suas filhas a Andrea. Os Memmo aceitaram a oferta, e teve início uma série preliminar de negociações através de um intermediário. A princípio Andrea concordou, esperando que o processo emperrasse por si mesmo, como geralmente ocorria nessas complexas transações matrimoniais. Ele garantiu a Giustiniana que não havia com que se preocupar, pois as conversações acabariam dando em nada.

Muito mais preocupante era, a seu ver, o crescente distanciamento de Smith. O velho já não falava em esposar Giustiniana e abandonou totalmente seu tom brincalhão. Era frio não só com Andrea, mas também com mrs. Anna. Sua repentina mudança levou mrs. Anna a um estado próximo do pânico. Uma noite ela tomou uma gôndola, foi ao Ca' Memmo e pediu para avistar-se com Andrea. O criado o acordou. Andrea desceu a escada: "Entro na gôndola, e as primeiras palavras que tua mãe me diz são estas, depois de mandar o gondoleiro sair: 'Tenho ganas de matar-te! Tenho ganas de trucidar-te! [...] És um cavalheiro ou um traidor?'". Andrea tentou aplacar-lhe a fúria e declarou que, apesar de seus sentimentos, não estava mais se encontrando com Giustiniana. Concordou em falar com Smith e assegurar-lhe que o caso havia terminado. Para tranqüilizá-la ainda mais, informou-a sobre as negociações matrimoniais travadas secretamente com os Bentivoglio. Nem ela, nem o cônsul tinham com que se preocupar, disse-lhe.

Mas essa era uma tática meramente protelatória. As conversações com os Bentivoglio não estavam conduzindo a coisa alguma, sobretudo porque Andrea se negava a colaborar. Percebia que se tratava de uma união vantajosa — com "todos os elementos que eu nunca encontraria, nem separadamente, em outros partidos", explicou —, mas pertencia "por inteiro" a Giustiniana. Enquanto sua situação não se resolvesse, de um modo ou de outro, não se casaria com ninguém. Os Memmo temiam que outras eminentes famílias venezianas se adiantassem e fechassem um acordo com os Bentivoglio. Irritados com a indecisão de Andrea, pressionavam-no para pronunciar um simples sim ou não. Quando ele recusou a oferta, sua mãe, Lucia, explodiu.

Pensava, havia meses, que as relações entre seu primogênito e Giustiniana haviam esfriado e que o cônsul ia mesmo se casar com a amada de Andrea. Diante da recalcitrância do filho, teve de repente uma visão horripilante — como mrs. Anna tivera. Toda aquela conversa sobre Smith esposar Giustiniana não passava de uma capa que encobria um fato inconcebível: os jovens amantes já haviam se casado secretamente. "Então, nada do que ouço dizer a respeito de Smith é verdade!", Lucia gritou. "Ah, meu Deus, Andrea, fizeste isso. Confessa: casaste com Giustiniana. Ou lhe deste tua palavra? Das duas uma, por certo."

A furiosa investida da mãe o magoou. Como ela podia julgá-lo capaz de desonrar o nome da família? Foi, porém, a figura de seu velho e frágil pai "com lágrimas nos olhos" que realmente lhe partiu o coração.

Andrea e Giustiniana perderam o controle do plano que vinham arquitetando desde o final da primavera. As conversações com os Bentivoglio malograram no final de setembro. Os Memmo culparam o filho e tornaram sua vida no palácio insuportável. Quando soube que Andrea não ia se casar com uma Bentivoglio, Smith concluiu que todas as suas suspeitas sobre os jovens amantes indiretamente se confirmavam. Numa cena dramática e dolorosa, acusou Andrea de tramar contra ele pelas costas. Declarou encerrado o assunto de seu casamento com Giustiniana e abruptamente despachou o rapaz.

Foi um golpe terrível para Andrea. Como ele previa, mrs. Anna o repreendeu asperamente por arruinar o que considerava um negócio fechado. Mas surpreendeu-se com a quantidade de críticas que seu embaraçoso fracasso provocou em toda parte. "Perdi muito mais que minha amizade com Smith", choramingou para Giustiniana. "Acusam-me de imprudência, de deslealdade, de pouca amizade para contigo. Em suma, todos atribuem o afastamento de Smith a minha parca honestidade, a minha parca prudência." Giustiniana via seus piores temores se concretizarem. Estava tão arrasada, tão desnorteada que não sabia o que dizer e fechou-se no silêncio.

Dias depois, Smith pediu a mão de Betty Murray, que se mantivera atenta todo o tempo. "O velho cônsul Smith, que enterrou a esposa nove meses atrás, lançou-se aos pés de minha irmã, porém ainda não conseguiu dobrá-la",[7] o embaixador escreveu no começo de outubro, saboreando o momento com maldoso prazer. A resistência de Betty — se é que existiu — não durou muito. No fim do mês realizou-se o casamento.

4.

O inverno de 1756-7 foi o mais frio de que se tinha lembrança. No final de outubro, a luz dourada do outono se tornou cinzenta e gélida. O bora soprava do norte. A neve chegou cedo, rodopiando sobre a água escura e salobra. Em alguns dias a temperatura caía tanto que a laguna congelava. Um silêncio pesado envolvia a cidade, interrompido apenas pelo dobre choroso dos sinos e pelos gritos solitários dos gondoleiros. Nas *botteghe* e *malvasie* lotadas, os venezianos falavam sobretudo da guerra que eclodira no verão.

Desde que perdera para a Prússia a rica província oriental da Silésia na Guerra da Sucessão Austríaca de 1740-8, a Áustria se empenhara em recuperá-la para o vasto império dos Habsburgo. Com esse objetivo em mente, tratara de obter o apoio da França, tradicional aliada da Prússia. A Rússia e o eleitorado da Saxônia também aderiram à nova coalizão. Vendo-se repentinamente ameaçado por essas forças poderosas, Frederico, o Grande, da Prússia, o irrequieto "rei filósofo", aliou-se à Grã-Bretanha e a seu apêndice alemão, o estado de Hanover. No final de agosto de

1756 desfechou um ataque-surpresa contra a Saxônia, o elo mais frágil da coalizão, e marchou para Dresden.

Com isso deflagrou a Guerra dos Sete Anos, que foi o último grande conflito entre as potências européias até a Revolução Francesa e redefiniu o equilíbrio de forças a favor da Grã-Bretanha e da Prússia. A república veneziana não tomou parte nessa luta travada em três continentes. Sua neutralidade, porém, deveu-se mais a sua crescente irrelevância no cenário europeu que a sua diplomacia, proverbial no passado. A cidade permaneceu em paz, mas sofreu as conseqüências indiretas do conflito. O comércio decaiu, e a economia entrou em declínio. Enquanto a guerra se arrastava, Veneza se sentia cada vez mais isolada, e o medo do futuro se apoderava da população.

Nesse inverno, o clima no Ca' Memmo era particularmente sombrio. Após uma breve recuperação, Marina, a irmã que Andrea tanto amava, falecera no final do verão, em meio a terríveis sofrimentos. Pietro ficou arrasado com a perda da filha. Andrea o encontrou, num dia gelado, "sentado sozinho, junto ao fogo", querendo "comer e dormir ao mesmo tempo". Durante toda a vida dedicara ao tio uma admiração que nunca teve pelo pai, a quem considerava excessivamente ingênuo e irrealista. Sabia, no entanto, que aquele velho cansado, encolhido na poltrona ao pé do fogo, amava-o muito; e às vezes achava que ele compreendia, talvez melhor que os outros, a profundidade de seus sentimentos por Giustiniana. Não esperava que, a essa altura da vida, ocorresse qualquer mudança fundamental em seu relacionamento com o pai, porém agora seu amor filial falava mais alto que no passado. "Convulsões estomacais não lhe permitiram dormir a noite inteira", escreveu, preocupado, "sem falar na gota e na febre. Pobre velho! Se fosse tão sensato quanto é generoso, eu o amaria muito mais."

Andrea sempre teve mais intimidade com a mãe, Lucia,

porém a viu poucas vezes nesse inverno. O Ca' Memmo era tão gelado que ela praticamente não deixou seus aposentos. Contudo, não foi apenas o frio que a manteve reclusa. O episódio Smith aborrecera-a profundamente, e durante meses ela remoeu, em seu gélido confinamento, a embaraçosa conduta do filho.

Giustiniana também se mantinha tão distante que Andrea temia tê-la perdido. "Nosso amor não morreu, apesar de todas as ameaças", lembrou-a, sugerindo gentilmente novas táticas para enfrentar a fúria de mrs. Anna. Todavia, Giustiniana ainda estava deprimida demais para ir além de respostas passivas e superficiais. Andrea sentia que ela se afastava. "Por que não me defendes?", reclamou. "Tua mãe me odeia [...] calunia-me [...]. Por que não a fazes ver que está errada? Porque já não me amas. Meu Deus, estou perdido. Minha alma dulcíssima, pensa bem antes de arruinar-me."

Apesar do frio cortante, Andrea ia com freqüência à casa de Sant'Aponal. Postava-se, tremendo, sob a janela de Giustiniana, enquanto sua gôndola se balançava na água gelada. Às vezes ela nem aparecia na janela. Passava dias sem responder suas cartas e nas raras ocasiões em que saía de casa era para acompanhar sua mãe à igreja das proximidades. As súplicas de Andrea se tornavam cada vez mais desesperadas: "Oh, Deus! Se queres que não te atormente mais, deixa-me crer que te afastas como boa amiga e que ainda me considerarias digno de ti, se fossem outras tuas circunstâncias".

O inverno se arrastava como se não fosse acabar nunca, porém no começo da primavera Veneza pouco a pouco recuperou suas cores cintilantes. As ruas estreitas voltaram a fervilhar de atividade. Os canais se encheram de embarcações de todo tamanho. Após meses de hibernação, as multidões tagarelas retornaram ao Listone para dar seu passeio diário. Giustiniana não ficou imune às mudanças que ocorriam a seu redor. Já respondia às cartas de Andrea com um pouco mais de calor. Cautelosamente, concordou com a retomada de seus encontros secretos. Agradecido, ele a tratava com extrema solicitude. Preocupava-se com sua saúde e sua alimentação e desdobrava-se em atenções de caráter prático. "Preciso arranjar umas esteiras para tornar menos desconfortável aquele quarto de Rosa", escreveu, numa tocante demonstração de domesticidade. "Meu coração, te amo tanto. Estou muito feliz, [pois] serás minha para sempre."

Na superfície, tudo voltava, paulatinamente, a ser como antes. Alvisetto já não estava presente, mas fora substituído por Martino, o moço de recados da Regina d'Inghilterra, a elegante hospedaria da Frezzeria, onde Andrea eventualmente almoçava. A Martino cabia entregar a maior parte da correspondência secreta entre os amantes.

Contudo, a relação entre eles já não era a mesma. Na época da conspiração contra Smith, Giustiniana se entregara apaixonadamente a Andrea porque acabara se permitindo acreditar no sucesso de seu plano absurdo. Agora, quando se encontravam como ladrões no humilde quartinho de Rosa, que perspectivas tinha seu amor? "Serás minha para sempre", Andrea assegurava-lhe. Mas como isso poderia acontecer? Giustiniana não tinha o que esperar: apenas incerteza e sofrimento a aguardavam. Instigada pelo desejo físico de estar nos braços de Andrea, ela cedia a suas súplicas, porém emocionalmente continuava arredia. Ademais, no aspecto prático, concordava com a mãe: suas perspectivas matrimoniais foram de fato seriamente prejudicadas. Havia, portanto, uma série de motivos para hesitar em seguir o amado por outro tortuoso caminho de enganos. Ela preferia viver sua paixão dia após dia, evitando pensar no futuro.

Andrea, todavia, estava mudado. Sofrera muito no inverno

e, ante a possibilidade de perder Giustiniana na esteira do fracasso com Smith, tornara-se ainda mais consciente da profundidade de seus sentimentos por ela. Seu relacionamento clandestino completava quatro anos sem esperança de atinarem com uma solução de ordem prática que lhes proporcionasse um pouco de liberdade, e ele se pôs a contemplar o que até então era inconcebível. Amava-a perdidamente. Queria viver com ela, ter filhos com ela. Se o casamento era o único modo de ficar juntos, talvez tivesse chegado a hora de dar esse passo ousado, tentando, ao mesmo tempo, minimizar as conseqüências negativas tanto quanto possível.

Sem dizer nada a Giustiniana, Andrea procurou Clemente Sibiliato, eminente advogado, e o abade Jacopo Facciolati, jurista e amigo íntimo da família, para consultá-los sobre a hipótese de submeter um contrato nupcial à Avogarìa di Comun, o poderoso trio de magistrados que tinha jurisdição sobre tais assuntos. As conversações foram menos desanimadoras do que temia e lhe infundiram novas esperanças. No passado ele nem considerara essa possibilidade, certo de que o contrato nunca seria aprovado e que o esforço só serviria para desacreditar as duas famílias. A mesma linha de raciocínio levara mrs. Anna a bani-lo de sua casa. Entretanto, as circunstâncias haviam mudado drasticamente, e, sem outra alternativa em vista, o casamento já não parecia uma solução tão absurda. Sob muitos aspectos, tornara-se a única saída viável.

Cada vez mais Andrea se convencia de que as autoridades venezianas aceitariam a petição, desde que as duas famílias se antecipassem ao veto da Avogarìa di Comun, concordando em endossar o contrato nupcial antes de apresentá-lo. Afinal, ponderou, a função da Avogarìa era proteger os costumes e as instituições venezianas e, por extensão, os interesses da classe dominante. De onde os três *avogadori* tirariam autoridade legal para rejeitar um contrato nupcial endossado por uma das famílias fundadoras da república? Tudo que ele tinha a fazer era persuadir as duas famílias. O resto se resolveria por si só.

Andrea não via dificuldade em conseguir o apoio do pai. Convencer o tio — o velho procurador Andrea Memmo, herói de Constantinopla e severo guardião da tradição veneziana — seria outra história, muito diferente. Mas o gentil Pietro Memmo, doente e carinhoso, não o decepcionaria, e sua mãe acabaria cedendo, apesar de suas relações geladas. O grande obstáculo era mrs. Anna. Depois de tudo o que acontecera, Giustiniana teria de se desdobrar para persuadi-la a negociar um contrato nupcial com os Memmo.

Não obstante seu crescente otimismo, Andrea não perdia de vista o fato de que todos os envolvidos em sua resolução corriam grandes riscos. Se a Avogarìa rejeitasse o contrato, a reputação dos Memmo ficaria manchada durante anos. Quanto a Giustiniana, suas possibilidades de encontrar marido se reduziriam a tal ponto que os Wynne provavelmente teriam de deixar a cidade. No entanto, uma lúcida avaliação da situação, somada a uma boa dose de pensamento positivo, levava-o a confiar na sabedoria dos *avogadori*. "Estou certo de que, se tua mãe ceder um único passo, teremos o caminho inteiro livre para nós", Andrea garantiu à amada, quando por fim lhe expôs sua decisão.

Giustiniana rejeitou o novo plano. Temia confrontar-se com a mãe e tinha pouca fé no sucesso da petição. Durante a primavera e o verão de 1757 Andrea tentou persuadi-la e tranqüilizá-la, ao mesmo tempo que mantinha suas conversações com os advogados. "Entendo que deve ser mortificante para uma jovem confessar sua paixão, e confessá-la à mãe, e a uma mãe com o temperamento da tua e que proibiu [essa paixão]", disse-lhe. "Mas não és como as outras moças, e é por isso que te falo desta maneira." Ela resistiu durante meses, e por um breve momento, no verão de

1757, ambos contemplaram seriamente a hipótese de casar-se em segredo.* Mas Andrea sempre acabava retomando a idéia de envidarem seus melhores esforços para casar-se normalmente, e a recusa de Giustiniana em abordar o assunto com mrs. Anna começava a exasperá-lo. A princípio ele reclamou gentilmente: "Minha fantasia e meu coração se aquecem sempre mais e penso em ti em todos os momentos, [porém] infelizmente estás cada vez mais distante sob todos os aspectos. Dá-me o consolo, vida minha, de ver-te agir a meu modo em algo tão importante". Depois, ante a teimosia da amada, foi perdendo a paciência: "Sempre quiseste agir a tua maneira, e não conseguimos grande coisa". Andrea não entendia o motivo de tanto medo. Tentando conferir um verniz filosófico a sua exasperação, perguntava-se se a recalcitrância de Giustiniana refletiria uma incapacidade feminina congênita de planejar o futuro. "Pois [a mulher] nunca pensa no futuro. Não por qualquer falha sua, e sim por causa de sua organização interior, que não lhe permite sustentar por muito tempo o esforço necessário para conduzir um plano complexo."

Não temos as cartas que Giustiniana escreveu nesse período e, portanto, não sabemos como ela reagiu a essas reflexões misóginas. Mas é fácil imaginar seus olhos embaciando-se ante tão pomposas considerações sobre o caráter feminino. Os encontros secretos voltaram a ser tensos e muitas vezes se tornaram palco de discussões.

Andrea, todavia, era implacável, e, no outono de 1757, mais de seis meses depois que ele sugerira o plano pela primeira vez,

* Em julho de 1757, Andrea e Giustiniana contataram as autoridades religiosas da cúria patriarcal para dar início ao processo que levaria a uma união clandestina (escolher testemunhas, reunir declarações feitas sob juramento, e assim por diante), mas não se sabe até onde foram, antes de abandonar o projeto. Nos arquivos da cúria patriarcal há uma pasta com seus nomes no setor de casamentos secretos, mas está vazia.[1]

Giustiniana finalmente criou coragem para dizer à mãe que ainda estavam apaixonados e queriam se casar com seu consentimento. Andrea ficou eufórico, ainda mais quando Giustiniana lhe contou que mrs. Anna a princípio endureceu, porém acabou se mostrando surpreendentemente receptiva. "Quanto trabalho, quanto sofrimento me custou conduzir-te ao caminho certo!", ele exclamou, vitorioso.

A reviravolta tinha motivo. Afinal, mrs. Anna se opunha ao relacionamento com Andrea porque estava convencida de que os Memmo usariam todos os meios possíveis para sustar o contrato nupcial; não sendo assim, valia a pena levar a idéia adiante. Prudentemente, ela decidiu esperar que a família de Andrea desse o primeiro passo.

No Ca' Memmo, a previsão otimista de Andrea se confirmou. Suas relações com os pais melhoraram, graças a seus esforços para ser cordato e prestativo no tocante à administração da casa e da propriedade no continente. Sua diplomacia levou a uma reunião familiar carregada de emoção, na qual Pietro e Lucia Memmo concordaram em discutir os termos do contrato nupcial antes de apresentá-lo às autoridades. Agora as manobras de Andrea realmente pareciam destinadas ao sucesso. A notícia vazou e correu para o inesgotável manancial de mexericos existente na cidade. "Veneza inteira fala de nosso casamento como um fato consumado", ele escreveu, exultante, a Giustiniana.

As duas partes tinham de aprovar os termos do contrato, que geralmente consistia em alentados e minuciosos documentos, repletos de demonstrações financeiras e numerosas cláusulas e condições. Redigido o contrato, cumpria submetê-lo à apreciação do *primario* — uma espécie de secretário-geral — da Avogarìa di Comun. Obtido parecer favorável, apresentava-se o contrato ao trio de *avogadori* para a aprovação final.

Decidida a evitar que Andrea e Giustiniana se vissem ou se

comunicassem durante as negociações, mrs. Anna partiu com sua primogênita para Pádua, onde seriam hóspedes de Bernardino Renier, ilustre patrício cujo filho, Alvise, ainda cortejava a indolente Tonnina. O resto da prole ficou em Veneza com Toinon. Antes de partir, mrs. Anna contratou um advogado, o signor Faccini, para conduzir as conversações com os Memmo durante sua ausência. Discretamente, também procurou Smith para pedir consultoria financeira. Fazia um ano que ele se casara com Betty Murray, e já estava na hora de renovar uma amizade preciosa.

Agora que tudo parecia ir tão bem, a separação constituiu um duro golpe para os jovens amantes. Mais duro ainda foi ter de interromper sua correspondência num momento tão crítico. Andrea se sentia no comando da situação, dirigindo o curso dos acontecimentos. Precisava manter-se em contato com Giustiniana, ao menos para inteirar-se das decisões tomadas do outro lado. Entendia, porém, que se uma carta comprometedora se extraviasse, todo o plano imediatamente desandaria. Estrategista até a medula, concluiu que a única solução era inventar um código secreto. Passou várias noites em claro, combinando pontos, linhas, círculos e triângulos para criar um alfabeto coerente e o enviou a Giustiniana para que ela também pudesse dominar sua nova linguagem. O resultado final foi este:

a	b	c	d	e	f	g	h	i	j	k	l	m	n	o	p
θ	....	?	!	:	,	·	z	⋮			ω	υ	t	::	s
q	r	s	t	u	v	w	x	y	z	’					
r	q	p	n	∴	m				h	˜o					

A princípio eles utilizavam o código só para proteger as informações mais delicadas: nomes, locais, detalhes do plano, mensagens íntimas. Depois, acabaram se tornando tão fluentes que alternavam facilmente o alfabeto convencional e o secreto. Às vezes incluíam uma ou duas palavras cifradas e prosseguiam em italiano; outras vezes, enchiam uma página inteira de pequeninos hieróglifos, conferindo à carta uma aparência misteriosa.

Contudo, durante sua estadia em Pádua, Giustiniana ainda tentava decorar os símbolos que Andrea lhe enviara, mas realmente não tinha condições de praticar todos os dias. Logo após sua chegada à casa dos Renier, caiu de cama, com febre, dor de estômago e fraqueza geral. Os médicos a torturaram com uma série de sangrias que lhe minaram a pouca energia, e sua mãe lhe impôs uma dieta punitiva à base de alho. Andrea ficou "aflitíssimo" ao tomar conhecimento de seu estado e emitiu um parecer médico: "Sangrias certamente te farão bem, mas quando não estiveres fraca ou em outras circunstâncias adversas". Também a criticou por não se rebelar contra a mãe: "O alho te faz mal, e continuas a comê-lo".

Longe de casa, acamada e febril, Giustiniana lutava para encontrar alguma paz de espírito. Sua mãe estaria sendo sincera em relação ao desejo de prosseguir com o contrato nupcial? Apesar das freqüentes mensagens cifradas de Andrea, ela se sentia sozinha e, mais uma vez, sucumbia ao ciúme e à desconfiança. Enquanto estava confinada em Pádua, a meio dia de viagem de Veneza, estaria o amado com suas caras amigas Marietta e Lucrezia? Ainda mais inquietantes eram os comentários de que os Memmo estudavam outra oferta de casamento.

Dessa vez Andrea não adotou sua velha tática defensiva para tentar tranqüilizá-la: "Minha menina querida, o que achas que eu faço, tão longe de ti? Entretenho-me [pensando] na ternura de nossa paixão. E crês que me agradam Mariettas e Lucrezias [...]!

Uma é toda afetação, a outra é toda exuberância [...]. Um dia te pintarei [um retrato] de seu verdadeiro caráter, e então verás se em algum momento tiveste motivo para duvidar de mim". Quanto aos comentários sobre outra proposta de casamento, explicou que um parente seu realmente levara a seus pais uma oferta dos abastados Baglionis, que incluía um polpudo dote de doze mil ducados. "Mas nem eu, nem ninguém de minha família lhe deu ouvidos", garantiu.

E disse a verdade. Tendo concordado com o casamento, Pietro e Lucia Memmo abraçaram a idéia com entusiasmo e agora se esforçavam para obter a aprovação do contrato: seu prestígio estava em jogo, assim como o futuro do filho. Lucia, que torcia o nariz para os Wynne desde que Giustiniana entrara na vida da família, agora se tornou uma de suas defensoras mais ardorosas. "É louca por teu retrato!", Andrea exclamou, mal reconhecendo a mãe, porém encantado com a mudança de sentimentos. Ainda mais importante, do ponto de vista prático, era a boa vontade de seu pai. Num gesto extraordinário, Pietro secretamente retirara a *contraddizione* — o poder que uma família patrícia tinha de vetar um contrato nupcial até o momento da assinatura — antes mesmo de iniciarem-se as negociações. Foi uma atitude muito generosa, mas também imprudente; se estivesse vivo, o tio de Andrea não teria aprovado. Embora fosse grato ao pai por remover um importante obstáculo antes de entabularem-se as conversações, o futuro estadista que havia em Andrea deve ter estremecido. Escrevendo em código, ele comunicou a novidade a Giustiniana e pediu-lhe para guardar segredo. Seria humilhante para os Memmo se o fato chegasse ao conhecimento público. Preocupados com um possível vazamento, a mãe e os irmãos de Andrea foram à cúria patriarcal e ordenaram aos encarregados do caso que informassem aos eventuais curiosos que a *contraddizione* ainda estava em vigor e se recusassem a mostrar o registro oficial que continha a declaração de Pietro. "Assim nos protegemos e salvaguardamos os meus, os quais Veneza inteira já condenou por não terem impedido nossa união até agora", Andrea explicou a Giustiniana. Estava comovido com a atitude dos pais, que, por sua causa, passavam por cima das convenções, e não perdia a oportunidade de lembrar à amada o quanto deviam lhes ser agradecidos.

O clima agora era de otimismo. A decisão de Pietro aceleraria o processo. Não havia motivo para preocupação, pois "o contrato será aprovado e, então, tudo correrá às mil maravilhas", Andrea garantiu a Giustiniana. E procurou o signor Faccini, o advogado de mrs. Anna, que lhe assegurou que sua parte do contrato logo estaria pronta e seria entregue ao *primario* designado, o signor Bonzio, um homem aparentemente favorável ao jovem casal. Andrea também estava obtendo informações confidenciais junto a uma fonte privilegiada: Donada, a amante secreta do signor Bonzio. "Dentro de alguns dias teremos novidades importantes", comunicou a Giustiniana. "E, depois, quem poderá manter-me longe de minha mulherzinha?" E acrescentou, em código: "Terça ou quarta-feira voltarás a Veneza por ordem dos inquisidores".

Assim terminou o breve exílio de Giustiniana em Pádua. Os amantes ainda não tinham permissão de se encontrar, mas, agora que ambos estavam em Veneza, era impossível continuar longe um do outro. A convicção de que as negociações logo se concluiriam intensificava seu desejo de ficar juntos a qualquer preço, e, ao iniciar-se mais um gélido inverno, seu amor carnal mais uma vez refloresceu. "Estou em casa", Andrea informou Giustiniana, antes de ir para o tugúrio de Rosa. "Mas, quando receberes este envelope, já estarei onde bem sabes [...]. Corre, que te espero de braços abertos." Agora Giustiniana se entregava mais livremente que nunca. Andrea estava encantado — ou "*ingiustinianatissimo*": completamente subjugado por ela.

Eles se amavam no quartinho úmido de Rosa, envoltos em muita roupa de lã. Seus encontros eram necessariamente apressados — sempre temiam ser surpreendidos, e, de qualquer modo, o local era gelado demais para se demorarem entre os lençóis ásperos. Deixavam sua alcova ainda famintos um do outro, e o namoro prosseguia em sua correspondência compulsiva — protegido pelo escudo de sua linguagem secreta.

Quando nos despedimos, vim para casa e fui direto para a cama. Mal me deitei, o rouxinol já queria voar para ti. Eu pretendia mantê-lo quieto até o amanhecer. No entanto, por mais que tentasse distraí-lo com várias reflexões sobre as belas pernas da signora Cattina Barbarigo, a bela barriguinha da condessa Romilii e as belas faces da signora Cattina Loredan, ele não quis saber de nada. Era preciso contentá-lo a todo custo, ainda mais porque me persuadiu de que lhe havias ordenado que não me deixasse dormir, sem antes satisfazer todos os seus desejos. Por fim, agradecido e generoso para comigo, pediu que eu atestasse sua satisfação neste papel para que, na primeira oportunidade, possa demonstrar-te minha cega obediência a todos os teus desejos.

Essas demonstrações brincalhonas e extremadas de afeto nem sempre agradavam Giustiniana. Contudo, ele adquiriu o hábito de lhe enviar pequenas amostras de sêmen como sinal tangível de seu amor. Espalhava-as numa folha de papel, que depois dobrava no que chamava de "*involtini*" especiais — utilizando um termo da culinária italiana. A princípio Giustiniana reagia com nojo aos pequenos envelopes pegajosos que atravessavam a cidade nas mãos de seu mensageiro. Depois se acostumou e até se tornou indiferente, e Andrea acabou desistindo de enviá-los, se bem que lamentasse o fato de ela nunca ter lhe mandado provas semelhantes de seu amor. "Que êxtase seria o meu a cada vez", suspirou.

Houve mudanças na casa de Rosa. Os amantes ficaram tristes ao saber que o quarto "deles" agora era alugado a outros casais clandestinos. O trânsito ao redor da casa também aumentava as probabilidades de serem reconhecidos. Tinham de manter a máscara em todas as visitas. Mas até essa precaução nem sempre bastava. Pois Andrea certamente estava com sua máscara no dia em que saiu do casebre sozinho (eles sempre tinham o cuidado de sair separados), usando um capote vermelho sobre muitas peças de roupas quentes e o típico chapéu veneziano de três bicos. Seria difícil identificá-lo, até porque ele escondera o rosto completamente. No entanto, ao deparar-se de repente com Giacomo Zandiri, um amigo de mrs. Anna, ele se deu conta de que fora descoberto pela pessoa errada.

Assim como mrs. Anna, Zandiri emigrara ainda criança de uma ilha grega. Seu irmão era mordomo dos Bragadin, uma renomada família veneziana. Giacomo, porém, não tinha emprego fixo. Conseguira introduzir-se na casa de mrs. Anna oferecendo-se para ajudar nas tarefas cotidianas. Abelhudo por natureza, também vigiava as idas e vindas de Giustiniana e em várias ocasiões fornecera a mrs. Anna informações secretas sobre sua primogênita. "Fica longe dele", Andrea recomendara muitas vezes à amada, "e nunca te esqueças do mal que ele te fez."

Depois desse encontro casual com Zandiri, Andrea enviou um bilhete cifrado a Giustiniana: "Giacomo me viu ainda na porta, quando eu estava saindo da casa de Rosa. Estou certo de que me reconheceu, pois se mostrou surpreso e se deteve por um momento, olhando [para mim]. Fingi que não o conhecia e me escondi o quanto pude, mas é quase impossível que não vá contar para tua mãe, ainda que levado unicamente pela suspeita".

O que fazer? Andrea precisava de um álibi convincente, para

o caso de Zandiri mencionar que o surpreendera deixando a tapera. Entrementes, Giustiniana devia negar terminantemente que estivera com ele e sugerir que o homem visto por Zandiri seria Lucatello Loredan, um amigo de Andrea que também se encontrava com a amante na choupana e "que usa um chapéu parecido com o meu e meias brancas e tem pernas finas como as minhas". Em seguida Andrea lembrou um detalhe importante: ao sair do casebre, constatara que havia esquecido a *manizza*, o regalo de pele que os venezianos usavam no inverno, mas não voltara para buscá-la "porque não queria que Rosa soubesse que ficamos tanto tempo juntos". Como o homem que Zandiri pilhara na porta do tugúrio evidentemente não portava *manizza*, Giustiniana devia convencer sua irmã Bettina a dizer que vira Andrea em sua gôndola, no canal Grande, de capote vermelho e *manizza*. "O que mais temo é a estultícia de Rosa e de suas empregadas no caso de serem inquiridas; portanto, amanhã de manhã cumpre recomendar-lhes que neguem que estive lá."

Na manhã seguinte, Andrea esperou inutilmente que uma carta chegasse ao Ca' Memmo. Depois procurou nas várias *botteghe* que lhes serviam de correio. Nada. Por fim, à noite, seu gondoleiro lhe contou que ninguém se atrevera a entregar as cartas de Giustiniana por causa do "grande estrépito" ocorrido na casa dos Wynne quando mrs. Anna descobriu que eles tinham se encontrado. Portanto, ele estava certo em relação ao miserável Zandiri, e todos os seus esforços para se esconder de nada valeram.

Eles pararam de se encontrar na casa de Rosa. Era arriscado demais. Nesse meio tempo, as negociações emperraram. O momento exigia o máximo de prudência. Mas Andrea continuou escrevendo, geralmente em código, para manter Giustiniana a par dos acontecimentos.

Mesmo antes do incidente Zandiri, mrs. Anna fizera uma série de exigências que destoavam claramente da boa vontade demonstrada pelos Memmo. Andrea se irritou particularmente com sua insistência na inclusão de uma cláusula que estipulava que, se o contrato não fosse aprovado, toda a correspondência entre os amantes cessaria por ordem do tribunal. Mrs. Anna estava tentando preservar as possibilidades de a filha se casar com outro homem e, segundo Faccini disse aos Memmo, insistiu nesse ponto. Andrea protestou com veemência: "Que disparate! Se eu concordasse, minha família imediatamente pensaria: 'Então Andrea não está tão envolvido com Giustiniana que não possa deixá-la'".

O que o preocupava não era tanto essa cláusula específica. A atitude de mrs. Anna parecia-lhe derrotista: negociando como se o contrato nunca fosse aprovado, ela inevitavelmente comprometia todo o esforço. Andrea escreveu um bilhete a Giustiniana, explicando que os Memmo só acatariam as exigências de mrs. Anna quando ela fornecesse os nomes de todos os seus advogados. "A eles exporei minhas razões [...]. Confia em mim, pois pensei em tudo." Na verdade, ele perdera a confiança em Faccini, que o mantinha desinformado e chegava ao Ca' Memmo "com a barriga empinada, pedindo para falar a sós com minha mãe, sem entender-se primeiramente comigo". Sua exclusão não só o magoava, como lhe parecia insensata: mais que ninguém, ele podia contribuir em muito para o acordo, pois sabia o que as duas famílias desejavam.

As dificuldades criadas por mrs. Anna deixaram os Memmo nervosos, porque já tinham arriscado sua reputação. "Minha mãe está desesperada, temendo que se descubra, antes da hora, que retirou a *contraddizione*", Andrea lamentou, torcendo um pouco os fatos. Seu pai retirara a *contraddizione* — como chefe nominal do clã, era o único que podia fazê-lo. Atribuir o feito à mãe era incorreto, mas revelava quem realmente comandava as negociações. Contudo, Lucia Memmo já não estava tão otimista. Receava que sua família fosse arrastada para um atoleiro. Por que mrs. Anna não se empenhava no andamento do contrato? A mãe de Andrea temia "muito" que ela estivesse emperrando o processo por medo de que não fosse aprovado — o que mrs. Anna efetivamente já dissera a várias pessoas alheias ao círculo das conversações.

Para piorar a situação, os terríveis Morosini estavam novamente bisbilhotando e aconselhando a viúva sobre o rumo a tomar. Incentivada pela mãe, Giustiniana continuara freqüentando o *palazzo* dessa família, apesar de Andrea ter lhe pedido para nunca mais confraternizar com seus "inimigos". Durante muito tempo ele fez vista grossa, porém agora as negociações eram tão precárias que insistiu na exclusão dos Morosini. "Não quero de jeito nenhum que [...] se intrometam em nossos assuntos." E por que mrs. Anna se dava com eles? O que estava pretendendo? Apesar do persistente otimismo que demonstrava para Giustiniana, Andrea, como sua mãe, desconfiava das verdadeiras intenções de mrs. Anna.

Enquanto em particular continuava negociando um acordo com os Memmo, em público mrs. Anna se tornou tão negativa sobre as probabilidades de sucesso que até começou a questionar as vantagens de prosseguir. "Tua mãe nos chamou publicamente de loucos; disse que sou um velhaco, um traidor, um mentiroso; que meus pais não estão contentes; que eu inventei isso para enganar a ti e a tua pobre mãe", Andrea escreveu, perplexo. "Felizmente meus pais são uns verdadeiros encantos. Uns heróis, por Deus."

Mas mrs. Anna estava preparando uma nova maldade. Um jovem francês que se apresentou como Comte de Chavannes chegara de Paris com a intenção de passar parte da longa temporada de Carnaval em Veneza. Cativante, bonito, tinha um ar de sofisticação que empolgou as moçoilas venezianas. Encantou-se com Giustiniana assim que a conheceu. Cobriu-a de galantarias, acompanhou-a ao teatro, dançou com ela e levou-a ao Ridotto para um carteado. Mrs. Anna deliciou-se ao ver um rapaz tão fino cumular sua filha de atenções. Por trás do pano fez o possível para facilitar a corte de Chavannes, embora continuasse engajada — ao menos formalmente — nas transações matrimoniais com os Memmo.

Para Andrea, o pior foi perceber que Giustiniana não se mostrava insensível ao fascínio do *soi-disant* Comte de Chavannes.

O Carnaval de 1758 proporcionou a Giustiniana um agradável intervalo no drama e na extenuante intensidade de sua relação com Andrea. Em meados do século XVIII o Carnaval se tornara "menos turbulento e mais civilizado que seu antecessor rabelaisiano".[2] Celebrações populares como pirâmides humanas, brigas de socos, touradas e regatas foram abolidas. No entanto, as ruas e as pontes ficavam apinhadas de bufões, pirófagos e prodígios de todo tipo. A música, a dança e a bebedeira avançavam noite adentro. As multidões eram tão compactas que ir de um lugar a outro sempre era uma luta, mas também havia maior facilidade em deslocar-se anonimamente por entre aquele mar de dominós.

Tendo decidido prolongar sua estadia para assistir aos festejos, Chavannes estava empolgado com o clima de excitação e licenciosidade. E Giustiniana pôde enfim liberar seu lado mais coquete, reprimido durante tanto tempo. Divertiu-se com o jovem francês — o ar de Paris sempre lhe subia à cabeça, mesmo quando o respirava em Veneza. E não se acanhou quando ele a beijou no final de uma alegre noitada — não um rápido beijinho nos lábios, conforme Andrea mais tarde a lembrou, chocado com sua negligência, e sim um beijo longo e profundo, "à maneira italiana, muito mais ardente", segundo testemunhas que se apressaram a lhe contar. Ela não sabia que as pessoas comentavam? Não percebia que sua conduta podia pôr em risco todos os planos que fizeram para o futuro? O que lhe passava pela cabeça, ao "conversar sem parar" com Chavannes em público? A cidade inteira só falava nisso, Andrea informou-a, reprovador. Muita gente já dizia que Giustiniana se arriscava a "perder o marido por andar de namorico com um francês apalermado que em breve partirá". E a dor que ela lhe causara? A última vez que se cruzaram, no teatro, ele teve de sair correndo para não vê-la de braço dado com Chavannes, entrando em sua "gôndola para, talvez, ir ao Ridotto". Sem falar naqueles terríveis beijos à italiana, que Andrea "jamais" conseguiria apagar da memória.

Seu pesadelo terminou na Quaresma, quando o forasteiro retornou a Paris, aparentemente ainda suspirando por Giustiniana. A incansável mrs. Anna pressionou a filha para corresponder-se com Chavannes e posar para um retrato que enviaria a ele. Contudo, passada a empolgação inicial, Giustiniana perdeu o interesse por seu cortejador francês; tinha preguiça de escrever-lhe e procurava desculpas para fugir do retratista toda vez que ele chegava. Aceitara a corte de Chavannes como uma distração e, agora que a loucura do carnaval terminara, estava ansiosa para se jogar nos braços de seu verdadeiro amor. Andrea se sentiu aliviado, mas, numa carta longa e divagante que lhe escreveu a desoras, não resistiu à tentação de humilhá-la:

Escuta: todos vimos tua mãe sair de uma situação miserável para esposar um cavaleiro inglês. Tua mãe não goza da melhor reputação. Tendes aqui parentes malvados e parco dote, sois católicas, e acredita-se que não vos querem na Inglaterra ou não quereis ir embora. Vossa educação deixa muito a desejar, vossa liberdade é vista com desconfiança. És inteligente [...]. *Ao ver um belo moço francês* [...] *cortejando-te, dirigindo-te galanteios, arrancando-te suspiros num momento em que devias ser mais atenciosa comigo, que homem — e, mais facilmente, que mulher — não haveria de julgar que cultivaste* [meu afeto] *até agora por mero interesse? Por Deus, não teria te custado nada rechaçar esse belo jovem tolo e terias ganho muito* [...]. *Paciência, mas que a complacência para com tua mãe* [em relação] *a esse* étourdi *seja a última antes de nosso casamento. Por esta vez considero-te inocente, quer dizer, não deduzo que tenhas excessivo desejo de agradar, nem demasiada confiança em teu Memmo enamorado, bom, respeitoso e cheio de cega fé em ti. No entanto, se houver uma segunda* [vez], *não te prometo nada* [...]. *Ainda não sei se cairei na habitual fraqueza dos maridos apaixonados, qual seja, a do ciúme. Até agora minha estima por ti e, para falar francamente, meu desprezo por aqueles que poderiam ser meus rivais salvaguardaram-me dessa desgraça, porém no futuro não sei como será* [...]. *Lembra-te que te esposo* [levado] *por um amor sem limites e uma verdadeira estima que me dão a firme convicção de que minha eterna felicidade só pode provir de ti.* [Lembra-te] *que, por assim dizer, não me trazes como dote se não teu amor perfeitamente sincero e um caráter digno de toda a minha admiração. Lembra-te que te dou amor de pai, de mãe, de irmãos, de parentes, de amigos, a estima* [...] *do resto do mundo, as vantagens* [decorrentes] *de minha pessoa e de minha casa e talvez ainda mais.*

Giustiniana decerto manifestou algum arrependimento pela ousadia que tivera para com Chavannes, pois em sua carta seguinte Andrea exultou ao declarar oficialmente findas as hostilidades entre eles. "*Trêve donc des inutiles querelles*", brincou, em francês, anunciando a trégua em suas inúteis querelas. "Estou felicíssimo. Basta que persistas em teu bom propósito para tudo correr às mil maravilhas." E zombou do retrato enviado a Chavannes. Qualidade medíocre, poucas sessões... Seria o caso de se preocupar com a má impressão que ela poderia causar entre os parisienses?

A trégua não fez muito para aumentar suas probabilidades de sucesso. Seis meses se passaram desde o primeiro contato entre os Memmo e mrs. Anna, e, após alguns indícios alentadores, bem pouco se avançara. A minuta do contrato nupcial nem sequer fora apresentada ao signor Bonzio, da Avogarìa. Mrs. Anna ainda relutava, procurando outras opções. Os Memmo não podiam permitir que as conversações se arrastassem por mais tempo: seu prestígio estava em jogo. Andrea decidiu que chegara a hora de mais uma atitude ousada: procurar Smith, que voltara a exercer grande influência sobre mrs. Anna.

Suas relações com o cônsul não haviam melhorado após a desavença do ano anterior. Embora em público se tratassem com civilidade, mantinham-se distantes. Agora Andrea considerava necessário seu apoio. Afinal, o velho estava casado e feliz com Betty, e o jovem já não constituía uma ameaça. Nada os impedia de reatarem a amizade. A não ser o orgulho, é claro; mas, em sua convivência com Smith, Andrea aprendera que podia vencer-lhe o orgulho com a dose certa de bajulação. "Precisamos ganhá-lo", escreveu a Giustiniana. "Precisamos levá-lo a abandonar certa seriedade que não deve ter para conosco."

Andrea sabia que o cônsul enfrentava graves problemas financeiros e jurídicos e que um patrício bem relacionado como ele poderia ajudá-lo. Depois de velho, Smith perdera o tino para os negócios. Uma série de desacertos não só lhe acarretaram prejuízos materiais, como mancharam sua reputação. Em Veneza e em Londres dizia-se que ele recorrera a práticas desonestas para remediar suas finanças combalidas. Embora estivesse de fato numa situação crítica, parece que foi mais vítima da própria ingenuidade que um perpetrador de tramas escusas, como o rotulavam alguns de seus inimigos. As conseqüências de uma transação específica, na qual um trapaceiro profissional descaradamente o enganara, aborreceram-no durante muitos meses.

No ano anterior um homem que se apresentava como capitão John Wilford assumiu o comando do *Nevis Planter*, navio mercante pertencente a uma firma inglesa, mudou-lhe o nome para *Fuller* e se pôs a navegar pelo Mediterrâneo, comprando e vendendo produtos diversos. Ao atracar em Veneza para descarregar mercadorias, pediu um empréstimo ao cônsul, pois precisava de uma polpuda soma para financiar a expedição seguinte. Sem desconfiar de nada, Smith emprestou-lhe uma quantia correspondente ao valor do navio. Wilford, porém, não tinha intenção de pagar. Por ocasião de seu retorno a Veneza, secretamente registrara o *Fuller* — que, para começo de conversa, não lhe pertencia — em nome de seus filhos fictícios. O cônsul o processou, assim como o fizeram os legítimos proprietários do navio, mas de nada adiantou. Wilford se aproveitara de uma brecha na legislação marítima veneziana para manter a embarcação. Seus "filhos" se materializaram a partir do nada para encenar um lacrimoso espetáculo no tribunal, e Smith nunca recuperou o investimento. Para piorar, o capitão se gabou pela cidade inteira, contando como o havia embrulhado. Foi uma experiência dolorosa para o velho.[3]

Andrea o procurou logo após o incidente Wilford, num momento em que Smith estava abalado e vulnerável. O cônsul ficou feliz de fazer as pazes com seu jovem amigo e prometeu ajudar a manobrar mrs. Anna. Andrea comunicou a Giustiniana que em breve o velho visitaria sua mãe. Acrescentou que, para testar sua boa vontade, ia pedir-lhe que desse a Giustiniana uma pequena caixa de rapé: "Assim tua mãe não pensará que é meu [...] presente para ti no dia de minha festa, que é amanhã". Dias depois, Smith visitou mrs. Anna, conforme prometera, porém não falou em defesa dos amantes. Andrea explicou então a Giustiniana que seu novo aliado evitou tocar no assunto "porque a ocasião não lhe pareceu oportuna, embora tivesse ido expressamente para isso. Mas perguntou-lhe, com duas palavras, em que pé estava a história do contrato, e recebeu dela a resposta de [...] que, na medida do possível, tudo corria bem". Andrea não parou de pressioná-lo e, após mais alguns dias, informou a Giustiniana que o velho por fim lhe "jurou" que "teve uma longa conversa com mrs. Anna e conseguiu muita coisa, mas conseguirá tudo, sem dúvida, tendo lhe demonstrado bem claramente seu interesse e seu desvelo por tua família e por ti".

Andrea não partilhava o otimismo do cônsul. A atitude de mrs. Anna em relação aos amantes continuava fria. A maneira como ela falava dos Memmo em público o irritava e parecia-lhe que sua conduta não os ajudava em nada. "Se bem te lembras, tua mãe dizia que os meus, talvez até *à mon insu*, opunham-se ferrenhamente a nós e a difamavam. Agora Smith lhe perguntou que fundamentos tinha para afirmar isso, pois ele conhece nosso caráter íntegro e sensato e possui indícios seguros de nossa posição sobre esse assunto; então, embaraçada, ela respondeu que na verdade não tinha nenhuma prova [...], mas que lhe disseram... que achava... Portanto, somos cavalheiros; portanto, não a desonramos; portanto, não somos a ruína, o precipício, a total aniquilação de sua família."

Enquanto envolvia o cônsul na história, Andrea também voltava a fazer parte da vida de Smith, aconselhando-o sobre a maneira de evitar novas disputas jurídicas. Mais uma vez estava no auge de seu maquiavelismo. Recomendou a Giustiniana que cultivasse a amizade do casal Smith e tivesse em mente que "eles provavelmente acreditam que já nos casamos de um modo ou de outro, pois cuido de alimentar-lhes a suspeita sem nada assegurar". Logo pôde declarar que se encontrava novamente "no centro" das atividades de Smith. "Eis-me necessário, solícito, benfazejo."

Havia certa crueldade em sua maneira de tratar o cônsul. Não era só a arrogância do jovem lidando com o velho. Era uma ponta de ressentimento, uma indicação de que nem tudo fora esquecido. Sua reconciliação se devera à conveniência de ambas as partes, e na verdade eles não haviam retomado seu antigo relacionamento. Eis como Andrea descreveu Smith numa carta particularmente mesquinha: "Eu te garanto que, se não é o homem mais ingrato da Terra, ele tem a obrigação de fazer de tudo por nós. A meu conselho — que era contrário ao seu e ao de todo mundo — e a minha assistência deve no mínimo quinze mil cequins, que sem dúvida teria perdido, além de seu sossego e sua honra. [...] Não o deixarei em paz: todo o mal é que realmente é um palerma, não sabe conduzir um negócio, é inglês, é velho".

O cônsul podia ter perdido o tino para os negócios, mas sua palavra ainda pesava muito para mrs. Anna. Ela estava ciente de que Chavannes mergulhara novamente no remoinho parisiense e já não parecia interessado em Giustiniana. Ademais, descobrira que, ao contrário do que dizia, ele não era conde. Depois de uma longa calmaria no inverno, as negociações de repente começaram a avançar. No início da primavera de 1758, mrs. Anna, pressionada pelos Memmo, finalmente autorizou o signor Faccini a apresentar uma minuta do contrato nupcial ao signor Bonzio, o *primario*, para um exame preliminar. Andrea estava eufórico: "Que felicidade havemos de ter! Sim, minha pequena, estou certo disso".

Na expectativa de um acordo, os amantes não conseguiram resistir à tentação de se ver. Andrea subia e descia o canal Grande duas ou três vezes por dia, a bordo de sua gôndola. Encantava-se, ao avistá-la no terraço, como antes, "com aquela touca de dormir, oh, querida, raríssima Giustiniana! [...] Meus desejos são impetuosos demais". Entretanto, um traiçoeiro frio de inverno ainda estava no ar, e ele recomendou-lhe cuidado. "Pelo amor de Deus, não me esperes na janela", suplicou-lhe, uma manhã. "Ainda faz muito frio." Dias depois, enviou outro bilhete preocupado: "Pede a um dos criados que vigie por ti e, quando me vir de longe, te avise com um gesto. Senão, sofro demais".

Tudo começou com uma terrível dor de cabeça. Seguiram-se a febre e as temidas dores de estômago. Andrea acompanhou a evolução da doença desde a janela dos Tiepolo: "Ontem à noite, ao ver-te ardendo e repetidamente levando a mão à testa, tive muita pena". Ele se encontrava num estado de intensa agitação. Essa era a segunda vez que Giustiniana caía gravemente enferma no espaço de seis meses. E por determinação do doutor Trivellati, um dos maiores médicos de Veneza, submeteu-se novamente a um ciclo debilitante de sangrias com sanguessugas. Forçada pela mãe, tinha de ingerir o habitual suplemento de alho, que Andrea continuava achando "péssimo" para sua saúde. Era difícil comunicar-se com ela e obter informações confiáveis sobre seu estado. A morte de sua irmã Marina era bastante recente para que um medo incontrolável redobrasse sua preocupação com a saúde de Giustiniana. Geralmente ele se recolhia tarde da noite, depois de vagar sem rumo pela cidade, visitar alguns amigos e "falar de ti, sempre, enquanto os outros jogavam". Em seu quarto, lutava contra o frio e a insônia, andando de um lado para o outro, diante da estufa. Ou se envolvia em vários cobertores e ficava acordado, escrevendo junto ao fogo, até os sinos chamarem para a missa. Imagens de Giustiniana o mantinham desperto: "Não sabes como meu coração [...] se enche de dúvidas, de sofrimentos sem fim, e como minha fantasia às vezes se inflama ao imaginar desgraças que por certo não acontecerão. [...] Vejo minha Giustiniana acamada, com a testa ardendo, com fluxões, febre, dores, fraquezas [...] sem seu Memmo, sem esperança de tê-lo a seu lado sequer por um momento".

Um encontro casual com o doutor Trivellati na rua proporcionou-lhe o primeiro alívio: "Ele me disse que decidiu continuar com a sangria, já que estás com o pulso mais lento depois da última febre, a dor de cabeça cedeu em muito e houve um copioso expurgo. Oh, quanto me consolaram essas notícias precisas e sinceras".

Apesar de toda a sangria, que provavelmente enfraqueceu Giustiniana mais que a doença em si, sua saúde pouco a pouco melhorou. O frio foi embora, e ela voltou ao terraço. Estava pálida e magra, com sua touca de dormir adornada de fitas, mas sorria sob o sol intenso, apertava os olhos e acenava para o amado. Quando se restabeleceu, estímulos mais profundos ressurgiram e, com eles, os costumeiros problemas logísticos. Desde que Andrea fora visto deixando sua casa, Rosa relutava em ajudá-los. Alegava que estava doente e sumia de vista. Andrea insistiu tanto que por fim ela concordou em ceder-lhes o quarto "mais uma vez", desde que fosse a última.

Agora outros amigos ofereciam seus préstimos. Johann Adolf Hasse, o compositor alemão, e sua esposa, Faustina, a célebre diva, gostavam de Andrea desde a época em que tio Andrea, o velho patriarca, ainda vivia e eram assíduos freqüentadores do Ca' Memmo. Suas filhas, Beppina e Cattina, haviam crescido e agora também eram amigas de Andrea e Giustiniana. Alegres e divertidos, os Hasse ficaram felizes em colaborar com os amantes. No dia marcado, Giustiniana diria à mãe que ia visitar "as jovens Hasse". Andrea chegaria um pouco antes e imediatamente seria conduzido ao quarto das moças, no segundo andar. Assim Giustiniana poderia subir e encontrá-lo mesmo que tivesse o azar de estar com a mãe.

Mais surpreendente foi o gesto do cônsul, que lhes entregou a chave de seu camarote no teatro San Giovanni Crisostomo, uma casa tradicional, com um programa insípido — e muito conveniente. Andrea e Giustiniana se encontravam ali sempre que podiam, com a pequena cortina fechada. Raramente se sentiam tentados a ver a peça. "Naturalmente, esse teatro se tornou o meu favorito", Andrea declarou, depois de ter criticado o San Giovanni Crisostomo durante anos. "Aquele camarote é realmente muito confortável [...]. Oh, espero ir lá com freqüência. Que tranqüilidade, que bom não sermos obrigados a ouvir as representações, geralmente ruins..."

Agora que o cortejo nupcial novamente se punha em marcha, Andrea estava "imerso no prazer de nossa atual situação". Sempre queria mais, mesmo quando não estavam juntos:

Deitado sozinho por tanto tempo, ocorreu-me que um dia estaremos juntos e em nossas vigílias nos ajudaremos mutuamente. Essa idéia gerou outras e, paulatinamente, inflamou-me a fantasia a tal ponto que te vi na cama comigo. Usavas aquela touca de dormir que tanto me agrada, e um certo laço que te dei há pouco gentilmente te adornava. Estavas bem perto e numa postura das mais sedutoras, e eu sentia tua doce fragrância e percebia claramente tua respiração. Dormias profundamente — aliás, de quando em quando ressonavas. Fizeste-me companhia durante toda a noite [...] e não tive coragem de acordar-te [...]. Um pequeno acontecimento, dos mais afortunados, tirou-me do apuro justamente quando minha discrição não agüentava mais. [...] Sonhando que estavas em meus braços, tu te voltaste para mim, e a natureza, levada pelo hábito, fez com que, mesmo dormindo, me abraçasses. Estávamos deitados de lado, rosto com rosto, boca com boca! Tua perna direita se apoiava na minha esquerda. Pouco a pouco, a rolinha se pôs a bicar-te de tal modo que, embora dormindo, deste-lhe uma mão, e, tendo encontrado a porta bem aberta, essa sedenta criaturinha, trêmula de prazer e de medo ao mesmo tempo, delicadamente entrou na gaiola. Depois de beber o quanto precisava, pôs-se a brincar e a saltitar por aqueles espaços, tentando penetrar mais fundo; tanto se esforçou, tanto estrépito fez que por fim despertaste.

Essa intimidade era natural para eles. O tom jocoso atenuava a crueza do desejo sexual. E o ato de escrever prolongava e completava o prazer. Uma noite, Andrea voltou para seu quarto no Ca' Memmo com a cabeça cheia de fantasias eróticas sobre Giustiniana. Cogitou em masturbar-se, mas depois pensou melhor: "Estava terrivelmente enamorado de ti. Todavia, não quis forçar a natureza pela terceira vez, tendo-a já forçado, com proveito, de manhã".

Na primavera de 1758, as cartas de Andrea continham um misto de exuberância sexual e sérias considerações sobre sua futura vida como marido e mulher. Quando o lado alegre de sua personalidade prevalecia, ele se entregava à busca do prazer. No entanto, seu lado sério, que carregava o peso da tradição e da responsabilidade familiar, nunca ficava muito para trás. Em nome da reputação de ambos, ele suplicava a Giustiniana que fosse mais cautelosa em público e se mantivesse sempre atenta àquele "mundo maldoso", ávido de mexericos. Às vezes esse tipo de sermão irritava o espírito rebelde de Giustiniana, porém Andrea insistia, decidido a ensinar-lhe os costumes "deste nosso mundo veneziano, como [o faria] um bom amigo". Quando não lhe escrevia como amante brincalhão, assumia o papel de marido-filósofo, cuja paixão devia estar atrelada firmemente à razão: "Acredita, minha pequena, acredita em mim: um simples arrebatamento não me teria levado à resolução de deixar tudo por ti e esposar-te. Uma perfeita e segura idéia de minha Giustiniana, uma enorme estima bem fundada, um sentimento mais forte que a mais virtuosa e sincera amizade levaram-me não só a isso, como também a conduzir-me com o máximo possível de circunspeção, paciência, empenho, previdência". Se fosse mais leviano, se não sentisse um amor "tão profundo", talvez a tivesse induzido a "fugir" com ele num de seus muitos momentos de desespero. Ou teria encontrado "um modo honrado" de romper o relacionamento. Contudo, "tal pensamento nunca me passou pela cabeça. Permaneci constante, estou forte e resoluto como no primeiro dia, antes do qual já havia refletido muito mais do que possas imaginar".

No início do verão, a sociedade veneziana mais uma vez se preparou para o ritual anual da vilegiatura. Mas para os Memmo e em especial para os Wynne, que não possuíam propriedade no campo, era difícil manter a rotina num momento em que as negociações matrimoniais pareciam chegar a um estágio crítico. Mrs. Anna descartou a idéia de alugar uma casa e aceitou o convite dos Renier para veranear em Pádua. Andrea decidiu ficar em Veneza, onde o signor Bonzio estaria examinando o contrato nupcial, e tratou de tomar as providências necessárias para garantir sua comunicação constante com Giustiniana, enquanto estivessem separados. Depois de quatro anos e meio de subterfúgios, ele se tornara mestre na arte de administrar as complicações inerentes à manutenção de sua correspondência: "Verás que sob o nome da localidade há duas linhazinhas. Graças a esse sinal, os carteiros de Veneza, avisados por mim, saberão que [as cartas] são minhas e as entregarão de manhã [...]. Assim, se forem procurar no correio de Pádua ou no de Veneza, não suspeitarão de nada, pois a letra não é tua, o endereço é de um gentil-homem veneziano e não há posta-restante".

Os demais integrantes da família Memmo deixaram a cidade para fugir do calor. Pietro estava tão debilitado que Andrea se perguntava se conseguiria sobreviver ao verão e forneceu a Giustiniana uma descrição comovente de sua despedida: "Creio que ele ficará muito tempo por lá, já que a vila lhe faz muitíssimo bem à saúde. Depois do almoço, beijei-lhe a mão, coisa que não temos o hábito de fazer, e todo o discurso que se seguiu a esta santa ação foi somente com os olhos, pois a ambos nos brotaram lágrimas".*

Na cidade, o movimento diminuiu consideravelmente. Com exceção da Festa del Redentore, no terceiro domingo de julho, não havia grandes festividades. Os teatros estavam fechados. Os palácios que margeavam o canal Grande estavam vazios. As *botteghe* e as *malvasie* estavam menos lotadas que de costume. Andrea não tinha muito que fazer, além de cumprir pequenas tarefas, percorrer as lojas de arte e cuidar para que o signor Bonzio tivesse tudo de que precisava. "Hoje cedo fui à loja de Tonnin Zanetti** ver uns desenhos de Ticiano e bajular um certo padre que poderá ser-nos útil. Ao saborear aqueles desenhos magníficos, não me faltaria outro prazer, se Giustiniana não estivesse longe de mim. Mas assim é. Estás sempre comigo, meu coração, e eu não me consideraria digno de ti se não me ocupasse [de ti] constantemente." Sozinho no calor sufocante da cidade, ele se maravilhava com a maneira como a situação se modificava a seu favor: "Sabes que é quase impossível ter a felicidade que Deus nos reserva depois de tanto sofrimento? Encontrar [alguém] tão semelhante, ter a razão por guia no amor e, no coração, a virtude que proporciona ao homem os verdadeiros deleites e os faz durar eternamente [...] Quando estaremos juntos, minha querida criança? Deus, que divino prazer sentirei em agradar-te, em fazer-te feliz, em amar-te! Que dulcíssima companhia será a tua!".

* Embora frágil, Pietro viveu até os noventa e três anos. Morreu em 14 de fevereiro de 1772.[4]

** Antonio Maria Zanetti era um importante colecionador e marchand de artistas venezianos. Era amigo e, às vezes, rival do cônsul Smith.[5]

Seus alegres pensamentos se esvaeceram, porém, quando soube de uma repentina mudança de planos: os Renier convidaram Giustiniana e mais algumas pessoas a irem para Mirano, outro vilarejo às margens do Brenta. Mrs. Anna teria de ficar em Pádua com Tonnina, que estava convalescendo de uma enfermidade passageira, e era meio estranho pedirem a Giustiniana que viajasse desacompanhada. Andrea se irritou. Afinal, os Renier sabiam muito bem que se casariam em breve. Ainda mais exasperante era o fato de que Giustiniana queria ir para Mirano. "Faz o que te dá vontade", ele lhe escreveu, amuado, "mas essa viagem não me agrada [...]. Nunca é bom provocar suspeitas em quem quer que seja, porém em nossas circunstâncias [e] por motivos tão fúteis seria a maior estupidez [...]. Alvise deveria ter mais cuidado, pois sabe que não gosto que fiques passeando para lá e para cá sem tua mãe." Depois de desfiar todos "os motivos pelos quais desaprovo essa pequena viagem", lamentou ser tratado com tal indiferença por Alvise Renier, do qual, por ser bem mais jovem que ele, esperava maior respeito. Agir dessa forma com sua noiva, concluiu amargamente, era nada menos que "um ato de incivilidade".

Giustiniana estava numa situação delicada. Queria agradar Andrea, mas achava que ele estava sendo exageradamente protetor e dificultando as coisas. Os Renier sempre foram bons para sua família, e não havia motivo para tamanho estardalhaço. Percebendo que ela não tinha nem coragem nem vontade de recusar o convite para ir a Mirano, Andrea lhe fez pequenas ameaças: "Não receberás notícias de mim até que retornes a Pádua, e não me verás até que retornes a Veneza". Num sarcasmo final, pediu-lhe que, por favor, dissesse logo se ia para Mirano ou não; assim, ele poderia tomar as devidas providências "para passar esses quinze dias em outro lugar e fazer um pouco de exercício, do qual estou mesmo precisando". Num pós-escrito característico de seu estilo, acrescentou que, se não havia alternativa, se ela realmente *tinha* de ir a

Mirano, "pelo menos fica sempre perto de Donada, aquela amiga de Bonzio, e do próprio Bonzio, se também estiver lá. Agrada-os quanto puderes e lembra-te de chamá-lo sempre de 'excelência'."

Giustiniana acabou indo para Mirano. Andrea engoliu o orgulho e informou-lhe que não tinha outra escolha, senão juntar-se a ela tão logo pudesse: "Expliquei ao amigo Renier que deve considerar-me algo mais que um rabanete. [...] Agora lamento tudo que te disse em função da dor imensa que sofri. Creio que ir a Mirano é a melhor maneira de acalmar-te e tornar-te toda minha novamente". Antes de partir, alugou um quarto em cima do bazar da praça principal do vilarejo e enviou novas instruções a Giustiniana: "Assim que chegares a Mirano, procura no café [da praça] uma carta endereçada a Battista [mas que é] para ti. Minha alma, adoro-te demais e por isso vou a Mirano e agora preciso sair voando para ouvir boas-novas a respeito dos papéis [...]. Todos dizem que já nos casamos [...]. Não se fala de outra coisa, senão de nosso consumado matrimônio".

Mal se apeou em Mirano, Andrea mandou um bilhete para Giustiniana, que acabara de instalar-se na vila Renier: "Ah, eu te amo tanto que tive de vir, apesar de mil objeções. Escrevo-te, minha alma, no café, em Mirano, na parte direita do pórtico, ao lado da mercearia da signora Laura Angeloni, como te expliquei. Por certo não sairei daqui, pois não quero, absolutamente, provocar nenhum incidente que suscite comentários sobre nós. Não vejo a hora de te ver. Perdoa-me por te escrever tão mal, mas é que estou dormindo enquanto escrevo".

Na manhã seguinte, Giustiniana deu um jeito de incluir a arcada em seu passeio. Andrea mal conteve a alegria de vê-la depois de tantas semanas. "Por Deus, estou fora de mim [...] agora que me encontro perto de ti e que te vi e que me sinto como se tivesse apertado tua mão, e falado contigo, e te beijado. Imagina meu estado! Então, como faremos, minha pequena? Amanhã é dia de feira; se possível, gostaria ao menos de ver-te. Como vais? Ah, meu Deus, estou morrendo! Que agitação em meu espírito, em minha alma, em meu corpo! [...] Oh, Cristo, que desejo imenso de apertar-te junto ao peito! Por Deus, não agüento mais [...]. Gostaria muito que pudéssemos ficar a sós por uma meia hora e realizar a apoteose de nosso amor."

Nessa noite Andrea foi à vila Renier e, trêmulo de felicidade e de desejo, por fim teve Giustiniana em seus braços. Assim viveriam, juntos, uma vida cheia de amor.

De repente, notícias de Veneza despedaçaram seu mundo de sonhos em Mirano. O exame do contrato nupcial fora suspenso. Dessa vez o problema não se devia a exigências ou hesitações de mrs. Anna: seu passado emergira para lançar uma sombra ignominiosa sobre o futuro da filha. Consultando arquivos antigos, Bonzio descobrira que no início da década de 1730, antes da chegada de sir Richard a Veneza, mrs. Anna fora "deflorada por um grego" — esses são os termos que o *primario* utilizou ao transmitir a informação a Andrea. Ela engravidou, e nove meses depois um menino foi deixado num orfanato. A família de mrs. Anna levou o grego ao tribunal, mas não estava claro se ele acabou sendo julgado. Bonzio não conseguiu localizar todos os documentos.

Andrea ficou perplexo. Agora entendia por que mrs. Anna fora tão evasiva e difícil. Durante todo o tempo, enquanto falava mal dele e de sua família e apresentava desculpas para retardar o processo, ela na verdade escondia esse segredo. Furioso, Andrea voltou correndo para Veneza, a fim de falar com o *primario*. "Conversamos durante duas horas", relatou a Giustiniana, que estava ainda mais transtornada que ele com a revelação. "Bonzio estava extremamente sério, parecia aborrecido comigo e muito bem informado de tudo que pode prejudicar-nos: o ano do processo, o nome do grego, o lugar onde se tratou do caso, a intromissão do *avvogadore*, o menino enviado para o orfanato — enfim, toda a vida de tua mãe."

É possível que o untuoso Bonzio tivesse motivos pessoais para estar aborrecido. No começo das transações, todos — inclusive os Memmo — davam por certo que em algum momento seria necessário azeitar um pouco a máquina burocrática, escorregando alguns cequins por baixo do pano. Com efeito, a opinião geral entre os que sabiam das negociações Memmo-Wynne era que com um suborno de cem cequins o contrato seria aprovado. Contudo, as táticas protelatórias de mrs. Anna desanimaram Bonzio e seus colegas a tal ponto que, segundo Andrea, "não esperavam receber dela um único vintém". Para piorar, mrs. Anna disse a pessoas como Zandiri — que se encarregou de espalhar a história — que os Memmo só obteriam a aprovação do contrato "afogando" Bonzio em dinheiro. De acordo com Andrea, as conclusões do *primario*, embora expostas da maneira mais obsequiosa, não poderiam ter sido mais desalentadoras: "Excelência, se encontrassem um documento no qual a signora Anna se declarasse publicamente deflorada por aquele grego, o que Sua Excelência desejaria que fizéssemos? Não temos tanta autoridade, dependemos absolutamente das leis, que são rigorosas. E, se descobrissem que há vinte e cinco anos correu tal processo nas Quarantìe* (o caso foi levado às Quarantìe, mas arquivado, pelo que sei) [...], o que Sua Excelência desejaria que fizéssemos? Nossa honra está publicamente empenhada, acabaria exposta, e teriam razão de dizer que 'Sua Excelência afoga os *primarii* em ouro'".

A mensagem era clara, e a concludente alusão ao comentário de mrs. Anna tornou ainda mais devastador o pequeno discur-

* O conselho judiciário da república, formado por quarenta patrícios.

so de Bonzio. Mais uma vez fora por água abaixo todo o árduo trabalho que tiveram. No entanto, ao contrário do episódio Smith, essa tempestade nunca passaria. Todos sabiam disso. Os danosos documentos a que Bonzio se referiu em sua conversa com Andrea nunca apareceram. É possível que o *primario* sequer os tenha procurado. Já não valia a pena: a parte da história de mrs. Anna que emergira dos empoeirados arquivos venezianos bastava para selar o destino da petição nupcial, que nunca chegou ao estágio final.

"Essa é nossa atual situação", Andrea resumiu, com tristeza. "Podem nossas desgraças alcançar um patamar ainda mais alto?"

5.

Na manhã do dia 2 de outubro de 1758, mrs. Anna e seus cinco filhos, acompanhados pelo signor Zandiri e por Toinon, deixaram a cidade de Pádua em duas carruagens alugadas — uma para eles e a outra para a bagagem — e tomaram a estrada que conduzia a Vicenza, sua primeira parada na longa e desconfortável viagem pela Europa. Demorariam três ou quatro dias só para cruzar o limite do território veneziano, que se estendia para o oeste até um pouco além da cidade de Brescia. Então percorreriam o ducado de Milão e o reino do Piemonte, realizariam a árdua travessia dos Alpes, desceriam na direção de Lyon e finalmente rumariam para Paris, no norte. Era desalentador, e não só por causa do tempo (três a quatro semanas) e do tamanho do grupo. A falta de espaço no interior da carruagem e o barulho do veículo chacoalhando pela pista irregular faziam da viagem por terra uma experiência extenuante. As postas ao longo da estrada, onde se trocavam os cavalos e podia-se esticar as pernas, respirar um pouco de ar puro e tomar uma refeição, não passavam de espeluncas. Os atrasos eram infalíveis — um cavalo machucado, uma roda quebrada, uma tempestade inesperada. E ainda havia a tediosa rotina cotidiana: reservar quartos, alugar cavalos, apresentar documentos — passaporte, visto de entrada, visto de saída — toda vez que se cruzava uma fronteira. Zandiri estava ali para isso; julgando mais prudente e prático viajar com um homem adulto, mrs. Anna pedira-lhe que os acompanhasse e cuidasse de tudo até Paris.

Espremida na carruagem lotada, Giustiniana nem sentia o desconforto físico. Enquanto os muros de Pádua se perdiam na distância, ela se entregava a pensamentos melancólicos. Estava deixando o mundo em que vivera toda a sua vida. E estava deixando o homem que durante tanto tempo ocupara o centro desse mundo como seu amante, seu melhor amigo, seu guia. Enquanto a carruagem corria pela estrada, ela se concentrava em Andrea para não se sentir perdida.

Quando as negociações sobre o contrato nupcial fracassaram, mrs. Anna resolvera partir imediatamente e refazer a vida em Londres. Não havia por que permanecer em Veneza depois do escândalo. Giustiniana não conseguiria arranjar marido. E o passado que sua mãe se esforçara tanto para enterrar e esquecer ressurgira de repente para humilhar a família inteira. Assim, mrs. Anna arrumou seus baús e desalojou sua prole com a mesma determinação que demonstrara ao lutar pela respeitabilidade que sir Richard lhe legara.

Agora mrs. Anna tinha pressa de cruzar os Alpes antes do inverno. A guerra tornava a viagem ainda mais incerta, pois atravessariam a França como súditos britânicos — e a França e a Grã-Bretanha eram inimigas. Não obstante, mrs. Anna contava com os bons préstimos do abade de Bernis, que fora embaixador francês em Veneza e agora era ministro do Exterior. Chegando a

Londres, lorde Holderness, o guardião das crianças, os colocaria em contato com seus parentes ingleses e os ajudaria a instalar-se. Talvez até providenciasse uma apresentação à corte. Sete anos depois da morte de sir Richard, sua família estava voltando para casa.

Durante seus últimos dias em Veneza, Andrea e Giustiniana se mantiveram inseparáveis. Com a aproximação da partida, a hostilidade de mrs. Anna em relação a Andrea se abrandara, e ela o deixara acompanhá-los até Pádua, onde os Memmo possuíam uma vasta propriedade. Lá ele escoltou Giustiniana pela cidade, enquanto se ultimavam os preparativos para a viagem. E até tomou as refeições com os Wynne, num clima de reconciliação generalizada. Depois da despedida final, seguiu a carruagem para acenar pela última vez da ponte de Santa Sofia. Mas então Giustiniana já havia se fechado em sua concha.

Era tarde da noite, quando os Wynne se apearam diante da estalagem, em Vicenza. Giustiniana estava exausta e completamente desnorteada. Após comer alguma coisa, recolheu-se a seu quarto e escreveu ao amado sobre sua confusão sentimental:

Mon cher frère

Onde estou, meu Memmo? Que sofrimento! Que desespero! Ah, eu te amo, infelizmente, e não deixo de dizer-te isso nem nos primeiros momentos de nossa separação. Que noite! Como penetrei em teu estado! [...] *Adianta dizer-te? Estou desesperada, e o sabes* [...]. *Não tive forças para chamar-te quando te afastaste de mim e te segui com a alma. Ouvi quando paraste na ponte Santa Sofia, mas não te vi.*

Desde o início da separação, ela dirigia suas cartas a "*mon cher frère*", meu querido irmão — um artifício semântico concebido para colocar alguma distância entre eles e ajudá-los a desenlear seus sentimentos. Porém se apressou a admitir que era um subterfúgio fraco: "Serás *mon cher frère*, mas serás tudo".

Na verdade essa nova forma de tratamento mascarava uma mudança mais profunda que ocorrera semanas antes da partida de Veneza. Giustiniana não fala abertamente sobre isso em suas cartas; nunca menciona um nome, um lugar ou uma data específica. Em algum momento de 1758, pouco antes ou, mais provavelmente, pouco depois das revelações sobre mrs. Anna, ela se cansou de esperar. Cansou-se da solidão, cansou-se das viagens entre Veneza e Pádua, cansou-se de ser mantida longe do amado. Por um instante cansou-se até mesmo de Andrea e suas maquinações aparentemente inúteis. Sentiu o irremediável de sua situação, como depois do dramático fracasso com o cônsul Smith, havia dois anos. E por um breve período — que chamou de seu "momento de fraqueza" — cedeu à corte de outro homem.

Pelo que sabemos, foi um caso passageiro, que durou provavelmente algumas semanas. Seus sentimentos por Andrea não morreram, porém, e, encerrado o namorico, Giustiniana voltou para ele, apaixonada como por muito tempo não estivera. Andrea só tomou conhecimento da traição mais tarde, naquele verão. Após a repentina decisão de mrs. Anna de arrastar a família para Londres, Giustiniana confessou-lhe seu deslize, acreditando, confusamente, que, por mostrar-se volúvel e fraca, diminuiria de algum modo "a dor extrema" que a separação acarretaria ao amado.

Andrea a perdoou — não era rancoroso. Contudo, seu relacionamento nunca mais foi o mesmo depois da "espontânea e cruel confissão". Giustiniana permitira que outra pessoa se interpusesse entre eles, e essa sombra perdurou. Houve mentiras e houve remorso. Todavia, não obstante ter sido perdoada, não obstante a lacrimosa despedida em Pádua, Giustiniana continuou se punindo. "Desprezo a vida e desprezo ainda mais a mim mesma", escreveu naquela primeira noite em Vicenza, refletindo sobre "a infeliz conjuntura que me arruinou a teus olhos".

Apesar das mudanças em seu relacionamento, eles ainda ficaram muito tempo juntos, quando os Wynne deixaram Veneza, no outono. Encontravam-se como um casal e pretendiam reunir-se em breve. Ainda falavam em viver juntos — de um modo ou de outro. Na realidade, já estavam concebendo um novo plano.

O objetivo mais urgente era frustrar o projeto de instalar-se em Londres, acalentado por mrs. Anna. Giustiniana concordara com Andrea, quando ele lhe recomendou que procurasse estender ao máximo sua estada em Paris, e esperava não ter de ir para Londres. Em Paris, deveria concentrar seus poderes de sedução em Alexandre Le Riche de La Pouplinière, um viúvo velho, grande melômano e um dos mais abastados *fermiers généraux*, os coletores de impostos famosos pela riqueza. O plano parecia uma variação da estratégia malograda que utilizaram, dois anos antes, com o cônsul Smith.

A idéia partira de Andrea. Fazia precisamente uma década que monsieur de La Pouplinière se vira no centro do notório *scandale de la cheminée*. O duque de Richelieu, figura poderosa na corte de Luís XV e consumado mulherengo, conquistara a bela e jovem esposa do velho coletor de impostos. Sendo vizinho do *fermier général* em Paris, resolveu facilitar seus encontros clandestinos com a nova amante, construindo numa enorme lareira uma passagem secreta que conduzia diretamente à sala de música de madame de La Pouplinière. O marido acabou descobrindo e expulsou a mulher. Na época, o episódio provocou um escândalo de grandes proporções — pelo caso em si e também pela desnecessária crueldade com que o coletor de impostos tratara a esposa. Enquanto ela viveu, o *fermier général* não se casou de novo; mas enviuvara recentemente e, agora sexagenário, andava procurando uma noiva jovem, conforme Andrea soube através de seus amigos venezianos residentes em Paris.

No dia em que deixou Pádua, Giustiniana certamente não

estava pensando em monsieur de La Pouplinière. Mas havia concordado com o plano que Andrea lhe expusera, antes da partida. Como no início do namoro, talvez por ainda se culpar por seu "momento de fraqueza", ela novamente se curvou. Prometeu transparência absoluta: "Que Deus nunca mais me reúna a ti, se eu não te contar tudo que acontecer comigo. Faz a mesma coisa, não me poupes". Esforçava-se para agradá-lo na esperança de voltar a tê-lo inteiramente. "Saberás de tudo, e saberei recuperar tua ternura, já verás."

No entanto, apesar de toda a sua determinação, apesar de todos os seus bravos esforços para controlar seus sentimentos, ela pouco podia fazer em relação à tristeza que continuava atormentando-a. Se ao menos pudesse ceder às emoções, de quando em quando... "Tua ternura, Memmo! Ah, meu Deus, posso dizê-lo? Tu me permites? Não derramei uma única lágrima, depois das últimas que verti contigo, porém estou imersa em desespero. Oh, meu Deus, o que será de mim? E de ti, Memmo? [...] Só sei falar-te de amor. Ah, permite que eu ceda a meus extremos por alguns instantes."

Depois de uma primeira noite insone longe de Andrea, ela acrescentou este pós-escrito, enquanto aguardava que o pequeno comboio mais uma vez se pusesse em marcha:

Chorei muito [a noite inteira] *e ainda mais me desesperei. Concebi mil projetos de ir a teu encontro, se não vieres procurar tua Giustiniana. Que verdadeira aflição é a minha! Tenho-te sempre presente e neste exato momento beijo teu retrato. Deixa-me falar de meu enlevo. Serei mais sábia quando me persuadir de que estou longe. Mas como farei para não te falar de minha paixão? Tu me deixaste falar dela novamente, e eu a sinto com tal força que me é impossível escondê-la. Agora,* mon cher frère, *posso esperar um "te amo" na carta que receberei em Turim ou em Lyon? Escreve-me muito, sê meu amigo sempre, ama-me o quanto puderes. Tenho para contigo infinitos deveres e obrigações. Estou ligada a ti por todas as coisas a que minha alma sempre será sensível. Deus me dê fortuna para eu correr a viver onde estiveres* [...]. *Adeus, meu coração. Conserva-te meu, conserva-te de Giustiniana, infeliz agora, mas que, junto de ti outra vez, voltará a sorrir.*

Andrea e Giustiniana se viram nos braços um do outro muito antes do que poderiam esperar. A pequena distância de Vicenza o eixo da carruagem em que os Wynne viajavam quebrou e o veículo se estatelou na estrada, provocando danos também no carro que transportava a bagagem. Os passageiros saíram ilesos dos escombros, se bem que um pouco trêmulos. De volta à estalagem, um contristado Zandiri informou-lhes que o conserto das carruagens poderia demorar uns quatro dias.

Giustiniana aproveitou a oportunidade: chamou um mensageiro e enviou um bilhete a Andrea, que ainda estava em Pádua, a negócios, dizendo-lhe que fosse a Vicenza imediatamente. "Minha mãe agradece à Virgem por ter nos salvado", zombou. "Eu lhe agradeço pelo que ocorreu, porque fico aqui." E sugeriu que ele justificasse sua repentina presença na cidade explicando a mrs. Anna que soubera do acidente e quis assegurar-se de que Giustiniana e sua família estavam bem. "Se tornar a ver-te, certamente acreditarei em milagres. Não posso estender-me, pois gostaria que o lacaio voasse."

Andrea chegou à estalagem no dia seguinte, ostentando uma expressão devidamente preocupada, e perguntou pelos Wynne. Mrs. Anna estava descansando e, ao saber que ele se achava no andar de baixo, explodiu; amaldiçoou-o e até o acusou de ter orquestrado o incidente. Zandiri, que já estava fora de si por causa do atraso, bateu a porta do quarto na cara de Andrea e se recusou a falar com ele. Para não ficar atrás de mrs. Anna, ameaçou matar o rapaz, que prudentemente já havia se recolhido a uma estalagem dos arredores. Giustiniana enviou-lhe um relato dramático do que aconteceu depois de sua saída:

Um incêndio, meu caro Memmo, um terrível incêndio. Minha mãe encolerizou-se a ponto de querer apresentar queixa [às autoridades] *imediatamente* [...]. *Minha mãe tratou-me de modo infame* [...] *e sofri de mil formas, porém, ao constatar que a fleuma não bastava, também me exaltei. Giacomo anunciou a altos brados que queria esfaquear-te* [...]. *Repliquei que logo mandarias espancá-lo; e ele respondeu que antes mandaria espancar a ti. Sem outros ruídos, todos que estavam no quarto ao lado ouviram essas coisas. Aqui já não podemos ver-nos. Vai a Veneza, recorre* [às autoridades] *e, se puderes, faz com que Giacomo seja preso amanhã. Ele ameaçou tua vida.*

Andrea não estava preparado para a violenta reação que sua chegada provocara — afinal, apenas dois dias antes despedira-se de mrs. Anna amistosamente em Pádua. Mas ela sempre foi uma mulher difícil. Já a atitude de Zandiri realmente o enfureceu. Dar-lhe-ia uma lição, um susto que ele não esqueceria. A lei estava de seu lado: ameaçar a vida de um proeminente patrício veneziano constituía ofensa grave, e Andrea pretendia usar todas as prerrogativas de sua posição. Ademais, a perplexa clientela da estalagem ouvira tudo. Zandiri selara o próprio destino.

Entretanto, em vez de apresentar queixa em Veneza, como Giustiniana lhe recomendara, Andrea decidiu agir no continente, longe dos mexericos da cidade. Pediu a Giustiniana que providenciasse declarações — devidamente assinadas — dos três patrícios que presenciaram a cena e ouviram Zandiri amaldiçoá-lo, bem como depoimentos — feitos sob juramento — de vários serviçais, atestando que não provocara Zandiri — nem sequer lhe dera a oportunidade de falar com ele. De posse desses papéis, procurou o todo-poderoso *rappresentante* veneziano em Verona, que, por sua vez, ordenou ao chefe de polícia que seguisse fielmente as instruções do queixoso. Na verdade, o *rappresentante*, que também pertencia à oligarquia e era amigo da família Memmo, autorizou Andrea a fazer justiça com as próprias mãos.

No dia seguinte, mrs. Anna passou a maior parte do tempo na igreja. Em sua ausência, os amantes puderam planejar a ofensiva legal e até visitaram algumas das maravilhas arquitetônicas de Vicenza, como o famoso Teatro Olimpico de Andrea Palladio. Foi um bom dia, um dos melhores num longo período:

> *Poucas vezes tivemos ensejo de ficar juntos por tanto tempo e tão docemente como hoje. Agora tenho tal felicidade para sentir mais vivamente a dor da separação! Grande fatalidade* [...]. *Oh, Deus, não posso falar mais, pois minha mãe me chama. Amanhã estarei no Due Torri* [em Verona]. *Tu nos espreitarás por todo canto, tenho certeza, e de tudo saberás. Espero não passarmos mal lá. Entrementes, ordena o grande golpe e faz boa viagem. Deus! Corremos juntos ao encontro de novos bens e, ao mesmo tempo, de novos perigos! Se me amas, tudo empreende com ardor e nada temas.*

Parecia que a época da conspiração havia voltado. Mensageiros secretos iam de um ao outro, enquanto eles preparavam o "grande golpe": Zandiri seria preso. Giustiniana incitava Andrea a utilizar todos os seus poderes para finalmente livrá-los do "canalha".

Contudo, assim que ele partiu para Verona, naquela noite, as dúvidas começaram a assediá-la, ante a perspectiva de enfrentarem uma longa e penosa viagem sem proteção masculina. De repente, ela já não tinha tanta certeza: "Se [Giacomo] vier, será um inferno, e, se ficar, correremos mil perigos".

Na mesma noite, um mensageiro enviado por Giustiniana procurou Andrea "por Verona inteira", acordando vigias e até arrancando o subprefeito da cama para entregar-lhe uma carta expressa. No envelope ela usara o velho código para escrever:

Não te assustes, mas ri.

Sonolento, Andrea leu:

Não consigo ser totalmente má. Tenho inquietudes e temores. Meus anseios de vingança cedem a meu bom coração, e estou para pedir-te que cedam os teus também a meu amor. Prevejo outras mil desgraças, se mandares deter Giacomo. Minha mãe, furiosa, seria capaz de abandonar a família, de arruinar a todos. Memmo, escuta tua Giustiniana, que te implora: esquece teu ressentimento. Deixa-me partir com esta nova admiração por teu caráter.

Andrea não queria que Zandiri apodrecesse indefinidamente numa lúgubre prisão da república veneziana. Só queria assustá-lo. Para obter sua libertação, assegurou a Giustiniana, bastava Zandiri desculpar-se publicamente. Nesse meio tempo, concluiu-se o conserto das carruagens, e no dia seguinte, 7 de outubro, os Wynne chegaram a Verona e alojaram-se no Due Torri, a pequena distância do hotel em que Andrea se hospedara.

Os amantes ficaram juntos mais um dia inteiro, perambulando pelas ruas e praças da cidade, enquanto mrs. Anna assistia a uma sucessão de missas e Zandiri cuidava de assuntos relacionados com a viagem. Antes de se deitar, Giustiniana desejou boa noite a Andrea:

Dorme bem, meu coração, pois estarás precisando, depois de nossa longa caminhada. Que proveitoso seria viajar contigo! Conheces tudo, sabes tudo e tudo ressaltas tão bem [...]. Eu te amo, te amo! Oh, Deus! Há tanto que dizer — mais do que eu poderia desejar ou expressar [...]. Boa noite. Sonha comigo [...]. Ama-me, e muito. Permites-me que sempre te peça isso?

Nas primeiras horas da manhã, os Wynne tomaram a estrada para Brescia sem imaginar a armadilha que Andrea e Giustiniana prepararam para Zandiri na que era então a última grande cidade do Estado veneziano antes de entrar-se no ducado de Milão. Os viajantes pernoitaram na cidadezinha de Desenzano e apearam-se em Brescia na tarde do dia seguinte. Durante o trajeto os dois amantes se mantiveram em contato através de bilhetes enviados das postas existentes ao longo da estrada; era importante sincronizar os passos que conduziriam ao que, sem perceber inteiramente a gravidade da questão, Giustiniana chamava agora de "a grande peça".

Os Wynne acabavam de se instalar em Brescia e ainda estavam desfazendo as malas, quando ouviram um alarido no saguão: policiais entraram na estalagem, gritando ordens e alarmando os hóspedes. Mandaram Zandiri descer e, depois de fazer-lhe algumas perguntas, levaram-no embora.

Apesar de tudo que tramara, Giustiniana se assustou.

Só Deus sabe o que está acontecendo. Tremo por mim também. Minha mãe está cuspindo fogo neste instante [...]. Se me amas, Memmo, age com a maior prudência possível. Nunca imaginei que as coisas chegariam a isso. Giacomo preso, segundo me dizem!

Naquela tarde, os Wynne receberam a confirmação de que os policiais submeteram Zandiri a um violento interrogatório e o trancafiaram no Castello, a temível fortaleza de Brescia, na cidade velha. Mrs. Anna espumejou ao saber que seu companheiro de viagem não dormiria na estalagem naquela noite. Acusou Andrea de agir por despeito e jurou denunciá-lo em Veneza. Depois se voltou contra a filha.

Aviso-te que minha mãe está colérica e me culpa de tudo. Acrescenta que todas as suas vinganças serão contra mim e que amanhã de manhã confiará ao estafeta todas as cartas, minhas e tuas, que estão em seu poder para ser entregues ao residente [embaixador] *ou a outras pessoas que não sei; e agora jura que me arruinará. Se me ofender muito, tomarei, talvez, uma decisão. Não agüento mais.*

Giustiniana tinha a esperança de que tudo se resolvesse pela manhã com um simples pedido de desculpas da parte de Zandiri, porém temia que o orgulho dele e a ira de sua mãe conspirassem para piorar a situação: "Se ele pedir perdão e tu o concederes, como pretendes, as coisas se ajeitarão", escreveu a Andrea, antes de recolher-se naquela noite. "Contudo, se ele agir insensatamente, só Deus sabe que conseqüências ainda teremos de recear!"

No dia seguinte Giustiniana constatou que a fúria da mãe não se abrandara. Mrs. Anna se considerava pessoalmente afrontada e parecia disposta a guerreá-los, ainda que isso significasse manter Zandiri encarcerado por mais tempo. "Minha mãe jurou arruinar-nos", ela contou a Andrea. "Não quer que Giacomo se desculpe. Estou desesperada." Era puro teatro: num canto do quarto, mrs. Anna escrevia para Murray, o *british resident*, e, no outro, Giustiniana escrevia para Andrea sobre a carta que a mãe estava escrevendo para Murray. "Ela faz parecer que essa prisão foi uma violência de tua parte para nos reter aqui, e só Deus sabe o que mais há de inventar!"

Revoltando-se abertamente contra a mãe, Giustiniana decidiu antecipar-se e enviar ao embaixador sua própria versão dos fatos.

Senhor

Correrei sério perigo se não me ajudardes e não me outorgardes vossa proteção num caso em que impera unicamente a vingança, e não a justiça. Escutai-me, senhor, e salvai-me.

Quando chegamos a Vicenza, nossas carruagens quebraram e foram necessários quatro dias para consertá-las; comuniquei o fato a Memmo com a única intenção de saudá-lo uma vez mais; e ele, esperando a mesma coisa, voou para Vicenza. Minha mãe estava dormindo no momento de sua chegada à estalagem. Memmo aguardou seu despertar para vê-la, para felicitá-la por não ter acontecido nada de funesto à família em decorrência das avarias nas carruagens. Tendo se certificado com seus próprios olhos, ia voltar atrás, como bem lhe assegurara e a convencera, pois não trazia cofre nem criado.

Entretanto, mandei chamar o severo e experiente diretor de nossa viagem, Zandiri, a fim de informá-lo de tudo isso, mas ele, passando de um quarto ao outro sem sequer cumprimentar [Memmo]*, bateu-lhe com a porta na cara. Não foi o bastante, pois, quando desci e minha mãe me repreendeu como de hábito, o signor Zandiri, falando de Memmo, não só o ultrajou, como o ameaçou, embora ele estivesse longe, e proferiu contra ele muitas injúrias, que três cavalheiros e numerosos servidores escutaram. Ao tomar conhecimento dessas coisas, Memmo só pensou em mostrar ao signor Zandiri que não lhe convinha fazer-se de mata-mouros em relação a ele e, em lugar de recorrer às violências que estavam em seu poder e que teriam talvez ofendido nossa família, solicitou* [...] *aos três cavalheiros seu honesto depoimento acerca do fato e outros testemunhos de que sequer dirigira a palavra a Zandiri; então saiu para* *demandar justiça ao* rappresentante, *que por acaso não se achava na cidade. Decidido, malgrado sua brandura, a fazer* [Zandiri] *sentir sua superioridade e mortificá-lo, adiantou-se a nós e rumou para Verona, de onde o* rappresentante *acabava de partir para Vicenza. Tais incidentes obrigaram-no a seguir para Brescia, onde, encaminhadas suas queixas, Zandiri foi repreendido no tribunal perante as autoridades e muitos cavalheiros e depois levado ao castelo e colocado à disposição* [de Memmo].

Ao saber de sua prisão, minha mãe encolerizou-se e culpou-me e jurou arruinar a mim e a Memmo novamente. Ela não quer, portanto, que Giacomo peça desculpa a Memmo, com o que tudo terminaria e, consertadas as carruagens, prosseguiríamos nossa viagem amanhã e Memmo retornaria a Veneza. Não, ela quer agir e vingar-se de uma culpa que não é nossa. Enquanto ela vos escreve, resolvi relatar-vos rapidamente a verdade do fato, que pode ser comprovada por nobres testemunhas.

Conheço, senhor Murray, vossa justiça e vossa prudência e sei que, estando bem informado, não cedereis aos injustos furores de minha mãe. Para ir a Londres, em conformidade com as ordens [de lorde Holderness], *deixei Memmo, apesar de que, pelas leis de meu país, ninguém poderia obrigar-me, se eu pensasse de outra forma.*

A verdade impera no que digo, e só vos peço que a considereis bem. Havendo qualquer outra violência contra mim, recorrerei a vós, porquanto tenho motivos para temer tudo. O que quer que vos digam a meu respeito, se me julgardes mais infeliz que culpada, não estareis errado. Não tenho um caráter depravado. Tivestes oportunidade de conhecer-me. Entretanto, tudo temo, e a única resolução prudente que posso tomar é a de colocar-me sob vossa proteção, que sempre se demonstrou valiosa. Acolhei com discernimento esta carta, escrita às pressas [...]. *Imploro também a proteção de milady, vossa esposa, à qual, como a vós, tenho a honra de ser...*

Trata-se de uma carta extraordinária, realmente escrita às pressas, com um olho no papel e o outro em mrs. Anna, que estava no canto oposto do quarto. O tom é respeitoso, até obsequioso, mas com a dose de familiaridade suficiente para imprimir ao pedido um toque pessoal, reforçado pela prudente menção à esposa do embaixador.

A última coisa que Murray haveria de querer era envolver-se numa disputa travada numa cidade provinciana entre uma exaltada anglo-veneziana de reputação duvidosa e um conhecido integrante de uma proeminente família veneziana. Por sorte o confronto abortou antes de degenerar em incidente diplomático.

Giustiniana informou Andrea sobre as duas cartas que deviam seguir para Veneza, e ele, por sua vez, notificou o *rappresentante*. Na manhã seguinte, a polícia deteve o mensageiro de mrs. Anna, que recebera instruções para deixar a cidade às escondidas. A carta que ela endereçara a Murray e os documentos anexos — uma amostra da correspondência dos amantes — foram entregues a Andrea, que, num gesto magnânimo, devolveu-os intactos à remetente. Contudo, o *rappresentante* interferiu para lembrar a mrs. Anna um fato básico da vida na república veneziana: a palavra de Andrea tinha mais peso que a dela. E acrescentou que não havia por que levar o caso adiante. Ela só prejudicaria a si mesma e a sua família.

No fim, Murray não recebeu as cartas (a de Giustiniana foi engavetada depois que os policiais interceptaram a de mrs. Anna), mas provavelmente recebeu um minucioso informe do incidente. Entrementes, o *rappresentante* enviou seu assessor militar ao Castello para convencer Zandiri a pedir desculpa a Andrea. Zandiri acabou escrevendo uma carta submissa a seu inimigo jurado, que prontamente o perdoou. Exultante, Giustiniana mandou ao amado um bilhete lisonjeiro: “És grande em tudo, meu Memmo! Que sangue-frio, que destreza, que resoluções rápidas e seguras em circunstâncias tão prementes! Ah, nunca encontrarei um homem igual a ti, nem que viva mil anos!".

No dia seguinte, um Zandiri rezingão entrou na estalagem. "Ninguém falou nada", Giustiniana registrou. "Minha mãe e ele parecem bastante tranqüilos [...]. Até agora não houve conversas secretas, nem envio de novas cartas." A vitória tornou-a novamente ousada e até mesmo imprudente. "Ardo por ver-te [...]. Se, à noite, tiveres ânimo para vir ao mesmo quarto, terei infinito prazer em ver-te."

Os amantes passaram a noite juntos — pela última vez, antes de cada um tomar seu caminho.

Em 12 de outubro os Wynne rumaram para Milão. Fazia dez dias que a carruagem quebrara. Andrea e Giustiniana tiveram de enfrentar mais uma dolorosa despedida. "Depois de tudo que me aconteceu nesse ínterim, sou muito mais tua", Giustiniana escreveu. "Sinto imensamente esta separação [...]. Nunca senti uma dor igual, meu Memmo, nem em Pádua." Lá eles pelo menos haviam tido tempo para dizer adeus. Em Brescia a partida foi apressada. Após um longo dia de viagem que a deixou tão "cansada que não conseguia ficar em pé", ela começou a avaliar a situação. Como em sua primeira carta escrita em Vicenza, voltou a dirigir-se ao amado como querido irmão:

Mon cher frère

Estou longe de ti, meu querido Memmo, não te verei mais e tenho tanta certeza disso que não sinto senão dor e desespero. Como parti ontem! Deixei que me chamassem dez vezes, pois fiquei trancada no quarto, com teus bilhetes diante de mim, chorando e desesperando-me. E para quê? Parti, e estás tão longe que bem compreendo não ter maneira de ver-te por muito tempo. Tive de afastar-me sem dizer-te adeus, sem abraçar-te uma vez mais, sem chorar contigo! Oh, Deus [...]. *Meu Memmo, por que te amo tanto? Tua ami-*

zade é algo tão raro que, mesmo sem outro sentimento, eu permaneceria para sempre unida a ti. Oh, conjuntura fatídica! E tu, Memmo, ainda me amarás? Sim, mas não me digas, ou dize-me apenas friamente. Eu poderia tornar-me extravagante: tão longe que nada posso exigir, mas tampouco posso ceder [a meus sentimentos]*? Ah, se soubesses como estou arrasada! O passado, tua generosidade, tua amizade* [...]. *Meu amor* [por ti] *surpreende-me, ocupa-me inteiramente. Amo-te sempre mais, e sempre mais vejo a nefasta dificuldade* [...]. *Oh, Deus! Memmo, meu Memmo, ainda meu, sempre meu. Oh, Deus, tem pena de mim. E tu, meu coração, que lembrança terás de mim agora? Esquece o passado; concede-me esta graça digna de ti e promete reter, no futuro, só a idéia de mim que eu mesma hei de dar-te. Saberás de tudo, não duvides; saberás de minha conduta, minhas circunstâncias, minha prudência, meu estado de ânimo. Sim, serei prudente. Não tenhas dúvida. Se soubesses que impressão sobre caprichos e fraquezas prevalece em mim, ficarias muito contente; mas não julgues minha prudência excessiva; ela é sábia e bem fundada, não pode esvaecer-se. Estima-me, se ainda podes, e espera estimar-me muito mais. Conta-me tudo, continua a prestar-me tua doce assistência. Dependerei dela: sou tua. Querido Memmo,* mon aimable frère, *és muito raro. Onde encontrar-te, senão em ti mesmo? E eu não te buscarei e não te encontrarei de novo? Espera-me onde quiseres!*

Era característico de Giustiniana endereçar a carta a seu *cher frère* e estender-se por páginas e páginas, como se o ato de grafar tantas palavras amortecesse a dor e lhe proporcionasse algum alívio. Invariavelmente, contudo, o indulgente devaneio cessava quando ela lembrava a Andrea — e a si mesma — que as circunstâncias demandavam maior disciplina. Afinal, em Paris havia coisas para fazer, assuntos urgentes para resolver:

Hei de empenhar-me em relação a La Pouplinière e a minha situação, que agora dependerá somente de mim e de minha reputação. Com [...] *minhas maneiras, com sabedoria, com o* [dom de] *conquistar a complacência alheia, hei de conseguir. E então, Memmo, poderei ter pessoas dependendo de mim como hoje dependo dos outros, pois, acredita-me, estará em mim ter um nome e todo o resto* [...]. *Confia em mim; eu te contarei tudo; eu te jurei e manterei minha sagrada palavra. Vela por mim, meu coração. Assiste-me. Mas, sobretudo, ama-me sempre.*

Os Wynne chegaram a Milão na noite de 13 de outubro e se hospedaram em Il Pozzo, um hotel elegante nas imediações do Duomo. Era a primeira vez que Giustiniana deixava o território veneziano desde que, aos quinze anos, viajara para Londres, após a morte de seu pai. Tendo cruzado a fronteira da república, a distância que a separava de Andrea parecia-lhe ainda maior. Em pensamento ela voltava constantemente para perto do amado a fim de "penetrar seu estado", como gostava de escrever. Como os apaixonados que contrariam a realidade, invocava a mágica aparição de Andrea nos lugares mais improváveis: nas esquinas, nas lojas, até no saguão do hotel onde se hospedara. Para libertar-se da presença sufocante de mrs. Anna, Zandiri, Toinon e seus quatro irmãos, saía para explorar a cidade na companhia imaginária de Andrea.

Espremido entre a república veneziana e o ascendente reino de Piemonte e Sardenha, o ducado de Milão era uma sombra de si mesmo — pouco mais que uma cidade-Estado na borda meridional do Império austríaco, ao qual passara a pertencer após a Guerra da Sucessão Espanhola. A cidade era relativamente próspera, porém acabrunhada sob o jugo dos invasores. "Parece-me que em toda parte reina uma certa atmosfera de província", Giustiniana comentou, acrescentando que os milaneses a olhavam "como se nunca tivessem visto forasteiros".

Ela visitou o Duomo, observou os charlatães que vendiam bálsamos e ungüentos miraculosos na praça, perambulou pelas ruas, entrou em lojas elegantes, reparou nos trajes dos transeuntes. Impressionou-se com o grande número de suntuosas carruagens que se concentravam na praça principal para o passeio vespertino e também com a pobreza, a sujeira e a quantidade de mendigos nas ruas. Quanto às mulheres, sempre objeto de sua especial atenção, seu veredicto foi implacável: "Quase todas feias, quase todas desajeitadas".

De um modo ou de outro, os milaneses sempre figuram em sua correspondência com Andrea. "Eu fazia outra idéia de Milão", Giustiniana concluiu, irritada. "Estabeleço comparações e agora gosto imensamente de Veneza."

Giustiniana foi ao teatro com a mãe e achou o espetáculo tão tedioso que ficou olhando para o palco, distraída, até que a saudade a dominou: "Quando me dei conta de que estava no teatro, senti-me presa da mais cruel melancolia. Lembrei-me... Ah, do que me lembrei... Consegues recordar tudo que recordei? Se consegues, hás de lastimar meu estado".

Giuseppe Imberti, o embaixador veneziano, ofereceu seu camarote na ópera aos Wynne. Em sua primeira noite, Giustiniana qualificou os cantores de "péssimos". O embaixador concordou e, como conhecia bem Andrea, mostrou-se mais interessado em acompanhar a última reviravolta de sua saga amorosa que em ouvir música. Ainda se recuperando dos solavancos da viagem, mrs. Anna chegou tarde ao teatro, de modo que Imberti teve bastante tempo para conversar com Giustiniana.

Confessei-lhe que te amo, porém acrescentei que no momento estávamos unidos por uma simples amizade. Perguntou-me se eu tinha um retrato teu. Mostrei-lhe o retrato e beijei-o diante dele. [...] *Pouco depois perguntou o que eu daria para ver-te, e respondi:*

"Tudo". E com que ardor o disse! Perguntou-me quanto lhe daria, se, em menos de vinte e quatro horas, me fizesse ver-te [...]. No fim, prometeu-me que amanhã receberei uma carta tua. Queira Deus. Depois procurou dar-me a entender que estavas escondido no teatro. Cheguei a iludir-me, confesso, e, para minha desgraça, pus-me a procurar em todos os camarotes. Como me senti quando não te encontrei! Como fiquei até a ópera terminar! Estou desesperada, Memmo [...]. Se me amas, se és meu amigo, trata de vir logo, e sem falta hei de procurar-te.

Os Wynne permaneceram três dias em Milão, enquanto preparavam as carruagens para a etapa seguinte da viagem — para o oeste até o Piemonte e sua capital, Turim. Giustiniana foi incapaz de reavivar sua curiosidade pela cidade e sentia-se mais infeliz a cada dia. Acordava tarde, ia à missa com a mãe antes do almoço e caminhava, desanimada, pelas redondezas. Pouco lhe interessavam as pessoas que encontrava. "Estou farta de Milão..."

Por falta de algo melhor para fazer, foi novamente à "péssima" ópera, imaginando que Imberti estaria lá — como de fato estava — e poderiam conversar sobre Andrea: "Voltei para casa na carruagem do residente e no trajeto falei de ti o tempo todo, contando-lhe parte de nossa história. Até na ópera, durante o primeiro ato e o balé, falei sempre de ti. Digo a todos que te amo".

O solícito embaixador apreciava a companhia de Giustiniana — e a aura de intriga que a envolvia desde Veneza. Ele ofereceu um jantar aos Wynne em sua última noite na cidade (sabendo que não tinham desfeito todas as malas e, portanto, não podiam usar seus trajes de noite, rebaixou o jantar de cerimônia a uma reunião mais informal — porém "com muitos convidados"). Apesar de sua melancolia, Giustiniana representou uma lufada de ar fresco naquela mofenta multidão de generais e diplomatas aposentados e aristocratas decadentes. E se converteu no objeto da curiosidade geral: até pessoas estranhas se aproximavam para, descaradamente, inquiri-la sobre sua "conhecida paixão". E, quando sua mãe não podia escutá-la, Giustiniana se demorava a falar de Andrea, o que invariavelmente lhe provocava o velho misto de prazer e sofrimento: "Os poucos com que conversei sabem que te adoro".

Imberti estava triste com a despedida iminente. Na véspera da partida, implorou a Giustiniana que ficasse mais alguns dias e até se ofereceu para esconder Andrea em sua casa. Andrea estava realmente para ir a Milão tratar de negócios, mas não queria aparecer na cidade antes de os Wynne deixarem a Itália. Era impensável que os dois amantes se reencontrassem tão pouco tempo depois do incidente Zandiri — e com mrs. Anna ainda furiosa. "Eu o fiz entender tuas justas conveniências e o perigo que corro." Agora, porém, Giustiniana tinha no embaixador um aliado valioso, que concordou em cuidar de sua correspondência secreta.

A tarde estava cinzenta e triste, quando os Wynne partiram, no dia 17 de outubro. Antes de deixar o hotel, Giustiniana escreveu mais um bilhete para Andrea e o entregou a Imberti, que fora despedir-se:

Se vieres a Milão e não te hospedares na casa do residente, vem para o quarto que ocupei [...]. *Pede o quarto San Carlo. São duas camas; dormirás na que está junto à parede* [...]. *Lembra que dali te enviei infinitos suspiros e também derramei algumas lágrimas* [...]. *Escreve-me, contando-me tudo de tua vida; ama-me até quando e como puderes. Sê para sempre meu.*

E lá se foram, chacoalhando a caminho dos Alpes. Levaram três dias e três noites para chegar a Turim, onde pretendiam descansar por alguns dias e providenciar os inevitáveis reparos nas carruagens. A viagem foi particularmente cansativa e desconfortável. “Sempre embaixo de chuva e sempre em meio a um frio insuportável”, Giustiniana reclamou. Sacolejando na madeira dura da carruagem, acabaram por se contundir — “uma coisa terrível”. Estavam com os pés molhados, as roupas salpicadas de barro:

E com tudo isso minha mãe ainda queria manter uma janela sempre aberta. Para não falar nem rezar, eu fingia dormir, mas estava sempre muito triste. Não consigo pensar em outra coisa além de estar contigo novamente.

Seu estado de espírito não se alterou. Os viajantes passaram a noite na aldeia “miserável” de Bussalova. No dia seguinte, pararam em Novara para tomar uma “péssima refeição”. Deixaram para trás as planícies da Lombardia e atravessaram os encharcados arrozais do Piemonte oriental. Giustiniana mal olhava pela janela. Tinha um único pensamento: a carta de Andrea que a aguardava em Turim.

Terás recebido a minha de Milão. Quando receberei uma tua? Posso esperá-la para depois de amanhã? Onde estás? Quantas coisas para perguntar-te! Tu me amas agora? Tu me amarás sempre? Vem para mim, por piedade. Estou desesperada, quero meu Memmo plenamente. Naquela noite, o residente comentou que realmente fomos feitos um para o outro. Seria verdade, se eu fosse melhor para ti. Quanto perdi! Mas ainda terei teu amor? Digo a todos que estabelecemos entre nós uma simples amizade; porém logo acrescento que te adoro [...]. *Sim, te adoro, e com mais ardor do que gostaria.*

Os Wynne chegaram a Vercelli no meio da noite, abatidos e exaustos, e seguiram viagem antes do amanhecer. Pararam para almoçar e mudar de cavalos na “desolada” aldeia de Livorno Ferraris e pernoitaram na velha cidade fronteiriça de Chivasso, para então atravessar a ondulada planície do rio Pó até a movimentada capital do Piemonte.

Turim era o centro de um estado jovem e florescente, habilmente governado pelo rei Carlos Emanuel III. Giustiniana a visitara ao retornar de Londres, seis anos antes, e amava essa cidade pequena e forte, situada no sopé dos Alpes. As avenidas eram retas e limpas, as praças muito bonitas, a simetria da planta atenuada pelas linhas curvas dos palácios e igrejas barrocas: "Turim é uma cidade de belíssima aparência e, embora pequena, organizada com a maior graça possível. Belas ruas, belas casas, belas cercanias e aprazíveis paisagens".

Ao contrário dos venezianos, Carlos Emanuel III aproveitara a neutralidade de seu reino na guerra para empreender benfeitorias e reformas. O debate político era intenso. As associações intelectuais e científicas se multiplicavam. A vida social ainda era um tanto acanhada para os padrões venezianos. Mas a cidade nada tinha de provinciana. Giustiniana não deixou de notar que, ao contrário de Veneza, Turim era movimentada e cada vez mais consciente da própria importância.

Contudo, ao chegar, no começo da tarde de 20 de outubro, ela não estava com muita vontade de passear. Queria verificar se a carta de Andrea a aguardava na embaixada veneziana e qual era a maneira mais rápida de recebê-la. Os Wynne ficaram retidos por várias horas na alfândega, do lado de fora da porta da cidade, porque mrs. Anna fez um escarcéu e discutiu com os aduaneiros. Giustiniana se impacientou a ponto de convencer Zandiri a ir na frente e anunciar sua chegada ao embaixador, Giannantonio Gabriel. O pobre homem voltou com a carta de Andrea — e sua velha ironia. "Em Veneza nunca fui vosso intermediário", sibilou, "e agora estou sendo aqui."

Giustiniana reprimiu o riso e, "trêmula", correu a ler a carta. Por certo não encontrou as palavras que desejava e respondeu, exasperada:

Quantas lágrimas me custou cada frase! Ah, sim, sou verdadeiramente, completamente infeliz. Eu te adorava; eu te traí por fraqueza e, conseqüentemente, enganei-te; odiei-te em alguns momentos; eu te admirava e te amava e ainda te amo e tenho sido sincera contigo e sempre o serei. Agora duvidas de minha amizade? Não, Memmo, não me ofendas, não me leves ao desespero. Eu queria ser tão-somente tua amiga, queria nutrir por ti apenas sentimentos de fraterna amizade, porém te amo. Entendo que não poderei dispor de teu coração. O que queres que eu faça de tua admiração por mim, se te amo? Escuta uma vez mais: sou ciumenta e pretendo ter também o que tu, por reflexão e por necessidade, não poderás dar-me.

As cartas que Andrea escreveu nesse período se perderam, de modo que não podemos saber exatamente o que continham, mas a reação de Giustiniana nos dá uma idéia do que significaram para ela. Evidentemente ele não correspondia a suas efusões. Parecia evasivo, talvez até um pouco ambíguo. Giustiniana só pensava em encontrar formas de enviar-lhe suas cartas e manter contato. Já Andrea não era tão cuidadoso. Sequer lhe dizia para onde mandar a carta seguinte. Por que não providenciava um novo endereço? Como podia ser tão distraído? E então ele cometeu a desnecessária crueldade de contar que conhecera uma jovem freira que certamente lhe teria "redespertado os sentidos", se seu coração não pertencesse a Giustiniana: "E a freira? Por que imaginas que te inspiraria desejos? Acrescentas: se Giustiniana não estivesse tanto em teu coração. Ah, acredita, Memmo: quem imagina o que sentiria já o sente. Pintas-me um retrato demasiado sedutor dessa mulher".

Giustiniana lutava para manter a calma. Sentia a necessidade de gritar seu amor incessantemente e reivindicava o direito de dizer a Andrea — agora seu *cher frère*, porém ainda o homem que ela mais amava no mundo — como tinha medo de estar perdendo-o por completo:

Perdoa-me, mas deves compreender toda a minha fraqueza no momento mesmo em que te agradeço a sinceridade e te suplico que continues sendo sincero, por mil razões. Estou habituada a persuadir-me de que me amas; ainda poderei ter necessidade disso. Por teu caráter, por tuas palavras, por tuas ações sempre nobres estou segura de que, aconteça o que acontecer, sentirás por mim o mais vivo, o mais sincero interesse; contudo — perdoa-me —, temo que teu coração venha a ser possuído por um sentimento intenso demais do qual, no futuro, não seja eu o objeto. Estou louca; ando buscando sofrimentos. Sim, mas quem não vê que deverá ser assim? Essa é a única certeza. Ah, Memmo, tem piedade de mim. Preciso realmente de teus conselhos.

Giustiniana se deitou, exausta, passou a noite insone e, de manhã, continuou escrevendo:

Tua carta não me saía da mente. Toda a nossa história me ocupava. Perdi muito, meu Memmo, e [...] *não tenho outro consolo senão o de saber que com minha confissão (que talvez nenhuma outra mulher fosse capaz de fazer) poupei-te da dor imensa que nossa separação te causaria, se acreditasses perder uma Giustiniana fiel. E, todavia, se não me tivessem afastado de ti por tanto tempo, estou certa de que nunca te teria dado ensejo de acusar-me de pouca fidelidade* [...]. *Porém não falemos mais nisso.*

O mau tempo reteve os Wynne em Turim por uma semana. As fortes chuvas de outono encheram o rio Dora, na periferia da cidade, e havia o risco de inundação. As altas montanhas a oeste estavam cobertas de neve, e Giustiniana previa "uma viagem muito incômoda" pelos Alpes. Entretanto, esforçava-se para tirar o melhor proveito da situação, e, com a ajuda do embaixador veneziano, Signor Gabriel, ela e suas irmãs integraram-se facilmente na vida de Turim. Recebiam convidados na embaixada, em geral membros da pequena comunidade inglesa local. Visitavam palácios e igrejas. Quando o tempo melhorava, iam de carruagem até o Parque Real Valentino — "que não passa de uma boa alameda com vista para o Pó e algumas colinas". À noite, o signor Gabriel as levava à ópera.

Giustiniana achou os turineses "muito sociáveis, conquanto adeptos da mais rígida etiqueta e de costumes extremamente reservados". Impressionou-se ao constatar que "as mulheres não podem sair de carruagem sozinhas, apenas com o serviçal". E a galantaria, acrescentou, talvez pensando em seus velhos amigos venezianos, "é muito malconduzida". Em sua opinião, a formalidade da sociedade turinesa se devia à influência da corte de Carlos Emanuel III, "que é a mais séria".

Por sorte o rei e sua família estavam em sua propriedade rural, em Venaria, e Giustiniana pôde passear à vontade pelo Palazzo Reale. Perambulou durante horas pelos esplêndidos salões, demorou-se em inspecionar "cada apartamento" e, embora não apreciasse o suntuoso estilo rococó do mobiliário, adorou o espaço, a perspectiva ampla, "a longa fileira de quartos que atraem a vista com muito prazer" — efeito mais difícil de se obter nos *palazzi* venezianos menores. Em se tratando de palácios reais, o Palazzo Reale era modesto no tamanho, conforme exigia a sobriedade da Casa de Sabóia, porém "certamente mais belo [que o de Versalhes], e todos dizem isso".

Ao longo dos anos o rei havia formado uma impressionante coleção de desenhos e pinturas de mestres italianos e europeus. Ele se orgulhava muito de sua recente aquisição, *A mulher hidrópica*, do pintor flamengo Gerrit Dou, que fora cercada de muita publicidade. Ao ver-se diante do famoso quadro, Giustiniana comparou-o com uma obra semelhante do mesmo Dou, *Mulher enferma visitada pelo médico*, pertencente ao cônsul Smith e,[1] talvez por lealdade a seu velho amigo, concluiu que esta última era muito superior. "Quando vires Smith", escreveu a Andrea, "diz-lhe que, na presença de muitas pessoas que queriam lapidar-me, declarei seu quadro preferível a este."

Longe de Veneza, ela procurava estabelecer relações com o mundo mais conhecido que partilhara com Andrea. E às vezes as encontrava nos locais mais inesperados. Pouco depois de chegar a Turim, conheceu Filiberto Ortolani, jovem erudito, colecionador e amigo querido de Andrea, que estudara em Veneza com Lodoli e se encantara com o mestre. Os dois se entenderam imediatamente. "Contei-lhe que o conhecia [através de ti], ele disse que me conhecia pelo mesmo canal, e logo nos tornamos os melhores amigos do mundo. Fui visitar seu apartamento [...]. Ele me deu umas coisas para ler, falou de Lodoli, falou muito de ti [...]. É um homem boníssimo." Com Ortolani ela podia falar de Andrea "com muita liberdade" e, assim, procurava estar em sua companhia o máximo possível. Quando estavam juntos, conversando, absortos em reminiscências, Giustiniana facilmente perdia a noção do tempo.

Um dia, tendo passado a tarde com seu novo amigo, ela repentinamente se deu conta de que estava atrasada para ir à ópera. Chamou Bettina e Tonnina e correu para o teatro, usando uma enorme touca de babadinho *à la française* e seu traje de viagem por baixo do capote (a maioria dos baús permanecia fechada). O espetáculo já havia começado, quando as três moças entraram no teatro lotado (mrs. Anna ficara em casa). Mas os turineses não estavam dando muita atenção à cantoria. "Nós, as três irmãs, fomos o espetáculo", Giustiniana se gabou. "Todos olhavam para nós." Não porque fossem mais bonitas — ela admitiu que havia muitas beldades em Turim, "conquanto mal-arrumadas" —, e sim porque o fato de "ser forasteiras nos rendia elogios".

O cavaleiro B., capitão da guarda real, fitou-a com tamanha intensidade que a fez enrubescer. Sentou-se bem em sua frente, no camarote da marquesa de Prié, amante da música e figura ilustre da sociedade local, que Giustiniana conhecera em Veneza, anos antes.

"Mademoiselle, não vos volteis", o capitão exclamou. "Tendes a mesma fisionomia de minha primeira paixão."

Giustiniana agradeceu-lhe com uma reverência e se voltou ainda mais.

"Sim, vejo todos os traços que me sensibilizam", o capitão prosseguiu, pedindo à marquesa que verificasse por si mesma.

Giustiniana lhe fez mais uma mesura, porém o homem não desistiu. Então, ela finalmente falou, em seu francês claudicante: "Monsieur, se o que dizeis é verdade, colocais-me numa situação em que devo ou fazer mau juízo de vosso gosto, ou render-me a um sentimento de vaidade que não se justifica".

Deliciada com sua resposta, a marquesa interveio: "Ah, *mon Dieu*, ela é encantadora! Como respondeu bem! Eu tinha razão, ao dizer que seu rosto revela espírito".

O capitão continuou comparando-a com seu primeiro amor: "Madame, asseguro-vos que a condessa Castelli era belíssima. Aqui estão os mesmos olhos, o semblante expressivo, os cílios, o contorno, o ar sério e sedutor...".

"Ela podia ser muito linda", Giustiniana o interrompeu, já apreciando aquele dueto improvisado, "e eu talvez tenha alguma ligeira semelhança com ela, sem possuir seus encantos, monsieur. Contudo, o que mais me surpreende é encontrardes uma semelhança tão perfeita. Sou de opinião que nunca se encontra alguém parecido com quem se ama."

"Bem, mademoiselle, por aí podeis avaliar vosso fascínio. Queira Deus que o que vejo em vós seja mera ilusão."

A essa altura uma pequena multidão se formara diante dos camarotes e batia palmas às réplicas de Giustiniana, que se fingia enfadada e fazia infindáveis reverências. A marquesa ria e aplaudia sua nova amiga. Ninguém dava muita atenção aos cantores.

"Eu vos conheço, mademoiselle", a marquesa cochichou a Giustiniana. "Tive a honra de ver-vos em Veneza e ouvi falar bem de vós."

"E eu, madame, tive a honra de admirar-vos mais que todas as pessoas que já vos viram, se bem que tendes o dom de fazer-vos admirar por todos que vos vêem." Dirigindo-se ao enlevado capitão, Giustiniana declarou: "Esta é a mais bela dama que já vi e a mais amável, e duvido de vosso bom gosto, ouvindo-vos falar de uma antiga paixão diante de tamanha beleza".

O capitão não se deu por vencido: "Mademoiselle, julgai vossos encantos por este triunfo. Embora esteja diante da mais bela pessoa do país, só tenho olhos para vós, e quisera Deus que, assim como vossa semelhante foi minha primeira paixão, fôsseis a última. O que certamente ocorreria, se ficásseis [em Turim]".

Giustiniana abandonou o incorrigível galanteador e voltou-se novamente para a marquesa, que queria saber se ela e sua família retornariam a Veneza.

"Oh, não. Estamos a caminho de Londres."

"Entendo", o capitão interrompeu. "Tendes um compromisso em Veneza."

"Pode ser, monsieur."

"Eu sabia... Esses olhos não foram feitos para nada; possuem um fogo que requer cuidados. Ah, quem é esse felizardo? Quero conhecê-lo, quero ao menos ser-lhe útil. Tornai-me vosso secretário..."

Giustiniana riu de seus exageros, mas agora a marquesa também queria saber o nome do misterioso homem em Veneza.

"Vós o conheceis muito bem, madame, pois amiúde teve a honra de cear convosco e com a condessa Romilii."*

"Ah, sim, agora me lembro. É monsieur Memmo, o mais velho..."

Como a marquesa falou bem de Andrea! Como foi bom ouvir tais palavras! Mas infelizmente a ópera terminou, "e tivemos de encerrar uma conversação tão agradável".

A guerra havia entrado em seu terceiro ano. Em Turim a atmosfera política era menos tensa que em qualquer outro lugar da Europa, pois o reino não estava diretamente envolvido no conflito. Mesmo assim, os ingleses residentes na cidade não falavam com os franceses, já que os dois países estavam em guerra. Não obstante, monsieur de Chevelin, o embaixador francês, desmanchava-se em atenções com os Wynne, em cuja companhia era visto com freqüência, juntamente com seu jovem secretário, que tinha uma queda pela mais velha das *demoiselles anglaises*.

Uma tarde, o representante britânico Ralph Woodford[2] e seus amigos foram ao Parque Valentino para passear com os Wynne. Como Giustiniana e suas irmãs já estavam com um pequeno grupo de franceses, os ingleses se limitaram a cumprimentá-las de longe. Não teve importância: Giustiniana preferia a companhia dos franceses. Várias vezes comentou com Andrea que os ingleses de Turim "não são grande coisa" — à exceção de Woodford, "o inglês mais descontraído" que já conhecera.

* Ver p. 115.

Woodford se sentia bem no continente. Depois de um período feliz em Madri, estava contente com seu posto no Norte da Itália. Não tinha saudade da Inglaterra: ao contrário, temia o dia em que teria de voltar para Londres, onde não o aguardavam muitas alegrias, segundo confidenciou a Giustiniana. "Ele me falou que não poderei suportá-la." Principalmente não suportaria os jovens ingleses. "Enquanto estiverdes em Londres", o representante lhe assegurou, "por certo permanecereis fiel a vosso digno amante, porque dificilmente encontrareis entre nossos rapazes algum que tenha, no amor, tamanha delicadeza."

O jovem diplomata era de uma espontaneidade que o diferenciava de seus compatriotas em Turim. Quando ofereceu um jantar de despedida aos Wynne, o signor Gabriel não convidou o emproado contingente inglês. Todos se sentiram ofendidos, menos Woodford, que "se convidou sozinho".

Durante sua semana em Turim, Giustiniana aproveitou o interesse que despertara no embaixador francês para praticar um pouco de diplomacia. Os vistos dos Wynne lhes permitiam passar apenas alguns dias em Paris, mas uma longa conversa com Woodford reforçou-lhe ainda mais a determinação de prolongar ao máximo possível sua estadia na capital francesa. Chegando a Paris, a primeira providência seria requerer formalmente a prorrogação dos vistos — o que não seria fácil de conseguir: afinal, eles eram súditos ingleses, e a Inglaterra estava em guerra com a França. No entanto, monsieur de Chevelin prometeu que informaria as autoridades francesas de sua chegada a Paris e escreveria uma carta de recomendação ao abade de Bernis, o ministro do Exterior francês, com cuja ajuda Giustiniana já contava.

O abade de Bernis conhecera os Wynne quando foi embaixador em Veneza, entre 1753 e 1756. Nessa época também se tornara amigo de Casanova, e ambos dividiam a mesma amante, uma intrigante e bela freira que, na calada da noite, escapava do convento, na ilha de Murano, para encontrá-los num *casino* alugado por Bernis. (Mais tarde Casanova revelou que o abade nem sempre participava ativamente dessas traquinagens sexuais, preferindo satisfazer seu gosto pelo voyeurismo.) De volta a Paris, Bernis ascendeu rapidamente ao poder sob a proteção de madame de Pompadour, a amante de Luís XV, e desempenhara um papel crucial na repentina recomposição de alianças européias que levara à guerra no verão de 1756. Contudo, mesmo durante sua meteórica ascensão em Versalhes, guardava vívidas lembranças de sua estada veneziana e mantinha contato com seus velhos amigos de Veneza. Assim, provavelmente sabia que os Wynne estavam a caminho de Paris. Sempre interessado em mexericos e intrigas, também devia saber um bocado sobre o malfadado romance de Andrea e Giustiniana. Não havia realmente necessidade de uma apresentação do embaixador francês em Turim. Giustiniana estava ciente disso, mas devia achar que uma carta de recomendação seria um valioso lembrete de sua chegada iminente numa época em que Bernis certamente se via a braços com graves assuntos de Estado. De qualquer modo, ela expressou sua profunda gratidão ao solícito monsieur de Chevelin quando o encontrou no teatro, na véspera de sua partida. "O embaixador francês foi ao camarote, embora ali estivesse o ministro inglês, elogiou-me muito e assegurou-me que havia escrito a Bernis."

Por fim os Wynne partiram. O plano de viagem traçado por Zandiri consistia em rumar para noroeste até a cidade de Susa, dobrar abruptamente para o oeste, cruzar o passo do monte Cenis, a dois mil e cem metros de altitude, descer pela estrada íngreme que conduzia ao vale do Arc, acompanhar o rio até Modane e tocar para oeste, para a confluência do Arc com o Isère, alguns quilômetros ao norte de Chambéry. Dali até Lyon seria relativamente fácil.

No dia da partida, Giustiniana não se sentia bem — estava com enjôo e um incipiente resfriado. O tempo não era nada promissor, e a travessia dos Alpes lhe inspirava apreensão e até um pouco de medo. "Escreverei de Lyon", ela comunicou a Andrea, enquanto preparavam a carruagem. "Conta-me tudo com a mesma precisão que me vês usar. Querido Memmo, ainda sou tua pequena?"

Na subida do monte Cenis o resfriado se agravou e, quando alcançaram o passo rochoso, já se alojara no peito. A descida da encosta foi ainda mais penosa. Carregada pelo vento, a neve penetrava na carruagem através de fendas e aberturas, e uma tosse violenta castigava Giustiniana.

O frio intenso privara-me do uso das pernas, dos pés e das mãos. Nesse estado passei um dia inteiro e, quando cheguei a [Lanslebourg], *não conseguia levantar-me. Instalaram-me diante do fogo com alguns forasteiros, e lá veio a febre. Tivemos de ficar ali dois dias, não tendo chegado nossa bagagem, e eu me achava num estado lamentável. Pus muito sangue pelo nariz, perdi a voz e sentia no peito uma dor insuportável, acompanhada de tosse e febre. Apesar de tudo isso, não queria ficar parada em tal lugar e temia os médicos saboianos mais que suas abomináveis montanhas.*

No auge do delírio, enquanto a neve caía sobre o vilarejo na montanha, ela sonhava com Veneza e com Andrea:

Fui ao cais [de tua casa] *e tu, depois de fazer-me esperar por muito tempo, entraste em minha barca. Eu te repreendi por teu pouco amor e, cheia de ímpeto, disse-te mil coisas. Tuas desculpas foram, meu Memmo, derramar algumas lágrimas e estreitar-me em teus braços sem pronunciar uma palavra, acompanhando esse gesto com aquela rara expressão que notei em Vicenza, quando chegaste. Que momento! Uni a tuas lágrimas as minhas; despertei, Memmo, mas a esse preço queria ficar doente para sempre.* [...] *Serias tão terno, tão amoroso. Ah, Memmo, Memmo.*

Finalmente a bagagem chegou a Lanslebourg, e os Wynne seguiram viagem, passando por Modane e Chambéry, rumo a Lyon. O céu clareou pouco a pouco. Giustiniana melhorava a cada dia, e, à medida que recuperava a cor, as temíveis montanhas recuavam até se reduzir a pouco mais que uma lembrança desagradável. "Montanhas e mais montanhas. Camas péssimas e comidas medonhas [...]. Que vida!", ela reclamou. Mas por fim estava na França. Lyon, onde pretendiam ficar alguns dias, era famosa por seu teatro, suas lojas e, sobretudo, suas lindas sedas. E para lá de Lyon estava Paris, a uns dez ou doze dias de viagem.

Giustiniana sentia muita saudade de Andrea e desapontou-se ao descobrir que a carta que esperava encontrar em Lyon ainda estava presa em Genebra, porque a selagem era insuficiente. (Ela mandou dinheiro para Genebra, pedindo que a remetessem a Paris.) "Imaginas minha dor [...]. Todos os meus desejos me transportavam a Lyon para receber uma carta tua, para saber se a pobre Giustiniana reina em teu coração como reinas no dela [...]. Ah, meu Memmo, o que andas fazendo? Onde estás? [...] Oh, se ao menos eu tivesse uma bússola que pudesse indicar-me teu paradeiro."

Contudo, ela demonstrava uma alegria que havia muito andava ausente de suas cartas. Parecia menos agitada, com sentimentos menos confusos. Era como se a barreira física, concreta e inexorável, que se erguera entre eles, após a travessia dos Alpes, lhe permitisse concentrar-se mais facilmente na estrada que se estendia a sua frente.

"Em Lyon só escuto falar de tecidos", ela comentou depois de seu primeiro giro pela cidade. Comprou dois vestidos: um formal, com um estampado outonal de folhas amarelas e fitas de veludo verde, e um mais simples, de cetim listrado e florido, "que não ficará mal como *déshabillé*".

Ela já estava em Paris.

6.

"Arrumei o cabelo", Giustiniana anunciou, orgulhosa, em sua primeira carta escrita na capital francesa.

Ainda não acabara de desfazer os baús e já chamara o cabeleireiro e seu pequeno exército de ajudantes. "Não rias, mas o cabeleireiro me reteve das dez da manhã às seis da tarde — sem almoço." Até meio-dia ele cortou, aparou e modelou o cabelo. Depois seus três assistentes colocaram-lhe "pelo menos quatrocentos papelotes". À tarde, o cabeleireiro retirou os papelotes e empoou-lhe os cachos cuidadosamente, enquanto sua esposa preparava os ungüentos para um coque enorme: "Foram oito onças de creme e outras tantas de pó. Não penses que estou brincando, pois é a pura verdade. Emplastram o cabelo com o creme de modo que, ajudado pelo pó, forma uma imensa massa". O resultado agradou-lhe plenamente: "E na verdade nunca encontrei penteado que me assentasse melhor". Em Veneza ela deixava seus cachos negros caírem naturalmente pelo contorno do rosto. Agora queria experimentar novos estilos, "e meu cabeleireiro afiançou-me que fará um arranjo novo todas as vezes que me pentear".

Infelizmente a sociedade parisiense ainda guardava luto oficial pela morte do duque de Luynes,[1] ex-governador de Paris e ilustre membro da corte de Versalhes, e Giustiniana não pôde exibir seu novo penteado fora dos limites do hotel.

Mrs. Anna se instalara com a família no confortável Hôtel d'Anjou, situado na rue Dauphine, no coração do Faubourg Saint-Germain. À direita, a rua conduzia ao Sena e ao palácio das Tulherias, no outro lado do rio. À esquerda, passava pelo movimentado mercado e serpenteava na direção da velha igreja de Saint-Germain-des-Prés. Os Wynne ocupavam um amplo apartamento no andar térreo. Tinham suas próprias salas de estar e de jantar e eram atendidos por criados "de libré, com galões e botões de prata".

No decorrer da viagem até Paris, Giustiniana sempre dividira um quarto com Bettina ou Tonnina, quando não com ambas. Agora lutara — com sucesso — para ter um quarto só seu. O pequeno "gabinete" que lhe coube tinha espaço apenas para uma cama e uma escrivaninha. Era contíguo aos aposentos de mrs. Anna, porém oferecia uma bela vista do pátio e do jardim. E, sobretudo, proporcionava-lhe um pouco de privacidade, depois de tanto tempo em estreito contato com a família.

O hoteleiro morava no primeiro andar com suas três filhas — "todas coquetes e não de todo feias", conforme a avaliação de Giustiniana — e costumava convidar os clientes para uma refeição ou um evento musical. O príncipe Dolgorouki e outro aristocrata russo a quem Giustiniana se referia, um tanto misteriosamente, como "o Moscovita" destacavam-se dentre os demais hóspedes: vestiam-se com elegância, falavam alto em sua língua materna e imprimiam um toque cosmopolita à atmosfera do hotel. Giustiniana também reparou num oficial francês, *mous-*

quetaire real. Achou-o meio intrigante e com boa aparência. Ao contrário dos russos barulhentos, ele falava pouco e geralmente se isolava.

Evidentemente a chegada das jovens Wynne ao Hôtel d'Anjou não passou despercebida. Mas durante seus primeiros dias em Paris elas se portaram com discrição, por causa de sua situação incerta e do luto oficial. Não demonstravam grande lealdade à Inglaterra — em suas cartas Giustiniana nunca toma partido —, mas eram estrangeiras na terra do inimigo e queriam prorrogar o visto de permanência antes de se aventurar na sociedade. Niccolò Erizzo, o embaixador veneziano, deveria acelerar o processo, porém recebeu os Wynne sem muito entusiasmo. Prometeu vagamente que logo os convidaria para jantar e que falaria com Bernis, o ministro do Exterior no qual os Wynne depositavam suas esperanças, sobre a permissão para ficarem em Paris durante o inverno. Giustiniana teve a nítida impressão de que Erizzo não estava disposto a fazer nenhum grande esforço para ajudá-los. "Até agora não me deu motivos para estar contente com ele", comentou com Andrea, retribuindo arrogância com arrogância. "Tem um ar ambíguo e protetor que não se coaduna muito com meu gênio." Sua atitude a irritou tanto, acrescentou, que estava tentada a dizer-lhe que não se incomodasse com os papéis. Bernis sempre fora cortês com eles em Veneza e certamente lhes prestaria o "pequeno favor" que pediam: a intercessão de Erizzo. No fim ela se conteve, acreditando, como todos os orgulhosos venezianos, que um gesto oficial de seu embaixador "é alguma coisa".

Apesar do "toque de recolher", Giustiniana não demorou muito a se preparar para sua primeira incursão no cenário parisiense. Depois do cabeleireiro, recorreu ao costureiro. Comprou capas e xales de inverno, equipou-se com muitos "ornamentos" e encomendou um *déshabillé* de batávia, delicado tecido de linho que comprara em Lyon. Para aquecer-se, adquiriu um regalo e uma estola com uma estampa de "pássaros do lago de Genebra". E experimentou seus novos trajes na privacidade de seu quartinho.

Também aplicou ruge nas faces pela primeira vez na vida.

No final do outono de 1758 Paris vivia uma de suas temporadas mais estranhas. A guerra, já em seu terceiro ano, não estava favorecendo a França. A Grande Armée colecionara sucessivas derrotas frente aos prussianos. Na América, os franceses perdiam suas colônias para os ingleses. Na Índia, também recuavam diante da Union Jack. Essas infindáveis campanhas militares esgotaram o Tesouro nacional. A França estava à beira da bancarrota, e o governo escorchava o povo com impostos intoleráveis. Luís XV se beneficiara com a breve onda de simpatia subseqüente ao atentado que sofrera no ano anterior, quando um homem insano, chamado Robert François Damiens, emergira da multidão para apunhalá-lo. Agora a trégua chegara ao fim, e sua popularidade voltara a cair. Madame de Pompadour, ainda a figura mais influente da corte, era, cada vez mais, o objeto do escárnio público. Cartazes contra ela e o rei apareciam misteriosamente por toda a cidade. A repressão policial era implacável. Quem dizia a palavra errada podia acabar na forca.

Em Versalhes, a aristocracia se alimentava de rumores sobre quem gozava do favor da corte e se aferrava aos rançosos rituais cotidianos ditados pela etiqueta palaciana. Na cidade, porém, a vida social prosseguia com um esplendor que durante muito tempo não tivera, como se fosse preciso exorcizar com um brilho especial a tristeza que se propagava desde os campos de batalha. Toda noite realizavam-se lautos jantares, os teatros lotavam e os *bals de l'Opéra*, abertos ao público, eram tão concorridos que geralmente se transformavam num enxame reluzente.

Giustiniana não conseguiu resistir por muito tempo. Quando o período de luto se encerrou, uma semana após sua chegada a Paris, ela já estava vestida e penteada *à la française* e ansiosa para ver e ser vista. No domingo, depois de assistir à missa na igreja de Saint-Sulpice, foi com Bettina e Tonnina dar uma volta pelos jardins das Tulherias. Numerosas carruagens desfilavam no local, apesar do frio intenso. Mais tarde, no hotel, ela ainda estava eufórica. "Demos só dois giros de *déshabillé* e no entanto chamamos muita atenção e ouvimos que éramos as mais lindas e bem-feitas que já viram", relatou, orgulhosa. Suas rivais pareceram-lhe inexpressivas: "Não encontrei uma única beldade; muitas eram passáveis e inúmeras eram horrendas". Contudo, impressionou-a a audácia dos *décolletés*, ou decotes: "Todas andam nuas [...]. Usam tão-somente um *petit collier* [colarzinho] e um *tour de gorge* [echarpe]".

O passeio durou apenas duas horas, mas Giustiniana observou tudo com olhos de repórter. Reparou que as delicadas echarpes de seda sempre combinavam com os vestidos. Que a saia de baixo tinha menos arcos que na época de sua primeira estada em Paris, seis anos antes, e não era tão rodada. Que "todas as damas portam regalo de pena de galo da cor do traje". Certamente se sentiu aliviada por ter feito suas compras em Lyon e não precisar sair com seus velhos e ultrapassados vestidos venezianos.

Giustiniana se comprazia com essas descrições em parte porque gostava de tecidos bonitos e de belas roupas, e em parte porque sabia do interesse de Andrea pelas últimas modas de Paris. "Os homens se vestem magnificamente", informou-o. "Ricos bordados adornam seu traje de veludo [...]. O que mais se vê é o conjunto de veludo negro com colete de tecido dourado ou prateado [...]. Contudo, a última moda são os trajes de cor *pensée* [roxa], forrados de cordeiro negro nonato. Os regalos são de lobo da Sibéria, que tem o pêlo muito longo, branco e duro." Ela também o punha a par da última palavra em termos de penteado masculino:

"Peruca volumosa, ondulada, mas sem muitos cachos, com as pontas frisadas a ferro, e presa na nuca com uma pequena fivela de metal". E, se queria realmente impressionar os amigos no Listone, Andrea devia considerar a possibilidade de mandar pintar de vermelho os tacões de seus sapatos pretos de fivela — um detalhe que ela achava particularmente chique.

Giustiniana se deslumbrou com as roupas suntuosas, os penteados elegantes, o luxo e o brilho do espetáculo que relanceara no exterior do hotel. Qualificou de "verdadeiramente lindíssimas" até mesmo as carruagens, pintadas de preto e dourado, com "ramalhetes de flores que parecem bordados". Ah, se pudesse partilhar todo aquele esplendor com Andrea... Juntos encantariam a sociedade parisiense com sua beleza juvenil e sua conversação inteligente. "Por que não estás comigo?", perguntou-lhe, na quietude de seu quarto em Paris.

Em momentos de maior lucidez — e maior melancolia —, percebia claramente como a enorme distância que agora os separava tornava "mais ridículo o desejo de [ter] teu amor". Sua nova perspectiva também lhe permitia apreciar melhor tudo que Andrea significara para ela: "Tu me desvendaste os grandes mistérios, deste o tom a meu espírito, refinaste e enobreceste minha alma [...]. Foste meu guia em tudo [...]. Sim, para mim Memmo foi muito importante". Sua "leviandade", que a levara a enganá-lo, ainda a atormentava. Às vezes ela desejava recuperar "a inocência" da época em que se conheceram. Todavia, apesar de sua conduta "desprezível" no último verão, ainda ousava "reclamar todos aqueles sentimentos que tinhas por mim". Não pretendia renunciar a ele, por mais irracional que seu amor lhe parecesse às vezes. E, portanto, só lhe restava lutar com a confusão em seu coração: "Eu te amo, tenho medo, indigno-me comigo mesma, chamo a filosofia para ajudar-me, desprezo-a, e assim tenho a alma dividida".

* * *

A princípio Andrea demorava para receber as cartas de Giustiniana, pois ainda não voltara a Veneza e ela nunca sabia para onde devia enviá-las. Depois de sua separação final, em Brescia, ele se demorara no continente, visitando amigos e estabelecendo contatos. Em anos recentes, negligenciara sua carreira política a tal ponto que não tinha um cargo público, enquanto Bernardo, seu irmão mais novo, já trabalhava para o governo. Agora parecia prestes a receber sua primeira nomeação — dizia-se que assumiria a função de *savio agli ordini* (comissário responsável por assuntos marítimos), usada também para treinar jovens patrícios promissores na arte da administração. Precisava redirecionar suas energias para os deveres e responsabilidades condizentes com um jovem membro da classe dominante. Fiel a seu caráter, durante seu giro pelos territórios continentais de Veneza também se entregava ao que Giustiniana chamava de "distrações e divertimentos". Como a emergente esperança de uma família antiga e prestigiada, era festejado por toda parte e, inevitavelmente, apresentado a moças casadoiras — embora garantisse à amada que nenhuma delas poderia substituí-la em seu coração.

Enrodilhada no pequeno quarto que ocupava no Hôtel d'Anjou, Giustiniana lia os relatórios de Andrea sobre suas "viagenzinhas" com um misto de prazer e apreensão. Todas aquelas jovens que ele mencionava tão despreocupadamente em suas cartas... Seria verdade que nenhuma a substituíra em seu coração? E a bela e misteriosa "freira"? Giustiniana tinha pesadelos com ela: "Eu te vi em seus braços. Ouvi-te gabando-te de tua felicidade [...]. Entraste no convento, apesar dos ferros e das dificuldades; a linda freira por fim [...]. Ah, parece que estou vendo [...]. Eu queria acabar com tuas delícias, queria envenenar aqueles prazeres; mas um repentino desmaio privou-me dos sentidos. Então acordei e me vi toda banhada em suor e lágrimas".

Em geral, ela se esforçava por adotar um tom despreocupado ao abordar os relacionamentos de Andrea com outras mulheres. Reclamar não adiantava nada. A experiência lhe ensinara que só tinha a perder com demonstrações de ciúme excessivo. No entanto, o medo de perdê-lo permeava suas melhores tentativas de dissimulação:

Mas o que te prende na província? Não te entendo, e o que me dizes não basta [para apaziguar] *meu espírito desconfiado* [...]. *No continente, talvez mais que em Veneza, deves destacar-te. Darás o tom, estarás na moda e, por conseguinte, serás dono de todas as mulheres. Não te importas com isso, declaras. Mas um jovem amável, animado, amante de novidades, como tu, poderá resistir à tentação? Não me digas que é impossível, Memmo; ao contrário, sê sincero comigo. Já te imagino* en petit sultan, *perturbando todas as mulheres, lançando olhares, regateando teus favores. Não há nada mais divertido que isso, e desejo-te tal quinhão. É de meu interesse que sejas* petit-maître [...]. *Prefiro-te ocioso a sério e melancólico. Permito que tua cabeça se entregue a quantas ocupações desejar, mas teu coração... Ah, meu Deus! Teu coração... Ainda não se corrompeu; e tu mesmo te empenhas, talvez, em conservá-lo meu, quando menos imaginas. Vejo-te contente com todas as mulheres e indeciso* [...]. *Creio que neste instante tens mais de uma e não darei fé ao contrário. Tu te contradizes demais. Agrada-te a que tem belos olhos e vivacidade; podes tê-la e não a tomas? Ah, Memmo! Não te interessa, declaras. Como? Se te agrada... Enfim, não quero questionar isso e menos ainda pregar-te sermão. Serás meu amigo? Ah, talvez não possas ser outra coisa... É melhor que continues leviano, sedutor, vaidoso, louco.*

Seu futuro parecia tão incerto que a idéia de regressar a Veneza só para ficar perto de Andrea nunca lhe saía da cabeça.

Depois que seus irmãos se instalassem na Inglaterra, ela não poderia voltar, solteira, talvez sem possibilidade de casar e, portanto, livre do fardo que a obrigara a partir? "Irei viver em Veneza como puder", escreveu. "Afinal, preciso de pouca coisa e prefiro o sossego e uma vida tranqüila a todos os esforços que teria de fazer para mudar de estado; e depois, longe de ti, que bem poderia ter?"

Suas fantasias se esvaeceram tão prontamente quanto surgiram. Bastou-lhe erguer os olhos do papel em que escrevia para lembrar-se que tinha uma missão a cumprir em Paris. Embora não estivesse muito animada com aquele plano improvável de seduzir La Pouplinière, o velho *fermier général*, Andrea não tinha por que se preocupar: ela não se esquecera. "Ao contrário, quero ocupar-me disso, porque te prometi. Quando sair, me lembrarei de monsieur de La Pouplinière, não duvides. Mas voltar para junto de ti (perdoa-me) será meu principal objetivo."

No entanto, sua *démarche* com Bernis para obter o visto de permanência não parecia promissora: "Esperamos ansiosamente uma resposta [...]. Prevejo que não se fará nada". Falava-se até de "um novo édito contra os ingleses". (Em setembro, dez mil soldados britânicos desembarcaram na Bretanha e alarmaram os franceses, mas acabaram tendo de partir.) Confinados no Hôtel d'Anjou, os Wynne temiam ser expulsos do país a qualquer momento. O clima era tenso, e, como sempre, mrs. Anna descarregava seu nervosismo em todo mundo, inclusive no fiel Zandiri: "Ela está insuportável. [...] Até Giacomo se tornou, a seus olhos, o mais detestável dos homens: atormenta-o tanto que me dá pena".

A sensação de isolamento aumentava a cada dia. Para os Wynne não existia vida fora do hotel. O convite para jantar na casa do embaixador Erizzo não se concretizava, embora fizesse quase um mês que se encontravam em Paris. Para piorar a situação, Gustiniana perdera as cartas de recomendação que Andrea lhe entregara ainda em Veneza — e desconfiava que sua mãe as pegara.

A única pessoa que ela acreditava que correria a vê-la — o jovem Chavannes, seu antigo apaixonado — não aparecia para visitá-la. "Talvez esteja ofendido porque deixamos de escrever-lhe quando nos confessou que não era conde", conjeturou. "Não me importa."

Em dezembro, Bernis finalmente se manifestou. "Com expressões gentis" pediu aos Wynne que o perdoassem pela demora e comunicou-lhes que infelizmente podia conceder-lhes permissão para permanecerem em Paris só por mais quinze dias, vinte no máximo. A notícia era desalentadora. O que os Wynne não sabiam era que o próprio Bernis ficaria em Paris menos tempo ainda.

Conforme lhes explicou o embaixador Erizzo, Bernis era "cria" de madame de Pompadour. Ascendera ao poder em larga medida porque se prestara ao papel de instrumento da favorita do rei em sua nova política de amizade com a Áustria em detrimento da Prússia, tradicional aliada da França. Essa momentosa troca de alianças preparara o terreno para o sangrento conflito que agora se travava na Europa, na América do Norte e no subcontinente indiano. Entretanto, Bernis nunca fora grande partidário da guerra contra a Prússia e a Inglaterra, que estava se revelando muito cara. Ele sofria com as baixas francesas e procurava maneiras de chegar a uma paz honrosa. Madame de Pompadour, apoiada por Luís XV, achava impossível estabelecer um acordo, estando numa posição de fraqueza. O esforço de guerra tinha de prosseguir — ao menos até a França se encontrar em melhores condições para negociar. O rei e sua amante não suportavam mais ver a cara amarrada de Bernis. Ele tinha de partir. Luís XV convenceu o papa Clemente XIII a nomeá-lo cardeal e depois o demitiu. "A saúde do cardeal de Bernis, debilitada já há algum tempo, não lhe permite continuar exercendo a penosa função [de ministro] do Exterior", anunciou a *Gazette de France*, publicação oficial do governo.[2] Dias depois, em 13 de dezembro, o monarca exilou o novo prelado em sua propriedade de Vic-sur-Aisne, perto de Soissons, ao norte — e a um dia de viagem — de Paris. Sua queda fora ainda mais rápida que sua ascensão, três anos antes.

"Eis um projeto perdido", Giustiniana escreveu, tristonha. "De que adianta ter quase decorado suas obras para adaptar-me a seu modo de pensar e de expressar sentimentos, quando o visse?" Da noite para o dia, ninguém mais falava de Bernis, a não ser para ridicularizá-lo. "O *bon mot* que corre sobre ele é que lhe deram o chapéu [cardinalício] só para despedir-se", Giustiniana contou a Andrea.

O requerimento dos Wynne passou às mãos do novo ministro do Exterior, o duque de Choiseul. Naquele dezembro frio, tudo o que Giustiniana podia fazer era aguardar um momento propício e desfrutar as distrações locais. "Tenho uma multidão de adoradores insuportáveis", escreveu ao amado, talvez tentando provocar-lhe ciúme. "Eu rio, mas não lhes dou esperança; ao contrário, faço-os desesperarem. Esse é todo o meu divertimento."

Os protagonistas desse assédio amoroso eram os dois aristocratas russos: o príncipe Dolgorouki e o Moscovita. Primos distantes, viviam brigando e não perdiam a oportunidade de falar mal um do outro. Ambos eram amigos da princesa Galitzine, a abastada esposa do embaixador do czár, que morava nas proximidades da rue Dauphine, em meio a um círculo de expatriados que freqüentavam o Hôtel d'Anjou, levando com eles um ar da exuberância russa. O *mousquetaire* permanecia nos bastidores, embora Giustiniana tivesse conseguido tirá-lo um pouco de seu isolamento. "Não faz má figura", ela comentou com Andrea. "Conversa comigo amiúde, mas se afasta, quando o Moscovita se aproxima." Também a "atormentavam" personagens secundárias, como "um grande senhor", cujos "suspiros constantes" ela detestava, e "um forasteiro que está aqui com a esposa. Imagina...".

Entre todo esse eclético grupo de *innamorati* seu favorito era o Moscovita, um jovem de 27 anos, "bonito, magnífico e grande cavalheiro". Ele se declarou parente da princesa Galitzine, mas, talvez depreciando Dolgorouki, seu rival menos atraente, explicou "que não deseja usar seu título, porque considera isso uma afetação ridícula de alguns aristocratas russos, sobretudo aqui em Paris". Tudo que Giustiniana sabia sobre ele era que chegara a Paris havia dez meses, esbanjara uma fortuna e conquistara o coração de muitas francesas. Suas informações freqüentes deixavam claro que ela não era insensível aos encantos do Moscovita:

Ontem à noite as filhas [da proprietária] *pediram-nos para ir a seu apartamento, pois uma senhora ia cantar* chansons poissardes, *canções do Pont Neuf que me agradam muitíssimo. Fomos e lá encontramos muita gente. O Moscovita aproximou-se e cumulou-me de declarações. Eu estava de bom humor e procurei reduzir ao ridículo o que me dizia, assegurando-lhe que seu discurso pertencia ao velho estilo e que tais efusões e tudo o mais haviam caído de moda. Ele, porém, é espirituoso e cosmopolita.*

Dias depois, ela ainda o observava atentamente:

Hoje de manhã, eu estava deitada [...] *e ouvi tiros de fuzil no jardim.* [...] *O Moscovita e um francês estavam praticando tiro ao alvo.* [...] *Levantei-me, desci* [...] *e atirei também, vencendo a todos. Lembrei-me então que, quando me exercitava com a pistola, em Pádua, quase te matei inadvertidamente. Lembras?*

Duas semanas mais tarde, tornou-se evidente que o Moscovita estava animando seu confinamento:

Ele passa praticamente o dia inteiro em casa; para ver-me, abandona os espetáculos e fica feliz quando pode estar comigo [...].

Todas as manhãs, quando acordo, vejo-o no jardim ou em sua janela; ele espera que eu abra as minhas janelas e, assim que me levanto, vem me ver.

Depois ele se descontrolou e estragou tudo:

À noite, ao deixar o apartamento da proprietária, o Moscovita deu-me a mão num pequeno corredor e se pôs a abraçar-me estreitamente. Força, súplicas, seduções — usou de tudo para tomar liberdades comigo; tocou-me o peito e quis avançar; mas tanto me defendi, malgrado sua insistência — e a tentação que podia provocar-me um homem totalmente fora de si, trêmulo e amável —, que acabei escapando, não sem antes rasgar-lhe a manga e arranhar-lhe as mãos.

No dia seguinte, Giustiniana evitou-o quanto pôde. "Apenas lhe dei ensejo de apresentar mil desculpas e atribuir tudo ao amor, como vós, homens, costumais fazer." Mas o Hôtel d'Anjou era pequeno, e, a menos que se trancasse no quarto, ela dificilmente conseguiria manter distância por muito tempo, até porque o Moscovita se mostrava ansioso para retomar a ofensiva. Com efeito, depois de sua desajeitada investida, seu coração de russo batia como nunca. Ele a procurava pelos corredores do hotel e sussurrava-lhe "mil coisas".

Tais relatos certamente levavam Andrea a se perguntar até quando Giustiniana resistiria aos avanços do garboso aristocrata. Ela não mencionara a tentação que sentira durante sua luta com o Moscovita? Entretanto, Andrea a conhecia o suficiente para saber que ela estava tentando desforrar-se do medo que lhe causara com sua incauta conversa sobre a bela freira.

Uma noite, Giustiniana acordou de repente com um ruído no pé da cama. Na escuridão, demorou alguns instantes para perceber que estava inteiramente descoberta. "Não me mexi, nem ousei respirar", contou a Andrea. "Pouco depois, ouvi algo como os passos de alguém que se afastava de minha porta e descia ao jardim. Apavorada, puxei os cobertores e pensei que, para pregar-me uma peça, o Moscovita saíra ao jardim e, tendo notado que um vidro da janela, ao pé da cama, estava quebrado, resolvera descobrir-me."

Decidida a passar-lhe uma descompostura na manhã seguinte, ela voltou a dormir. Quinze minutos depois, sentiu os cobertores escorregarem novamente e a cama estremecer.

"Quem está aí?", perguntou.

"Silêncio, mademoiselle. Vinde até a janela e escutai só uma palavra." Para sua absoluta surpresa, ela reconheceu a voz do *mousquetaire*.

"O que desejais a esta hora, monsieur? Retirai-vos imediatamente."

"Vim dizer que vos adoro e pretendo prová-lo."

"Estais louco, monsieur. Afastai-vos já e não me comprometais mais, ou hei de considerar-vos o último dos homens."

O francês insistiu para que ela o escutasse, porém, ao ver que a chave da porta de vidro, próxima à janela, estava na fechadura, do lado de fora, entrou no quarto e "jogou-se na cama".

"Celerado!", ela exclamou. "O que pretendeis com tal violência? Eu vos detesto. Ide embora!"

Ele tirou o robe e se acomodou na cama.

"Senti unicamente raiva e desprezo", Giustiniana contou a Andrea. "Defendi-me com todas as forças e, graças a minhas unhas e a minha mantilha, que me envolvia toda e que por sorte eu tinha comigo, mostrei-lhe que devia tentar seduzir-me com bons modos. Ele chorou, implorou. Indigno! [...] Imagina, odeio violência. Odiei-o, mas o que poderia fazer? Como libertar-me?" Se gritasse, sua mãe, que estava no quarto ao lado, entraria correndo. E o que aconteceria, se a pilhasse com um homem? Giustiniana lutou, suplicou, insultou-o, até que, admitindo a "impossibilidade de sucesso", o intruso finalmente se levantou, rogou-lhe que não comentasse com ninguém sua malfadada incursão e foi embora, acabrunhado.

Giustiniana trancou a porta, deitou-se novamente e não dormiu mais, tentando atinar com a melhor maneira de tratar o incidente. E se o *mousquetaire* resolvesse "desfiar a aventura a seu modo", distorcendo os fatos para levar os outros hóspedes a acreditarem que seu patético assédio fora coroado de êxito?

Ao voltar da missa, no dia seguinte, ela encontrou o Moscovita a sua espera, junto com o cabeleireiro, que lhe faria um novo coque. Impulsivamente, chamou o russo de lado e contou-lhe o que acontecera, a fim de ter "uma testemunha de minha parte". Pouco o surpreendeu, pois ele estava ciente de que o francês pretendia fazer-lhe uma visita noturna. Desconfiando de que fosse pura bazófia, não se dera o trabalho de avisá-la. Agora aconselhou-a a "extravasar seu ressentimento" com um duro sermão e esquecer o episódio.

Assim que ela se afastou com o cabeleireiro, o Moscovita correu a espalhar a história. O *mousquetaire* ficou tão envergonhado que não apareceu por quase uma semana. Giustiniana se declarou aborrecida com a indiscrição do russo, mas considerou a punição suficiente e encerrou o assunto.

O Moscovita perdeu o interesse por ela. "É um homem da moda, não vai perder tempo", Giustiniana comentou, sarcástica. De qualquer modo, como essas figuras de comédia, esses imprestáveis, poderiam se comparar a seu Memmo? Seus sentimentos por Andrea não arrefeceram e, embora lhe causassem tristeza, também a confortavam em seus momentos de depressão: "Sim,

Memmo, sim, eu te amo demais, talvez demais até para ti, pois, se sabes que não podes corresponder-me como eu gostaria, meu amor acabará sendo um peso para ti". Contudo, se ainda a amava, ele não tinha por que se preocupar: "Sou tão ajuizada quanto podes desejar [...]. E não me esqueci do velho financista, que tratarei de conhecer, se estivermos aqui e se eu dispuser de tempo para conquistá-lo, como querias".

Na semana anterior ao Natal, quando a esperança de uma palavra favorável por parte dos franceses se esvaecera e o prazo de permanência se esgotava, Choiseul informou aos Wynne que poderiam ficar em Paris durante o inverno e, talvez, até prolongar sua estadia. Giustiniana respirou, aliviada. Pediu ao príncipe Dolgorouki que agradecesse pela permissão: ele confiara o caso ao príncipe de Clairmont, poderoso general da Grande Armée, sob cujo comando lutara no início da Guerra dos Sete Anos. Todos os amigos de Giustiniana no Hôtel d'Anjou receberam a notícia com alegria, principalmente o príncipe Dolgorouki, que a cortejava com maior insistência desde que o Moscovita suspendera seu assédio.

O consentimento de Choiseul conferiu aos Wynne um status mais respeitável, e o convite do embaixador veneziano por fim se concretizou. Não foi uma ocasião das mais faustosas, por certo — os outros comensais eram Tommaso Farsetti, melancólico poeta veneziano que residia em Paris, e o signor Pizzoni, primeiro-secretário da embaixada. Giustiniana, porém, conseguiu aproveitar ao máximo a pequena *soirée*, desmanchando-se em atenções com Farsetti, que declarou conhecer muito bem monsieur de La Pouplinière. "Destramente lhe disse que terei prazer em conhecer La Pouplinière", ela se gabou.

Enquanto aguardava as providências do poeta, Giustiniana reavivou seu velho amor pelo teatro. E descobriu, constrangida, que em Paris, ao contrário de Veneza, não era de "bom-tom chegar atrasado aos espetáculos". Os parisienses em geral eram tão fascinados por teatro quanto os venezianos. A Comédie-Française e a Comédie-Italienne, os dois teatros mais populares, lotavam todas as noites. Muitos freqüentadores queriam realmente assistir à peça, porém muitos só queriam ver e ser vistos. Com seus trajes vistosos e seus penteados elegantes, proporcionavam um espetáculo tão colorido que às vezes era difícil distinguir o palco da platéia.

O grande sucesso da temporada de 1758-9 era *Hypermnestre*, tragédia em versos da autoria do jovem autor M. Lemierre, que contava com o patrocínio do *Mercure de France*, publicação mensal de ampla tiragem sobre cultura e atualidades. Giustiniana foi à estréia com seus amigos russos. "Toda Paris estava lá", escreveu para Andrea, sempre ávido de novidades sobre o teatro francês, apesar de seu projeto nunca ter se materializado. "A tragédia é divina, e os aplausos foram infindáveis. Eu chorei e me emocionei muito. O teatro inteiro se comoveu. Ah, como os franceses representam!" A estrela da noite foi mademoiselle Clairon, a primadona mais célebre, mais ambiciosa, mais talentosa e mais festejada do momento. Giustiniana já ouvira falar dela em Veneza e exultou ao declarar que a grande atriz era de fato "um portento".

Giustiniana estava ansiosa para conhecer realmente a cidade. Fazia dois meses que chegara, e seu mundo ainda se reduzia ao Hôtel d'Anjou e arredores. Mrs. Anna não incentivava as filhas a ampliarem seu círculo de amizades e trazia-as a rédea curta. Assim, quando elas saíam, geralmente era na companhia de seus amigos russos.

A principal organizadora de suas noitadas teatrais era a princesa Galitzine, que, como todo mundo sabia, estava loucamente apaixonada por mademoiselle Clairon. "Pelo que se comenta, ama La Clairon com a mais terna paixão", Giustiniana escreveu. "Treme ao vê-la, empalidece, fica fora de si. Está sempre a seu lado e ceia com ela. [...] Diz-se que com essa atriz gastou mais de cem mil francos." A princesa encomendou um retrato de sua amada a Charles van Loo, pintor do rei, que a representou como Medéia, postada sobre o carro, com uma adaga ensangüentada na mão e os filhos mortos a seus pés, diante de um Jasão furibundo. A exposição do quadro, no ateliê do pintor, no Louvre, foi um acontecimento. "Paris inteira acorreu para admirar sua obra-prima. Nunca uma criação artística recebeu elogios mais unânimes", desmanchou-se o crítico de arte do *Mercure de France*, fascinado com os olhos de Jasão, "ardentes de furor", e com os cadáveres das duas crianças, "que ainda parecem palpitantes".[3] Giustiniana foi ver a tela, junto com a princesa e seu vasto séqüito de russos briguentos, e não ficou tão impressionada. "Custa seis mil francos", informou. "O colorido é bonito, as figuras são expressivas, porém, malgrado tudo isso, encontrei alguns defeitos."

Entretanto, apesar das críticas, apesar da afetada irritação com que freqüentemente descrevia seus amigos, o prazer de se sentir cada vez mais inserida no contexto parisiense começou a transparecer em seus relatórios semanais. É bem verdade que às vezes ela se cansava da companhia dos russos. Queria brilhar nos famosos *salons* literários e nos elegantes jantares dos quais ouvia falar. "Eu gostaria de conhecer mulheres e homens inteligentes, literatos, pessoas da corte; gostaria de entrar nas boas casas de Paris. Mas, com uma mãe e duas irmãs, não é possível [...]. Ah, se viajássemos juntos! Que diferença! Quem sabe se não chegará esse dia?" Enquanto esperava pelo dia em que conversariam com Diderot e os enciclopedistas no salão de madame Du Deffand ou se exibiriam em meio ao *crème de la crème* da aristocracia francesa, ela podia consolar-se com a oportunidade de ver peças que todo mundo estava comentando, ler novos livros e estar a par dos últimos mexericos de Versalhes. O fidedigno *Mercure de France* a mantinha informada sobre os grandes debates do momento, como a célebre polêmica entre Rousseau e D'Alembert a propósito da nefasta influência do teatro, a controvertida vacina contra varíola ou mesmo a iminente aparição do cometa de mr. Halley no céu do Leste. Como distração pura e simples, sempre lhe restavam as peripécias mais recentes da infindável comédia que se desenrolava no Hôtel d'Anjou.

Por volta do Natal, o príncipe Dolgorouki e o Moscovita brigaram por causa de Giustiniana, com sérias conseqüências. Ela ficou desesperada — e, talvez, também um pouco eufórica — "ao pensar que em breve me tornarei assunto de todas as conversas em Paris".

A briga ocorreu pouco depois do incidente com o *mousquetaire*. Dolgorouki era dez anos mais velho que o Moscovita e perdia para ele em termos de elegância e beleza. Sua corte a Giustiniana pouco progredia. Ela o achava desenxabido, abelhudo, irascível e, às vezes, francamente maçante. E Dolgorouki tinha a impressão — não de todo equivocada — de que seu insucesso se devia ao fato de ela ainda sentir atração por seu primo. Assim, contou-lhe que ouvira seu rival depreciá-la publicamente e resolvera defendê-la. Giustiniana correu a informar o Moscovita, que "se encolerizou, protestou inocência de mil maneiras, ciente de que o ciúme inspirava o príncipe, e afastou-se, furioso".

À noite, depois do jantar, um pesaroso Dolgorouki comunicou-lhe que ia se bater em duelo com o Moscovita e, numa voz soturna, acrescentou que estava "feliz com isso". Giustiniana lhe implorou que desistisse de uma idéia tão estapafúrdia. Além de grandes amigos, ele e o Moscovita eram parentes. Ademais, o príncipe não pensara como isso afetaria a reputação dela? Giustiniana pediu ajuda à hoteleira e aos outros hóspedes, porém Dolgorouki permaneceu surdo a suas súplicas. Diante disso, ela procurou o Moscovita e, "com lágrimas nos olhos", rogou-lhe que não lutasse. Depois de muito pedir e bajular, convenceu-o a evitar o primo durante uns quatro ou cinco dias; nesse prazo, talvez o outro se acalmasse e o episódio caísse no esquecimento. Foi inútil. No Natal, Giustiniana, extremamente agitada, contou a Andrea que, apesar dos esforços do Moscovita para manter distância, Dolgorouki virara um "bicho". Não perdia oportunidade de provocar e atacar o primo. Diante dos outros hóspedes, tachou-o de "inconstante e leviano" e declarou-o "indigno" de cortejar Giustiniana — embora o Moscovita já não a emboscasse pelos cantos escuros do hotel.

Uma noite os dois russos se atracaram no salão, situado bem acima do apartamento da proprietária. Foi preciso chamar a polícia e colocá-los sob vigilância. Pressionados pelo embaixador russo, eles assinaram um documento em que renunciavam à intenção de duelar. Mas a história não acabou aí. Embora o duelo fosse ilegal na França, muita gente ainda o considerava o único modo honroso de resolver um conflito dessa natureza. "O país inteiro obriga-os a bater-se ou a enfrentar a infâmia", Giustiniana escreveu, preocupada. "Em seu regimento, não mais serão respeitados." Os russos pareciam tranqüilos, porém comentava-se que apenas adiaram o confronto; que iriam secretamente para a Flandres e lá se enfrentariam; ou, se não pudessem viajar, esperariam até a primavera e duelariam na Rússia. Assim, protelou-se o dramático desfecho no exato momento da visita de Ano-Novo a Versalhes.

A corte anunciara que, em 1º de janeiro, o rei concederia o prestigioso Cordon Bleu a oito novos membros da Ordem do Espírito Santo. Os Wynne pretendiam assistir à cerimônia com o embaixador Erizzo e demorar-se em Versalhes até a noite, para ver o *dîner du Roi*. Na data marcada, mrs. Anna e as três filhas (os meninos ficaram em Paris com Toinon) deixaram o Hôtel d'Anjou ostentando seus melhores trajes e lindos penteados. A viagem levou cerca de uma hora. Em Versalhes, elas pararam numa hospedaria para descansar e encontrar o embaixador Erizzo antes de ir ao palácio. Ele se atrasou, e acabaram perdendo a metade da missa. A multidão era tão compacta que não conseguiram entrar na capela. Contudo, mesmo de longe, o monarca de quarenta e oito anos era uma figura jovem e magnífica. "Tem um porte majestoso e a fisionomia segura", Giustiniana comentou. Apesar da distância, ela não teve dúvida de que "Sua Majestade nos fitou com extrema graça e sem afetação alguma".

As Wynne e o embaixador voltaram para a hospedaria, onde esperaram para ir à cerimônia seguinte. O contingente russo se juntou a eles, à exceção do Moscovita, que ainda evitava Dolgorouki. Em seu lugar estava um príncipe Galitzine, primo da princesa, que caiu no sono assim que chegou e roncou durante todo o almoço, que Giustiniana qualificou de "ruim, longo e tedioso [...]. Ninguém sabia provocar cócegas para poder rir, e todos nós bocejávamos ou dormíamos". Por fim retornaram ao palácio e entraram na Antichambre du Grand Couvert, onde o rei e a rainha, de costas para a lareira, jantaram com a família, sob os olhos de numerosos visitantes. "A sala é pequena e pouco iluminada e nada tem de notável", Giustiniana relatou a Andrea. "A grande multidão não nos permitiu ficar no ângulo de visão do rei, que, entretanto, nos viu e observou-nos atentamente. É um belo homem, tem olhos lindíssimos e fita-nos de tal modo que é impossível sustentar seu olhar."

Por volta das onze horas, enquanto os visitantes ainda percorriam o palácio, Giustiniana foi descansar na carruagem. Estava cansada, depois de um dia tão cheio. No escuro, esperando pelos outros, seus pensamentos se dirigiram para o belo rei e para a maneira como a fitara. "Peguei no sono e dormi até Paris."

Pouco depois do Ano-Novo, ela estava com a mãe na Comédie Italienne, quando aplausos ruidosos irromperam no camarote vizinho. Era seu velho amigo Casanova, que estava "magnífico". Mrs. Anna sorriu e lhe acenou com o leque. Não o via desde que ele assediara sua filha, então com dezesseis anos. Cinco anos depois e tão longe de Veneza, não ficou triste por reencontrá-lo. Ademais, ele era agora uma celebridade. Todo mundo queria conhecê-lo.

Em novembro de 1756, dezesseis meses depois que fora encarcerado graças à mãe de Andrea, Casanova empreendeu uma fuga espetacular da prisão I Piombi. Com uma barra de ferro, abriu um buraco no teto da cela, ganhou o telhado do Palácio Ducal, desceu até um canal adjacente e deixou Veneza na escuridão da noite. Passou dias percorrendo os territórios continentais da república, esquivando-se das patrulhas que saíram em seu encalço. Faminto, exausto depois de andar mais de trezentos quilômetros, foi ter à cidade de Bolzano, no norte, onde descansou por uma semana. Então cruzou os Alpes, no Passo de Brenner, rumou para Munique e de lá partiu para Paris — realizando essa última etapa da viagem com todo o conforto, pois encontrara um meio de transporte e uma companhia agradável. Apeou-se na capital francesa em 5 de janeiro de 1757 — o mesmo dia do atentado contra o rei.

A primeira pessoa que procurou foi o abade de Bernis, seu velho camarada, que estava então no auge do poder. O ministro o acolheu calorosamente, encheu-lhe os bolsos de luíses e, mais tarde, enviou-o a Dunquerque com a incumbência de coletar informações. Ao retornar, Casanova persuadiu o depauperado governo francês a criar uma loteria nacional, que concebera juntamente com Giovanni Calzabigi, um mago das finanças que trabalhava para o embaixador do Reino das Duas Sicílias. O projeto foi um sucesso, e a comissão sobre a venda dos bilhetes garantiu a Casanova um rendimento constante.

No ano seguinte, desesperado para revalorizar os títulos franceses e evitar o colapso financeiro, o governo confiou-lhe uma missão extremamente delicada. Tratava-se de vender no mercado de Amsterdam, com deságio limitado, títulos equivalentes a vinte milhões de francos e usar o dinheiro para adquirir papéis de um país com melhor crédito. Após várias semanas de negociações com corretores holandeses e de uma frenética correspondência com o governo francês, Casanova convenceu os potenciais compradores de que era iminente um tratado de paz entre as grandes potências e, portanto, fazia sentido adquirir esses títulos com desconto. Assim, levantou uma vultosa quantia para a França e ajudou a reanimar o mercado de títulos francês.

Regressou da Holanda como herói. Durante sua ausência, porém, Bernis fora apeado do poder. Casanova foi visitá-lo no dia em que chegou a Paris. "Operaste milagres", disse-lhe o velho amigo. "Agora vai receber os louros."[4] À noite, quando o aplaudiram na Comédie Italienne, Casanova viu mrs. Anna e Giustiniana acenando-lhe. Surpreso com seus calorosos cumprimentos, passou "imediatamente" a seu camarote e prometeu visitá-las no dia seguinte, no hotel. Diante de uma Giustiniana plenamente amadurecida, radiosa sob as luzes do teatro, seu antigo desejo reavivou-se. "Parecia uma criatura divina", Casanova lembrou, décadas depois, já velho, debruçado sobre sua escrivaninha no castelo de Dux, "e tive a impressão de que, após um sono de cinco anos, meu amor despertara, tendo crescido em intensidade, assim como crescera a beleza da pessoa que estava diante de meus olhos."[5]

No começo de janeiro, os Wynne deixaram o Hôtel d'Anjou. Mrs. Anna achava que o estabelecimento se tornara "barulhento e apinhado demais" e não gostava da maneira como a proprietária se intrometia em seus assuntos de família, sempre formulando perguntas indiscretas e conselhos indesejados. Mudaram-se para o Hôtel de Hollande, situado na rue Saint-André-des-Arts, a dois passos dali. Casanova foi um dos primeiros a visitá-los em suas novas instalações e logo fez disso um hábito. "Está conosco todos os dias, se bem que sua companhia não me agrade e, a meu ver, não nos convenha", Giustiniana lamentou com Andrea. "Possui carruagem e lacaios e veste-se esplendidamente. Usa dois belíssimos anéis de brilhantes, dois relógios diferentes e de muito bom gosto, caixas [de rapé] de ouro e sempre rendas. Não sei como, introduziu-se nas boas casas de Paris. Diz que tem interesse numa loteria e gaba-se de ganhar muito com isso [...]. É cheio de si e tolamente pomposo. Em suma, insuportável — menos quando fala de sua fuga, que descreve admiravelmente."

O embaixador Erizzo desaprovava veementemente tais visitas — afinal, Casanova era um veneziano fugitivo. À parte as obrigações inerentes a seu cargo, o embaixador sentia por ele profunda aversão e uma desconfiança mais profunda ainda. E alertou mrs. Anna sobre a influência nefasta que Casanova exerceria sobre sua prole. Ela lhe deu ouvidos, e sua velha cautela pouco a pouco ressurgiu, mas a persistência de Casanova tornava difícil mantê-lo à distância. O outro veneziano de seu círculo, o poeta Farsetti, também o detestava, porém nutria por Giustiniana sentimentos ainda mais intensos, de modo que merendava todos os dias no Hôtel de Hollande com os Wynne, mesmo tendo de assistir às performances de Casanova.

Os dois se irritavam mutuamente. Casanova flertava sem parar e se exibia diante de uma platéia fascinada com suas rocambolescas aventuras — principalmente os meninos, Richard e William, fitavam-no com inveja e crescente admiração.* En-

* Richard, de catorze anos, e William, de treze, muitas vezes saíam escondidos do hotel para explorar Paris. Richard vivia suas primeiras experiências sexuais e

quanto isso, Farsetti bebericava seu chocolate e olhava com desaprovação. "Está meio apaixonado por mim", Giustiniana confessou a Andrea, pedindo-lhe que não contasse isso a seus amigos, em Veneza. "Empalidece quando me vê e fica trêmulo quando estamos a sós; mas não me diverte." O poeta recebia sua atenção porque diariamente lhe garantia que o prometido convite para ir à casa de monsieur de La Pouplinière era iminente. Na esperança de comovê-la, levava "tragédias e poemetos, dos quais não falo nem bem nem mal [...] e, se não cumprir a promessa, hei de tratá-lo duramente".

Poucos dias depois, a paciência de Giustiniana foi recompensada. "Hoje à noite, finalmente, vou à casa de La Pouplinière com minha família", ela escreveu a seu amante e cúmplice.

Conforme Andrea lhe assegurara, o *fermier général* era, realmente, um dos homens mais ricos de Paris, tendo ganho milhões com a coleta de impostos para o rei. Morava num esplêndido palacete, na rue de Richelieu, e possuía uma propriedade em Passy, nos arredores da capital. Era apaixonado por música de câmara e todo sábado organizava magníficos concertos, que eram o passatempo favorito da sociedade parisiense. O dramaturgo Jean-François Marmontel, freqüentador assíduo, escreveu que a casa

---

com freqüência recorria a Casanova para resolver seus problemas. "Ele me mostrou um cancro duro, muito feio, que adquirira num bordel", Casanova escreveu. "Depois de reclamar que o signor Farsetti lhe recusara quatro luíses e se eximira de ajudá-lo, pediu-me que intercedesse por ele junto a sua mãe para que lhe providenciasse tratamento. Atendi a seu pedido, mas, ao tomar conhecimento do problema, sua mãe disse que era melhor deixá-lo com seu cancro duro, o terceiro que lhe aparecia, pois tinha certeza de que, uma vez curado, ele não demoraria a arranjar outro. Paguei seu tratamento, porém sua mãe tinha razão: com apenas catorze anos, aquele menino era já um libertino desenfreado."[6]

vivia cheia de música: "Os instrumentistas moravam lá e preparavam de manhã, com maravilhosa harmonia, as sinfonias que executavam à noite. Os maiores talentos dos teatros, bem como as cantoras e bailarinas da Opéra, iam abrilhantar os jantares".[7]

Aos sessenta e seis anos, aposentado de boa parte de suas atividades e ainda se recuperando de uma enfermidade que quase o matara dois anos antes, La Pouplinière perdera muito de sua *joie de vivre*. Transcorrera uma década desde que banira sua bela esposa por ocasião do famoso *scandale de la cheminée*. Entretanto, nunca a esquecera e tampouco fora esquecido por ela. Quando adoeceu, ela voltou a Paris para lhe dispensar seus cuidados, embora já estivesse devastada pelo câncer. No fim, só ele sobreviveu. Um ano depois de seu falecimento, La Pouplinière ainda carregava o peso dessa perda.

Nos anos seguintes à expulsão da esposa, teve uma sucessão de amantes. Ao cansar-se de uma delas, despachava-a mediante pagamento, conservava-a em sua casa, arrumava-lhe marido ou reunia as três soluções. Os arranjos ficavam a cargo de monsieur de Maisonneuve, que atuava em parte como secretário e em parte como proxeneta. Com o tempo, essa curiosa mistura de promiscuidade e generosidade fizera da mansão da rue de Richelieu um estranhíssimo *ménage*, onde músicos, amantes do passado e do presente e membros da família conviviam numa atmosfera venenosa.

A decana das amantes era madame de Saint Aubin, ex-cantora e ex-instrumentista que governava o palacete "como uma velha sultana", segundo Giustiniana. La Pouplinière não a amava havia muito tempo, mas não tinha coragem de dispensar essa mulher ardilosa e dominadora. Ela se tornara uma rematada anfitriã, tendo aprendido, sozinha, a organizar um bom concerto ou um jantar elegante, e o velho contava com seus préstimos para administrar uma casa tão apinhada. Quando ela se enfurecia — o que acontecia com freqüência —, ele simplesmente lhe aumentava o salário.

Os maiores inimigos de madame de Saint Aubin eram monsieur de Courcelles, cunhado de La Pouplinière, e sua bela esposa, que moravam no palacete com a filha, Alexandrine, ocupando um amplo apartamento. Os Courcelles se aliaram aos Zimmerman — casal composto de um guarda suíço aposentado e Sophie Mocet, a mais recente amante do *fermier général* — e tinham o apoio dos intrigantes sobrinhos de La Pouplinière. Monsieur de Maisonneuve, por outro lado, alinhava-se com madame de Saint Aubin, assim como o mais novo integrante do *ménage*, Emmanuel-Jean de La Coste, um ex-monge celestino de expressão desanimada que deixara o mosteiro havia alguns anos e fugira para a Holanda com uma jovem e uma sacola de diamantes roubados. De volta à França, La Coste ganhava a vida com pequenos serviços de espionagem que prestava ao governo. Em Paris, conhecera Casanova e tentara arrancar-lhe mil escudos por conta de uns bilhetes de loteria. Como não conseguisse, tratara de introduzir-se na casa de La Pouplinière, do qual, com lisonjas e favores, acabara por tornar-se conselheiro.

O desafio de conquistar um velho rico, que se recusava terminantemente a casar-se de novo e era disputado por muitas parisienses, instigava a vaidade de Giustiniana. Ela estudara muito bem o assunto e sabia que estava entrando num terreno perigoso. Mas tinha plena consciência de seus trunfos — encanto, vivacidade, juventude — e estava ansiosa para testá-los fora de seu círculo habitual de amigos russos e venezianos. "Quem sabe se, graças a minha grande vontade de agradar-te em tudo, consigo impressioná-lo mais que as outras mulheres que o cortejam?", escreveu, destemida, a Andrea.

O tão aguardado convite também lhe causou profunda apreensão. Não se tratava apenas de um jogo, mas de um plano que poderia mudar sua vida para sempre. Ela se conhecia o bastante para prever que, tendo entrado no jogo, provavelmente iria até o fim. A sedução do cônsul Smith fora um projeto semelhante, com a diferença de que Andrea a ajudara. Agora ela estava sozinha, em terreno desconhecido e cercada de estranhos.

Além disso, era três anos mais velha — tornara-se mais sábia, talvez, porém sentia a pressão da rápida passagem do tempo:

Ah, Memmo, onde estão aqueles momentos felizes? Onde estás, meu coração verdadeiro? [...] *Tua cabeça, teu coração — quando se unirão aos meus? Ah, se soubesses como te amo e o quanto sou infeliz! Nada me anima, se não penso em ti. Em breve completarei vinte e dois anos, e sabes o que significam vinte e dois anos para uma mulher. Como terei vivido mais da metade — ou da melhor metade — de minha vida? Só tu conheces toda a minha história, e eu ficaria feliz se a terminasse contigo. Adeus, meu Memmo. Não serei feliz se não te encontrar de qualquer modo e em qualquer situação. Ama-me quanto podes, lembra-te de tua amiga mais verdadeira e mais sincera. Adeus: abraço-te mil vezes.*

Em menos de um mês ela fisgou La Pouplinière. Eis como relatou a Andrea as etapas de seu sucesso:

Paris, 22 de janeiro

Mon cher frère,

[...] *Segunda-feira fui à casa de monsieur de La Pouplinière.* [...] *Havia grande afluência, e ele foi muito gentil conosco. O concerto foi organizado especialmente para nós, e de fato encontrei ali a melhor orquestra do mundo. O violoncelo e o oboé superam todos que já ouvi.* Os haut-bois des forêts *e as clarinetas, instrumentos de sopro que não se tocam entre nós, são admiráveis! Elogiei com sinceridade e, talvez, com alguma graça. Fui muito composta ao olhar para ele e muito parca ao falar-lhe, se bem que poderia ter falado mais. Por seu turno, ele me elogiou por julgar com precisão as coisas que via e ouvia — o que, disseram-me, nunca faz. Convidou-nos com cortesia ao concerto habitual dos sábados. O que achas de tal começo? Basta; não te ponhas a esperar [...]. Farsetti esteve conosco toda a terça-feira; trouxe-me um livro de arietas francesas [...] e dediquei muito tempo a aprender algumas, porque, se pretendo agradar o bom velho, terei de fazer com que me peça para trautear algumas árias francesas.*

Paris, 29 de janeiro

Mon cher frère

Só saí no sábado, para ir ao grande concerto de La Pouplinière, onde havia muita gente, de ambos os sexos. Rude com todos, ele se desdobrou em finezas comigo e convidou-me para jantar na quarta-feira. Fica tranqüilo, mas tem paciência [...]. Quantos cumprimentos recebi na casa de La Pouplinière! Duas senhoras mandaram o embaixador de Nápoles dizer-me mil coisas [...]. Eu te esperarei aqui, viveremos como for possível. Tens coragem? [...] Vem rir comigo desses loucos! [...] Ama-me sempre, meu coração.

Paris, 12 de fevereiro

Mon cher frère

Escuta: tenho muitas coisas para dizer-te [...]. Vejo que minha boa sorte se aproxima; todavia, como me insinuaste aqui com tua insistência, quero contar também com teu conselho. Querido amigo, meu coração, minha alma estão sempre contigo [...]. Não saí até quarta-feira, quando fui jantar chez *La Pouplinière, e então percebi que minhas inocentes diligências surtiram bom efeito em seu coração, pois dedicou-me atenções extraordinárias [...]. Sexta-feira nos visitou, graça que não concede a ninguém. E sábado fomos todos a Passy, com uma imensa tropa. A casa é espaçosa, bonita e repleta daqueles confortos que não temos na Itália e que tanto apre-*

cias. Compõe-se de pequenos apartamentos e possui um salão estupendo. Passeamos pelo jardim, mais bonito ainda que a casa, porém com pouco verde. Deixando Passy, à uma hora almoçamos em sua residência, em Paris. Quantas atenções! [...] *Resumindo, disse-me que absolutamente não queria que eu fosse para Londres, pois sentia-se morrer ao pensar que eu me afastaria dele; ofereceu-me sua casa, desde que me persuadisse a morar em Paris com sua cunhada; e* [prometeu] *que me faria feliz. Podes imaginar se tal proposta me agradou* [...] *mas é preciso ver onde vai acabar isso, pois convém* [...] *tentar sempre o máximo possível e satisfazer-se com a metade. Apresentei algumas dificuldades, porém não me opus* [...]. *Ele é extremamente generoso. Só temo seu louco amor a matrimônios e seu sobrinho, que parece um* porteur de chaise [...]. *Prefiro casar com o velho. O que achas? Assim cumprirei com honra teu projeto? Basta: confia em mim* [...]. *No dia seguinte seu secretário procurou-me e, depois de muitos preâmbulos, afirmou estar certo de que o patrão me daria uma renda vitalícia de oito a dez mil francos* [por ano], *além de sua mansão, se eu quisesse morar em Paris. Podes imaginar minha surpresa e, ao mesmo tempo, minha resposta! Conquanto soubesse muito bem que a proposta partia de seu patrão, cuja delicadeza elogiei, fingi não crer que assim fosse; com doces modos ressaltei que ele não conhecia meu caráter nem minha condição e deixei morrer o assunto, mencionando, contudo, de passagem, que, para casar-me como convém a uma jovem honesta, esperava que na pátria de meu pai não me faltasse um bom e nobre partido. Veremos o efeito que produzirá* [...]. *Entrementes, estou muito contente comigo mesma e espero que também estejas* [...] *Não sei se me explico bem, na pressa com que escrevo; no entanto, como conheces meu coração, estou certa de que me entenderás perfeitamente* [...]. *Adeus, ama-me e ama-me bastante. Todos os homens bonitos que vejo não valem um dedo teu.*

Paris, 26 de fevereiro

Mon cher frère

Nada te enviei pelo último correio, querido amigo [...], *mas não por falta de vontade. Segunda-feira, quando pretendia escrever-te, monsieur de La Pouplinière apareceu pela terceira vez e, depois de trocarmos as maiores cortesias e de eu ter dito algumas coisas que julgava de seu agrado, pediu-me que o acompanhasse à nova ópera cômica. Como recusar? Mas te surpreenderás ao saber do resto* [...]. *La Pouplinière não só me ama, como quer esposar-me. Afirmou isso e também que me proporcionará uma situação digna dele* [...]. *Quem iria acreditar que um sexagenário pensasse em casar de novo e com uma forasteira de condição e caráter desconhecidos, por assim dizer? E, não obstante, assim é, meu Memmo* [...]. *Tuas súplicas, teus votos e minha sabedoria operaram esse milagre* [...]. *E, talvez, mais que tudo, a vontade de levar a bom cabo teu projeto, do qual todos riram tanto.*

Aparentemente tudo estava correndo muito bem, mas ainda não se fechara o acordo. Nas semanas seguintes, Giustiniana usou todo o seu poder de sedução e sua capacidade de manipulação para concretizar o casamento, apesar de suas apreensões. Seu primeiro passo consistiu em obter o apoio de madame de Saint Aubin, a quem "adulou bastante", até "conquistá-la por inteiro", como informou a Andrea, um tanto ingenuamente. A verdade era que a velha amante estava jogando seu próprio jogo: via Giustiniana como uma aliada preciosa, embora provisória, em sua longa luta contra as outras mulheres do palacete, e de boa vontade a instruía sobre a melhor maneira de "agradar ao sultão". La Coste, o dúbio monge fugitivo, que "à força de destros modos tornou-se meu amigo", também lhe prodigalizava conselhos. Entrementes, os Courcelles e os Zimmerman se mantinham desconfiados; tratavam-na com deliberada frieza e deram início a uma campanha para denegri-la. Começaram a circular cartas anônimas, com "todo tipo de infâmia inventada a meu respeito". Giustiniana recebia ameaças e era seguida por figuras suspeitas.

Mesmo sabendo que pessoas de sua própria casa tentavam desacreditá-la, La Pouplinière não deixou de cortejá-la assiduamente. Levava-a ao teatro quase toda noite e convidava-a para jantar na mansão depois do espetáculo. Em geral esses jantares eram relativamente íntimos — de quinze a vinte comensais, quase todos integrantes do *ménage*. Madame de Saint Aubin se esmerava para que até essas pequenas reuniões de família primassem pelo bom gosto e a música fosse de alta qualidade. "Na hora da sobremesa", Giustiniana escreveu a Andrea, "as trompas de caça e as clarinetas se unem a outros dulcíssimos instrumentos de sopro para produzir a mais suave sinfonia." Os sons celestiais ajudavam-na a suportar a tensão dessas noitadas, durante as quais a tratavam "como uma rainha", porém nitidamente a desprezavam. Não havia alegria no palacete. "A tristeza que está sempre estampada no rosto do velho torna forçada a própria alegria da juventude presente em sua casa. Percebe-se que todos se divertem com a intenção de diverti-lo. Toda esta mansão parece o maquinismo da ópera, com molas e cordames visíveis."

Contudo, quanto mais Giustiniana se deprimia, mais atraía La Pouplinière. Para ele, os dois eram almas gêmeas. "Que interessante melancolia reina em vossa alma?", o *fermier général* lhe perguntou uma noite, vendo-a particularmente desalentada. "Interessa à minha, transpassa-a [...]. Toda a minha felicidade dependerá de fazer-vos feliz. Encontrareis em meu caráter honestidade e franqueza. Conseguirei conquistar vossa estima, e isso é tudo que desejo." A doçura de suas palavras sensibilizou-a, conforme ela escreveu a Andrea: "Ao dizer essas coisas, tinha os olhos rasos d'água, chorava e demonstrava sua ternura [...]. Comoveume. Expressei-lhe meu reconhecimento [...]. Ele o viu e ficou contente [...]. Deu-me a mão e me obrigou a jurar que serei sua".

Madame de Saint Aubin organizou uma festa para La Pouplinière no dia de seu santo padroeiro. E avisou Giustiniana, para que não se esquecesse de levar um presente, porém não disse nada a madame de Courcelles e a madame Zimmerman. A "velha sultana" coreografou o evento com extraordinário bom gosto. Depois que todos os convidados chegaram, dois cantores que até então fingiam jogar xadrez numa das mesinhas do primeiro salão se levantaram e entoaram um belo dueto em louvor de La Pouplinière. Quando terminaram, "uma sinfonia paradisíaca" teve início no salão seguinte, onde madame de Saint Aubin executava à harpa uma peça que compusera especialmente para a ocasião. Assim que morreram as últimas notas, uma vivaz melodia atraiu os convidados aos salões resplandecentes, onde um grupo de cantores interpretava cenas inspiradas em La Pouplinière — em sua riqueza, sua generosidade, seu amor às artes. O programa terminou com madame de Saint Aubin recitando um poema musical em homenagem ao anfitrião, enquanto dedilhava habilmente as cordas de sua harpa.

"Durante a festa, ele chorou de emoção", Giustiniana relatou. "E eu também, não sei por quê." O sucesso da noite constituiu um lembrete da importância e do poder de madame de Saint Aubin. "Tudo foi criação dessa senhora, que recebeu elogios de todos, exceto das [mulheres] da casa, que de nada sabiam." Encerrada a parte musical, Giustiniana entregou o presente de La Pouplinière, enfatizando o momento com um gesto teatral. "'Vamos', eu disse, 'deveis ganhar alguma coisa de mim', e peguei uma tesoura e cortei o cordão preto que trazia ao pescoço, do qual pendia um pequeno coração de ouro esmaltado. 'Tomai', falei, 'para lembrar-vos do meu.' Como ele ficou feliz! Ele me adora."

Agora La Pouplinière tinha pressa. Percebeu que os amargurados de sua família extensa fariam de tudo para sabotar seu casamento — inclusive madame de Saint Aubin, que nunca levara a sério sua intenção de esposar a jovem protegida. Agindo com rapidez e discrição, antes de fevereiro chegar ao fim, encarregou seu advogado, monsieur Brunet, de providenciar a naturalização de Giustiniana. Fez a noiva posar para uma retratista "todas as manhãs, até às duas da tarde". Instou com os Wynne para que requeressem imediatamente à arquidiocese de Veneza a autorização nupcial (um documento oficial, assinado pelo arcebispo, declarando que Giustiniana não tinha outros vínculos e estava livre para casar-se). Por fim, presenteou a amada com um anel de noivado — dois corações elegantemente entrelaçados — e a promessa de uma renda generosa. "Calculo uns quarenta mil francos", ela comentou com Andrea. "Dez mil ducados de prata por ano: o que me dizes?"

Era quase o dobro de toda a renda familiar dos Memmo.

Andrea finalmente retornara a Veneza e, pelo que podemos inferir das cartas de Giustiniana, acompanhava os acontecimentos com muita atenção. Sem suas cartas, é impossível sabermos como se sentia. Contudo, o plano fora idéia sua, desde o início, e os dados de que dispomos indicam que os detalhes lhe interessavam muito. Com certeza ele não tentou dissuadi-la de casar-se. Ao contrário, apressou-se em oferecer seus préstimos, quando o requerimento dos Wynne chegou à arquidiocese de Veneza, e até teceu os pauzinhos para acelerar o processo.

No começo de março, Giustiniana enfrentava uma grave crise: amedrontava-a a perspectiva de passar o resto da vida naquela mansão extravagante e venenosa. Não havia como encaixar Andrea nesse quadro, enquanto o velho vivesse. E o que ocorreria depois que ele morresse? Muito provavelmente ela teria de travar guerra total com as amantes, os parentes e os diversos parasitas. Era muito fácil perceber as vantagens materiais que o casamento lhe proporcionaria. Difícil era conceber um modo de viver feliz como *maîtresse de maison* na rue de Richelieu. "O que é o interesse em comparação com a própria felicidade?", ela perguntou a Andrea. "Por mais rica que ele me torne, nunca poderá pagar o que lhe dou. Minha felicidade em troca de dinheiro! E ela tem preço, por acaso? Que diferença daquela época em que esperávamos estar sempre livres e sempre juntos e nossa felicidade nos parecia infinita! [...] Falo de coisas que me amarguram; quem sabe podes sentir o que te digo com a mesma intensidade que sinto ao expressá-lo?"

Ainda havia tempo de abandonar o plano. Por difícil que fosse e por mais que La Pouplinière pudesse insistir, ela ainda podia dizer não e preservar sua reputação — e seu futuro. Às vezes Giustiniana sentia "a mais forte disposição de recusar a mais rutilante fortuna que já me propuseram". No entanto, apesar de suas hesitações, deixava os fatos se sucederem, lembrando-se da lógica existente por trás desse casamento improvável: uni-la novamente a Andrea. "Logo virás a Paris, espero", escreveu ao amado. "O que eu puder dar-te é teu e eu te desprezaria tanto quanto te admirei, se usasses de falsa delicadeza para comigo [...]. Quero que sejas o maior amigo de meu marido e quero que ele supra todas as tuas necessidades. Deixa-me cuidar disso."

Em 6 de março, ela escreveu: "Minha boa sorte segue seu curso. O velho pretende esposar-me dentro de um mês". O ritmo dos acontecimentos se acelerava. Na semana seguinte, ela comentou: "Não tenho um momento para mim [...]. Parece brutal. Com suas impertinências ele obrigou uma sobrinha a sair da mansão ontem, porque ela ocupava o melhor apartamento, ou seja, o que hoje começou a ser arrumado para mim".

Inevitavelmente a notícia do casamento iminente começou a vazar. No final de março a história da jovem e bela veneziana que fisgara um dos homens mais ricos de Paris estava em todas as bocas. Dizia-se que em seus aposentos, em Versalhes, a própria madame de Pompadour acompanhava os acontecimentos com prazer, ávida, talvez, de distrações que a fizessem esquecer os lúgubres boletins da guerra. No Hôtel de Hollande havia um clima de celebração. Os Wynne estavam eufóricos com o sucesso de Giustiniana. Mrs. Anna não conseguia acreditar na sorte da filha e correspondia-se freneticamente com as autoridades religiosas de Veneza. Todos os russos parabenizaram a amiga. O príncipe Dolgorouki e o Moscovita se contagiaram de tal modo com a empolgação geral que até pararam de falar em duelo.

O casamento se realizaria em meados de abril, no primeiro domingo depois da Páscoa. Os venezianos se sentiam particularmente orgulhosos. No dia 1º de abril, o embaixador Erizzo comunicou a seus amigos de Veneza a "brilhante ventura" de Giustiniana.[8] Farsetti, o pretendente desprezado, preenchia seu tempo desempenhando pequenas tarefas na rua e atuando, no hotel, como secretário de Giustiniana. Consolava-o a convicção de que a ajudara a conquistar o ótimo partido. "Vossa Excelência deveis saber", comunicou a Andrea, "que [a primogênita Wynne] está prestes a contrair um matrimônio muito vantajoso para ela, conquanto lhe toque um marido que não é jovem. E o que me apraz é que eu a introduzi naquele palacete e a apresentei àquela pessoa."[9]

A pedido de Giustiniana, acrescentou que seria bom se Andrea pudesse viajar a Paris para participar de tão "esplêndida ocasião".

7.

Nas primeiras horas do dia 4 de abril, quando um novo amanhecer despontava sobre Paris, Giustiniana saiu sorrateiramente do Hôtel de Hollande, envolta num manto da cabeça aos pés. Tomou um carro de aluguel, foi até uma igreja das proximidades, pagou ao cocheiro, parou um segundo carro e dirigiu-se a outra igreja. Ali pegou um terceiro carro e saiu da cidade pela Porte Saint-Antoine, deixando atrás de si um rastro confuso para despistar um eventual perseguidor. A todo o galope, o cocheiro levou-a a um convento beneditino, no vilarejo de Conflans, a umas duas léguas do limite da cidade.[1]

A abadessa, Henriette de Mérinville, a esperava. Registrou-a com o pseudônimo de Mademoiselle de la Marne e a conduziu a um pequeno cômodo de seu apartamento. As últimas semanas haviam sido particularmente difíceis, e Giustiniana logo se sentiu aliviada na companhia dessa mulher cordial e generosa, que atendia pelo nome monástico de madre Eustachia. Ali havia paz. Da janela, Giustiniana avistava o vale onde o Marne desaguava mansamente no Sena. Cânticos angelicais erguiam-se da capela e flutuavam no ar até seu aposento. Tudo a sua volta, até mesmo o impecável asseio de seu quartinho simples, tinha o efeito de um calmante sobre seus nervos esfrangalhados. Atrás dos muros do convento, ela por fim se sentia segura.

A tensão se instalara muito antes de iniciarem-se os preparativos para o casamento. Quando partira de Veneza, em setembro de 1758, Giustiniana guardava um segredo que não confiara a ninguém — nem mesmo a Andrea. Continuou a escondê-lo, sozinha, dia após dia, camuflando seu crescente desespero sob sua irresistível simpatia. Durante a longa viagem até a França, enfrentara em silêncio violentos acessos de náusea. Em Paris, a sonolência freqüentemente a obrigava a refugiar-se na privacidade de seu quartinho. Não obstante, ela mergulhou no turbilhão social com toda a energia que conseguiu reunir e conquistou o coração de La Pouplinière com a afoiteza que é fruto do desespero. Mas não poderia esconder seu estado indefinidamente: no final de janeiro, achava-se no quinto mês de gravidez. Decidiu então confiar seu segredo à única pessoa que não lhe pregaria sermões e a ajudaria a encontrar uma solução prática para seu problema.

Após seu triunfante retorno da Holanda, Casanova se instalara na Petite Pologne, uma pequena comunidade situada a nordeste de Paris, perto dos muros da cidade. Ali vivia em grande estilo, num casarão alugado, chamado Cracovie en Bel Air, onde dispunha de dois jardins, estábulos, vários banheiros, uma boa adega e uma excelente cozinheira, madame de Saint Jean, que atendia pelo apodo de "La Perle". Tinha duas carruagens e cinco velocíssimos *enragés*, fogosos cavalos criados nos estábulos do rei e conhecidos pela fantástica rapidez — um de seus maiores prazeres, segundo nos revela em suas memórias, era "dirigir a toda a velocidade"[2] pelas ruas de Paris.

A princípio Giustiniana o tratava com certo desdém. Convidava-o para ir ao Hôtel de Hollande, porém não o encorajava a cortejá-la. Na verdade, era bem mordaz nas descrições de sua conduta que enviava a Andrea. Todavia, logo começou a gostar dele — e parou de mencioná-lo em suas cartas. Uma noite, no final de janeiro, foi ao baile da Opéra usando um dominó preto que lhe escondia todo o rosto. Afastou-se de seu grupo — o embaixador Erizzo, Farsetti, os russos, suas irmãs — e procurou Casanova. Sua atenção evidentemente o empolgou, e, quando por fim conseguiram ficar a sós num camarote, ele lhe fez inúmeras declarações de amor eterno. No dia seguinte, à noitinha, apareceu no Hôtel de Hollande coberto de neve. Giustiniana estava na cama, escrevendo uma carta, e o recebeu em seu quarto. Os dois conversaram até a hora do jantar. Ela não tinha fome, permaneceu deitada. Contente com a deliciosa intimidade que surgia entre eles, Casanova se despediu e desceu para jantar com o restante da família.

Dois dias depois, um jovem lacaio foi à Cracovie en Bel Air entregar-lhe um envelope de Giustiniana. O envelope continha uma carta espantosa, escrita às pressas, desconexa, confusa, desesperada — sem assinatura nem data, em nome do sigilo:

Desejais que eu fale e vos revele o motivo de minha tristeza. Pois bem, estou disposta a fazê-lo. Em vossas mãos deposito minha vida, minha reputação, meu ser, e só de vós espero minha salvação. É o que vos peço e rogo-vos que vos interesseis por uma infeliz que, se não achar saída para sua situação, não terá outro recurso além da morte. Sabei, caro Casanova, que estou grávida e me matarei se descobrirem. Há cinco meses minha fraqueza e o engano de outrem fazem-me trazer oculto no ventre a malfadada prova de minha ignorância e minha imprudência. Todos ignoram esse fato, inclusive o próprio causador de minha desgraça. Escondi meu segredo, porém *como poderei enganar o mundo por mais tempo?* [...] *A barriga há de aparecer* [...]. *E o que minha mãe, orgulhosa e irracional por si só, fará comigo, se descobrir? Sois filósofo, sois honesto* [...]. *Salvai-me, se ainda há solução, e se puderdes. Tudo que sou, tudo que tenho, será vosso, se me ajudardes. Qual não será minha gratidão* [...]. *Minha sorte estará assegurada, se eu recuperar meu estado anterior. Conto-vos tudo: La Popinière* [sic] *oferece-me sua casa, ama-me e me sustentará, de um modo ou de outro, se eu resolver isso. Farsetti oferece-me sua mão,* [...] *porém tenho certeza de que conseguirei tudo com o primeiro, se me livrar do que me desonra. Caríssimo Casanova, esforçai-vos, por mim, para encontrar um cirurgião ou um médico* [...] *que ponha fim a esta desgraça imediatamente com remédios ou à força.* [...] *Não temo a dor, e, para recompensar esse homem, prometei-lhe o que quiser: perderei diamantes, e ele ficará plenamente satisfeito. Confio em vós; não tenho mais ninguém no mundo. Sereis meu redentor. Ah, Casanova, se soubésseis de minhas lágrimas* [...]. *Nunca tive ninguém a quem confiar minha desdita, e sois meu anjo tutelar. Procurai as moças do teatro, averiguai se já precisaram desembaraçar-se, como eu* [...]. *Não tive coragem de falar-vos pessoalmente de minha situação. Oh, Deus, se soubésseis! Façamos tudo para que eu viva* [...]. *Adeus* [...]. *Pensai logo em salvar-me. Confio em vós.**

Perplexo com tal revelação, Casanova correu para o Hôtel de Hollande. Parecia-lhe extraordinário que ela estivesse já no quinto mês de gravidez, pois continuava "esbelta" e seu corpo não

* Esta carta extraordinária foi leiloada na Maison Drouot, em Paris, no dia 12 de outubro de 1999. Helmut Watzlawick, o decano dos especialistas em Casanova, chamou-me a atenção para esse fato. O atual proprietário da carta, que pediu para permanecer anônimo, gentilmente me autorizou a publicar seu conteúdo.

revelava "absolutamente nada".[3] Giustiniana lhe disse que queria abortar o quanto antes. Ele lhe explicou que o aborto podia colocar sua vida em risco; ademais, era crime. Ela repetiu que preferia morrer a contar a verdade para a mãe. "O veneno está pronto",[4] deixou escapar. Casanova se compadeceu e, embora contrariado, prontificou-se a levá-la a uma parteira que poderia sugerir um remédio. Combinaram encontrar-se no baile da Opéra e de lá escapar juntos.

O baile aconteceu em meados de fevereiro, na época do Carnaval. Giustiniana e Casanova chegaram separados. Ambos usavam dominó preto, porém ela o reconheceu facilmente, por causa da máscara branca veneziana com uma pequena rosa pintada sob o olho esquerdo. Depois da meia-noite, com a multidão no auge, os dois se escapuliram, tomaram um carro de aluguel, cruzaram o Sena e, na margem esquerda, foram ter com a parteira num apartamento miserável da rue des Cordeliers, perto da igreja de Saint-Sulpice.

Reine Demay era uma mulher de seus trinta anos, mal-afamada e mal-ajambrada. Os visitantes tardios, em seus trajes carnavalescos, impressionaram-na — sobretudo Giustiniana, "uma jovem bonita, magnificamente vestida, envolta numa peliça de seda cinzenta, toda forrada de marta, a pele do rosto muito branca, os cabelos e as sobrancelhas castanhas, nem alta nem baixa [...] e falando francês com dificuldade".[5] Reine Demay observou que ela era "muito esguia", para quem já estava no sexto mês de gravidez.

Segundo Casanova, a parteira prometeu preparar uma poção que induziria o aborto e lhes custaria a considerável soma de cinqüenta luíses — a metade do aluguel anual da Cracovie en Bel Air. E, se por acaso não funcionasse, ela lhes ensinaria um meio seguro de matar o feto. A conversa se tornou desagradável. Aborto era crime grave, punível com a morte. Casanova pensou que Reine Demay devia ter sido mais circunspeta com relação ao assunto. Sem dúvida fora uma imprudência levar Giustiniana àquela desclassificada, no meio da noite. De repente ele tinha pressa de ir embora. Deixou dois luíses sobre a lareira e, desajeitadamente, sacou duas pistolas carregadas que levava consigo. Para ameaçar a parteira? Para tranqüilizar Giustiniana? Qualquer que fosse sua intenção — talvez as tivesse sacado simplesmente para vestir o dominó —, Giustiniana estremeceu. "Guardai essas armas", pediu. "Elas me dão medo."[6]

Passava das três da madrugada quando saíram. Giustiniana queixou-se do frio. Decidiram ir à Petite Pologne para aquecer-se ao pé do fogo e comer alguma coisa, antes de voltar ao baile. As ruas estavam desertas. Um carro de aluguel não demorou mais que quinze minutos para levá-los à Cracovie en Bel Air. Casanova acendeu a lareira, abriu uma garrafa de champanhe e pediu a uma La Perle rezingona e sonolenta que lhes preparasse uma omelete. O mal-estar resultante de sua visita à rue des Cordeliers logo se dissipou, e agora a galantaria do anfitrião atingira o auge. Sentada diante do fogo, conversando e bebericando o champanhe, Giustiniana deixou de lado suas reticências, como se quisesse esquecer por um momento o motivo que os unira. Casanova não perdeu a oportunidade. "Esvaziada a garrafa, levantamo-nos e, em parte tocando uma corda patética, em parte recorrendo a uma doce violência, caí na cama, estreitando-a nos braços. Ela, porém, opôs-se a meu intento, primeiro com doces palavras, depois com seriíssimos protestos e finalmente rechaçando-me por completo. Foi o fim. A simples idéia de violentá-la me repugnava."[7]

Casanova levou-a de volta ao baile da Opéra e logo a perdeu entre a multidão. Giustiniana se juntou aos amigos, que lhe perguntaram onde estivera durante tanto tempo. Ela lhes acenou misteriosamente e dirigiu-se ao salão de baile, onde dançou até às seis da manhã. Mil velas queimavam lentamente. A multidão diminuía pouco a pouco. Na névoa do amanhecer, ela se perguntava se seus movimentos foram suficientemente bruscos para lesar a criança que crescia em seu ventre.

Em sua carta a Casanova, Giustiniana não revela quem era o pai da criança. Podia ser Andrea: se estava no sexto mês quando procurou Reine Demay, ela engravidara no final de agosto ou no início de setembro — em outras palavras, pouco antes de deixar Veneza. E, se Andrea era o pai, supõe-se que ela resolvera não lhe contar nada para protegê-lo. Mas também é possível que a gravidez fosse fruto de seu breve — e muito lastimado — relacionamento com seu amante anônimo. O quadro do que ocorreu durante seus últimos meses em Veneza é vago demais para fornecer uma resposta exata — tão vago que sugere outra possibilidade: o dia em que a criança foi concebida podia estar tão próximo da reconciliação com Andrea que nem a própria Giustiniana sabia quem era o pai. De qualquer modo, ciente do preço que sua mãe pagara por ter tido um filho secretamente, estava decidida a não ter a criança.

Casanova estava certo: fora um erro levar Giustiniana a Reine Demay. Logo o submundo que circundava a *foire* de Saint Germain-des-Prés tomou conhecimento da visita. No dia 26 de fevereiro, menos de duas semanas depois da desagradável entrevista com a parteira, um homem procurou monsieur de La Pouplinière, dizendo-se portador de uma informação devastadora sobre a jovem inglesa que freqüentava sua casa.

Louis de Castelbajac era um marquês empobrecido e um escroque notório. Alto, magérrimo, um tanto sinistro, com olhos diabólicos e o rosto marcado pela varíola, deixara sua propriedade nos arredores de Toulouse e migrara para Paris, onde vivia de extorsão e roubo. Ao percorrer as ruas da *foire*, ficara sabendo da visita noturna a Reine Demay e decidira tirar proveito dessa informação. De conluio com a parteira — e possivelmente com a conivência de alguns dos amargurados parentes de La Pouplinière —, foi à casa do *fermier général* e contou-lhe que uma jovem a quem identificara como Giustiniana procurara Reine Demay duas semanas atrás. Depois de examiná-la, prosseguiu, a parteira constatara um avançado estágio de gravidez e se recusara a fazer o aborto que a jovem desejava. La Pouplinière mostrou-lhe a porta da rua, declarando que a pessoa em questão não podia ser sua noiva. Ao sair, o marquês prometeu enviar-lhe a parteira para confirmar a história. Mais tarde, Reine Demay apareceu para repetir tudo que Castelbajac havia dito — e também foi prontamente enxotada.

Dias depois, La Pouplinière, por precaução, mandou seu secretário, Maisonneuve, visitar Giustiniana. Desde que começara a cortejá-la, ouvia rumores sobre sua gravidez. Recebera várias cartas anônimas, uma das quais — aparentemente escrita pelo dúbio abade de La Coste — afirmava que Giustiniana havia tido dois filhos em Veneza e agora estava grávida de um terceiro. Ciente de que sua família faria de tudo para denegri-la, ele resolvera apressar o casamento, mas não pretendia deixar de lado a prudência.

No dia seguinte à estranha visita de Castelbajac e Reine Demay, Maisonneuve foi ao Hôtel de Hollande. Quanto a isso, nada havia de extraordinário, já que, a mando do patrão, ele aparecia por ali com freqüência, fosse para comunicar alguma coisa relacionada com o casamento, fosse para levar um presente: ingressos para o teatro, uma jóia, uma cesta de frutas, um punhado de peixes frescos numa sexta-feira. Dessa vez, porém, o secretário resumiu as civilidades ao mínimo e foi direto para o quarto de Giustiniana. "Monsieur de Maisonneuve veio contar-me a calúnia lançada contra mim", ela escreveu a Andrea. "Com toda a gentileza e quase brincando, solicitou-me permissão para colocar a mão em meu ventre. Permiti-lhe, de muito bom grado, e ele, amaldiçoando todos os impostores, pediu-me mil perdões."

Em suas cartas a Andrea, Giustiniana quase não fala do que realmente ocorria nos bastidores. Refere-lhe as ameaças, os ataques caluniosos, mas nunca é muito específica; segundo sua explicação, tudo fazia parte de uma vaga e misteriosa conspiração tramada contra ela pelos parentes de La Pouplinière. Entretanto, relata o bizarro episódio Maisonneuve — que, na verdade, contou também para outras pessoas, como se tivesse especial interesse em divulgar o motivo e o desfecho da visita do secretário. Como poderia estar num avançado estágio de gravidez, parecia insinuar, se o próprio secretário de La Pouplinière pusera a mão em sua barriga e não constatara alteração alguma? Contudo, o exame provavelmente foi mais superficial do que ela dava a entender, pois, ainda que a gravidez não fosse muito visível, é difícil imaginar que, após uma observação mais atenta, Maisonneuve fosse embora com a convicção de que tudo estava normal.

Qualquer que fosse o objetivo de Castelbajac — extorquir dinheiro dos parentes de La Pouplinière, do próprio *fermier général*, de Casanova ou de todas essas pessoas —, seu plano execrável surtiu o efeito contrário. Depois que ele e Reine Demay acusaram formalmente Casanova e Giustiniana de tentativa de aborto, La Pouplinière mandou segui-lo. Não demorou a descobrir que o marquês estava mancomunado com seus parentes, e imediatamente apresentou uma contra-acusação contra ele e a parteira. Durante o processo, em março — quando os preparativos do casamento prosseguiam em ritmo acelerado —, Castelbajac, Demay, La Pouplinière, Casanova — todos, menos Giustiniana — prestaram depoimento à polícia, sob juramento. Os três interrogadores foram levados a acreditar que Castelbajac e Demay acusavam com intenção de extorquir. "Ameaças, cartas anônimas, suborno: tudo foi acionado para dar [a La Pouplinière] a mais triste idéia de mim. Graças a Deus, frustraram-se, pois todas as suas tramas foram descobertas", Giustiniana informou a Andrea, que estava achando a situação cada vez mais confusa.

Entretanto, o processo contra Casanova e Giustiniana não havia se encerrado. Por precaução, La Pouplinière ordenou a seu novo confidente, o abade de La Coste, que redigisse um memorando "sobre todo o caso de mademoiselle Wynne"[8] e enviasse uma cópia a Choiseul, o poderoso ministro do Exterior, que prometera prorrogar a permanência dos Wynne. Os comentários sobre a gravidez de Giustiniana se espalhavam, e La Pouplinière queria esclarecer a situação para que a naturalização da noiva não corresse risco.

A ameaça imediata de um julgamento foi afastada, porém Giustiniana não via solução para seu problema. No final de março, estava prestes a entrar no oitavo mês de gravidez. As beberagens que Casanova lhe ministrava em segredo não surtiam efeito. E, embora ela se mantivesse extraordinariamente esguia, a tarefa diária de esconder seu estado se tornava cada vez mais complexa. Ela precisava ficar sozinha para trocar de roupa. Tinha de tomar cuidado para que seu comportamento arredio não despertasse suspeitas. Precisava escolher cautelosamente os trajes mais adequados para camuflar sua silhueta mais encorpada. O mais difícil era conviver com o medo constante de que sua mãe, que aparentemente não tomara conhecimento dos comentários, descobrisse tudo. Desesperada para livrar-se do feto, Giustiniana não hesitou diante da proposta estapafúrdia que Casanova lhe apresentou.

Na época, a principal benfeitora de Casanova era a marquesa d'Urfé, uma rica parisiense obcecada por ocultismo. Ele conseguira convencê-la de que possuía poderes divinatórios — sabia interpretar o significado dos números, estabelecia contato com forças fundamentais, conhecia os segredos da cabala. Muitas vezes jantava sozinho com a marquesa e cultivava sua credulidade para obter vantagens materiais. Dizia-se que devia a ela, ao menos em parte, a vida de luxo que levava na Petite Pologne. Uma noite, na sala em penumbra, perguntou-lhe se conhecia a fórmula alquimista para induzir aborto. Ela respondeu que o *aroma philosophorum* de Paracelso — "aroph", para os adeptos — era infalível.

O aroph era realmente um remédio popular entre os alquimistas dos séculos XVI e XVII, cujos escritos contêm várias fórmulas dessa poção. Açafrão em pó, tido como indutor de menstruação, era o ingrediente básico, geralmente misturado a uma pasta de mel e mirra. Casanova leu tudo que encontrou sobre o aroph em Paracelso e nos *Elementa chemiae*, do médico holandês Herman Boerhaave. Aprendeu que a mistura não só induzia menstruação, como relaxava a borda externa do útero, facilitando a expulsão do feto. Devia-se colocá-la na "extremidade de um cilindro e introduzir o cilindro na vagina de modo a provocar o movimento daquela porção carnosa que se acha na parte mais interna do aparelho genital".[9] Devia-se repetir o procedimento três ou quatro vezes por dia, durante uma semana. Ao ler essas instruções, Casanova caiu na gargalhada.

Depois foi ao Hôtel de Hollande comunicar a descoberta a Giustiniana. Numa atitude típica, completou a lista de instruções com uma invenção de sua larva: para aumentar a eficácia da poção, convinha acrescentar-lhe sêmen recém-ejaculado. Giustiniana olhou-o de través e perguntou-lhe se estava brincando. Absolutamente: ele lhe mostraria os manuscritos. Ela replicou que não precisava se incomodar, pois não tinha a mínima vontade de ler as arcanas teorias de um alquimista do qual nunca ouvira falar.

Casanova diz que Giustiniana "era muito inteligente, porém

ingênua, e sua candura não lhe permitia suspeitar que poderia tratar-se de uma fraude".[10] Parece mais provável que ela estivesse simplesmente esgotada. Os dois combinaram encontrar-se, em segredo, no sótão do Hôtel de Hollande, depois que os outros hóspedes se recolhessem. Chantageados por Casanova, o ajudante do cozinheiro e Magdeleine, a camareira de Giustiniana, que se encontravam às escondidas no sótão do hotel, colaboraram com o plano. Um colchão, cobertores e travesseiros foram levados para o sótão. Na noite combinada, Casanova entrou no hotel pelos fundos e subiu até o quartinho improvisado, carregando sua parafernália de alquimista. Pouco depois das onze, Giustiniana apareceu. Ambos assumiram uma postura de profissional: "Estávamos seriíssimos, com o ar do cirurgião que se prepara para efetuar uma operação e do paciente que se submete. O cirurgião era ela. Assim, colocou a caixa aberta a sua direita, deitou-se de costas, abriu as coxas, erguendo os joelhos, arqueou a coluna e simultaneamente, à luz da vela que eu segurava na mão esquerda, cobriu com um capuzinho de aroph a cabeça do personagem que deveria levá-lo ao orifício onde se produziria o amálgama. O extraordinário é que não ríamos, nem tínhamos vontade de rir, tamanho era nosso empenho. Por fim, o personagem em questão foi totalmente introduzido onde tinha de ser introduzido, e a tímida jovem apagou a vela".[11]

Desnecessário é dizer que a poção mágica não funcionou naquela noite, nem nas outras em que voltaram ao sótão. Na verdade, Casanova nunca usou aroph: sem contar nada a Giustiniana, levava-lhe apenas mel puro ou qualquer mistura caseira que pudesse preparar na Cracovie en Bel Air antes de ir à cidade realizar seus exercícios noturnos. Diante de mais um fracasso, Giustiniana desistiu de se livrar do feto e concentrou-se na busca de um lugar adequado para dar à luz clandestinamente. Essa era uma prática bastante comum. Havia conventos onde jovens grávidas podiam se refugiar. Tratava-se, pois, de achar um local propício, onde se sentisse à vontade e onde seu segredo ficasse guardado.

No final de março, a busca se tornou frenética. La Pouplinière a pressionava de um modo insuportável. Os papéis da naturalização, assinados por Luís XV, chegaram de Versalhes.[12] Os documentos de Veneza estavam a caminho de Paris. Não havia nada que impedisse a realização do casamento em meados de abril, conforme o planejado. Até o retrato oficial estava quase pronto. E o impaciente *fermier général* continuava insistindo para Giustiniana chamar as modistas — o que a levava a ter visões horripilantes de um bando de costureiras atarefadas apalpando-a toda com mãos perscrutadoras.

Dessa vez Casanova não lhe faltou. Consultou a condessa du Rumain, uma *grande dame* parisiense, bem relacionada, "mais bela que bonita, amada pela doçura do caráter".[13] A condessa estava intrigada com os poderes divinatórios de Casanova (posteriormente também aderiu às "ciências abstrusas"), mas era uma mulher prática e gostava de usar sua influência para ajudar os outros.

Casanova contou-lhe a história toda. No fim, perguntou-lhe se sabia de um refúgio seguro, onde Giustiniana pudesse ter o bebê. A condessa não perdeu tempo. Contatou uma amiga, madame de Mérinville, que evidentemente possuía vasta experiência no assunto, e suplicou-lhe que recebesse Giustiniana o mais pronto possível, pois a gravidez já estava bem avançada. A condessa de Rumain, madame de Mérinville e Casanova cuidaram das questões financeiras e logísticas — segundo disseram, deram duzentos luíses a Giustiniana para pagar o transporte e a estadia no convento. Em alguns dias tudo estava arrumado. Em 3 de abril, as modistas procuraram Giustiniana no Hôtel de Hollande e trocaram idéias sobre o enxoval. Foi uma visita rápida —

sem mãos perscrutadoras. Na manhã seguinte, bem cedo, ela fugiu para o convento, em Conflans.

Giustiniana deixou duas cartas no hotel: uma para sua mãe e a outra para La Pouplinière. A ambos explicou que fora obrigada a esconder-se por causa das constantes ameaças que continuava recebendo das pessoas que se opunham a sua união com o *fermier général*. Não se tratava apenas de mancharem-lhe a reputação: ela temia por sua vida. Em tais circunstâncias, não poderia honrar seu compromisso de noivado e só revelaria seu esconderijo quando o casamento fosse cancelado. Para despistar a polícia, disse que não sairia de Paris.

Enquanto Giustiniana se instalava no convento, o medo e a confusão se instalavam no Hôtel de Hollande. Ao terminar de ler sua carta, mrs. Anna imediatamente pensou que Casanova a raptara. O embaixador Erizzo, que aconselhara os Wynne a manter distância de Casanova, não tinha dúvida de seu envolvimento. Naturalmente Casanova fingiu completa ignorância sobre o paradeiro de Giustiniana. No mesmo dia da fuga, foi jantar no Hôtel de Hollande; impassível, perguntou por que todos exibiam uma expressão tão soturna e quis saber se Giustiniana estava no quarto. Na manhã seguinte, mrs. Anna foi à Petite Pologne com Farsetti e implorou a Casanova que lhe dissesse onde a filha se encontrava. Mais uma vez ele lhe afiançou que não tinha idéia e prometeu fazer de tudo para localizá-la. Dias depois, com as bênçãos do embaixador Erizzo, mrs. Anna o processou por conspirar para raptar sua filha.

Giustiniana não demorou a tranqüilizar a família. Fez amizade com o tio da camareira de madre Eustachia, que trabalhava no convento, e pagou-lhe para levar suas cartas à cidade e entregá-las a outro intermediário, ao qual se refere como "o saboiano", que postou os envelopes selados em diferentes caixas de correio. Giustiniana garantiu à mãe e aos irmãos que estava bem, mas repetiu que só revelaria seu paradeiro quando tivesse certeza de que não precisaria casar-se com La Pouplinière. Comunicar-se com Casanova era mais fácil: bastava enviar suas cartas para a condessa du Rumain, pelas mãos de madre Eustachia. Giustiniana se declarou profundamente grata a ele e a sua amiga. Encontrara paz no convento, e a abadessa era muito bondosa. Ali tinha livros para ler e tempo de sobra para descansar — mas às vezes lhe pesava o isolamento absoluto que a superiora lhe impunha.

Entrementes, em Paris, a investigação sobre a malfadada visita a Reine Demay avançava a passo lento. Antoine Raymond de Sartine — astro em ascensão no firmamento judiciário, a quem Luís XV logo nomearia chefe de polícia — convidou Casanova para uma conversa informal em sua residência. Disse-lhe que teria de responder à grave acusação de solicitar os préstimos de Demay para um aborto. No entanto, se era inocente, devia contar-lhe toda a verdade — por que Giustiniana desaparecera e onde se enfurnara — e, assim, o assunto logo se resolveria. Casanova assegurou-lhe que as acusações eram falsas. "Ai de mim, senhor, não se trata de aborto. Outros motivos impedem a jovem de voltar para a família. Não posso falar mais sem seu consentimento, porém prometo que procurarei obtê-lo."[14]

Casanova percebeu que suas vagas explicações não convenceram o magistrado e logo se veria em sérias dificuldades, se não revelasse o verdadeiro motivo da fuga de Giustiniana. Contudo, precisava da permissão da condessa du Rumain e, no dia seguinte, foi consultá-la. Pragmática como era, ela chamou Sartine e pessoalmente desfiou a história toda. Giustiniana realmente estava grávida, mas não fizera aborto. Naquele momento, estava num convento perto de Paris e voltaria para casa depois do parto.

Sartine era compreensivo; conhecia bem a vida. Ouviu atentamente a condessa — era tudo que precisava saber — e prometeu discrição. Dias depois, Casanova foi intimado a depor formalmente perante o juiz, que vinha a ser o próprio Sartine. Ele admitiu que, na noite mencionada no processo, fora ao baile da Opéra vestido num dominó preto, mas negou ter visitado Reine Demay. Com relação a Giustiniana, declarou que "nem eu nem qualquer um de seus familiares nunca desconfiamos que estivesse grávida".[15]

Em vez de voz de prisão, recebeu instruções para não deixar Paris até encerrar-se o caso. Precavido, regalou o escrevente com uma polpuda propina de trezentos luíses. Pouco depois, Castelbajac o abordou para comunicar-lhe que Demay estava disposta a retirar a acusação — alegando que se confundira sobre sua identidade — em troca de cem luíses. Dias mais tarde, a parteira foi à Petite Pologne com uma testemunha conivente e, depois de olhar bem para Casanova, proclamou, em alto e bom som, que não era ele o homem que procurava: "Então eu me enganei".[16] Não era a única que tentava lucrar com o sórdido episódio. Monsieur Vauversin, advogado de mrs. Anna, também entrou na briga, aconselhando secretamente Casanova sobre a melhor maneira de responder ao processo que sua cliente movera contra ele.

Encantado com a oportunidade que seus inimigos lhe proporcionavam, Casanova enviou a Sartine um minucioso relatório sobre todas essas trampolinagens. Em pouco tempo, Demay estava trancafiada na Grand Châtelet por tentativa de extorsão; Castelbajac foi despachado para Bicêtre, prisão ao sul de Paris, por cumplicidade; e monsieur Vauversin teve sua licença de advogado temporariamente cassada, para frustração de mrs. Anna.

Casanova podia respirar novamente um pouco mais aliviado, porém, apesar da prisão de dois de seus acusadores, ainda não estava livre, e os dois processos abertos contra ele continuavam pendentes. O desaparecimento de Giustiniana ainda foi tema de mexericos durante toda a primavera de 1759. "Não acreditaríeis na repercussão que a história está tendo em Paris", um dos correspondentes de Andrea lhe escreveu. Semanas depois da fuga, "ela ainda é o assunto do dia num país sempre ávido de novidades [...]. Se a pobre miss Wynne desejasse que soubessem que estava em Paris, garanto-vos que teria motivo para ficar muito contente, pois não me lembro de ter ouvido falar tanto de uma pessoa".[17]

No tribunal, Casanova declarou que o desaparecimento de Giustiniana nada tinha a ver com gravidez. Fora do tribunal, porém, o que se dizia era justamente que ela esperava um filho. De que outra forma se poderia explicar sua repentina escapada e sua recusa em deixar o esconderijo? A explicação que ela mesma fornecera — de que estava fugindo de ameaças e de um casamento que não conseguia enfrentar — simplesmente não fazia sentido. Os depoimentos de Castelbajac e Reine Demay logo se tornaram públicos. Um panfleto anônimo e injurioso sobre Giustiniana entrou em circulação. O nome de Andrea freqüentemente vinha à baila, em conversas pela cidade, como o do suposto pai. E naturalmente se atribuía a La Pouplinière o papel de bobo em toda a história.

Os rumores sobre as causas do desaparecimento de Giustiniana inevitavelmente chegaram a Veneza. Andrea não sabia em que acreditar. Não recebia cartas desde que ela se escondera. Não tinha idéia do que dizer aos amigos que lhe perguntavam se era verdade o que ouviam. Por causa do misterioso comportamento de Giustiniana, sentia-se indefeso diante dos ataques mais insidiosos. Terrivelmente confuso, passou a ler em voz alta trechos de cartas anteriores, para provar aos outros que ela estava apreensiva com o casamento e bem podia ter fugido de medo. Mas, além de defender a honra da amada, em que devia acreditar? Será que ela estava mesmo grávida? E quem seria o pai?

Suas tentativas de obter informações confiáveis dos amigos residentes em Paris não surtiram efeito. Tampouco adiantou pedir a Casanova que lhe contasse de uma vez por todas o que havia acontecido. Farsetti também não podia ajudá-lo. Escreveu-lhe sobre os "inimigos" de Giustiniana, mas nunca lhe forneceu um relato convincente do que estava ocorrendo, provavelmente porque não sabia. Parecia mais interessado em aproveitar toda oportunidade de denegrir Casanova: "Se não tivesse conhecido aquele homem, ou se o tivesse rechaçado, como a aconselhei, agora estaria casada".[18]

Ainda mais inquietante que as tergiversações de Casanova e as cartas rabugentas de Farsetti foi o bilhete que o embaixador Erizzo enviou a Andrea, em resposta a suas perguntas aflitas. Estadista respeitado, membro antigo da classe dominante de Veneza, Erizzo sempre tratara Andrea de igual para igual, embora pertencesse a uma geração mais velha. Suas palavras ásperas devem ter pesado no coração do jovem Memmo.

Estimadíssimo amigo

Concedestes-me a honra de duas cartas, nas quais me perguntais, com grande ansiedade, o que aconteceu com vossa bela Wynne, que há muitos dias não vos escreve e da qual, para vossa surpresa, começais a ouvir falar de maneira equívoca; e por isso me pedis um relato preciso do que ocorreu. Gostaria de poder atender-vos, mas as anedotas são tantas e de tal gênero que me obrigariam a escrever por duas horas — tendo eu já redigido um extenso despacho. Bastará dizer-vos que sua conduta foi uma das mais ridículas e imprudentes, pois, se tivesse se aconselhado com pessoas de bom senso, teria resolvido tudo. Considero absolutamente supérfluo estender-me mais, pois, se é verdade tudo que me disseram, teríeis mais condições de informar a mim que eu a vós. Entre outras coisas, quer-se crer que ela foi para Veneza ou para onde a teríeis aconselhado. Desculpai-me.[19]

Abril chegou ao fim. Os dias se tornavam mais longos e mais quentes. O campo ao redor de Conflans enchia-se de vida nova. As chuvas de primavera lavavam as verdes colinas viçosas, e a fragrância dos lilases perfumava a atmosfera. No convento, Giustiniana esperava tranqüilamente o nascimento do filho. Tornara-se grande amiga de madre Eustachia, apesar da diferença de idade — quase trinta anos —, e conversava com a abadessa como se ela fosse sua irmã mais velha: falava-lhe de seu amor por Andrea, das dificuldades que enfrentaram juntos, de suas dúvidas em relação ao futuro. Pouco a pouco, absorveu a espiritualidade do local. Sentia-se bem consigo mesma, não obstante a natural apreensão com a aproximação do parto. Passava muitas horas rezando e com freqüência se confessava ao amável padre Jollivet. Era uma fase difícil, porém seus novos amigos a faziam sentir-se um pouco menos sozinha.

No final de maio, madre Eustachia informou a condessa du Rumain e Casanova que Giustiniana dera à luz um menino. Não houve problemas, e a mãe estava bem. Não existe registro oficial do nascimento. O destino do bebê é um mistério. Ignora-se até seu nome. Graças às providências da abadessa, o menino foi levado para "um lugar onde receberia ótimos cuidados"[20] — talvez o lar de uma família camponesa, talvez um orfanato, como era costume nesses casos. Giustiniana nunca o menciona em suas cartas e certamente nunca falou dele para Andrea. Apenas algumas pessoas sabiam do que aconteceu em Conflans, e o segredo teria sido enterrado com elas, se Casanova não o tivesse contado em suas memórias, cerca de trinta anos depois.

Agora Giustiniana podia revelar seu paradeiro e voltar para casa, após um breve repouso. Contudo, seu retorno tinha de ser negociado com a mesma habilidade e o mesmo empenho com que se organizara seu desaparecimento. Assim que se encontrou em condições de aparecer em público — se bem que atrás das grades do parlatório do convento —, ela escreveu para a mãe e disse-lhe onde estava. Madre Eustachia também entrou em contato com mrs. Anna para explicar-lhe que acabara de descobrir a verdadeira identidade de Giustiniana. A carta, datada de 27 de maio, equivale a um pequeno triunfo na arte de enganar:

Ontem à noite, mademoiselle Justiniana [sic] *Wynne finalmente se abriu comigo. Disse-me que estais hospedada no Hôtel de Hollande, à rue Saint-André-des-Arts. Se tivesse sabido antes, eu vos teria poupado muita preocupação. Ela chegou aqui no dia 4 de abril. Creio que não vos aborrecereis comigo por tê-la acolhido. Eu não deixaria uma jovem de sua idade e de sua aparência ir, sozinha, procurar outras comunidades, até porque pensei que logo a reclamariam. Entretanto, ninguém apareceu para buscá-la. Ela não se avistou com ninguém no parlatório, não recebeu carta nenhuma e portou-se aqui com muita devoção. Seu caráter pareceu-me adorável. Estimo-a de todo o coração e a entregaria com o maior desgosto, se não fosse para sua maior felicidade. Ficarei encantada, madame, em todas as ocasiões, de dar-vos provas do respeito com o qual tenho a honra de ser, madame, vossa serva humílima e obediente.*

Irmã de Mérinville, abadessa de Conflans[21]

As cartas levaram uma pequena multidão a Conflans. No mesmo dia, mrs. Anna apeou-se diante do convento, acompanhada de monsieur de La Pouplinière, que, por sua vez, tinha seu próprio séqüito: monsieur de Maisonneuve; seu confidente, o abade de La Coste; e seu notário, maître Fortier, que tomaria o depoimento de madre Eustachia para registrar com exatidão a data da chegada de Giustiniana ao convento e a duração de sua estadia.

O padre Jollivet também testemunhou que "ela se confessou comigo várias vezes, desde 4 de abril".[22] Em meio à confusão geral, La Pouplinière aconselhou mrs. Anna a providenciar cópias autenticadas da carta que recebera de madre Eustachia e do depoimento do padre Jollivet, assim que voltasse a Paris. Explicou que era importante proteger a reputação da fugitiva com documentos oficiais.

Cumpridas as formalidades, os visitantes se aglomeraram junto às grades do parlatório, atrás das quais Giustiniana sorria timidamente. Foi um encontro carregado de emoção. A jovem fingiu surpresa, ao tomar conhecimento das histórias que circularam sobre ela em Paris, durante sua ausência. Mostrou-se perplexa ao saber das acusações apresentadas contra Casanova por sua causa. Comoveu-se com "as expressões e as lágrimas do velho [La Pouplinière], que me ama ao extremo". Empolgado com o miraculoso reaparecimento da noiva — "ela estava ainda mais bela"[23] —, o *fermier général* declarou que não via motivo para cancelar o casamento, afinal. Mrs. Anna anunciou que ia retirar suas queixas contra Casanova, agora que reencontrara a filha e o assunto estava resolvido. (Não contente com isso, o acusado exigiria um pedido de desculpa por escrito e o autenticaria.) A outra acusação, mais grave, de tentativa de aborto se manteve, e o julgamento ainda constituía um problema. No entanto, La Pouplinière achava que, descoberta a verdade, seria muito mais simples esclarecer a posição de Giustiniana. Ao despedir-se para retornar a Paris, comunicou que o casamento se realizaria "tão logo se encerrasse o processo".[24]

Assim que os visitantes partiram, Giustiniana se recolheu no quarto para analisar a situação com madre Eustachia. Tivera um dia tumultuado e confuso. Estava atônita com a decisão do *fermier général* de levar adiante a união. Sua gravidez chegara ao fim, nada impedia o enlace, mas, durante seu longo retiro, ela tivera muito tempo para refletir sobre tal união. Aterrorizava-a a perspectiva de cair novamente nas garras da avarenta parentela de La Pouplinière. E o mais importante, talvez, era a mudança que sua estadia em Conflans operara em seu íntimo: a idéia estapafúrdia de esposar o velho *fermier général* parecia pertencer a uma outra vida.

As duas mulheres concordaram que não havia necessidade de correr para Paris. Ademais, se deixasse o convento, Giustiniana poderia ser intimada a depor no processo contra Casanova. Pior ainda era a possibilidade de Reine Demay — libertada depois de passar três semanas na cadeia — ter de identificar Giustiniana como a mulher que, na noite infame do baile da Opéra, visitara-a na rue des Cordeliers, juntamente com Casanova. Melhor seria esperar que o *fermier général* resolvesse tudo com a justiça e voltar depois que o processo se encerrasse.

Nas semanas seguintes, Giustiniana pouco a pouco se reanimou e recuperou sua esguia silhueta. Podia passear pelo jardim e, no parlatório, recebia visitas freqüentes de um La Pouplinière apaixonado, bem como de seus ruidosos familiares e de muitos amigos. No final de junho, seus visitantes decidiram oferecer uma festa às beneditinas, em agradecimento pelo desvelo com que a trataram.

Entrementes, Andrea continuava muito confuso. Giustiniana estava ansiosa para reatar a correspondência e, assim, tranqüilizá-lo. Num gesto de boa vontade, mrs. Anna entregou-lhe as cartas de Andrea que interceptara nas semanas anteriores — a maioria das quais havia lido, de qualquer forma. Contudo, proibiu-a de escrever para o amado, pois suspeitava que ele tivera parte em seu desaparecimento. Temendo incorrer na ira de mrs. Anna, Farsetti a princípio resistiu às súplicas de Giustiniana para que atuasse como seu correio secreto. Só no final de junho, quando ela estava prestes a deixar Conflans, concordou em postar sua primeira carta a Andrea desde que escapara do Hôtel de Hollande, havia quase três meses.

Mon cher frère

Meu querido Memmo, perdoa-me. No fim me escusarás, por certo. Mas começo com pedir-te perdão e apresento-me como um tanto culpada para que leias minha carta com um pouco de boa vontade [...]. *Meu único delito é não ter escrito por tanto tempo; todavia, meu querido amigo, se te provar que, até agora, estava impossibilitada de fazê-lo, creio que haverás de desculpar-me. Eu te amo, sou tua amiga. Meu Memmo será sempre o mesmo para mim. E a carta que Farsetti me mostrou ontem — graças à qual sinto que, malgrado todas as astúcias de meus inimigos e malgrado tudo que se disse de mim, sempre me consideraste inocente, embora meu silêncio devesse indicar o contrário — reforçaria ainda mais a idéia que tenho de teu excelente caráter, se disso eu precisasse. Mereces que eu não acate mais tantas proibições de escrever-te que me foram impostas em minhas circunstâncias. Vá tudo para o inferno, mas correspondo a essa nova demonstração de estima e amizade que recebo de meu Memmo. Pedi a Farsetti com tanto fervor que ele se comoveu e prometeu enviar-te minha carta; e às esconsas, embora observada, escrevo-te e quero desfiar com detalhes toda a minha história.*

Por fim, ali estava a carta que Andrea tanto esperava. Naturalmente Giustiniana editou sua narrativa. Contou-lhe que fora obrigada a esconder-se por causa de avisos e ameaças anônimas que recebera. "Tomaram-se todas as providências necessárias para arruinar-vos", citou, de memória. "Procurai, o quanto antes, um refúgio seguro: o caso é sério." A situação chegou a um ponto em que ela via "veneno em toda parte". O próprio La Pouplinière lhe dissera que seus inimigos eram "capazes de tudo". Não havia outra saída senão fugir. "Na véspera de minha partida", ela prosseguiu, remanejando os fatos de modo a dar mais credibilidade ao relato, "pessoas enviadas pelo velho tomaram-me as medidas para os vestidos, e isso foi uma grande sorte para mim, porque serviu para afastar as suspeitas que lhe incutiram após minha fuga." Na seqüência, descreveu a viagem a Conflans e o encontro com madre Eustachia, mulher "de supremo mérito e extremamente amável", relacionada com as melhores famílias da França. A princípio a abadessa não queria recebê-la, informou, contradizendo a versão de Casanova, mas comoveu-se diante de "uma jovem bem vestida e adornada com jóias". Nos primeiros dias, madre Eustachia fez-lhe muitas perguntas, porém acabou se apiedando. "Ela percebeu que eu estava assustada e, como gostasse de mim, calou-se para não me inquietar." Giustiniana afiançou que teria mantido sua identidade em segredo, se, no dia 23 de maio, não tivesse escutado o padre Jollivet falar de um modo que a obrigou a revelá-la:

Nesse dia o confessor foi ao parlatório da abadessa, onde por acaso eu lhe fazia companhia, e desfiou minha história, como uma novidade de Paris: minha fuga às vésperas de casar-me com um rico financista, os equívocos espalhados sobre minha condição e minha conduta. E acrescentou que todo mundo dizia que eu fugira para dar à luz e que monsieur de La Pouplinière tinha certeza disso. Podes imaginar minha surpresa e minha confusão. Elas foram de tal ordem que, inadvertidamente, deixei escapar: "Não é verdade. Miss Wynne é uma dama, pertence a uma das famílias mais antigas e nobres. Miss Wynne é uma jovem honrada. Miss Wynne sou eu [...]". Podes imaginar a surpresa deles. [...] Fizeram-me entender que fora imprudência minha não ter me identificado antes e, por fim, persuadiram-me a escrever para minha mãe. Assim fiz.

Agora La Pouplinière ia ao convento com freqüência. Estava se desdobrando para encerrar o processo contra Casanova. "Deus sabe o que aconteceu [...] porque eu não sei nada de Casanova",

Giustiniana afiançou a Andrea. De qualquer maneira, a situação parecia promissora nesse aspecto: "Acredito que logo serei inocentada". Naturalmente voltou-se a falar em casamento, ela concluiu. "O velho espera que tudo termine para esposar-me, porém ainda não tenho certeza (e, por favor, deixa-me livre para decidir) e não conto com isso como os outros, embora pareça iminente."

Na verdade estava muito longe de ser iminente.

Giustiniana deixou o convento entre fins de junho e começo de julho. Nesse momento, encerravam-se várias semanas de negociações sigilosas envolvendo La Pouplinière, seus familiares e o gabinete de Choiseul, em Versalhes. O caso Wynne, como era chamado, causara tal comoção na sociedade parisiense que o governo já não via Giustiniana com bons olhos — e o fato de os ingleses estarem massacrando os franceses em Le Havre não contribuía em nada para ajudá-la. Fazia apenas três meses que Luís XV assinara a naturalização de Giustiniana, documento que abriria caminho para seu casamento com La Pouplinière. Mas isso fora antes do escândalo. Depois de seu desaparecimento, do drama que se seguiu — e da possibilidade de ela ser intimada como co-ré no julgamento de Casanova —, sua posição era muito diferente. Aproveitando-se da impaciência da corte, os parentes do *fermier général* recorreram a suas fortes relações com o círculo de Choiseul para obter nada menos que a expulsão de Giustiniana do país. Não havia necessidade de um anúncio dramático; simplesmente informou-se aos Wynne que seus vistos — de qualquer modo prestes a expirar — não seriam renovados. A rigor, Giustiniana era agora uma cidadã naturalizada. Mas não adiantava desafiar o poderoso Choiseul. Chegara a hora de retomar a viagem para a Inglaterra.

O gabinete de Choiseul convenceu um relutante La Pouplinière a manter seu propósito de casar-se, argumentando que Giustiniana poderia instalar-se em Bruxelas, ficar por lá algum tempo e retornar a Paris quando os ânimos se acalmassem. Para muitos não havia dúvida de que o velho fora enganado. "Monsieur de La Pouplinière acredita que, quando ela deixar o reino, os rumores cessarão e ele poderá resolver tudo com mais facilidade", um observador comunicou a Andrea. "Eu não queria que o ludibriassem, levando-o, com astúcia, a desfazer-se ingenuamente de miss Wynne."[25]

Giustiniana ficou confinada no Hôtel de Hollande desde o dia em que deixou o convento até a partida para Bruxelas, marcada inicialmente para 14 de julho. "Assim deseja minha mãe, e sabes que é preciso agir a seu modo", explicou a Andrea. Apenas quatro meses antes, estava prestes a contrair um matrimônio excepcional; agora infligia à família a humilhação de ser enxotada do país. O clima no apartamento era tenso. E o calor do verão tornava ainda mais ingrata a tarefa de arrumar os baús.

Mon cher frère

Partiremos para Bruxelas, tendo sido despachados pelo ministro, provavelmente por obra dos parentes do velho, que, sem dificuldade, devem tê-lo persuadido de que não era justo tal fortuna tocar a uma inglesa, ainda mais nesta época. Apresentou-se, porém, a desculpa de que nosso prazo [de permanência] *se esgotara e o inverno já havia terminado* [...]. *Não sei expressar-te meu desgosto com esse país, com aquela casa* [...]. *Ah, por que não estás aqui para aconselhar-me? Querido Memmo, quantas aflições tenho sofrido, quantos medos, quantas calúnias! Minha história é bem contrária a meu gênio singular. Paciência, e saberás de tudo; sempre foste e serás meu melhor amigo. Ainda te amo, Memmo. Nunca encontrarei meu Memmo, digo sempre a mim mesma. Cala-te, que um dia ainda nos encontraremos* [...]. *Eu te escreverei toda semana* [...].

Não posso esconder que reconheço a intenção que tiveste ao fazer muitos amigos teus lerem cópias das cartas que te escrevi nos primeiros tempos: mostrar-lhes que não pode ser verdade o que se espalhou a meu respeito. Não obstante, confesso que me desagrada que outros julguem, talvez, o que escrevi, em confiança, só para ti. Adeus, meu Memmo; ama-me e escreve-me muito.

Quando se tornou claro que Giustiniana deixaria a cidade, parou-se de pressioná-la para depor no julgamento de Casanova. La Pouplinière argumentava que intimá-la "não era decente" e constituía uma ofensa não só a ela, como a ele, que, afinal, ainda tinha a intenção de esposá-la. Os amargurados parentes do *fermier général* perceberam que não havia por que prolongar a luta. O próprio Choiseul provavelmente deixou escapar que ficaria contente com o pronto encerramento do caso Wynne. No fim, poupou-se a Giustiniana a humilhação de comparecer ao tribunal e seu nome foi oficialmente reabilitado. "A sentença que legitima minha inocência era tudo que eu queria", ela escreveu, aliviada, a Andrea.

Uma última cena patética teve lugar no Hôtel de Hollande. Dias antes da partida para Bruxelas, Giustiniana enviou um bilhete a La Pouplinière, agradecendo-lhe tudo que fizera para livrá-la de seus problemas com a lei. Com uma clareza que nunca havia usado até então, acrescentou que seria tolice insistir no casamento, já que ela arrumava as malas. Contudo, se o *fermier général* ainda se apegava a essa ilusão, cumpria-lhe recusar sua oferta. Trata-se de uma carta excepcionalmente firme e inequívoca — ou "estudada e esforçada", segundo ela informou, com orgulho, a Andrea.

Entretanto, a carta não surtiu o efeito esperado: "O velho correu a procurar-me, sendo as lágrimas sua única resposta". Longe de conformar-se, La Pouplinière mandou o abade de La

Coste e madame de Saint Aubin conversarem com Giustiniana e mrs. Anna. Era tarde demais. Até mrs. Anna, que apoiara o casamento com tanto entusiasmo, percebeu o jogo daquela dupla infame e calculista. "Minha mãe os maltratou, indignada; disse-lhes que estavam engabelando o bom velho em proveito próprio; e tanto os chamou de canalhas que ambos se foram, dizendo que madame não ouvia a razão e que não existia meio de entender-se com ela."

Em meados de julho, os Wynne partiram para Bruxelas. Desde que chegaram a Paris, nove meses antes, haviam, sem dúvida, chamado muita atenção, e, durante grande parte de sua estadia na capital, Giustiniana fora o assunto do dia. Agora eram os inimigos em fuga — uma família inglesa desonrada, saindo pela porta dos fundos, no sufocante calor do alto verão. Giustiniana estava feliz por ir embora, por deixar para trás o engano, a intriga, a mentira, o horror de tudo que vivera. "Olho para toda essa aventura com tanta indiferença que já nem me lembro dela, como se nunca tivesse acontecido", escreveu a Andrea, que aparentemente ainda estava um tanto "aflito" com o malogro do grande casamento. Ela, porém, já tinha o pensamento voltado para sua rápida estadia em Bruxelas e sua nova vida em Londres. Depois de tudo que passara, acrescentou, com uma ponta de sarcasmo, "seria muito mais fácil conquistar um duque inglês".

Em suas cartas ela evidentemente não fala do bebê que abandonara. Será que alguma vez o visitou, antes de partir? Teria mantido contato com as pessoas que o acolheram? É inútil procurar respostas em sua correspondência: não há sequer uma pista do sofrimento causado pela separação. Por mais intensos que fossem seus sentimentos maternais, ela se esforçou para mantê-los em segredo. Com Andrea tão longe, não tinha como extravasar sua dor. Quando deixou Paris, Casanova, de quem se tornara tão íntima durante um breve período, já havia saído de sua vida. Ele não menciona em suas memórias nenhuma despedida final entre ambos. Simplesmente vira a página e se põe a relatar sua aventura seguinte.

Entrementes, os viajantes perderam dois companheiros. Zandiri regressara a Veneza, e Toinon, que parecia fadada a morrer solteira, anunciou, para surpresa geral, que permaneceria em Paris porque logo ficaria noiva. Então haveria um casamento, afinal. "Apesar de feia, encontrou alguém que a ama e pretende esposá-la, desde que ela tenha uma virgindade a perder", um amigo bem informado comunicou a Andrea. "Ela se declara intacta sob esse aspecto, e o feliz matrimônio vai realizar-se dentro de alguns dias."[26]

Os Wynne acabaram se demorando mais de um mês em Bruxelas. Hospedaram-se no elegante Hôtel de l'Impératrice, onde aguardaram instruções de lorde Holderness. Giustiniana estava decidida a aproveitar ao máximo sua estada. "Resolvi divertir-me e satisfazer meu temperamento", escreveu, exibindo sua efêmera alegria. "Passo o tempo da melhor maneira possível; rio de tudo e, muitas vezes, até de mim mesma." Bruxelas era a cidade ideal para se distrair. Tinha a despreocupação de uma capital provinciana administrada por um governante sábio e querido, o príncipe Charles de Lorraine. Giustiniana, Bettina e Tonnina logo se tornaram freqüentadoras assíduas do teatro e da ópera. Vestiam-se bem, dançavam, flertavam. "Somos as beldades locais", ela anunciou a Andrea, com uma animação que havia meses não demonstrava.

O tristonho Farsetti logo apareceu para estragar a alegria. Ainda apaixonado por Giustiniana, seguiu os Wynne até Bruxelas, certo de que por fim teria sua oportunidade. Ficara ao lado dela numa época difícil, emprestara-lhe dinheiro, postara suas cartas de amor, tentara protegê-la de outros pretendentes — bem como da própria imprudência de Giustiniana. Chegara a hora de reivindicá-la para si mesmo. No entanto, ela estava farta de sua abelhudice e de sua santimônia. O ressentimento que reprimira por interesse estava prestes a explodir.

"Farsetti procurou-me pouco depois que cheguei, cheio de ofertas, de pretensões, de ciúmes", ela escreveu a Andrea. "Despachei-o mil vezes e, em algumas ocasiões, até com certa rudeza, para que decidisse regressar a Paris [...]. Devo-lhe muito, pois foi extremamente atencioso para comigo, mas não consigo perdoar sua teimosia em amar-me." Completamente zonzo, sem saber o que o atingira, o pobre homem deixou Bruxelas no dia seguinte ao de sua chegada. Quanto a Giustiniana, continuou tendo acessos de raiva mesmo depois que ele se foi: "Ah, meu Memmo, aquele signor Farsetti foi fatal para mim com seu ciúme e seus projetos [...]. Não há homem que me tenha feito mais mal [...]. Paris inteira sabe que ele queria esposar-me e que constantemente o recusei! [Erizzo] sempre disse que Farsetti arruinou meu trato com o velho. Sei com certeza que muitas vezes chorou por ter me levado lá".

Depois que Farsetti partiu, Giustiniana mergulhou ainda mais nas festividades de Bruxelas. E não demorou a chamar a atenção do príncipe Charles, o governante atraente e amável. "Ele olha para mim, dirige-me mil cumprimentos", relatou. Estava lisonjeada com as atenções do príncipe, mas sabia que um homem daquela linhagem nunca estaria a seu alcance. Foi o melhor amigo de Charles, o conde de Lanoy — "grande, belo, espirituoso" —, que conquistou sua preferência. A atração era recíproca. Logo o jovem conde estava galanteando-a abertamente. Ela não o desencorajou. Com seu lado coquete de novo ativo, voltava a saborear o prazer de ser cortejada por um rapaz garboso.

"Há aqui um homem que me agradaria muito, se eu me demorasse mais em Bruxelas", confessou a Andrea. "Está sempre com o príncipe, porém, na medida do possível, procura ver-me, e eu o considero amabilíssimo." Lanoy a seguia por toda parte. No teatro, sempre se instalava no camarote vizinho ao dela e "nunca pára de olhar para mim". Giustiniana o fascinava com sua vivacidade e com *"l'air de petite maîtresse* que adotei para divertir-me". Era fácil explicar sua atração pelo conde: "Encontrei nele algo de parecido com meu Memmo e gostei".

Por fim, depois de muitos rodeios, os dois se viram frente a frente na alegre confusão de um *bal masqué*: "Sempre de máscara, aproximei-me e, fingindo não conhecê-lo, tomei-lhe a mão, chamei-o por um nome inglês e o convidei a tirar a máscara. Ele riu do que julgou ser um equívoco de minha parte, seguiu-me por todo canto e fez mil brincadeiras. Disse que me amava e fingiu-se de inglês, até que o príncipe Carlo [sic] se aproximou, e entabulamos uma conversação a três que foi muito animada, porque, simulando crer que o príncipe fosse um mascarado comum, falei mil loucuras".

Naquela noite, o conde usava um tricórnio com uma pena branca e uma máscara de estilo veneziano. Sua semelhança com Andrea provocou arrepios em Giustiniana: "Ah, meu Deus... Memmo, ele é de tua estatura, move a cabeça exatamente como tu [...] faz mil gestos semelhantes aos teus e, se me atrevo a dizer, tem o espírito parecido com o teu". Todavia, apesar da insistência do conde, ela não o convidou a visitá-la no hotel. "O que me dizes de minha bravura? Custou-me um pouco, é verdade; mas quis pôr-me à prova e descobri que se pode tudo."

À medida que sua permanência em Bruxelas se aproximava do fim, o flerte com Lanoy — divertido, porém inconseqüente

— cedia lugar a devaneios mais profundos com Andrea. Agora Giustiniana se dava conta de que era vítima de um famoso paradoxo do coração: homens que lhe lembravam seu verdadeiro amor a atraíam, mas ela inevitavelmente os rejeitava porque não eram seu verdadeiro amor. "Ah, Memmo querido, onde estás? Na realidade, não tenho muito que agradecer-te. Tolheste-me toda possibilidade de amar outros [...]. Não amo ninguém e, por Deus, não amei ninguém depois de meu Memmo; e, o que é melhor — e pior para eles — é que digo a todos os meus pretendentes: 'Não, nunca amarei ninguém, depois de Memmo. Só se pode amar de verdade uma única vez na vida'."

Curiosamente não há tristeza profunda nessas cartas. Parece que Giustiniana começava a fortalecer-se com a própria idéia de que nunca amaria novamente como amara, e ainda amava, Andrea. A constância de seus sentimentos lhe proporcionava uma sensação de segurança, até de bem-estar. Não chega a ser um completo paradoxo, porque o sonho de uma vida juntos se mantinha aparentemente indestrutível. "Ah, querido Memmo, um dia serás capaz de realizar a grande viagem a Londres? Nesse caso, adeus, amores; adeus amizades; adeus, mundo inteiro. Não acreditas? [...] Eu sei: não tens dinheiro. Paciência: dia virá em que o teremos."

Ela estava eufórica quando partiram para Londres, em meados de setembro. Os Wynne não viam a hora de cruzar o canal e pôr fim à longa e tumultuada viagem. Lorde Holderness lhes arranjara uma residência provisória numa área aprazível de Londres. Também enviara a Bruxelas um preceptor francês, monsieur Verdun, para ir se familiarizando com Richard e William, que tinham agora quinze e catorze anos, respectivamente. Seu velho guardião pretendia mandá-los para Cambridge, onde receberiam uma instrução adequada. Mrs. Anna pensava de outra forma, porém não era o momento de discutir. Quanto às "três Graças" — as irmãs Wynne —, lorde Holderness já estava procurando marido para elas. "Um vice-rei ou um governador na América", Giustiniana brincou. "Não rias e tem paciência. Giustiniana nasceu para ser alguma coisa na vida, hás de ver."

A estadia de quase dois meses em Bruxelas realmente lhe fez bem. Contudo, dias antes da partida, o pesadelo parisiense retornou de repente com a notícia de que La Pouplinière se casara às pressas com a jovem e bonita Thérèse de Mondran. Giustiniana não a conhecia, mas descobriu que o abade de La Coste e madame Saint Aubin já conspiravam a favor dessa união quando foram procurá-la no Hôtel de Hollande. Embora magoada, Giustiniana manteve o senso de humor: "Eu soube — com surpresa, confesso — do casamento que lhe arranjaram num instante [...]. E lembrei-me que o outro velho, Smith, fizera a mesma coisa. Não tenho sorte com esses velhos".

8.

A viagem de Calais a Dover demorou apenas algumas horas, porém, como o mar estava agitado, pareceu interminável. Giustiniana sentiu um alívio imenso quando pisou em terra firme. Durante toda a travessia, ficara sentada no interior do navio com a família, e passara "mortalmente mal" com o balanço da embarcação nas águas turvas do canal. Agora, no cais batido pelo vento, avistando os brancos penhascos calcários, a tontura e a náusea diminuíram, e sua cor natural voltava. Era estranho retornar à Inglaterra — a "outra" pátria dos Wynne. Mas também era bom. Sete anos se passaram desde que visitara a terra paterna pela primeira vez. Era muito jovem, e fazia apenas alguns meses que sir Richard falecera. Agora era diferente: ela chegava para encontrar marido. Chegava para ficar.

Uma carruagem oficial enviada por lorde Holderness esperava os viajantes em Canterbury para transportá-los a Londres com grande conforto. Deixou-os diante de "uma das casas mais belas", nas proximidades de Saint James's Park, que seria sua residência temporária. Os Wynne não estavam acostumados com tanto luxo. "Não poderíamos entrar em Londres por uma porta melhor", Giustiniana comentou, radiante. Holderness imediatamente mandou seu secretário pessoal ajudá-los a se instalar e, à noite, foi visitá-los.

Não era um homem bonito. Tinha o nariz grande, a mandíbula caída, a pele tão feia, em boa parte do rosto, que sua aparência se tornava "ofensiva" para os mais sensíveis.[1] Conduzia-se com tamanha seriedade que passava por ligeiramente emproado. Não obstante, recebeu Giustiniana e seus irmãos "como um pai" (foi mais frio com mrs. Anna) e comunicou que sua esposa, lady Mary, voltaria do campo no mês seguinte e os apresentaria à sociedade. Ele mesmo se encarregaria de providenciar, para breve, sua apresentação à corte. Até lá, seria de bom-tom que Giustiniana, Bettina e Tonnina passassem a maior parte do tempo em casa.

Sua recomendação deve ter sido severa demais para essas moças cosmopolitas, que dançaram até o amanhecer em Paris e Bruxelas, porém não lhes convinha desafiá-lo: elas estavam inteiramente em suas mãos. Ademais, Holderness explicou que lhes impunha esse confinamento temporário por seu próprio bem. Na primeira noite, Giustiniana foi para a cama exausta, porém tranqüila — até lisonjeada — com a solicitude desse homem tão importante.

Robert d'Arcy, quarto conde de Holderness, conquistara realmente uma posição de considerável poder e influência — para surpresa de alguns contemporâneos seus. Em meados da década de 1740, ao encerrar sua atuação diplomática em Veneza, voltou para Londres, ingressou na Society of Dilettanti e mergulhou na vida social e artística da cidade — cultivando a paixão por ópera e mascaradas que adquirira em Veneza. Em 1749 foi nomeado embaixador em Haia, onde se casou com Mary Doublet de Groeneveldt, filha de um eminente negociante holandês. Parecia destinado a uma carreira diplomática honrosa, embora não particularmente brilhante, a serviço de Sua Majestade. Entretanto, em 1751, o duque de Newcastle, que na época era primeiro-ministro, "arrancou-o"[2] de seu posto em Haia, e, aos trinta e um anos, Holderness foi designado secretário de Estado, ao lado de William Pitt, o Velho.

Muitos acompanharam com ceticismo sua meteórica ascensão. O próprio Pitt considerava-o um jovem "fútil".[3] Horace Walpole descreveu-o como um joão-ninguém, um "falastrão" — embora reconhecesse que ele pelo menos "fazia justiça a si mesmo e a seus patronos, pois parecia envergonhado de ter se tornado tão importante só porque era tão insignificante".[4]

Holderness teve habilidade suficiente para preservar o que ganhara e durante a maior parte da década continuou sendo um leal protegido do duque de Newcastle. Em fins de 1759, após três anos de guerra, observava o crescimento do "partido da paz" que se reunia, em Leicester House, ao redor do conde de Bute, o astro em ascensão no Parlamento (e futuro primeiro-ministro sob Jorge III).

Bute sabia tudo sobre os Wynne, graças a sua sogra, lady Mary Wortley Montagu, que ainda morava em Veneza. Ela alertara a filha sobre mrs. Anna e sua prole pouco antes de iniciarem sua viagem pela Europa, em outubro:

Minha querida criança

Sinto-me de certo modo obrigada a aborrecer-te com uma carta impertinente. Três finas damas (devo dizer quatro, incluindo a signora madre) *partiram para Londres dias atrás.* [...] *Como não têm ninguém aí, acho muito possível (pois conheço sua petulância) que tentem fazer amizades, visitando-te, talvez em meu nome. Dou-te minha palavra de que nunca as vi, exceto em público e em casa do embaixador, que, sendo um de seus numerosos e apaixonados admiradores, obrigava a esposa a recebê-las.* [...] *Já falei o suficiente para evitar que te enganem, porém poderia falar muito mais, se tivesses tempo de sobra para ler novelas. A história merece a pena de meu querido Smollett.*[5]

Quando os Wynne finalmente chegaram a Londres, precedidos por essa apresentação nada lisonjeira, Holderness estava no auge de suas manobras políticas para conquistar as boas graças do círculo de Bute. Evidentemente não queria que sua proteção à família de seu velho amigo atrapalhasse interesses mais importantes. Desde que deixaram Veneza, os Wynne adquiriram a reputação de uma espécie de circo itinerante, e os últimos mexericos sobre as aventuras de Giustiniana em Paris nada fizeram para melhorar esse conceito. Embora Holderness se sentisse na obrigação de providenciar sua apresentação à corte, em respeito à memória de sir Richard, convinha-lhe agir com prudência. A última coisa que queria era que seus protegidos venezianos saíssem perambulando por Londres, sem controle.

A princípio os jovens Wynne não tiveram dificuldade em seguir suas recomendações. Afinal, com a reclusão temporária dispunham de mais tempo para preparar sua entrada nas melhores casas de Londres. Giustiniana estava ansiosa para ler os "novos livros ingleses" e, assim, poder "orientar-me melhor em meu país e não parecer tão forasteira". Provavelmente acharia meio antiquadas as histórias picarescas de Tobias Smollett, o "querido" de lady Montagu. Contudo, depois da aridez dos *philosophes* franceses, não via hora de mergulhar nos romances ingleses de que tanto ouvira falar. Henry Fielding e Samuel Richardson produziram suas grandes obras na década anterior. O autor da moda era Laurence Sterne, que publicara os dois primeiros volumes de *Tristram Shandy* alguns meses antes da chegada dos Wynne.

Mas a leitura não bastava para entreter a família. Depois de algumas semanas, o severo regime imposto pelo conde gerou irritação. "Estamos todos extremamente aborrecidos em Londres, pois não saímos e não vemos ninguém", Giustiniana reclamou.

"Não vamos nem mesmo ao parque. [...] Holderness mantém-nos em perpétua escravidão."

Seu guardião lhes fez uma única concessão: autorizou-os a visitar o embaixador veneziano, que morava na Soho Square com a esposa. Esse privilégio não contribuiu muito para animar sua vida social. O conde e a condessa Colombo eram "um casal encantador", mas pouco divertido. Embora "sempre amável", a condessa estava "quase sempre doente e [...] sozinha". Giustiniana ia à embaixada basicamente para pegar sua correspondência e conversar sobre Andrea com o embaixador, que, como outros diplomatas que o antecederam, empolgou-se tanto com a história dos amantes que se ofereceu para atuar como seu intermediário secreto.

Holderness também autorizou os Wynne a receber um seleto número de visitantes, que Giustiniana achava ainda mais tediosos que o embaixador e sua esposa. Eram ou velhos conhecidos de sua mãe, da época em que ela estivera em Londres, ou vagos parentes que, levados pela curiosidade sobre os primos italianos, apareciam numa infindável romaria. Nenhum deles mereceu menção específica nas cartas de Giustiniana. "Não me divirto com essa gente", ela se queixou. "Somos sempre o alvo das atenções, e nos observam e falam como se fôssemos as mulheres mais lindas do reino."

Em Londres havia uma atmosfera muito diferente da que reinava em Paris. A Inglaterra estava ganhando a guerra; os Wynne chegaram à cidade no momento em que as tropas britânicas tomavam Quebec e derrotavam os franceses no Canadá. O nível de confiança era elevado, e uma crescente convicção de predestinação conferia ao conflito um propósito que parecia, cada vez mais, faltar à França. A imprensa conduzia a fanfarra patriótica:

Avante, bravos britânicos, que ninguém lamente.
Britânia, Britânia, o mar governa novamente.[6]

Para os ingleses, 1759 estava se tornando "o glorioso 59", para usar a expressão em voga na época.

Contudo, depois de três longos anos o cansaço se apoderava do país, ainda que as notícias procedentes dos campos de batalha fossem boas. Enquanto os parisienses passavam da profunda tristeza à comemoração frenética, dependendo do último boletim da guerra, os ingleses pareciam muito mais contidos em suas reações. "Não imagines que saúdem as vitórias a altos brados", Giustiniana escreveu a Andrea, que estava ansioso para saber o máximo possível sobre o conflito. "Tudo se reduz a algumas velas ardendo nas casas [...]. Mal se fala da guerra [...]. Há maior curiosidade em Veneza que aqui, onde [esse assunto] realmente interessa. Pode ser que os ingleses conversem sobre isso entre si; pode ser que estejam cansados."

Embora estivesse tendo apenas relances de Londres, conforme admitiu, ela achava totalmente sem graça o pouco que via. As mulheres não se vestiam bem. Os penteados eram antiquados. As conversas raramente iam além das meras formalidades. Não havia nenhum debate intelectual empolgante para acompanhar — nada como o confronto de idéias entre Rousseau e D'Alembert ou a polêmica que cercava a publicação de um novo volume da *Encyclopédie*. Afora os longos relatórios sobre a guerra e as vibrantes incitações à vitória, os periódicos pareciam mais preocupados com assuntos mundanos como o último modelo de um tear para fitas ou o mais novo método de coletar impostos. Realizavam-se poucas festividades públicas e nenhum *bal masqué*, que os bispos anglicanos conseguiram banir legalmente.

Não surpreende que, para Giustiniana, a figura mais interessante que habitava essa paisagem cinzenta fosse a vistosa Kitty

Fisher, uma cortesã extravagante: "Vive no maior esplendor possível, gasta doze mil libras por ano, é a primeira de sua posição que tem lacaios de libré, entre os quais se inclui o carregador de sua liteira. Por toda parte vêem-se gravuras [com seu retrato]; é miúda e não a considero bonita, porém os ingleses a consideram, e é o que importa".

A notória rivalidade entre Kitty Fisher e lady Coventry — Mary Gunning, quando solteira — era um dos assuntos favoritos dos londrinos. "Um dia, cruzaram-se no parque", Giustiniana contou para Andrea, tentando diverti-lo com um pouco de cor local. "Milady perguntou a Kitty o nome do costureiro que fizera seu traje, e a outra respondeu que, sendo aquele traje um presente de lorde Coventry, ela podia perguntar ao marido. Milady chamou-a de insolente, e a outra replicou que o fato de ter encontrado um lorde maluco que a esposara colocava entre ambas a única diferença que a obrigava a suportar essa injúria, mas [acrescentou] que também esposaria um lorde só para pagar-lhe na mesma moeda."

No início do outono, quando chegou a Londres, Giustiniana estava decidida a usar todo o seu encanto para abrir as portas das melhores casas da cidade. Em novembro seu entusiasmo já esmorecia. Acontecia tão pouca coisa em sua vida que ela se via obrigada a desfiar histórias alheias para dar sabor a suas cartas. Enquanto esperava lady Holderness voltar do campo e resgatá-la, uma sensação de inutilidade a invadiu. Ela se tornou mais introspectiva. Sua vida estava desorganizada, incerta; a saudade de Andrea era uma de suas poucas certezas. O vazio aumentava a cada dia. Suas rápidas caminhadas até a embaixada veneziana, para buscar sua correspondência, constituíam sua única alegria. Contudo, essas caminhadas também acabavam gerando mais confusão. "Ainda és mais precioso para mim que qualquer outra coisa no mundo e o serás sempre", escreveu, carinhosa. "Quanto ao resto, estou insegura. E sabes por quê? Porque ainda te amo desesperadamente."

A perspectiva de sair novamente à caça de marido era desalentadora. Naqueles longos e chuvosos dias de outono, ela se perguntou, pela primeira vez, se precisava de marido. Até que ponto um casamento de conveniência era de fato "conveniente"? Não haveria uma alternativa melhor? Depois de muito pensar, concluiu que, talvez em função de seu caráter, talvez por causa da maneira como vivera até então, acabara valorizando mais sua independência que a segurança resultante de um bom casamento. Uma renda própria, ainda que modesta, certamente lhe proporcionaria a liberdade necessária para conduzir sua vida. "Queres um duque ou um lorde para mim; e eu creio que não quero nada disso. Marido é coisa molesta."

Enfurnada na casa de hóspedes de Holderness, ela estudava alternativas para o casamento. Uma solução era investir a pequena herança que recebera do pai — quinze mil libras — e manter-se com os rendimentos, em vez de usá-los como dote. Com isso teria de levar uma vida mais simples do que gostaria: "Odeio a mediocridade [...] e tenho pouco talento para contentar-me com outra posição social". Em compensação, ao menos não se sentiria mais refém do imperativo de um "bom" casamento. Não tinha dúvida de que seu futuro seria menos incerto. Nesse aspecto, "melhoraria de condição".

Giustiniana imaginava Andrea na privacidade de seu quarto, no Ca' Memmo, arqueando as sobrancelhas ao ler o que lhe escrevera. Seus protestos não a deteriam, preveniu-o: "Ralharás comigo, porém escrevi a Paris para obter informações suficientes, porque lá os juros são bem mais altos. Como estarei morando aqui, se quiser esperar algum tempo, terei um lugar na corte; e, se me entediar, irei à França — a não ser que tu, de coração livre, peças-me para regressar correndo a Veneza".

Talvez estivesse se precipitando, admitiu. Tais idéias ainda não passavam de "confusos esboços". Andrea não tinha com que se preocupar: ela não desistira de "fisgar" aquele duque inglês — ao menos por enquanto. Mas estava "desencantada" com a alta sociedade e seriamente decidida a cuidar da própria vida. Precisava manter a cabeça no lugar, pesar as opções de maneira mais realista. Embora os amigos de sua mãe continuassem falando do excelente marido que ela haveria de arrumar, Giustiniana sabia que, quanto mais demorasse, mais dificuldade teria em encontrar o partido adequado. E, quanto mais pensava em libertar-se da obsessão pelo casamento, melhor se sentia: "Se continuar pensando desse modo, talvez minhas idéias tomem forma".

Tinha de considerar também algumas mudanças no plano físico. Ainda era jovem e muito bonita — "a mais bela das beldades", afiançou a Andrea com a convicção de fazer jus ao título. Agora que as experiências parisienses com penteados terminaram, seus cachos negros voltaram a emoldurar livremente seu rosto meigo e vivaz, e seus belos olhos escuros continuavam penetrantes como sempre. Todavia, a chama da juventude, que aquecera tantos corações em Veneza, Paris e Bruxelas, perdera um pouco do brilho. A maternidade também a deixara ligeiramente mais encorpada. "Começo a fenimizar-me", observou, com uma ponta de tristeza, ao aproximar-se seu aniversário. "Logo farei vinte e três anos; a maior parte da juventude já se foi [...]. Esvaece-se, talvez, a pouca beleza que eu tinha."

Bettina era quatro anos mais nova e estava em pleno florescimento. Chegara sua vez. Ela atrairia todas as atenções, quando as irmãs Wynne fossem apresentadas à sociedade. "É uma beldade, e gentil, espirituosa, sem nunca ser afetada", Giustiniana comentou, orgulhosa. "Neste inverno, quando formos a lugares públicos, veremos que impressão causará. Sua compleição, que não se consideraria imperfeita nem na Itália nem na França, aqui é apreciadíssima." Depois de Bettina vinha Tonnina, que logo completaria dezoito anos. A caçula das três amadurecera muito, desde a época em que se deixava ficar passivamente nos braços de Alvise Renier. Andrea mal a reconheceria: "Tonnina nunca esteve tão linda e adorável [...]. Se não engordar, agradará muito. Tinhas de ver-lhe o busto, os braços, as mãos, a alvura natural, a expressão mais decidida que adquiriu com graciosas maneiras francesas".

Quanto à primogênita, estava aparentemente pronta a ceder o centro do palco: "Não me sinto tentada a agradar e realmente não tenho vontade de esfalfar-me para transformar um homem. [...] Os caprichos aborrecem-me, e não tenho mais aquela sensibilidade que me tornaria capaz de uma grande paixão [...]. Ah, já sabes que estou fadada à infelicidade. Cada vez mais apavorada com a idéia de casamento, nunca esposaria um homem que estimasse, para não fazê-lo infeliz, nem um que desprezasse, para não nos fazer infelizes a ambos".

Assim era sua vida em Londres, tal como ela a expõe — uma vida solitária, dedicada a ler e a escrever, e na qual não havia "um único homem". Já Andrea ia ao teatro, jantava nos palácios dos amigos, à beira do canal Grande, e, segundo ele próprio admitira, aproveitava uma nova temporada de galantarias. Enquanto Giustiniana vivia reclusa, "tu te divertes com as mulheres". Muitas vezes ela zomba de si mesma, e, apesar de suas queixas, percebe-se que tinha prazer em escrever para o amado. Suas cartas funcionavam cada vez mais como um veículo para seu poder de observação, seu senso de ironia, seu humor.

Andrea a espicaçava com seus namoricos — depois do escândalo de Paris, não tinham renovado o juramento de "contar tudo um ao outro"? No entanto, agora ele confessava que uma jovem em especial lutava para se tornar sua favorita. O problema, explicou, era que a dama em questão tinha muito ciúme de Giustiniana e não suportava ver seu retrato ainda pendurado entre outros quadros em lugar de destaque. Na verdade, exigiu que Andrea o removesse imediatamente. Envergonhado, ele admitiu que atendera à exigência. Por essa traição, Giustiniana desancou-o com uma descrição engraçada, ainda mais admirável em face das circunstâncias:

Ter a pretensão de retirar meu retrato! E concretizá-la! Estou furiosa. É medonho! É um horror! [...] Meu coração se enche de raiva [...] Como? Meu retrato já não figura entre as belas sultanas que quase animavam esse inconcebível gabinete? Minha glória, enfim, está aniquilada, e eis-me de volta à caótica multidão de tuas antigas amantes! [...] Pobre retrato! Teu reinado terminou [...]. E aí estás, pendurado no carro de triunfo de uma rival [...]. Bem vês, caro Memmo, [...] que me interesso vivamente pelo infeliz destino de meu pobre retrato exilado. É verdade, as conseqüências dessa vergonhosa mudança fazem-me estremecer, e pela qualidade do sacrifício (perdoa-me a vaidade) avalio o poder da pessoa que te ocupa atualmente!

Giustiniana arriscou um palpite. "Rápido: o nome dela", brincou, nervosa. "Confessa-me, eu te peço, se a bela coquete é M. C." E realmente era Marietta Corner, a mesma jovem que a fizera sofrer tanto no início de seu envolvimento com Andrea. Agora Giustiniana não ia permitir que o ciúme lhe despedaçasse o coração. Tentava rir da situação, encarar a aventura como uma comédia ligeira: queria mostrar que dominava suas emoções. "Tenho pena de ti, meu querido Memmo", prosseguiu, "pois seguramente estás com alguém que, nada possuindo além da beleza, logo te enfadará. Eu te conheço. [...] Aposto que mediante inquietação — sincera ou fingida —, ela ainda usará de doce violência para ler minhas cartas. Bem, se assim for, serei cruel, pois primeiro te direi que te amo com o maior ardor [...]. E te direi também, com maior liberdade, que tenho certeza de que meu querido Memmo nunca me esquecerá."

O tom jocoso não conseguia esconder totalmente a tristeza. Um ano inteiro se passara desde que vira o amado pela última vez. Muita coisa acontecera na vida de ambos, porém Andrea ainda ocupava o centro da vida de Giustiniana. Ela o amava — "desesperadamente" foi o termo que empregou — e não pretendia deixar que outra mulher a suplantasse. Sentia-se de fato ameaçada por Marietta? Provavelmente não. Conhecia Andrea bem demais para temer que ele se apegasse a alguém que, como dissera, nada possuía "além da beleza". No entanto, estava sofrendo com toda aquela conversa leviana sobre a remoção do retrato. E, apesar da dissimulação, a mágoa transparecia, da maneira mais tocante, por trás da jocosidade. Depois de caçoar da rival, tecer comentários sarcásticos, ridicularizar a história toda, quase abruptamente ela voltava a escrever sobre os dois. Logo seria apresentada à corte. O que Andrea gostaria que usasse? Que cores tinha em mente? "Acho que gostaria de um vestido de cetim *pensée* [roxo] ou amarelo, a cor das morenas na França, guarnecido de marta — tenho umas peles lindíssimas [...]. Mas diz o que preferes. Vê se não tenho a impressão de estar contigo, por pensar até em coisas tão pequenas."

A distância que os separava era, porém, bem real, e, por causa da guerra, as notícias viajavam ainda mais aleatoriamente que de hábito. Havia grandes probabilidades de uma informação em atraso arruinar suas vidas. Era outono — fazia três meses que Giustiniana deixara Paris — quando Andrea tomou conhecimento de um sórdido panfleto anônimo que aparentemente circulara pela capital francesa na época do caso Castelbajac-Demay. Andrea não leu a "brochura" acusatória, mas, pelo que lhe disseram, concluiu que continha uma descrição da conduta de Giustiniana muito diferente da que ela lhe fornecera em junho. Tudo não passava de boato, naturalmente, porém dúvidas incômodas voltaram a assaltá-lo. Depois de interpelá-la sobre os rumores, ele perguntou, friamente, se ainda devia escrever-lhe.

Giustiniana estremeceu. Por que Andrea estava desenterrando o passado? Por que lhe jogava na cara os tristes escombros de sua derrocada parisiense? Sua crueldade a magoava: "Vossa amizade é tão brusca, e acreditais tão facilmente em todos os horrores que [...] dizem de mim que tenho motivo para surpreender-me [...]. Limitar-me-ei a assegurar-vos que estão enganando-vos e que não existe brochura nenhuma [...]. Acreditai em vossa Justinienne, [*sic*] que nunca se aviltou a ponto de esconder-vos uma verdade. Ela se declara inocente de todas as acusações [...]. Quero obrigar-vos a ser meu amigo, malgrado vós mesmo e vossas amantes [...]. Perdi vosso coração, infelizmente, mas não mereço perder todo o resto".

A resposta demorou quase um mês para chegar, e esse silêncio doeu-lhe ainda mais que as acusações. Então, um dia, três cartas de Andrea a esperavam na embaixada veneziana. Ela não coube em si de felicidade:

Quanta coisa para ser feliz! Lembras-te de mim, e vejo que ainda és meu amigo — e talvez algo mais? Meu pobre Memmo, ainda posso dizer que és meu! Quanto perdemos, ambos, ao [...] privar-nos de nossas ilusões. Não tens mais prazeres refinados; já não tenho nenhuma alegria genuína, não encontro um homem que me agrade como tu e nunca o encontrarei. Na paixão que senti por ti havia mil combinações capazes de manter-me a alma e a fantasia em constante agitação. Ah, como te amei! Mas, por Deus, ainda não sinto meu coração totalmente vazio da paixão por ti e garanto que, se um dia me aproximar de ti, ainda te amarei perdidamente, se tal me permitires.

Em meados de novembro os Wynne se mudaram para uma casa menor, na Dean Street, perto da Soho Square. A moradora anterior, amante de "um dos cidadãos mais ricos da Inglaterra", mobiliara-a com "a maior elegância do mundo". No entanto, os novos inquilinos se sentiam meio amontoados ali — o que não contribuiria para melhorar o clima entre eles. A Dean Street era uma rua comercial movimentada. E o bairro, embora respeitável, já não possuía o antigo requinte — às vezes até se sentia o cheiro das tabernas apinhadas dos mal-afamados banhos da Drury Lane, a duas quadras de distância. Havia algum tempo, o que se conhecia como "a extremidade refinada da cidade" transferira-se para o oeste do Soho, para a Grosvenor Square e a Cavendish Square.

Richard e William continuavam morando com a família. Logo após sua chegada a Londres, Holderness providenciara sua ida para Cambridge, mas mrs. Anna se opusera, na esperança de proporcionar-lhes uma educação católica (com o apoio de um padre irlandês que conhecera por ocasião de sua primeira estadia londrina e que agora reaparecia em sua vida). Naturalmente o conde não concordava com isso. Mrs. Anna fazia cenas histéricas e até ameaçava ir com os filhos para Cambridge. A tensão na casa estava sempre no auge. Cada vez mais enfronhado em seus projetos políticos, Holderness os visitava cada vez menos. "Temo que sua senhoria se aborreça com minha mãe", Giustiniana escreveu. "Ela é de uma loucura inconcebível."

A animosidade entre ambos se exacerbava em função das dificuldades que ele estava encontrando para obter os papéis necessários à apresentação formal dos Wynne à corte. Mais uma vez o problema estava na linhagem de mrs. Anna; seu título de nobreza parecia tão duvidoso em Londres quanto em Veneza. A papelada aumentava; as mensagens entre as duas cidades tinham de atravessar uma Europa assolada pela guerra. Tudo isso demandava muito tempo. Mais uma vez Giustiniana recorreu a Andrea, pedindo-lhe para ajudar a acelerar o processo. "Imagina que se trata de um novo projeto teu", recomendou-lhe, procurando incentivá-lo, e acrescentou que sua mãe lhe era imensamente "grata". "Ela te envia suas saudações e pede que continues a assistir-nos [...]. Que diferença daquela mãe de outrora! Se tivesse concordado em conhecer-te, como [...] te conhece agora, quantos dissabores teria poupado a si mesma e a nós!"

As autoridades venezianas hesitavam em atestar o título de nobreza de mrs. Anna talvez por temer que Andrea e Giustiniana se aproveitassem da chancela para ressuscitar seu projeto de casamento. Giustiniana achava crucial tranqüilizá-las com relação a esse ponto: "Precisam ter certeza de que não só não pensamos em retornar, como não pensaríamos em casar-nos, pois a razão já nos fez entender que com isso nos prejudicaríamos mutuamente para sempre [...]. Nunca nos esposaremos, nem mesmo se viesses para Londres, até porque odeio demais o matrimônio para sequer cogitá-lo".

Sua diplomacia não surtiu efeito. Aventou-se rapidamente a possibilidade de uma apresentação no futuro. "Todas as cadeiras da corte estão ocupadas, e só por ocasião das núpcias do príncipe de Gales poderá haver lugar para mim."* Mas essas vagas esperanças logo se esvaeceram. Os Wynne não poderiam "entrar em Londres por uma porta melhor", Giustiniana escrevera, tão entusiasmada; contudo, um mês e meio depois de sua chegada, eles ainda mofavam nas margens da sociedade londrina.

Em parte para aliviar a tensão reinante em sua casa, mrs. Anna aceitou o convite de um amigo da família para passar uns

* O príncipe de Gales só se casou com Charlotte Sophia de Mecklenburg em 8 de setembro de 1761, quando já havia sucedido seu avô com o título de Jorge III.

dias no campo. Não era exatamente o tipo de programa capaz de animar Giustiniana: ela não tinha a menor vontade de ir para o campo e estava cansada de fazer sala aos poucos e enfadonhos amigos de sua mãe. "São ótimas pessoas, têm o melhor coração possível e estão tão encantadas conosco que fariam qualquer coisa para agradar-nos [...]. Mas não gosto delas, como podes imaginar." Sem dúvida preferia ficar em casa a viajar para o interior com a família. Acabou indo, "para contentar mamãe", e esperava "poder suportar melhor as visitas dos vizinhos", lendo mais alguns dos "novos livros ingleses" sobre os quais falara com Andrea.

O quinto dia no campo foi ainda mais terrível do que imaginara. "Entediei-me mortalmente. Imagina conselheiros pedantes e advogados petimetres — que horror!" A comida era intragável, e a companhia indizivelmente maçante. Giustiniana teve de refugiar-se tantas vezes no jardim que pegou seu primeiro resfriado na Inglaterra.

No final de novembro, lady Holderness voltou à cidade, para alívio das irmãs Wynne, e convidou-as imediatamente, para observar com atenção as jovens venezianas que seu atarefado marido confiara a seus cuidados. Na seqüência, fez-lhes um convite, mais formal, para participarem de sua primeira "assembléia" da temporada.

Lady Holderness era uma quarentona atraente, de modos gentis e sorriso afetuoso. Giustiniana sensibilizou-se com "a bondade" dessa mulher "ainda bela e muito amável, com a qual só não se encanta quem é muito volúvel ou quem a tem por esposa". Havia vantagem, explicou a Andrea, em serem apresentadas à sociedade por uma dama tão fina: "Aguarda-se Bettina com enorme impaciência e acredita-se que faremos bela figura". Depois de um confinamento tão longo, era gratificante saber que "o país está muito curioso para ver-nos, inclusive as princesas, que têm perguntado sobre nós".

Havia em tudo isso uma boa dose de fantasia. A sociedade londrina era terrivelmente conservadora e exclusivista — muito mais que a parisiense — e não estava disposta a escancarar as portas para as jovens Wynne. Elas realmente despertavam certa curiosidade, sobretudo Giustiniana — "Vem aí uma tal miss Wynne, que é mais bela que minha lady Coventry", Horace Walpole escreveu a um amigo —, mas do tipo reservado ao divertido e ao exótico. Até Walpole sabia que uma jovem beldade diferente ameaçava lady Coventry ao término de cada verão "e sempre acaba esquecida no inverno".[7]

Fazia um ano que lady Montagu escrevera aquela carta "impertinente" para lady Bute, cuja influência na sociedade crescia paralelamente à do marido na política. Agora tocava à filha regalá-la com relatórios nada lisonjeiros sobre os Wynne em ação. E a mãe, em seu *palazzo* alugado em Veneza, não via a hora de ler o capítulo seguinte de sua saga predileta: "Estou me divertindo muito com as aventuras das Três Graças que recentemente chegaram a Londres [...]. Sinto muitíssimo que a mãe delas não tenha instrução suficiente para escrever memórias".[8]

A empolgação com a perspectiva de freqüentar a sociedade não demorou a esvaecer-se após uma série de "jantares enfadonhos" e "assembléias insuportáveis". Giustiniana poupava Andrea dos detalhes para não contagiá-lo "com meu desprazer". Todavia, destacou uma parcial exceção: a noitada na casa de lady Northumberland, a mais famosa anfitriã de Londres. Graças a lady Holderness, as irmãs Wynne receberam o cobiçado convite. E Giustiniana ficou impressionada com a suntuosidade do cenário. "A casa é grande, magnífica, profusamente iluminada, e contém as mais belas pinturas", informou. Na seqüência, porém, descreveu-se circulando em meio a uma multidão cansada e apática. Pelo menos mil pessoas compareceram, naquela noite, à Northumberland House: "Algumas jogavam [cartas] por obrigação, outras passeavam por distração e, enfim, todas se entediavam. Por certo eu estava entre essas [...]. De que adiantava ouvir que éramos lindas e receber aplausos por uma reverência menos *gauche* que as que se fazem comumente aqui?".

O único episódio digno de nota ocorreu na pinacoteca, onde Giustiniana se deparou com um célebre quadro de Ticiano que retratava uma ilustre família veneziana.* O contraste entre a vaga familiaridade da cena reproduzida na tela e aquele ambiente inóspito provocou-lhe um acesso de saudade pelo mundo que havia deixado. Contudo, nem mesmo uma bela pintura bastava para preencher uma noitada. "Por desgraça não pude usar a carruagem antes da meia-noite."

Giustiniana começou a rejeitar convites — o que raramente fizera até então, em Londres, Paris ou Veneza. "Pouco apareço em público, para preservar os aplausos a minhas irmãs", brincou. Conforme previra, os "aplausos" se dirigiam sobretudo a Bettina, a mais admirada das três. Mesmo antes de deixarem Veneza, lady Montagu, que estava longe de ser uma fã dos Wynne, admitira que Bettina bem poderia tornar-se um paradigma da beleza hanoveriana. Era alta, comentou, "e tão corada e branca quanto qualquer alemã. Se tiver juízo bastante para seguir bons conselhos, será irresistível".[9]

* Giustiniana escreveu que viu na Northumberland House "um famoso retrato da família Cornaro, pintado por Ticiano". Na época, a família do quadro era identificada com esse nome, porém estudos recentes revelaram tratar-se, na verdade, da família Vendramin.

Eventualmente, Giustiniana participava de uma *conversazione* — reunião concorrida em que, na verdade, pouco se conversava. Uma centena de senhoras se reuniam em uma das melhores casas de Londres com o cavalheiro de plantão, invariavelmente "velho, cego ou inconveniente". Embora tais ocasiões lhe proporcionassem maior liberdade que eventos mais formais, Giustiniana achava-as enfadonhas e sufocantes. Poucas mulheres se mostravam interessadas em conversar com ela, e as que se dignavam a dirigir-lhe a palavra não eram muito amistosas. "Acaba-se falando unicamente com as pessoas conhecidas e, se essas pessoas estão jogando, como todo mundo, fica-se sozinha", Giustiniana queixou-se, sentindo-se cada vez mais isolada. "Que vida!" A falta de afeto e solidariedade entre as mulheres era o que mais a entristecia: "Não podes imaginar como são maldizentes entre si. Não sabem o que é amizade [...]. Certamente nunca serei amiga de uma delas e trato a todas com cortesia".

Em suas cartas ela se esmera para mostrar que levava em Londres uma vida triste e vazia: "Não vou ao parque para não morrer de frio [...]. Leio muito, como e durmo demais". Não tinha por que se preocupar com o vestido que usaria na corte, choramingou, pois Holderness confirmara que ainda não havia lugares para os Wynne. O tempo chuvoso não contribuía para animá-la: ela passava a metade do tempo na cama, com corizas que pareciam não ter fim: "Estou tão resfriada que não agüento mais [...]. Esse maldito clima instável me faz mal. É mais volúvel que a própria Giustiniana". De nada adiantava culpar a chuva, acrescentou, melancólica. O tédio que lhe minava a energia "tem mais a ver com minha natureza que com o clima".

Na verdade, ela não era inteiramente honesta ao pintar-se como uma reclusa deprimida que vivia na cama, escrevendo para o amado que deixara em Veneza e aguardando suas respostas com ansiedade. Por intermédio dos Holderness, conhecera um belo jovem que a visitava na Dean Street e que, para sua surpresa, começava a enternecê-la com maneiras gentis e uma natureza sensível.

Seu novo admirador era o barão Dodo Knyphausen, um brilhante diplomata prussiano de trinta anos — a mesma idade de Andrea.* George Townshend retratou-o em alguns esboços que se encontram atualmente na National Gallery e o apresentam como um homem garboso, de pernas finas, nariz afilado, testa larga e cabelo crespo, penteado para trás. Fazia pouco mais de um ano que Knyphausen se instalara em Londres e logo se introduzira no centro dos acontecimentos, tendo fácil acesso aos mais altos círculos do governo e às mais elegantes casas londrinas. Frederico, o Grande, prezava-o muito: nomeara-o embaixador da Prússia em Paris quando ele tinha apenas vinte e quatro anos. Na França, Knyphausen dera mostras de suas consideráveis qualidades durante o complexo jogo diplomático que precedera a Guerra dos Sete Anos, e seus despachos foram importantes no processo de preparar o terreno para a aliança entre a Prússia e a Grã-Bretanha. Quando o conflito eclodiu, Frederico não teve dúvida de que ele era o homem ideal para cultivar os vínculos com os aliados ingleses. O barão chegou a Londres em 1758, como emissário especial de seu soberano, e estabeleceu uma estreita relação de trabalho com William Pitt, o principal defensor da guerra. No momento em que conheceu os Wynne, já havia negociado três contratos de subsídios britânicos para a Prússia.

As visitas de um partido tão cobiçado envaideciam Giustiniana. "Todas as mulheres o querem", ela escreveu a Andrea. "É o único homem da Inglaterra que anda na moda." O que a atraía não era apenas o repentino prazer com a atenção masculina. Ela estava intrigada com esse jovem obsequioso e introspectivo com quem

* Giustiniana escreveu que Knyphausen tinha vinte e oito anos quando o conheceu, mas, de acordo com a *Allgemeine Deutsche Biografie*, ele nasceu em 3 de agosto de 1729 e, portanto, estava com trinta anos.

podia entabular uma conversação que ia além das formalidades sociais. Semanas depois, surpreendeu-se pensando nele cada vez mais, esperando-o chegar e iluminar seu dia. Knyphausen também lhe lembrava Andrea, embora de um modo mais profundo que o conde de Lanoy, em Bruxelas: "Encontro-me ocupada de alguém que se parece contigo não só nas feições e no corpo, mas também no caráter [...]. Por isso ele é especial, por isso me agrada. Tu me perdoas esta nova amizade? Ah, se soubesses como ele a merece!".

Giustiniana lutava com esses sentimentos, sem saber bem o que fazer com eles. O que estava acontecendo era muito diferente de seduzir um velho deliberadamente. Também era diferente de flertar de forma leviana, protegida por uma máscara de Carnaval. Agora não havia lugar para coqueteria. Uma parte de seu ser queria ceder às novas emoções — apesar de que, depois de tudo que passara em Veneza e em Paris, ela estava em guarda contra tensões emocionais. Também estava confusa: "Não sei mais se o amo ou se o estimo [...]. Temo abandonar-me a uma paixão que me dá medo; esforço-me para persuadir-me de que deveria sempre conservar o arbítrio da razão; e já penso no futuro; e estou frágil, estou inquieta".

Ao embarcar, cautelosa, nessa nova viagem, ela se deu conta de que queria Andrea a seu lado. Descrevia-lhe seus sentimentos. Levava-o consigo, passo a passo. "Não me recrimines por mais esta loucura", pediu-lhe. "Por piedade, sê indulgente e compassivo com uma fraqueza que, em princípio, derivou unicamente de ti."

Não demorou muito para Knyphausen passar a visitar os Wynne "toda noite, à hora da *conversazione*". Ao mesmo tempo que cumulava Giustiniana de "mil finezas, mil atenções", tomava cuidado para não despertar suspeitas por demonstrar "uma preferência demasiado evidente". Sua assiduidade a mantinha embevecida a tal ponto que, numa ocasião, a fez esquecer-se de postar a carta que enviava semanalmente a Andrea. "Sei que meu Memmo me perdoará uma culpa absolutamente involuntária", ela escreveu na semana seguinte. "Aquele dia de postagem foi preenchido por meu novo Memmo, que acredito amar de bom coração, que não me dá motivos nem para lamentar-me, nem para desejar algo mais [...]. Se o que me ocupa é um capricho, quem me dera que todos os meus caprichos do passado tivessem tido um fundamento tão digno. A cada dia julgo este homem mais merecedor de minha estima e dedico-lhe um tipo de respeito que em minha vida inteira só dediquei a ti."

Logo os dois estavam se encontrando, "em segredo, uma, duas, três vezes por semana". Conversavam durante horas, trocando confidências, testando-se mutuamente, aprofundando sua afeição. O que os aproximava era mais o bem-estar, a contida alegria que sentiam na companhia um do outro que a atração física. "Estima e compaixão constituem a base de nossa amizade", ela explicou a Andrea.

Fazia pouco tempo que o prussiano se recuperara de um amor infeliz. Durante muitos anos amou em segredo uma bela mulher cuja reputação fora manchada por "mil fraquezas" — em especial pelo vício de jogar. Então apareceu um jovem baronete que a pediu em casamento; ela o aceitou, mas não lhe falou de suas dívidas. Embora não fosse rico, Knyphausen prontificou-se a pagá-las e, assim, salvar-lhe a reputação. Também custeou as bodas, já que o baronete ainda não tomara posse de sua herança, e guardou a dor para si mesmo. "Chorou, desesperou-se, porém nunca mais a viu."

Giustiniana considerava-o sua alma gêmea. Ele tinha interesse em conhecer sua história e não a censurava. Demonstrava compreensão, era sensível e, sobretudo, sabia ouvir. E ela estava contente de ter alguém com quem podia conversar sem medo de se expor. Finalmente encontrara um refúgio na gélida paisagem da sociedade londrina. Contou-lhe tudo que podia sobre sua vida em Veneza, sua grande viagem através da Europa, suas aventuras em Paris. A figura de Andrea crescia nessas longas conversas. Ele fora seu grande amor, Giustiniana explicou a Knyphausen. Agora era seu grande amigo — seu *cher ami* —, afiançou-lhe.

A única pessoa que tinha conhecimento desses encontros clandestinos era o próprio Andrea, o parceiro silencioso, que, pelo que podemos perceber, sentia mais curiosidade que ciúme. "Ninguém sabe deste envolvimento", Giustiniana lhe garantiu. "Em minha casa paira apenas uma vaga suspeita." Não havia motivo para tanto segredo. Nenhum dos dois era casado ou estava comprometido com outra pessoa. Mas, apesar de toda a intimidade, eles ainda se sondavam mutuamente, hesitantes, inseguros em relação a si mesmos e ao outro. Manter segredo caía-lhes bem.

Para enganar a mãe e encontrar-se às escondidas com Knyphausen, Giustiniana recorria, com bastante naturalidade, a alguns dos truques que usara em Veneza. Contava a Andrea suas freqüentes escapadas para, de certo modo, partilhar a emoção com seu velho cúmplice. Gabou-se, por exemplo, da ocasião em que conseguira um convite para almoçar na casa de uns amigos, a uns três quilômetros de Londres. Assim que chegou lá, despediu-se dos anfitriões, alegando um assunto urgente que teria de resolver na cidade. No entanto, em vez de voltar para a Dean Street, foi direto para a casa de Knyphausen, a algumas quadras de distância: "Estava ocupado com um ministro, do qual se livrou e, tendo adquirido um hábito comum aos ingleses, saiu a pé. Eu o segui de longe, até entrarmos [...] numa casinha que está a sua disposição. Ali almoçamos, e uma garrafa de champanhe nos tornou tão íntimos que partilhamos todos os nossos problemas e com tanto interesse que acabamos chorando um pelo outro. Que felicidade seria, se aquela confiança recíproca, aquela segurança perdurassem! Mas ele duvida de mim, e eu dele".

Ao longo do inverno, as dúvidas de Giustiniana sobre Knyphausen se dirimiram pouco a pouco. "Continuo encantada com meu homem", ela escreveu, em meados de fevereiro. "É o mais amável e o mais honesto que há por aqui. Vemo-nos, dizemo-nos todo tipo de doçuras. Porém estamos bem seguros de nós mesmos?" Em março, ela já estava mais esperançosa: "Eu seria feliz com esse homem, querido Memmo, se minha alma, entediada de tudo e sempre inquieta, me permitisse entregar-me livremente, sem agitação [...]. Ele acredita em mim; eu quase acredito nele. Ele se compadece de mim; eu o respeito. Que bela alma! Ah, sim, deixa-me contar-te: ele se parece contigo, e não estou mentindo, por Deus. Garanto que fisicamente se parece muito, e não te engano, se bem que sejas mais bonito". No começo da primavera, Giustiniana se mostrava mais segura sobre seus sentimentos por Knyphausen, e Andrea já devia pensar que eles eram amantes: "Continuo com meus amores, e realmente parece que nos amamos; mas não tenho nada de especial para contar-te, além de [momentos] de indignação, reconciliações, ciúmes e caprichos — coisas triviais, sem a menor importância [...]. Achas que amo o barão? Eu acredito firmemente que sim".

Até onde deveria ir? Até onde Andrea queria que ela fosse? "Aconselha-me, ajuda-me a manter a desconfiança, diz-me que talvez ele não tenha um coração tão bom quanto aparenta. És meu único amigo e o serás, enquanto viveres [...]. Ah, se eu pudesse ver-te!"

Para Andrea, não havia sinceridade nesse desejo de vê-lo, expresso de maneira tão enfática, apesar de seus encontros secretos com seu novo amante. Ele a criticou, acrescentando que, se aparecesse em Londres de repente, seria recebido com muito menos afeto do que as cartas sugeriam. "Ah, meu Deus, como sois injusto! Vinde verificar meus sentimentos para depois julgar-me. A necessidade me endureceu, mas continuo tua amiga."

Quanto a isso Giustiniana era sincera. Não podia — e não queria — renunciar a Andrea. E suas cartas, embora falem basicamente de seu novo amor, ainda estão repletas de referências ambíguas a seu velho relacionamento. Sim, ela amava Knyphausen, porém "não como te amei outrora. Ah, que diferença! Ah, feliz enlevo! Quantas vezes chorei por ti!". E novamente: "Tendes o direito de esperar meus arroubos mais ternos".

Num mundo de fantasia, afirmou, amaria a ambos. Andrea iria para Londres, o dinheiro não constituiria obstáculo, e "eu correria a apresentar-vos o homem que, depois de vós, estimo mais que a todos". Os três ficariam juntos, numa curiosa e feliz harmonia. "Eu não faria distinção entre os amantes, e ambos seriam meus amigos. Que felicidade, que alegria seria para mim estar entre essas duas pessoas queridas! Não haveria preferência, porque eu omitiria tudo que pudesse incitá-la. Ah, meu Deus, por que não estás aqui agora, para fazer-me desfrutar essa felicidade pura e perfeita?"

No mundo real, porém, Andrea estava longe e não cogitava em ir para Londres. Suas cartas, embora afetuosas, mostravam-no atarefado, cuidando da vida, cortejando outras mulheres, construindo sua carreira política. Em Londres, era Knyphausen quem aquecia o coração de Giustiniana e mantinha sua mente ocupada. Graças a ele, seu dia-a-dia se tornara menos tedioso, ganhara novo sabor. "Saio quase toda noite", ela comentou, surpresa.

No final do inverno, os dois freqüentemente estavam juntos, mesmo em público. Oficialmente, sua ligação ainda era "segredo". Mas, como sempre, corriam rumores, que em grande parte se deviam à indiscrição do embaixador veneziano. Giustiniana descobriu, horrorizada, que o "encantador" conde Colombo andara lendo suas cartas — inclusive "a penúltima, em que te forneci um relatório completo de meus amores". Em revanche, ela imediatamente enviou a Andrea uma "carta breve, porém forte", condenando a "conduta indigna" de Colombo. Sabia que a carta circularia por Veneza e desonraria o embaixador. "Por Deus, pagará bem caro", brincou.

Uma conseqüência da "vergonhosa curiosidade" do conde foi que os esforços de Giustiniana para esconder a amizade com Knyphausen perderam o sentido. Assim, os dois passaram a ir à ópera juntos para ouvir os cantores italianos e a visitar os cassinos — sempre repletos de viciados ensandecidos — para observar a multidão. Giustiniana ainda não contraíra a doença: "Meu prazer se resume em falar mal, criticar e divertir-me [...] com o barão", escreveu para Andrea, relembrando suas noites empolgantes no Ridotto. Os jantares e as reuniões continuavam "insuportáveis", como sempre, mas agora ela tinha a seu lado alguém com quem podia rir nessas ocasiões enfadonhas. Os dois cochichavam comentários inteligentes, sorrindo um para o outro. Seu jogo favorito consistia em "descobrir uma caricatura em todas as pessoas que encontramos".

Giustiniana se divertia com Knyphausen, mas ainda não se sentia à vontade com a aristocracia inglesa. Ao contrário: indispunha-se cada vez mais com as pessoas que antes pretendera impressionar. Perdera sua alegria natural, lamentou. Começava a tornar-se afetada e a sofrer de tédio. Se ainda tinha prazer em sair, era porque contava com Knyphausen, estrangeiro como ela. Gostava dele sinceramente. Prezava sua companhia e sua camaradagem, embora não demonstrasse acalentar esperanças a respeito desse relacionamento, ao menos nas cartas para Andrea. Ao que parece, nenhum dos dois cogitou seriamente em casamento. Se considerou a possibilidade de esposá-la, o prussiano não deu nenhum passo decisivo nessa direção. Entre eles se erguiam os obstáculos habituais: a diferença religiosa (o barão era protestante), a diferença social. Ademais, Knyphausen tinha assuntos urgentes para resolver: estava no meio de intensas negociações com Pitt, tentando — inutilmente — convencê-lo a enviar uma frota britânica para o mar Báltico a fim de proteger o litoral da Prússia. Quanto a Giustiniana, sustentava em suas cartas a Andrea que não queria mais casar. Realmente, sua aversão ao casamento redobrara naquele inverno, apesar de seus sentimentos por Knyphausen. O assunto só vinha à baila no contexto frívolo de encontrar a melhor esposa possível para o barão: "Encasquetei que hei de casá-lo e já fiz minha escolha; mas parece-me bem difícil, porque essa pessoinha é muito maliciosa [...]. Se não se apaixonar por ele, certamente será por minha culpa; e meu esforço para torná-lo amável a seus olhos é a coisa mais ridícula do mundo".

Embora achasse que estava perdendo o viço da juventude, ela se mostrava disposta a preservar sua independência e deliberadamente relegava a questão do casamento a segundo plano.

No começo de março Andrea informou-lhe que seu velho amigo, o general Graeme, partira para Londres e a procuraria tão logo chegasse. A notícia lhe proporcionou imensa alegria, como se uma brisa cálida e conhecida soprasse de repente na cidade, suscitando lembranças e despertando antigos anseios.

Figura de destaque na comunidade britânica de Veneza, Graeme era amigo dos Wynne — e em especial de Giustiniana. Como comandante-em-chefe do exército, também mantinha estreitas relações com todas as famílias poderosas da república, e as melhores casas locais disputavam sua presença à mesa do almoço ou do jantar. Ele se afeiçoara a Andrea, e sua amizade se aprofundara na ausência de Giustiniana, apesar da considerável diferença de idade. A neutralidade de Veneza o impedira de lutar na guerra. Mas, aos setenta anos, o vigoroso general ainda estava ávido de ação. Até esperava que sua visita a Londres o ajudasse a obter um comando na América do Norte.

Em quaisquer circunstâncias, sua chegada seria motivo de festa. Contudo, Giustiniana ainda se sentia tão desajustada em Londres que a notícia a lançou num estado de febril euforia. Ela o aguardava como uma sentinela vigilante. No final de março, soube que Graeme finalmente se encontrava na cidade. Estava se arrumando para ir visitá-lo, quando o velho soldado apareceu de repente em sua casa. "Ao vê-lo, pareceu-me realmente ver algo de meu, pois vinha do lugar onde estás. Corri a beijá-lo e depois o beijei por ti, e não há como saciar-me dele [...]. Falei de ti o tempo todo [...]. Quantas perguntas, quantas interrogações lhe dirigi num único instante! Em suma: meu Memmo ainda se lembra de mim, e quem o diz é alguém que o vê e está com ele quase todos os dias [...]. Graeme fez-me rir, ao garantir-me que és amante de todas; portanto, não o serás de nenhuma. Giustiniana ainda pode ser tua querida."

Na noite seguinte, os dois se avistaram novamente, na casa de Knyphausen, e ficaram juntos o tempo todo, pondo em dia os mexericos de Veneza. Mas ali não tinham liberdade para conversar, principalmente sobre Andrea. Na manhã seguinte, domingo de Páscoa, o general voltou à casa dos Wynne. Giustiniana se entreteve tanto com a conversa que se esqueceu de ir à missa. "Ele me fez companhia desde as onze até depois das duas. Que homem bom! Agora não amo ninguém, além dele [...]. Se pudesse ir comigo ao teatro, hoje à noite, me deixaria feliz. E todo esse enlevo existe porque falo de ti, porque só de ti me ocupo. Estou fora de mim e, por Deus, ainda te amo demais."

Sua agitada tagarelice com Graeme fez a figura de Andrea ressurgir em cores tão vívidas que Knyphausen se tornou comparativamente insípido. "Temo cansar-me do barão", ela confidenciou a Andrea. "Eu o amo, ele me ama, nossos encontros são tranqüilos, nossos prazeres são tranqüilos, e, embora eu invente aborrecimentos, pequenas querelas, disputas, desconfianças para animar-nos, receio que tudo isso não passe de ilusão."

O general demorou-se em Londres apenas algumas semanas, tempo suficiente para resolver uns assuntos de família e descobrir, para sua decepção, que provavelmente nunca mais voltaria ao campo de batalha. Entretanto, sua breve visita teve um impacto considerável sobre Giustiniana. Desencadeou uma torrente de emoções que inevitavelmente se precipitaria no remanso de seu plácido namoro com Knyphausen.

Os "tranqüilos prazeres" perduraram ao longo da primavera, com mais jantares, reuniões, *conversazioni*. "Certamente não posso dizer que me faltam convites", Giustiniana comentou com mais que uma ponta de contrariedade. Os dois ainda se encontravam discretamente no pequeno anexo próximo à casa do barão, "para não sermos vistos por sua vasta criadagem". O tempo melhorou e permitiu novas distrações. Uma luta de boxe entre os campeões irlandês e inglês deu o que falar por vários dias. As operações militares no *front* europeu e na América do Norte se reiniciaram, após a trégua do inverno, acarretando mais uma série de vitórias para a coalizão anglo-prussiana e novos apelos de paz. Apoiado pelo príncipe de Gales, lorde Bute continuava fortalecendo sua posição em detrimento de Pitt. Holderness, embora ainda fosse secretário de Estado, uniu-se ao novo líder em ascensão, levando Pitt a comentar com sarcasmo que ele provavelmente se tornaria "o vórtice"[10] de um futuro governo Bute. Quanto a Knyphausen, decerto percebeu que sua estrela declinava juntamente com a de Pitt.

Giustiniana sem dúvida acompanhava esses acontecimentos apenas porque conhecia muitos dos envolvidos. Contudo, raramente descreve o cenário político em suas cartas, apesar do interesse de Andrea pelo assunto. Ela não gostava de política.

Preferia observar a sociedade. Na primavera de 1760, nada a empolgou tanto quanto o julgamento de Laurence Shirley, quarto conde de Ferrers.

Em janeiro daquele ano, lorde Ferrers, um velho excêntrico que vivia recluso em sua vasta propriedade, em Leicestershire, chamou seu fiel administrador, mr. Johnson, supostamente para reclamar de algumas contas. Quando o administrador entrou na sala, o conde trancou a porta, mandou o pobre homem ajoelhar-se e, de arma em punho, aconselhou-o a "fazer as pazes com Deus, pois nunca mais se levantaria, até o dia da ressurreição". Mr. Johnson declarou que a contabilidade estava em ordem. Lorde Ferrers replicou que "não duvidava de suas contas, porém estava decidido a puni-lo, pois ele fora tirano"; e disparou à queima-roupa.[11]

Levado para Londres, foi encarcerado na Torre e julgado por seus pares na Câmara dos Lordes. O caso eletrizou Giustiniana. Todos os principais jornais e periódicos publicavam relatos minuciosos do processo e longos artigos sobre a presença da loucura na ilustre família. Lord Ferrers implorou clemência, alegando insanidade — o que não era nenhum absurdo, pois, de acordo com o *Gentleman's Magazine*, "estava sujeito a paixões infundadas, [...] andava apressadamente pelo quarto, cerrando os punhos, arreganhando os dentes, mordendo os lábios e falando sozinho, [...] distraía-se com freqüência quando lhe dirigiam a palavra e fazia caretas diante do espelho".[12]

Não obstante, o réu foi considerado culpado, ao término de um julgamento de três dias que atraiu "Londres inteira", segundo Giustiniana informou a Andrea. Ela conseguiu assistir a duas das concorridas sessões e voltou para casa com a desagradável impressão de ter comparecido a mais uma reunião elegante, e não ao julgamento de um homicida. "As damas usavam trajes de gala, e o enorme salão, todo revestido de vermelho, estava lotado. Nunca vi espetáculo mais grandioso. A situação de milorde era horrível, porém a magnificência da ocasião e a diversidade dos objetos eram tais que a morte daquele pobre homem foi a última coisa em que se pensou."

Último membro da Câmara dos Lordes a ser julgado por seus pares, lorde Ferrers foi executado na manhã de 5 de maio. Dizem que, em deferência para com sua posição, utilizou-se uma corda de seda para enforcá-lo.

Agora que o verão se aproximava, as noites eram mais quentes, e Giustiniana recebia numerosos convites para jantar no Vauxhall, o elegante jardim público construído do outro lado do Tâmisa. A travessia naqueles barquinhos oscilantes sempre a deixava apreensiva. O rio não era muito largo nesse ponto — "não é mais largo que o canal da Giudecca", ela explicou para Andrea, referindo-se ao canal que separa a parte sul de Veneza da ilha da Giudecca —, porém lhe dava medo: "Ontem à noite [...] o batelzinho minúsculo e o bateleiro sem braço, que estava com o filho de dez anos, talvez justificassem meu temor. De qualquer modo, fui motivo de riso".

Em tais situações, Knyphausen era uma presença tranqüilizadora — sempre meigo, sempre atencioso. Mas entre eles não havia realmente nenhuma centelha, nenhuma grande atração física. Nunca houve. E, por mais que teimasse em dizer a si mesma que o barão era um homem cativante e conquistara de fato seu coração, ela não conseguia esconder seus sentimentos de Andrea. Eles continuavam emergindo, minando a energia necessária para impedir que seu relacionamento com Knyphausen se esvaziasse.

Numa quente manhã de junho, Giustiniana estava em casa, de camisola, escrevendo sua carta semanal para Andrea. Uma carta absolutamente inocente, em que menciona um jantar no Vauxhall, declara-se feliz por saber que um boato sobre a morte de Voltaire se revelara falso e, com visível irritação, promete enviar um manto inglês à insistente Marietta Corner. "Devo, porém, avisar que, aqui, os mantos italianos são os mais apreciados." Só no final assume um tom mais pessoal, ao abordar novamente o desagradável tema do casamento. Ah, encontraria um marido, sem dúvida, se realmente se empenhasse: "Todos predizem um marido para mim, se eu ficar aqui". Acontece, porém, que ela não queria ficar muito mais tempo em Londres, numa posição social ainda tão incerta. Para quê? Não tinha viajado até a Inglaterra só para se casar com um advogado enfadonho. O casamento já não era um componente essencial de seus planos. "Mas quero escolher um lugar para morar que seja de meu gosto e [me proporcione] liberdade. Se chegar a ter seiscentas ou oitocentas libras esterlinas por ano, como espero, viverei bem em qualquer parte. Resolvida essa questão, eu te exporei meus projetos e te pedirei conselhos. Sabes que te amo e que sempre te estimei."

Estava terminando de escrever, quando lhe informaram que Knyphausen acabava de chegar. Ela correu a vestir-se e, "na pressa, distraída como sempre, deixei a carta sobre a mesa". Knyphausen entrou na sala e, ao ver a carta, não resistiu à tentação de lê-la. Assim, quando Giustiniana voltou, fez-lhe uma cena "terrível". Aos gritos, chamou-a "de pérfida, de leviana, de falsa". Não conseguia conter-se. "Durante duas horas tive de suportar todo o ímpeto de um homem que raramente se encoleriza." Nunca o tinha visto explodir dessa maneira.

Mais tarde a tempestade finalmente amainou, e fizeram as pazes. Ela se manteve firme em seu propósito de continuar escrevendo para Andrea. "És meu amigo de verdade, como ele mesmo admitiu." Quanto ao barão, impôs uma condição: dali em diante Giustiniana devia mostrar-lhe toda a sua correspondência com

Andrea — não só as cartas enviadas, mas também as recebidas. "O que posso fazer, querido Memmo? Tu me perdoas por isso também? Ele é tão honesto e eu lhe devo tanto que tive de ceder. Peço-te, pois, que, ao escrever, te abstenhas de mencioná-lo, isto é, de mostrar que estás ciente de nosso amor. Se ele soubesse que revelei esse segredo, não haveria de perdoar-me [...]. Conserva-me tua amizade, pois a ela estamos destinados, e perdoa minha fraqueza perante um homem que é realmente digno de apreço."

Ao escrever essas palavras, ela percebia que seu relacionamento com Knyphausen se esvaziava.

9.

Giustiniana passou grande parte do verão na cama. O clima estava quente e úmido. Os brejos em torno da cidade fervilhavam de insetos malignos, e as doenças se espalhavam facilmente. Acessos de febre a mantinham confinada ao quarto. A lufa-lufa da Dean Street se acalmara. A "extremidade refinada" de Londres estava praticamente deserta, seus moradores tendo migrado para o campo após o aniversário do rei, em junho. Lady Holderness também deixara a cidade. Dizia-se que só a pobre Lady Coventry ficara em casa, morrendo lentamente de saturnismo, em decorrência do uso excessivo de branqueadores na pele delicada.

Era uma época estranha. No final do inverno, a guerra parecia prestes a terminar. Contudo, no começo da primavera, chegara a notícia de que as conversações de paz, em Haia, fracassaram. Ainda no comando da política inglesa, William Pitt estava decidido a aniquilar a frota francesa e conquistar os territórios ultramarinos da França. Assim, a guerra tinha de continuar: no mar, na América do Norte e nos campos de batalha do continente, onde o combalido exército prussiano, sustentado pelo tesouro inglês, lutava contra a França, a Áustria e a Rússia. Em Londres, o sentimento pró-germânico se mantinha intenso. Uma coletânea poética de Frederico, o Grande, era o best-seller da temporada. "Contém odes e termina com um poema sobre a arte da guerra", Giustiniana escreveu. "É lida aqui como uma relíquia."

Em alguns dias, alquebrada pela febre, ela se revirava, inquieta, sob montes de lençóis úmidos e amarfanhados; em outros, melhorava de repente e aproveitava as longas horas de solidão para ler, escrever e dormir, recostada numa pilha de almofadas. Nesses dias compridos e abafados, sentia seus tênues laços com Londres desfazerem-se, enquanto se voltava, sonhadoramente, para Veneza. Imaginava a vida de Andrea a partir do que lia em suas cartas. Via-se de novo em seus braços, flutuando. A idéia de retornar à Itália ocorria-lhe com freqüência, e ela não a afastava.

Knyphausen estava sempre por perto, e sempre solícito. "Certamente me ama", Giustiniana disse a Andrea, como se registrasse um fato evidente, porém não acrescentava muita coisa a respeito de seus próprios sentimentos. Irritada com a insistência do prussiano em ler sua correspondência, não hesitava em forjar algumas cartas para enganá-lo. E tampouco o deixava ler tudo que escrevia. Numa carta que evidentemente não pretendia mostrar ao barão, confessou a Andrea: "Fica ciente de que, para tua glória, amo cada vez menos o homem que deveria amar cada vez mais".

Em meados de julho, ela despertou de seu devaneio febril. Fazia semanas que Andrea lhe escrevia no tom distante que adotara, por recomendação sua, para não despertar suspeitas em Knyphausen. Na verdade, desempenhava o papel do velho amigo com tanta competência — nunca se permitindo o menor deslize — que muitas vezes a magoava com sua frieza. A carta que Giustiniana agora tinha em mãos era muito mais inquietante que tudo que ele lhe escrevera até então.

Andrea confessava-se farto das "fáceis galantarias cotidianas". Sua fugaz aventura com Marietta chegara ao fim. Ele queria organizar melhor sua vida amorosa e arranjar uma amante que, "nos intervalos", também fosse uma boa companhia. Uma mulher com quem pudesse conversar. Uma mulher que pudesse desfrutar e, ao mesmo tempo, respeitar. E nessa linha prosseguiu, enchendo a página de justificativas de todo tipo.

Giustiniana entendeu o significado dessa carta indigesta. Conhecia a sociedade veneziana suficientemente bem para perceber que Andrea estava se conformando aos costumes locais. Ele tinha de concentrar-se em sua carreira política, e sua agitada vida amorosa já não lhe convinha. Entre os jovens patrícios venezianos era bastante comum a prática de procurar uma relação estável com uma dama casada. Andrea acabara de completar trinta e um anos e ainda estava solteiro. A essa altura da vida, fazia sentido arrumar uma amante "oficial".

Decerto Giustiniana sabia que isso acabaria acontecendo, mas o que realmente a chocou foi a maneira abrupta com que ele anunciou sua decisão — sem falar nas manobras que usou para envolvê-la em todo o processo. No final da carta, comunicou que já havia reduzido a lista de candidatas a três nomes: M., C. e B. Todas eram casadas, acrescentou, e todas estavam mais ou menos disponíveis. Giustiniana apavorou-se ao perceber o absurdo da proposta — ajudá-lo a escolher a dama que melhor lhe convinha — e, ao responder, criticou-o por utilizar toda a "maldita competência" que possuía para fugir à responsabilidade que lhe cabia por sua "eterna ruína".

Ao tomar conhecimento do dilema de Andrea, Knyphausen riu com gosto, em parte porque se sentiu aliviado, em parte porque achou a situação engraçada. "Exultou ao constatar, graças a tua carta, que entre nós não existem mais laços que possam dar-lhe motivo de ciúme", ela comentou, com amargura. Em alguns momentos, julgou vislumbrar, por trás da ultrajante proposta, o sorriso do trocista inveterado. Contudo, depois de reler a carta várias vezes, teve "certeza de que não estás brincando, quando te propões seduzir aquelas três damas".

Estava magoada, ainda mais com a maneira insidiosa com que ele conduzia o assunto, como se "eu devesse agradecer-te por esta grande demonstração de amizade". Em outra carta que, evidentemente, escrevera às escondidas do prussiano, admitiu: "Ainda não te entendo [...]. Queres vingar-te? Queres pôr-me à prova? Como consegues transtornar-me tanto, mesmo estando tu tão longe, mesmo estando eu disposta a amar outro homem? Ah, para minha fatalidade, neste momento és o único em meu coração. E sinto que queres fazer-me renunciar para sempre a todos os meus direitos sobre o teu".

Andrea havia mudado. Passando por cima dela, procurava um relacionamento condizente com sua vida em Veneza. Giustiniana entendia tudo isso, mas também acreditava que ainda não perdera o lugar que ocupava em seu coração. Lutaria por ele, ciente de que teria de estar à altura de sua "maldita competência" para ter alguma possibilidade de sucesso. E concluiu secamente: "Se te deixasse escolher, poderias eleger uma que não me agrade".

Rangendo os dentes, emitiu seu parecer:

Então queres viver publicamente, freqüentar-lhes a casa, cultivar-lhes a companhia, porque estás cansado de todos os desconfortos dos amores secretos e desejas ocupar o coração e contentar o espírito. Temo que C. não corresponda a teus objetivos. É bonita, é a mais bem-feita das três; no entanto, se bem me lembro, não estás muito convencido em relação a seu espírito. Ela tem um marido insuportável a seu lado e um círculo de amizades que não me pare-

ce o mais adequado a teu gênio. Quanto a B., embora não seja bonita, vale mais que várias beldades juntas e provavelmente te satisfaria a vaidade e o espírito mais que C. Porém vive demasiado reclusa para conformar-se a teu novo sistema, e não sei se tem amigos, se tem liberdade no seio da família, se pode ir e vir a seu bel-prazer. Sei que seus parentes te amaldiçoariam e que tem um marido muito incômodo, que, como o outro, não te deixaria em paz. Como vês, tendo a supor que C. e B. se adequariam melhor a teu velho estilo que a esse que desejas adotar. Quanto a M., tenho outras objeções. Parece-me que desejas amar com o coração frio; todavia posso assegurar-te que, se um dia te envolveres com ela, sucumbirás a uma paixão das mais intensas e molestas. Ela é bonita demais, ardente demais, graciosa demais [...] astuta demais para não te cativar pouco a pouco. A confiança que há muito tempo depositou cegamente em ti constitui outro obstáculo [...]. Porém não me atrevo a criticá-la e inclino-me a elegê-la. Escolhe dentre esses três conselhos o que mais te agradar. Se preferires o primeiro ou o segundo, ousarei acreditar que não te perderei para sempre. Se te decidires pelo terceiro, colocarei minhas esperanças nas fortes objeções em que hás de esbarrar [...]. Muita coisa leva-me a crer que M. não tem a melhor impressão de ti. Entretanto, teu valor se redobra, quando te obstinas, e, se conseguires conquistá-la, serás duplamente vitorioso. Pelo retrato que me pintaste dela e de suas presentes circunstâncias, penso que já te dispunhas a elegê-la antes de pedir minha opinião [...]. Faz como quiseres, pois confesso que não tenho capacidade de dizer mais.

Giustiniana o queria tanto e o conhecia tão bem que não conseguia deixar de ser generosa, mesmo em se tratando de um assunto que obviamente a fazia sofrer. Ademais, sabia que não tinha o direito de exigir-lhe fidelidade — ao menos enquanto estivesse em Londres, com Knyphausen rondando-a — e de certo modo o admitiu, ao opinar estoicamente sobre as três jovens, conforme ele pedira. No entanto, também pensava que as circunstâncias podiam mudar e que, de uma perspectiva puramente racional, era um erro dar-lhe a impressão de que aprovava seu plano. Londres se revelara uma decepção, e ela começava a achar que talvez não se demorassem muito por lá, afinal. Andrea não considerava a possibilidade de logo estarem juntos? "É verdade que há algum tempo não espero ternura de ti, mas, se um dia regressar a Veneza — o que não é impossível —, bem poderia esperá-la, pois verás em mim uma nova pessoa, mudada na maneira de ser e até na fisionomia. Quem sabe?"

É a primeira vez, em suas cartas, que ela menciona a possibilidade de retornar a Veneza em breve. Nos últimos dois anos muitas vezes lhe pedira que fosse a seu encontro — em Paris, em Bruxelas e até em Londres —, porém sabia que ele não tinha dinheiro para viajar e era orgulhoso demais para aceitar ajuda de outras pessoas. De qualquer modo, sempre o imaginara voltando para ela — onde quer que estivesse na ocasião. Agora dizia que poderia voltar para ele. Não era apenas uma estratégia para afastá-lo de M., C. e B.; ela falava a sério.

No final da primavera, quando a desafeição de Holderness pelos Wynne atingiu um ponto crítico e as esperanças da apresentação à corte se esvaeceram, mrs. Anna sigilosamente entrou em contato com as autoridades venezianas, por intermédio do embaixador Colombo, a fim de solicitar permissão para regressar à república com a família. Não se sentia bem em Londres e estava cada vez mais saudosa da vida que levava em Veneza. Concluídos os arranjos financeiros referentes aos bens de sua prole (o assunto estava aparentemente resolvido, embora Giustiniana não forneça detalhes), não havia motivo para permanecerem em Londres. Os filhos concordavam. As moças estavam fartas de viver num limbo social, e os rapazes, tendo retornado à Dean Street nas férias de verão, após um breve período de experiência em Cambridge, zanzavam pela casa sem ter muito o que fazer. A verdade é que todos tinham saudade da Itália.

Se até então Giustiniana não mencionara a possibilidade de voltar para Andrea foi, em parte, porque não sabia se as autoridades venezianas defeririam a petição de sua mãe. Em Veneza, não se esquecera o caso Wynne e, ademais, notícias nem um pouco lisonjeiras sobre as traquinagens de Giustiniana em Paris continuaram chegando ao conhecimento das autoridades locais muito tempo depois que ela deixara a cidade. Contudo, os Wynne não estavam tentando voltar para que a primogênita pudesse esposar Andrea — isso estava claro. Assim, não era descabido esperar que a república se mostrasse leniente para com uma família que sempre a considerara sua pátria e cujas relações locais ainda valiam alguma coisa. Provavelmente Giustiniana preferiria guardar silêncio sobre o assunto, enquanto a papelada circulava entre Londres e Veneza, mas a carta de Andrea a aborrecera o suficiente para levá-la a abordar o tema do regresso a fim de testar sua reação e, talvez, adiar seu plano de conquistar mais uma amante.

Sua saúde não melhorou ao longo do verão. Ela recebera ordens severas para não se cansar demais, escrevendo cartas, porém esse não era o momento propício para interromper a correspondência. "Apesar da proibição, não posso abster-me de enviar-te um terno adeus. Estou na cama, suando profusamente, o que é bom sinal. Meu Deus! Se estivesses aqui, fazendo-me companhia, acho que eu não sentiria mais a doença ou, por tua causa, acabaria gostando deste mal. No entanto, convém deixar-te agora na esperança de poder dar-te melhores notícias de minha saúde."

Uma semana depois, ela enviou a Andrea uma descrição mais detalhada de sua situação:

Escrevo-te na cama, onde me encontro há seis semanas. Mi-

nha enfermidade começou com uma febre violenta, em virtude da qual sofri diversas sangrias. Depois evoluiu para febre escarlatina, e fiquei toda coberta de manchas vermelhas e furúnculos. Quando melhorei desse mal, contraí febre terçã, acompanhada de complicações que, pela primeira vez, levam-me a temer por minha vida. Imagina que um gelo se apodera de meu coração e se alastra por todos os ossos; ao mesmo tempo, falta-me o ar, meus membros ardem como fogo e grandes gotas de suor banham-me o corpo sempre trêmulo. Essas crises ocorrem à noite e muitas vezes duram mais de duas horas, e dou-me por morta, pois certamente é assim que se sente quem está morrendo [...]. Se me levanto, imediatamente me ataca este mal, que apavora os médicos. É a pior enfermidade que já tive e, ao sobrevir um acesso, chamo o cirurgião [...] e quase peço o confessor. Ontem à tardezinha sofri uma crise que se prolongou noite adentro. Ainda não me recuperei e sinto muito frio. Não sei o que vai acontecer.

Enquanto lutava com a febre, Giustiniana recebeu a pior notícia possível procedente de Veneza — era incrível como o correio conseguia ser inoportuno. Evidentemente, seu retorno não faria Andrea desistir do plano que lhe expusera. Ele já havia decidido: cortejaria M., a única que Giustiniana aprovava, apesar das ressalvas. Agora ela se arrependia de ter concordado — ainda mais pelo fato de Andrea frisar que apenas acatara sua sugestão. "Como dizes, sou a causa principal de teu presente compromisso e não posso reclamar", admitiu, relutante. "Mas preferiria que fosses amante de todas, como antes [...]. Preferiria saber-te livre, mesmo que tampouco fosses meu [...]. Queria que tivesse se extraviado aquela carta em que escolhi tua amante."

Em meados de agosto a embaixada veneziana comunicou aos Wynne que tinham permissão para retornar a Veneza. O visto era válido para dezoito meses, mas mrs. Anna contava prorrogar o prazo depois que se instalassem na república. Eles pretendiam partir em setembro, quando o calor amainasse. Percorreriam o mesmo trajeto da viagem para a Inglaterra — Calais, Bruxelas, Paris, Lyon, Sabóia — e esperavam cruzar os Alpes antes do inverno para chegar ao Norte da Itália em outubro. Então os filhos ficariam oito ou dez dias em Pádua, enquanto a mãe iria sozinha para Veneza, a fim de providenciar uma casa para a família. Aliás, ela queria saber se, por intermédio de seus parentes, Andrea poderia arranjar-lhes acomodações em Pádua, Giustiniana acrescentou, admirada de ver que ele continuava nas boas graças de mrs. Anna.

Após meses de letargia, a vida voltou à casa dos Wynne. Mrs. Anna assumiu o comando das operações, despejando ordens sobre a prole e a criadagem. Reservaram-se as passagens para a França. Arrumaram-se os baús. Comunicou-se a parentes e amigos a partida iminente. Para as providências de última hora, recorreu-se a Holderness, que não se mostrou exatamente desolado por despedir-se deles. Enquanto o resto da cidade modorrava no calor de agosto, a casa da Dean Street fervilhava de atividade.

Richard e William também iriam para Veneza. Ficaram apenas algumas semanas em Cambridge, na primavera, e Holderness queria que retornassem no outono, porém prevaleceu a vontade de mrs. Anna. Um preceptor os acompanharia até a Itália, para dar continuidade a sua educação, mediante um estipêndio anual de duzentas libras, além de casa e comida. A herança dos Wynne cobriria os gastos. "Nem te conto como minha mãe conseguiu", Giustiniana comentou, admirada.

Enquanto o resto da casa se azafamava, ela continuava sob observação, para que sua saúde precária não comprometesse a viagem. "Só faltam determinar o número de linhas que posso escrever", choramingou. Depois dos suores abundantes, parecia que o pior havia passado. Em 19 de agosto ela se levantou pela primeira vez em quase dois meses. Estava muito fraca e ofegante: "Não existe nada pior que não conseguir respirar, pois parece que se sentem as mínimas gradações da agonia". Contudo, não perdia a esperança de recuperar-se a tempo para viajar. "Exercícios e ar fresco me proporcionarão algum alívio", predisse, animada com a perspectiva de voltar para a Itália.

Andrea estava perplexo com a rapidez com que os planos mudavam em Londres. Nos dois anos em que ficaram afastados, seu relacionamento se alimentara de cartas. Knyphausen teve ciúme porque percebeu que sua história não havia terminado. Mesmo levando vidas separadas, eles continuaram se correspondendo mais como amantes que como amigos. Entretanto, como acontece com todas as relações mantidas à distância, essa também se tornara, em grande parte, imaginária — um mundo de sonho desvinculado da realidade. Andrea parecia contrariado com o repentino regresso de Giustiniana. Não sabia ao certo o que ela esperava que fizesse e perguntava-se como sua presença em Veneza afetaria o envolvimento com M. Ela não entendia que voltariam a ser o assunto do dia na cidade? Como se conduziriam em público?

Surpresa com sua reação, Giustiniana tentou tranqüilizá-lo. Não havia por que se preocupar tanto com a perspectiva de retomarem a convivência: ela não tinha a intenção de fixar-se em Veneza. A deslumbrante cidade de sua juventude — a Veneza que conhecera com ele — pertencia ao passado. As lembranças ainda estavam lá, naturalmente; eram as melhores de sua vida. Mas queria deixar tudo isso para trás. Os mexericos, as intrigas, as mesquinharias provincianas eram muito cansativas, muito sufocantes, muito desagradáveis. Para ela, o fato de mrs. Anna pretender alugar uma casa era simples contingência. "Vou para Veneza, mas Veneza não é para mim [...]. Se pensasse que teria de morar em Veneza, eu não iria [...]. Basta por ora, e não converses com ninguém sobre isso."

O que Giustiniana tinha em mente? "Tenho um projeto: te contarei tudo", escreveu. "Agora não posso falar [...]. Ah, Memmo, consente que me cale por enquanto [...]. Eu te contarei tudo pessoalmente." Nunca expôs esse projeto misterioso. A julgar pelo que dissera sobre seu desejo de se tornar independente e dispor de uma renda suficiente para manter-se, é plausível que quisesse morar sozinha, cultivar as amizades que lhe aprouvessem e continuar viajando à vontade. Onde iria viver? Em Veneza não seria, se pudesse evitar. Nos territórios continentais da república havia muitas cidades pequenas onde poderia levar uma vida agradável na companhia de amigos interessantes: Pádua, naturalmente, Vicenza, Treviso e outras.

Parte da dificuldade em imaginar tal futuro devia-se ao fato de que ela estava explorando um terreno pouco conhecido. Algumas mulheres de sua classe social vinham adotando um estilo de vida semelhante na república veneziana, porém eram ricas, divorciadas ou ambas as coisas. Giustiniana teria muita dificuldade para imitá-las com uma renda tão modesta. A impressão que se tem é de que deliberadamente cercava seu projeto de mistério porque queria que Andrea se encaixasse nesse cenário. Como amante? Como amigo? Como seu *cher frère*? Essas perguntas ficaram sem respostas.

Igualmente cercado de mistério era seu relacionamento com Knyphausen, que ela conseguira manter às escondidas da mãe. Andrea lhe perguntou como o "rival" recebera a notícia de sua partida repentina — um modo nada sutil de transferir-lhe parte da culpa, lembrando-a de que também tinha um caso para cuidar. Quanto a isso, Giustiniana lhe deu poucas satisfações. "Ele me ama, com certeza", escreveu, apressada. "Saberás tudo quando eu chegar." Nem uma palavra sobre seus sentimentos.

* * *

A viagem começaria na segunda semana de setembro. E teve início a correria: "Não disponho de um instante livre, porque nesses últimos dias as visitas e as obrigações tomam todo o meu tempo". Suas cartas se tornavam cada vez mais desleixadas e confusas. Instruções de última hora se misturavam a rompantes de ansiedade. Andrea devia procurar algumas pessoas para informá-las de sua chegada: o cônsul Smith — "ele sempre foi meu amigo" —, a querida tia Fiorina, a quem Giustiniana prometeu comprar um vestido, ao passar por Paris, e "todos aqueles que consideras meus amigos". A travessia do canal a preocupava: "Não podes imaginar como o mar me apavora e me faz mal". Andrea se lembraria também das acomodações em Pádua? "É preciso procurar contentar [minha mãe], pois continua sendo a mesma de sempre. Acredito, contudo, que já não pode, nem pensa impedir nossa pura e decente amizade, depois de tantas provas de afeto que me deste."

Giustiniana sabia que agora as dificuldades de seu relacionamento com Andrea não se deviam a mrs. Anna, e sim ao "estilo de vida" que ele adotara, como dizia, com visível irritação. "Arrependo-me cada vez mais do conselho que te dei de escolher a signora M., porque a estimo muito e porque ela é, talvez, a única que poderia roubar-me um amigo", confessou. "Mas falaremos disso depois." Andrea nunca havia sido muito claro sobre seus sentimentos por M. Amava-a? Giustiniana assegurou-lhe que não se sentia mais com direitos sobre ele: "De ti quero apenas amizade e conselhos, que julgo merecer". Esperava, porém, muito mais que isso e alarmou-se com a morna reação de Andrea à notícia de sua volta: "Ficarás realmente feliz em ver-me? Gostarás ainda daquela que até agora trataste como irmã e como amiga?". Na última carta que escreveu em Londres, em 5 de setembro, comentou:

"Verás como engordei. E de que adiantaria, se estivesse mais bonita? [...] Estou impaciente para saber se [minha chegada] te será grata. Sou tua amiga, sabes, e, com tão modestas pretensões, lamentaria muito encontrar-te frio ou pouco satisfeito [...]. Tranqüiliza tuas amigas, pois, em minhas atuais condições, nada tenho de temível. Adeus".

Em meados de setembro os Wynne se apinharam na carruagem e deixaram a Dean Street. O preceptor contratado por lorde Holderness os encontraria na Itália. Mas eles tinham uma nova companheira de viagem: miss Tabitha Mendez, uma dama solteira que conheceram pouco depois de instalar-se em Londres e que se tornara sua amiga. Ela pretendia passar um ano na Itália e estava radiante com a carona. "É de família cristã, rica — tem quase vinte mil libras — e feia; está com trinta e dois anos", Giustiniana informou, impiedosa. Podia ser um pouco pegadiça, mas era "muito espirituosa e culta" e, como pretendia demorar-se um mês em Veneza, seria bom que Andrea lhe desse "um pouco de atenção".

O embarque para a França atrasou alguns dias, por causa de uma confusão nas reservas. Por fim, conseguiram as passagens, e, dessa vez, a travessia do canal foi tranqüila, apesar do medo que Giustiniana tinha do mar. Em 22 de setembro os Wynne desembarcaram em Calais. "*Le plus dangereux est achevé*" — "O mais perigoso já acabou" — ela escreveu, adotando a língua francesa assim que se viu em solo francês. E adotou também o tratamento *vous*, mais formal, como se um estranho recato a impelisse a colocar certa distância entre eles no começo da viagem que ia reuni-los.

Os Wynne pretendiam inicialmente seguir para Bruxelas, mas, para compensar o tempo perdido, rumaram direto para

Paris. Giustiniana temia que a alteração no itinerário acarretasse a perda de algumas cartas preciosas: "Escrevi para Bruxelas, solicitando que remetam para Paris a correspondência que por acaso tenhais me enviado, conforme vos pedi".

Fazia um ano que a família deixara a capital francesa sob uma nuvem negra. Aparentemente, pouco havia mudado. A França continuava colecionando derrotas. O rei se tornava cada vez mais impopular. Madame de Pompadour estava perdendo o poder e a saúde. A desordem crescia em Versalhes, mas Paris se mantinha agitada e vibrante como sempre. Depois de quatro anos de guerra, ainda era a capital mundial do entretenimento e da moda.

Giustiniana, porém, achou-a muito diferente. Sentiu-se deslocada — uma intrusa num ambiente conhecido. O embaixador Erizzo voltara para Veneza. Casanova estava em Gênova, depois de ter passado a maior parte do ano na Alemanha. Farsetti ainda morava na cidade, mas Giustiniana não tinha vontade de vê-lo. Naturalmente ela já sabia que La Pouplinière se casara. Agora descobriu que sua nova esposa, a jovem Thérèse de Mondran, expulsara a "velha sultana", madame de Saint Aubin, bem como numerosos membros de sua família extensa. O abade de La Coste também fora despachado. Na verdade, de todos os envolvidos no sórdido caso Wynne ele foi, provavelmente, o que teve o pior fim. Em janeiro daquele ano fora trancafiado na Bastilha por forjar bilhetes de loteria e sentenciado a "prisão perpétua". Um sobrinho de La Pouplinière o viu "exposto em praça pública, com um belo colar de ferro no pescoço, um cartaz na barriga identificando-o como falsário e o chapéu no chão, para que lhe jogassem alguns centavos".[1]

Os Wynne se demoraram uma semana em Paris. Foi o tempo suficiente para organizar a longa viagem até a Itália e comprar algumas coisas. Giustiniana não estava bem. Não se recuperara totalmente das doenças que a acometeram no verão. E se inquietava com os fantasmas de seu passado recente, que ainda pairavam sobre a cidade. Tentava distrair-se passeando e visitando lojas. Comprou o vestido para Fiorina e, a pedido de Andrea, procurou, inutilmente, um tipo de regalo que os venezianos ainda achavam elegante e os parisienses não usavam mais. "Culpa os franceses", escreveu, irritada. "Eles decidiram que esse regalo caiu de moda, tornando-o praticamente inencontrável."

Pouco antes de deixar Paris, Giustiniana recebeu uma carta que a encheu de ansiedade. Andrea declarou que não podia mais esperar para vê-la e se ofereceu para encontrá-la em algum lugar, possivelmente no Norte da Itália. Que coisa inesperada! E o que significava realmente? Ela se sentiu tentada a mandar-lhe um itinerário detalhado da viagem. "Assinalarei o trajeto que seguiremos e calcularei o tempo que levarei para rever-vos", anunciou, repentinamente eufórica. Contudo, ao partir, já desistira da idéia. Tinha medo de alimentar esperanças. E não lhe enviou os detalhes.

No entanto, ao longo da viagem até Lyon não deixou de imaginá-lo aparecendo de repente na estrada, sorrindo-lhe docemente, chamando-a para tomá-la nos braços. Só pensava nele. Em sua rápida passagem por Lyon procurou o regalo e dessa vez o achou. Guardou-o no baú, com a intenção de comprar uma bela caixa de presente quando chegasse à Itália. Era estranho ter nas mãos algo que logo pertenceria a ele. "Espero que gosteis", escreveu.

Desejava-o desesperadamente. Durante a longa e difícil travessia dos Alpes, sonhava que ele estaria a sua espera em Turim. Passeariam juntos pelo Parque Valentino. Contemplariam os quadros do Palazzo Reale. Iriam ao teatro. O teatro! Ele se lembrava das horas felizes que desfrutaram juntos em seus teatros favoritos?

Andrea não estava em Turim; como poderia saber o dia de sua chegada? Giustiniana esperava vê-lo em Milão, no final de outubro. Em seu lugar, encontrou duas cartas, na casa do embaixador. Na primeira, Andrea lhe contou que arrumara uma casa em Pádua. Era propriedade da família de Niccolò Erizzo, o antigo embaixador de Veneza em Paris. Poderiam ficar lá, enquanto mrs. Anna procurava moradia em Veneza — estava pronto a ajudá-la, assim que ela chegasse. Na segunda carta, pediu desculpas por não ir a Milão, mas não recebera os detalhes da viagem, como fora prometido. Não entendia a razão de tanto mistério. Giustiniana pensou que iria procurá-la, sem pista nenhuma, pelas tabernas do Piemonte e da Lombardia? Aliás, os mexeriqueiros já estavam se regalando com a notícia de sua volta.

Giustiniana não escondeu sua decepção. Escreveu-lhe em italiano, mas ainda usando o tratamento formal de *voi*:

Não vos escrevi de Paris, nem de Turim, porque inadvertidamente imaginei que viríeis a meu encontro. Perdoai-me essa momentânea fantasia e sabei que já vos felicito por não ter feito tal bobagem. [...] *Agradeço-vos vossos sentimentos e sou vossa amiga, mas vos temo e não quero correr o risco de mostrar-me fraca demais. Deixai que em Veneza falem de mim o que quiserem; em Veneza não devo e não quero viver. Perdi o prazer de estar lá, e não há como recuperá-lo. Durante o tempo que me demorar, é provável que viva reclusa. Não busco senão paz de espírito e tenho certeza de que não me perturbareis. Vossa companhia sempre me será muito grata, mas estou decidida a não vos ver com muita freqüência, mesmo que assim o desejeis. Respeito muito vossos novos laços. Levastes-me a crer que sou o motivo desses laços, pois aconselhei-vos a contraí-los; podeis estreitá-los mais, pois devo estar contente. Aliás, peço-vos que o façais. Sem eles, Deus sabe a que ambos estaríamos expostos. Parto depois de amanhã e dentro de seis dias no máximo estarei em Pádua — sem a pretensão de poder ver-vos* [...]. *Adeus* [...]. *Não tenteis encontrar-me lá; eu vos proíbo. Nós nos veremos; eu vos abraçarei e serei sempre vossa amiga. Não vos basta? O que esperáveis?*

[...] *Deixai-me em paz, e será essa minha maior dívida para convosco* [...]. *Adeus novamente.*

Giustiniana chegou à Itália ainda sonhando em viver com Andrea, mas os sinais procedentes de Veneza não eram os que esperava. Ela pressentia o perigo e tentava proteger-se. Se sua história de amor se aproximava do fim, precisava de "paz e tranqüilidade" para administrar suas emoções dignamente. No entanto, ao mesmo tempo que se preparava para isso, não conseguia aniquilar a esperança.

Na manhã seguinte, os Wynne rumaram para Pádua. Pararam em Brescia. Passaram dois dias em Verona, onde visitaram o *rappresentante* veneziano, Alvise Contarini, que "nos fez mil gentilezas". Giustiniana aproveitou a estadia em Verona para comprar uma caixa elegante para o regalo de Andrea. Depois, a caminho de Vicenza, a paisagem se tornava cada vez mais familiar. Fazia dois anos que os Wynne percorreram a mesma estrada, na mesma época do ano. Ao viajar à margem dos mesmos campos, atravessar as mesmas aldeias, parar nas mesmas tabernas, Giustiniana tinha a impressão de voltar atrás no tempo. Mergulhava em lembranças. Desejava Andrea cada vez mais.

Pedira-lhe expressamente que não fosse a Pádua — "*Ve'l proibisco*", "Eu vos proíbo", dissera —, mas decerto esperava que ele não lhe desse ouvidos e entendesse o verdadeiro significado de suas palavras.

A carruagem empoeirada estacionou no pátio do Ca' Erizzo no dia 5 de novembro, à hora do almoço. Os criados se surpreenderam, pois aparentemente não haviam sido informados. Giustiniana mostrou a carta de Andrea, comunicando que Erizzo lhes cedera a casa. A mensagem do patrão devia estar a caminho. Diante disso, a governanta os deixou entrar, de má vontade. Os seis Wynne e miss Mendez se apearam. Levaram-se os cavalos para beber água. Descarregaram-se os baús. A criadagem se apressou a arrumar os aposentos. Na confusão geral, Giustiniana lutava para afastar a tristeza que, de outro modo, acabaria por dominá-la inteiramente.

Uma carta de Andrea a esperava. Ele lhe enviava seus cumprimentos. Desejava que tivessem feito boa viagem e gostassem da casa. E lamentava o "estilo" de Giustiniana. Por que ela lhe enviava mensagens tão confusas? Por que o proibira de ir a Pádua?

A dor era intensa. À noite, ela respondeu:

Por que, Memmo querido, por que me mortificais no primeiro momento de minha chegada? Por que não me vedes antes de condenar-me? Sabeis por que vos proibi de vir a meu encontro? Porque ainda tenho medo de minha mãe; porque um dia ela diz uma coisa, um dia diz outra [...]. *E reclamais de meu estilo? Mas, querido Memmo, se eu tivesse escrito carinhosamente, teríeis me obedecido? Perdoai-me. Vinde quando quiserdes, mas poupai-me. Só quero ser vossa amiga. Ajudai-me a manter meu propósito* [...]. *Adeus, caro Memmo. Desculpai-me a brevidade. Estou impaciente para ver-vos. Sois e sempre sereis meu melhor amigo. Ficarei aqui algum tempo: tomai as devidas providências, porém não vos incomodeis. Procurai entender melhor minhas expressões, conhecer meu coração. Parece-vos, caro Memmo, que eu possa ser diferente do que sou? Oh, Deus, quantas coisas vos direi!* [...] *Transmiti, por favor, meus obsequiosos cumprimentos à signora M. Adeus.*

Ela esperava vê-lo no dia seguinte, ou no outro — eram apenas algumas horas de viagem —, porém Andrea não apareceu. Nem lhe enviou nenhuma explicação. Entrementes, mrs. Anna passava por mais uma crise de mau humor. Estava cansada, dizia, e a família era um fardo. Ameaçava ficar em Pádua, em vez de ir para Veneza procurar casa. No fim de um dia difícil, Giustiniana rabiscou um bilhete azedo, recorrendo novamente ao francês:

Mon cher frère

Hoje esperava receber notícias vossas, porém não me escrevestes. Estou encantada com pilhar-vos em falta! Creio que agora estamos quites. [...] Não vos escreverei [...]. Custa-me um pouco, mas também espero ganhar com vossa indiferença.

Na manhã seguinte, ela recebeu uma carta que, embora surpreendentemente carinhosa, não justificava novas esperanças. Andrea não questionava seu relacionamento com M., porém admitia que ainda não fora a Pádua porque não sabia como reagiria ao vê-la. Suas palavras sugeriam que também estava confuso, e sua vulnerabilidade a comoveu. Ela aproveitou a oportunidade para recuperar um pouco de seu equilíbrio emocional.

Mon cher frère

É um consolo saber que estais mais tranqüilo e, por conseguinte, mais seguro de minha amizade. Sempre apreciei vossa sinceridade e, agora que ela se deve a motivos tão nobres, prezo-a muito mais, podeis crer; e não me é pouco glorioso saber que ainda me temeis. Não obstante, sou vossa amiga verdadeira. Acredito que o tenho demonstrado até o momento e juro que o serei enquanto viver [...]. Se vos apraz minha amizade, contai tê-la para sempre, repito.

Sinto a força de vossa delicadeza, quando falais em "poupar-me" e, já que é de vossa vontade, agradeço vossos cuidados para não vir me ver. Todavia, tenho de rir, ao ler que muitos acompanham vossos movimentos com atenção, e parece-me ótimo mostrar-lhes o quanto se enganam, se pensam que deixastes a signora M. para unir-vos novamente a mim. Conheço este país; mas juro-vos que nunca tive a intenção de desafiar seus costumes com meu retorno à Itália, nem de expor-vos a novas maledicências, desaprovações e constrangimentos. Demorar-me-ei pouco tempo aqui e só procuro sossego. Não me importa, pois, dar-me a conhecer pelo que sou, isto é, por inimiga de erros, de seduções, de coisas forçadas e, sobretudo, de coisas que possam prejudicar, perturbando a alma de pessoas fracas [...]. *É muito injusto, caro Memmo, não me tratardes como verdadeira amiga!* [...] *Elogio, admiro vossa gratidão, vossa amizade, vosso desvelo para com a amável M. e devo ser a primeira a aplaudi-los. Não temais que volte a procurar-vos, que vos leve a enganá-la. M. pode ficar tranqüila; e quem, além dela,* [...] *teria tanto mérito? O sacrifício que lhe fizestes, não vindo ver-me, desagradou-me. Agora vos juro que também tenho a alma grande o bastante para presenteá-la com meu desprazer. Sois digno dela, ela é digna de vós, e mais dignos sois ambos por vosso empenho recíproco.* [...] *Fazei-a valorizar vossos sacrifícios. Ela pode ficar sossegada, juro. Adeus. Alegrai-vos por eu vos tratar como amigo.*

Giustiniana deixou claro, porém, que ser sua amiga não significava colaborar em suas aventuras amorosas. "Se depender de mim, hei de ajudar-vos com toda a alma, porém aviso que não sou capaz de entreter o marido de M." Teria recebido de Andrea uma proposta tão indelicada, ou só estava tentando evitar que ele a fizesse? Qualquer que seja a resposta, já não se dispunha a esse tipo de coisa. "Desde que deixei a Itália, não vejo mais sentido em tais jogos [...]. De resto, farei tudo que quiserdes."

Andrea expressou a esperança de que Giustiniana e M. viessem a ser "boas amigas". "Não digo nada sobre vosso projeto de tornar-me amiga daquela amável pessoa", ela respondeu, sem sombra de ironia. "A coisa fala por si, e bem podeis imaginar meu desejo." Sua oferta de amizade não só demonstrava extraordinário autocontrole, como lhe conferia a supremacia moral. Mais uma vez Andrea mencionou Knyphausen para tentar lastrear sua posição numa correspondência tão difícil. Giustiniana respondeu com menos ambigüidade que no passado. O casamento não era um desfecho provável, explicou, por causa de sua própria relutância: "Não creio que assumirei compromissos facilmente. Sejam quais forem meus sentimentos pelo barão, tratarei de conduzir minha vida de modo que ele também possa sempre comprazer-se em chamar-me sua amiga; e prezo muito a amizade daquele homem".

No dia 8 de novembro, mrs. Anna viajou para Veneza, deixando a família sob os cuidados da primogênita. "Deus vos proteja", Giustiniana escreveu no bilhete que enviou a Andrea. "Ela é muito má." Entretanto, o tempo e as circunstâncias abrandaram a velha animosidade. Quando Andrea foi apresentar seus respeitos e oferecer ajuda para encontrar uma casa, a inimiga de antes se mostrou sinceramente feliz em vê-lo e com certeza ficou-lhe grata por seus préstimos. Giustiniana exultou ao saber que os dois estavam se dando tão bem: "Continuai assim, ainda que seja só para torná-la menos selvagem".

Animado com tamanha cordialidade, Andrea se perguntava se poderia pedir permissão a mrs. Anna para ir secretamente a Pádua, visitar-lhe a filha, arranjando uma desculpa para não inquietar M. Giustiniana reagiu com firmeza. Sua visita a deixaria numa posição delicada em relação a M., já que ela pretendia voltar à cidade da maneira mais tranqüila possível. "Faço absoluta questão de que permaneçais em Veneza. Por mais desculpas que inventeis, vossa amiga não as aprovará [...] e vos arriscareis a perder alguns momentos de felicidade que não poderei ressarcir. [...] Vede, pois, que o perigo seria muito maior que o proveito [...]. Que diferença faz ver-me em Veneza ou em Noventa?* A distância é a mesma, não importa que nos separe uma milha ou uma muralha."

* Cidadezinha do Vêneto.

M. realmente via com crescente apreensão a solicitude do amante para com mrs. Anna e sua família. Desconfiava, com razão, que ele se correspondia com Giustiniana. As mensagens que circulavam entre Veneza e Pádua tornavam-se cada vez mais confusas: "*Mon cher frère*, também acho que não estamos nos entendendo muito bem; mas, como estou disposta a acreditar em tudo, juro que tereis pouquíssima dificuldade em persuadir-me. Não tenho a mínima dúvida de vossa sinceridade; ao contrário, até a julgo excessiva. É um consolo para mim saber que meu nome impressiona tanto vossa amiga, sem falar na honra que isso representa para meu amor-próprio".

A inquietação de M. a remetia à época em que se apaixonara por Andrea, à "agitação", à dor e ao prazer que sentira então, havia quase sete anos. "Lembrai-vos, Memmo, de nossos antigos e frívolos ciúmes nos primeiros tempos de nosso amor? Ah, os momentos de felicidade e doçura que desfrutávamos ao fazer as pazes! Desde que possa servir-vos, estou contente."

Quando chegou a vez de miss Mendez realizar a viagem de meio dia até Veneza, Giustiniana solicitou os préstimos de Andrea: "Tende a bondade de fornecer-lhe todos os esclarecimentos necessários a um forasteiro recém-chegado que deseja conhecer as maiores curiosidades locais, instruir-se e divertir-se ao mesmo tempo [...]. Por isso vos serei grata como se a mim mesma fizésseis as gentilezas que vos peço". Como o regalo não coube na caixa que comprara em Verona, ela pediu a miss Mendez que o levasse no baú, entre suas roupas, e o entregasse a Andrea. "Não me pergunteis quanto custou", escreveu no bilhete que anexou ao regalo. "Eu tinha dinheiro em Lyon e queria dar-vos este presente."

A cada dia sentia-se mais solitária. Estava farta do enclausuramento na casa úmida e inóspita dos Erizzo. O frio do fim de outono penetrava-lhe os ossos. O tempo chuvoso a deprimia. A notícia da morte do rei Jorge II (em 25 de outubro) entristeceu-a. Os rumores sobre a saúde de Frederico da Prússia afetaram-na ainda mais. Contudo, as notícias do exterior não a abalaram tanto quanto os bilhetes ambíguos e desalentadores de Andrea. Ele parecia manter-se na defensiva — sempre pedindo perdão, sempre apresentando desculpas: M. o proibia de vê-la... M. o proibia de escrever-lhe... Como ela devia reagir? Como devia sentir-se?

Uma profunda tristeza a dominava. Quase dois meses se passaram desde que chegara a Pádua, exausta, mas também empolgada com a perspectiva de ver Andrea. A fantasia que alimentara durante a longa viagem de volta se esvaecia pouco a pouco. A ambigüidade da correspondência que continuava recebendo só a magoava ainda mais. Ela já não suportava tamanha confusão. Queria alguma clareza — e ao mesmo tempo tinha medo.

Mon cher frère

Não vos tenho escrito. E por quê? Nem eu mesma sei. Mal sei o que escrever agora. Às vezes vos entendo, e às vezes não. Ora parece que me desprezais, ora vos mostrais meu amigo. Ora me escolheis para confidente; ora quase se diria que me amais. Conheço vossas circunstâncias, e conheceis as minhas. Por que tantos rodeios? Se vossa boa amiga vos proíbe de escrever-me, fazei-lhe a vontade. A amizade é indulgente, e eu seria bem ingrata se pretendesse que renunciásseis ao mínimo prazer por minha causa. Ontem essa idéia dominou-me de tal modo que não tive mais vontade de escrever-vos. [...] *Vamos falar a verdade. Se nos encontrarmos, eu vos tratarei com toda a gentileza que imediatamente há de inspirar-me a lembrança de minha gratidão e de uma amizade inalterável. Tendes de viver em Veneza — eu não. Tendes de cultivar, por conseguinte, o espírito, o gênio, as fraquezas venezianas*

— eu não, mas posso aceitar em vós todos esses preconceitos ou convenções. Escrevei-me sobre o rei da Inglaterra, sobre a guerra, sobre as novidades — ficarei contente. Peço-vos, porém, que não me faleis de outras coisas. E deixemos de enganar-nos ou desgostar-nos. Adeus.

Nos dias seguintes, temendo piorar a situação entre eles, Giustiniana se esforçou para conter a raiva. "Leio, distraio-me, entedio-me o mínimo possível", escreveu, com boa dose de sarcasmo. "E descubro que, querendo pouco e considerando que até esse pouco é muito, o tempo passa da mesma forma." Em 17 de novembro, recebeu mais uma carta digressiva. Como sempre, Andrea estava carinhoso e vago, evasivo, inconcludente. Dessa vez ela não o perdoou:

Mon cher frère

Que carta comprida! Quantas justificativas! Que expressões gentis! Mas, Memmo, acreditar na necessidade disso não equivale a ofender-me? Duvidais de minha amizade! Por quê? Julgais que eu vos faltaria? Obrigais-me a falar! Quereis que vos explique a situação de meu coração? Eu deveria adorar o barão, amo-o talvez menos do que merece, porém sou e serei eternamente sua amiga. Quereis que fale de vós? Pois bem: eu falo. Vossas expressões, vossas cartas recebidas nos últimos tempos de Londres e durante a viagem levaram-me a crer que vossos zelos não vão além da cabeça. Tive a doce ilusão de encontrar-vos não como meu namorado, pois isso não convinha mais a nenhum de nós, e sim como meu amigo [...]. *Para prestar-vos um favor eu vos proibi de vir a meu encontro, como me prometestes; contudo, esperava que ao menos em Pádua o primeiro homem em que haveria de pôr os olhos fosse meu Memmo. Pensei que tinha mil coisas para dizer, mil coisas para ouvir. Essa idéia me ocupou, acalentou e perturbou com bastante freqüência.*

Chego, e não vos vejo. Ouço falar de deveres, de sentimentos, de afetos mais fortes do que acreditei encontrar em vós. Devo esforçar-me para superar as primeiras impressões. A isso me obrigais diariamente. Mortifico minha vaidade, aniquilo minhas esperanças, supero meu amor-próprio, até entendo que não corrais a ver-me, sendo o amor mais forte que uma amizade tão terna. Esforço-me e sou senhora de mim, porém o mau humor me domina, e a coragem me abandona. A isso se devem minhas incoerências, minhas descortesias, minhas cartas insulsas. Não agirei mais desse modo, juro. Entendestes-me mil vezes; perdôo-vos e igualmente vos entendo e quase vos agradeço, porque agora percebo que aquele estado de agitação em que cheguei a Pádua teria tido, talvez, outros desdobramentos, se tivesse sido alimentado; e sabei que devemos amar-nos com amizade e nada mais. Cometi mil loucuras; precisáveis arrumar um compromisso e quisestes meu conselho, meu assentimento. Também tenho um [compromisso] *e ficaria desesperada se o rompesse. Veneza não é lugar para mim, porque não posso viver lá com a liberdade a que me habituei e não me imagino numa cidade onde me tratam com ares de superioridade ou de proteção. Ainda não sei bem aonde irei, porém tenho planos, que não vos conto porque não há nada mais ridículo que planos revelados. Uma paixão entre nós seria uma maldição e de minha parte poderia reacender-se. Assim, mais uma vez agradeço-vos por ter me proporcionado condições de renunciar a tal sentimento para sempre. Hoje não vos escrevo mais porque não me sinto bem* [...]. *Adeus. Amai-me e desculpai-me, se mal correspondo a tantas gentilezas. Mas hoje certamente fui sincera, e minha sinceridade só pode dizer-vos coisas que comprovam o afeto e a amizade mais sólida.*

Depois de enviar essa carta, Giustiniana sentiu-se fraca e recolheu-se ao quarto. "Tornei-me hipocondríaca, e essa doença [...] afeta-me o humor e o espírito. Não sou mais a mesma, e todos os prazeres tornaram-se molestos ou insípidos." No dia seguinte, piorou e, depois de mais uma noite difícil, pediu ajuda. "Não estou bem", escreveu, adotando novamente o francês. "Minha saúde é fragílima; e ontem à noite pensei que estava no fim. Fui obrigada a chamar [o doutor Berci] às quatro da manhã e decidi colocar-me em suas mãos para curar o que ele chama de [...] efeitos histéricos hipocondríacos." Sua mãe não devia tomar conhecimento disso. Não havia motivo: "Malgrado o sofrimento intenso e o medo ainda maior, esses males não são perigosos".

Agora Andrea escrevia várias vezes por dia — cartas afetuosas, em que lhe desejava melhoras. Entretanto, sem energia para escrever muito, ela lhe pedia que a perdoasse por "não responder a todas as vossas cartas". Andrea lhe agradeceu o regalo e lamentou informar que não se dera bem com miss Mendez. Giustiniana pediu-lhe que fizesse um esforço, embora admitisse que a idéia de juntá-los fosse "boba": "Procurai apaziguá-la; ela é má, e convém ter esse tipo de gente a nosso lado. Direis que não vos importais nem um pouco, mas eu me envaideço com a estima que vos dedicam e rogo-vos que me escuteis, ainda que se trate de um capricho [...]. Vou parar de escrever. Estou fraca e à noite devo tomar um remédio. Mais uma vez, proíbo-vos de contar essas coisas para minha mãe".

Giustiniana passou os dias seguintes perambulando pela casa, aguardando notícias de mrs. Anna. O tom de distanciamento prevalece nas cartas para Andrea. Em 23 de novembro: "Há dois dias não vos escrevo, mas, na verdade, não pude [...]. Com mil afazeres ocupando-me todo o tempo, não dispus de uma única hora para mim". E mais tarde: "*Mon cher frère*, tenho escrito pouco ou nada e peço que me perdoeis. Vivo doente. Tenho hipocondria; a mais triste maldição caiu sobre mim, e tudo me enfastia. Não obstante, tenho recebido vossas cartas regularmente e, se existe alguma coisa capaz de sensibilizar-me, por certo são vossas atenções [...]. Entristece-me saber de vossos percalços no amor. Mas, Memmo, se estais seguro com relação a ela, o que importa o resto?".

Os Wynne pretendiam ficar apenas dez dias em Pádua. Contudo, três semanas depois ainda estavam alojados no Ca'Erizzo. Uma dificuldade burocrática os retinha. Mrs. Anna encontrou uma casa, mas hesitava, porque só poderia alugá-la por seis meses. Entrementes, as autoridades locais esperavam que ela assinasse o contrato para conceder-lhe o visto de entrada — mais um documento necessário, além do visto de permanência que a família obtivera ainda em Londres. Giustiniana se irritava com a demora: "Por que minha mãe não aluga a casa? E por que não conseguis convencê-la? Estou aqui, nada bem, enfadada [...]. Se minha mãe só pode dispor da casa por seis meses, se ficaremos lá tão pouco tempo, por que tamanha confusão com [o visto de] entrada? Vamos, Memmo, livrai-nos logo desse incômodo".

Mais tarde ela pensaria no futuro. Agora só queria descansar; queria ter seu quarto, lençóis limpos e um pouco de sossego. "Providenciai minha ida para Veneza e confiai em mim. Podeis confiar, já que me despojei de quaisquer pretensões."

Finalmente, em 26 de novembro, Giustiniana recebeu a notícia de que mrs. Anna alugara a casa e recebera o visto de entrada. Ainda teria de ficar alguns dias em Pádua, para arrumar os baús e dar conta dos últimos afazeres. Mas sentiu-se aliviada e animou-se pela primeira vez desde que chegara à cidade. "Parece-me que hoje estou contente ou menos triste que de hábito [...]. Agradeço-vos muito as gentis atenções de vossa última carta. Mas sabeis que não devemos acreditar nelas. E pobres de nós, se ainda escutássemos nossos corações. Eu não sei o que me diz o meu a vosso respeito; porém, mesmo que se fizesse ouvir, não lhe adiantaria nada, porque jurei fazer-me de surda. Por caridade, permaneçamos amigos [...]. Então nos veremos em Mira? Apraz-me imaginar esse encontro. Não afasto a idéia; mas basta [...]. Adeus, Memmo."

Encontraram-se em Mira? Não sabemos, pois esse é o último fragmento de sua correspondência que chegou até nós. Um dia talvez outras cartas nos revelem o que aconteceu naquela manhã. Mas é difícil não pensar que, tenha Andrea comparecido ou não ao encontro, o último ato de sua história de amor teve lugar na pequena cidade ribeirinha, situada a uns quinze quilômetros de Pádua. Há tantos pressentimentos nas últimas cartas de Giustiniana que nós, leitores bisbilhoteiros, percebemos talvez antes dela que a história terminou. Mas também percebemos no tom dessas cartas uma nova resolução. É a lúcida determinação de alguém que enfrentara uma tempestade e a deixava para trás. Agora Giustiniana estava pronta para concluir sua viagem, embora deixasse claro que Veneza não era seu destino final e que ia viver fora dos limites sufocantes da república. E, assim, nós a imaginamos tomando o *burchiello* em Mira, decidida, e viajando, confiante, pelas águas tranqüilas do Brenta, passando por aldeias de pescadores e vilas elegantes, entrando na laguna, dirigindo-se à cidade que resplandece no horizonte.

Epílogo

O retorno de Giustiniana a Veneza, depois de mais de dois anos de ausência, não foi um acontecimento festivo. Em meio a todo o estardalhaço que cercou o complicado regresso dos Wynne — a exaustiva busca de moradia, as dificuldades burocráticas relacionadas com o visto de entrada, para não falar do pânico de Andrea e das desconfianças de M. —, não é difícil imaginar os homens do Listone deliciando-se com piadinhas maldosas sobre a volta das *inglesine* e as damas rindo por trás de seus leques bordados.

Até a pequena comunidade inglesa, que sempre havia sido um refúgio para mrs. Anna e seus filhos, recebeu-os com certa reserva. Joseph Smith, agora com oitenta e tantos anos, estava se demitindo do consulado. Acomodara-se no segundo casamento e estava obsessivamente empenhado em vender sua vasta coleção de arte e sua imensa biblioteca para Jorge III, o novo monarca inglês. A velha lady Montagu continuava mordaz como sempre e, segundo Thomas Robinson, um jovem — e chocado — visitante inglês, também se tornara "obscena no mais alto grau".[1] O embaixador Murray, que no passado se sentia bem feliz na companhia dos Wynne, lançando olhares cobiçosos para as moças, agora caçoava delas abertamente em seus despachos para Londres. Mrs. Anna e as filhas não estavam contribuindo "nem um pouco" para os "divertimentos" locais, comunicou a lorde Holderness. "Sua conduta tem sido tão imprópria que no momento não tenho intenção de visitá-las; não me importo de assistir à ruína de uma família, quando não há possibilidade de salvá-la."[2]

Não era só a comunidade inglesa que estava diferente. A cidade como um todo mudara, desde que os Wynne partiram. A longa guerra e o isolamento de Veneza deprimiram os ânimos e acentuaram um sentimento generalizado de estagnação. Os venezianos mais esclarecidos perderam o entusiasmo pela modernização do Estado. Frei Lodoli, o carismático franciscano, partira para o continente na condição de semi-exilado e vivia seus últimos dias numa situação de penúria. Pouco ou nada restava do grupo de esperançosos reformistas que se reunira a seu redor nos anos anteriores à guerra. O tribunal da Inquisição fortalecera sua presença opressiva na vida cotidiana, e o Conselho dos Dez — o executivo — governava com crescente desrespeito pelo Maggior Consiglio, a assembléia de patrícios que durante séculos fora o coração da república.

Meses após seu retorno, Giustiniana testemunhou um acontecimento decisivo na evolução da república veneziana rumo a um governo cada vez mais autoritário nas mãos do Conselho dos Dez. Seu jovem amigo Angelo Querini, senador decente, imbuído de espírito cívico, que (juntamente com Andrea) fora um dos mais fervorosos discípulos de Lodoli, foi encarcerado sob a acusação de conspirar contra a república. Querini estava longe de ser um revolucionário: sua ambição consistia em devolver ao Maggior Consiglio uma parte da autoridade que o Conselho dos Dez usurpara. Sua prisão equivalia a uma severa advertência aos reformadores de seu círculo e ajuda a explicar a atitude mais prudente que Andrea adotaria na carreira política.

Nas cartas que escreveu em Pádua, Giustiniana declara sua intenção de levar a vida mais tranqüila possível, enquanto estivesse em Veneza. Contudo, como nos lembram os desairosos comentários de Murray, não demorou muito para causar certa comoção na cidade. Thomas Robinson, o filho de vinte e dois anos de lorde Grantham que se surpreendera com a língua suja de lady Montagu, conheceu Giustiniana no outono de 1760 e encantou-se a ponto de querer esposá-la. Desde o início, porém, suas diferenças religiosas — ele era protestante e ela católica — constituíam um obstáculo tido como intransponível. O jovem inglês logo saiu de cena: no começo da primavera, deixou Veneza — a última parada de sua excursão pela Itália — e voltou para Londres.

Pouco depois de sua partida, Giustiniana surpreendeu a todos ao aceitar o pedido de casamento do conde Philip Orsini-Rosenberg, embaixador da Áustria na república veneziana. Certamente os que a cercavam viram sua decisão como um grande golpe. O conde, um viúvo de setenta anos, pertencia a uma aristocrática família austríaca que se dizia descendente do clã romano dos Ursini. Estava encerrando sua longa carreira diplomática numa posição invejável: a magnífica embaixada à margem do canal Grande.

Sua esposa, Maria Von Kaunitz, falecera em 1755, um ano depois de chegarem a Veneza. Após um breve período de luto, o conde se entregara a uma vida dissoluta e, quando não estava jogando com os amigos no Ridotto, dedicava-se a assediar jovens atrizes no teatro ou a visitar suas cortesãs favoritas. Tudo isso mudou com a reaparição de Giustiniana. O conde provavelmente a conhecera na casa do cônsul Smith, quando seu caso de amor com Andrea era o assunto da cidade. Mas agora a via sob uma nova luz: ela era uma jovem madura, bem experiente para seus vinte e quatro anos, e fascinou com seu espírito vivo e com aquelas características "feminis" que tanto lamentara no passado. Como já ocorrera com outros velhos, ele se apaixonou.

Giustiniana deve ter ficado meio perplexa com a proposta de um homem de tão elevada posição. Sim, havia declarado que não pretendia casar, que prezava a independência mais que a segurança proporcionada por um marido. Contudo, dissera essas coisas quando ainda estava tentando arranjar espaço para Andrea em sua vida, procurando uma solução não convencional para uma situação não convencional. Agora sua longa história de amor terminara, e ela se esforçava ao máximo para deixá-la para trás. Precisava ser prática e bem pode ter concluído que sua busca de independência passava necessariamente por alguns anos de vida conjugal.

O embaixador Murray, que fora tão rápido em rejeitar os Wynne por ocasião de seu regresso a Veneza, considerou a novidade suficientemente relevante para justificar uma nota diplomática. "A conversa da cidade gira em torno do matrimônio que devem contrair em breve o conde Rosenberg e a primogênita das senhoritas Wynne",[3] escreveu a William Pitt, tratando a informação como questão de Estado — o que não deixava de ser: afinal, Giustiniana esposaria um ministro importante de uma grande potência com a qual a Inglaterra continuava em guerra.

Ainda às voltas com M., Andrea deve ter apreciado a lógica existente por trás da inesperada decisão de Giustiniana: afinal, sempre lhe recomendara um marido velho, e o *cher frère* que havia nele certamente percebeu as vantagens concretas da situação. Contudo, é difícil imaginar que o antigo amante não tenha se abalado com a notícia.

O conde e Giustiniana casaram-se em 4 de novembro de 1761, provavelmente na embaixada. Não houve fanfarra nem anúncio público: foi uma cerimônia rápida e discreta, que contou com a presença de um padre, de alguns amigos íntimos e da família da noiva (mrs. Anna deve ter sorrido, finalmente feliz). No entanto, Veneza inteira ficou sabendo. Lady Montagu já não estava presente para soltar um de seus comentários mordazes — retornara à Inglaterra, após a morte do marido —, porém Chiara Michielb, sua amiga veneziana, encarregou-se de informá-la: "Monsieur de Rosenberg esposou Justinienne [sic] Wynne, sem, todavia, declará-la nem sua mulher nem embaixatriz [...]. Tal união não lhe faz jus ao berço [...] mas é digna de seu coração".[4] Lady Montagu respondeu, filosoficamente: "Vossas palavras são sutis, justas e nobres, e compreendo tudo isso".[5]

Agora condessa Rosenberg, Giustiniana instalou-se no elegante *palazzo* que a família Loredan alugara ao governo austríaco. Levaria uma vida muito confortável, enquanto estivesse casada. Ao enviuvar, não herdaria os bens do falecido, já destinados a seu enteado, porém teria um pequeno pecúlio que lhe renderia dois mil florins austríacos por ano, enquanto usasse o nome do conde. Seria o bastante para se manter decentemente, mas sem luxo.

Sua posição social, no entanto, permaneceu ambígua. Ela era condessa Rosenberg aos olhos do marido, porém não era a "embaixatriz", como Chiara Michiel se apressara a enfatizar. O casamento tampouco acabara com o falatório sobre seus questionáveis títulos de nobreza. O esnobismo e o desdém, seus velhos conhecidos, eram deprimentes.

A corte vienense, que oficialmente não fora informada da união, expressou profundas apreensões. O primeiro-ministro Anthon von Kaunitz, primo da falecida esposa de Rosenberg, ocupou-se pessoalmente do assunto e implorou ao embaixador que lhe expusesse a situação. Eis a resposta do conde — uma "confissão" extraordinária, pungente e patética, de um velho libertino apaixonado por uma mulher muito mais jovem:

Monsieur, a confiança e a especial consideração que sempre tive por Vossa Excelência levam-me a abraçar com alegria a oportunidade que se me apresenta de fazer-vos a confidência que me pedis e abrir-vos meu coração. É verdade que esposei mademoiselle Giustiniane [sic] *Wynne secretamente,** *e disso guardarei segredo enquanto estiver revestido do caráter de embaixador. Mas é falso que ela seja filha de um negociante inglês. O chevalier Wynne, falecido em Veneza há dez anos na condição de católico, era gentilhomem e pertencia a uma das casas mais antigas do País de Gales e, viajando pela Itália, casou-se com a filha do conde Gazzini. Após sua morte, lorde Holderness foi nomeado tutor dessa família, e há quinze dias os dois messieurs Wynne, sendo ainda menores, receberam ordem de voltar à Inglaterra, onde o mais velho possui bens que lhe rendem cerca de seis mil libras esterlinas. Por tudo isso, podereis ver que a família é muito nobre, e disso tenho provas incontestáveis.*[6]

O conde acrescentou que, se julgasse sua declaração insuficiente, a corte austríaca devia acatar a seguinte informação como a prova definitiva da linhagem aristocrática de Giustiniana: "Monsieur Andrea Memmo, nobre veneziano, pertencente a uma das famílias mais antigas, quis esposá-la com o consentimento de toda a sua família, porém madame Wynne, a mãe, não consentiu, porque ele era muito perturbado. Também o filho de lorde Gran-

* No registro de casamentos secretos da Cúria Patriarcal há, realmente, uma velha pasta empoeirada com os nomes de Giustiniana e do conde Rosenberg. Infelizmente, como no caso da pasta relativa a Giustiniana e Andrea, os documentos desapareceram.

tham quis esposá-la no ano passado, mas, como era protestante, mademoiselle o recusou".

O conde "suplicou" ao primeiro-ministro que concedesse "proteção" a Giustiniana, porém seus esclarecimentos não convenceram Kaunitz, que provavelmente dispunha de informações menos tendenciosas e deixou o assunto de lado.

Não deve ter sido fácil para Giustiniana, por mais que ela estivesse acostumada com esse tipo de ostracismo social. Será que as alegrias conjugais atenuavam suas frustrações? É difícil imaginá-la perdidamente apaixonada pelo conde, mas esse senhor distinto, que não temia arriscar-se por seu amor, talvez lhe inspirasse crescente afeição e muito respeito. Apesar da diferença de idade, acreditava-se que o casamento se consumara e prosseguia no plano físico — afinal, Rosenberg era tido como um septuagenário sexualmente ativo, e, ademais, sua jovem esposa logo engravidou. "Soubemos que a bela Giustiniana logo dará ao mundo um novo fruto",[7] lady Montagu comentou em Londres, ansiosa para manter-se a par do que ocorria em Veneza. Se é verdade que ela engravidou depois do casamento, deve ter perdido a criança — provavelmente para grande alívio de Viena.

A nova condessa Rosenberg se viu isolada por todos os lados. O governo de seu marido não a aceitava, e a sociedade veneziana fechou-lhe as portas, pois, se Viena não a reconhecia como a esposa do embaixador austríaco, Veneza certamente a considerava como tal. Na condição de dignitária estrangeira ela não podia estabelecer contato direto com os aristocratas locais. Uma relíquia do passado, essa lei não só continuava vigorando, para desgosto e irritação do corpo diplomático, como, desde o início da guerra, era aplicada com maior rigor que de hábito. Se a essa altura dos acontecimentos Giustiniana e Andrea se comunicavam, era em segredo, como haviam feito tantas vezes na vida.

No começo de 1763, porém, eles se encontraram publicamente na casa de um amigo comum, e os inquisidores qualificaram o episódio de "gravíssimo, em todas as suas circunstâncias".[8] Andrea acabara de ser eleito para o cargo de *savio di terraferma*, cabendo-lhe desempenhar funções administrativas no território continental. Uma de suas primeiras e espinhosas missões consistia em resolver uma querela com o governo austríaco a propósito do sistema postal. Imaginando que poderia ajudá-lo por meio dos contatos do marido, Giustiniana conversou com ele sobre isso na presença de outros convidados e depois lhe enviou um bilhete referente ao assunto. Andrea cometeu a imprudência de responder.

Ou porque percebeu seu erro, ou porque tomou conhecimento de que um informante do governo estava prestes a denunciá-lo por ter se comunicado com a esposa de um embaixador estrangeiro, Andrea se apresentou ao tribunal da Inquisição e confessou seu crime. Os inquisidores declararam que seu ato merecia "o mais severo e solene castigo", mas acabaram poupando-o em virtude de sua "espontânea confissão". Não deixaram, porém, de advertir o faltoso: "No futuro, deve abster-se totalmente de qualquer comunicação com a consorte do embaixador e mesmo com a família dessa senhora e nem sequer aproximar-se dela nas ocasiões de funções e festas públicas [...] e deve estar ciente de que sua conduta será vigiada por olhos bem abertos".[9]

A reprimenda foi tão severa — e lembra tanto a "funesta expulsão" de dez anos antes — que nos leva a perguntar se Andrea e Giustiniana estariam se encontrando às escondidas e se os inquisidores estariam a par disso. Também pode ser que o próprio conde tenha se apressado a colocar as autoridades de sobreaviso para assegurar-se de que Andrea ficaria longe de sua jovem esposa. Seja como for, Andrea deve ter levado a sério a repreensão. Com a carreira em franco progresso — sob a égide de Andrea Tron, o poderoso *procuratore di San Marco*, que fora vizinho dos Wynne no verão de 1756 —, certamente não queria manchar sua reputação infringindo uma lei da república, por mais obsoleta que a considerasse.

Assim, depois de tudo que viveram, era essa a situação em que Andrea e Giustiniana se encontravam em 1763, ano em que a guerra terminou, com os tratados de Paris e Hubertusburg, e a paz finalmente voltou a reinar na Europa.

Em 1764, a corte austríaca chamou a Viena seu embaixador em Veneza e concedeu-lhe a aposentadoria. O conde Rosenberg não avançara em suas penosas negociações com seu governo a propósito de sua segunda esposa. O casal deixou o Palazzo Loredan e partiu para Klagenfurt, na província austríaca de Caríntia, onde a família Orsini-Rosenberg tinha sua sede. Apesar da saúde frágil, o velho diplomata continuou pressionando o primeiro-ministro Kaunitz para que concedesse proteção a sua mulher. Uma vez instalados na Áustria, a possibilidade de não serem recebidos na corte se levantava como o pior dos pesadelos. Giustiniana decidiu agir. Conseguiu a ajuda de lorde Stormont, o embaixador britânico em Viena, que, por sua vez, pediu a lorde Sandwich, o secretário de Estado, para assinar uma declaração reafirmando que os Wynne eram realmente de uma "família muito nobre e muito antiga".[10]

A declaração foi assinada e selada em questão de dias. Giustiniana decerto percebeu a ironia: os ingleses, que no passado foram tão rígidos quanto a sua apresentação à corte londrina, agora se mostravam dispostos a ajudá-la. O governo austríaco, porém, manteve-se inabalável. No verão, Giustiniana escreveu diretamente a Kaunitz:

Monsieur, é com o mais intenso pesar que tomo conhecimento dos mortais desgostos que meu marido sofre por minha causa. Pensei que uma declaração tão autêntica e honorável do rei da Inglaterra deveria bastar para provar a antigüidade de minha família* [...]. *E não temo que, uma vez informada da verdade, Sua Majestade, a imperatriz, queira destituir-me do que recebi de Deus, que me fez nascer dama no seio de uma grande nação e de uma família antiga. E vós, monsieur le Prince, que tão bem conheceis o mundo, poderíeis recusar-vos a representar a Sua Majestade a justiça de minha causa e as funestas conseqüências que necessariamente sobreviriam? Não, monsieur, vossa justiça é famosa demais para negardes vosso poderoso apoio a uma dama que o implora.*[11]

A carta foi enviada no final de julho de 1764, assinada por "vossa humílima e obediente serva, condessa de Rosenberg, *née* Wynne". Ciente de que o ex-embaixador não estava bem, Kaunitz procurava ganhar tempo. Sua tática funcionou. O conde Rosenberg morreu no inverno seguinte, e a incômoda questão de sua apresentação à corte deixou de existir.

Viúva, Giustiniana estava livre para partir. Mas para onde iria? Não tinha motivo para apressar-se em retornar a Veneza. Não tinha casa na república. Não estava exatamente ansiosa para voltar a morar com a mãe e as irmãs, e seus irmãos estavam estudando na Inglaterra. Assim, ficou em Klagenfurt mais cinco anos. Pouco sabemos desse período. Parece que ela venceu a hostilidade da nobreza local e conseguiu estabelecer relações cordiais com a família Rosenberg. Seu caráter a teria levado a aproveitar ao máximo sua estadia e cercar-se do maior número possível de pessoas interessantes. Contudo, nunca deixou de ser forasteira aos olhos da provinciana sociedade de Klagenfurt: é difícil imaginá-

* Giustiniana se refere ao documento assinado por lorde Sandwich.

la transformada numa condessa austríaca, falando alemão. Pode bem ser que ficou na Áustria porque, em grande parte, queria pôr suas finanças em ordem e assegurar-se de que as rendas de seu pecúlio lhe proporcionariam a independência e a segurança necessárias para regressar à Itália.

Seu retorno a Veneza ocorreu por volta de 1770. Aos trinta e poucos anos, seis dos quais transcorridos pacatamente na Áustria, ela ansiava por uma vida mais interessante. Porém constatou que Veneza se deteriorara muito. A sociedade estava apática. A vida cultural acabara. A corrupção se alastrava. A prostituição e a jogatina fugiam ao controle. Tudo isso indicava uma crise muito mais profunda. A classe dominante parecia incapaz de apontar um rumo, incapaz de enxergar algo além da laguna que a rodeava. Depois de passar tanto tempo fora, Giustiniana devia ver a república como uma velha cansada — uma *grande dame* enrugada, contemplando os remansos da Europa.

Giustiniana alugou uma casa nas proximidades da piazza San Marco e tentou construir uma vida nova na condição de condessa viúva. Visitava os amigos e, agora que não era mais a esposa do embaixador austríaco, estava livre para encontrar-se novamente com Andrea. Reuniu a seu redor um pequeno *salon* e fazia o possível para interessar-se pela vida local, porém não conseguia: seu lugar não era ali. Mais uma vez ouvimos o eco daquele grito antigo: "Veneza não é para mim!". Sempre que podia ela viajava para Paris e Londres. Cada escapada correspondia a uma viagem cansativa pela Europa, mas proporcionava-lhe o oxigênio que lhe faltava no ar parado da laguna.

Não se tratava apenas de um simples mal-estar. Giustiniana se sentia cada vez mais vulnerável no vicioso ambiente veneziano. Começou a jogar e, como muitos amigos seus, não demorou a perder o controle. Em 1774 o jogo estava arruinando tantas vidas que o governo decidiu fechar o Ridotto, onde ela e Andrea passaram noites memoráveis, beijando-se às escondidas e observando as mesas de carteado. As casas de jogo ilegais se disseminaram da noite para o dia em residências particulares e nas ruas próximas à piazza San Marco. Giustiniana se arrastava de uma espelunca a outra, na pior companhia, gastando seu dinheiro contado e contraindo dívidas enormes. Numa única noite de loucura, perdeu mais de três mil florins — uma vez e meia sua renda anual. Sua vida se desestruturava rapidamente.

Para libertar-se dessa espiral descendente, ela resolveu instalar-se em Pádua, onde não havia tanta decadência e vivia-se num ritmo mais tranqüilo. Embora provinciana, Pádua era curiosamente mais cosmopolita que Veneza — talvez por causa da velha universidade, que se encontrava em um de seus melhores momentos; talvez por causa da proximidade do campo e da vida aprazível que girava em torno de algumas vilas elegantes. O ambiente certamente era mais estimulante. Giustiniana alugou um apartamento num *palazzo*, perto do Duomo e, com a ajuda de amigos fiéis e de sua própria determinação, controlou-se pouco a pouco — e quitou as dívidas.

Manteve, porém, a casa em Veneza e acompanhava atentamente o que acontecia na cidade, se bem que, cada vez mais, com olhos de quem observa a uma certa distância. Graças a seus contatos no exterior e a seu conhecimento de idiomas, era a cicerone ideal para viajantes estrangeiros, sobretudo ingleses. O escritor William Beckford, que se tornou seu amigo, declara que ficou muito feliz por ser recomendado à "fascinante" Giustiniana.[12]

Quando o arquiduque Paulo e a arquiduquesa Maria da Rússia fizeram uma visita "particular" a Veneza, em 1782, para honrar as novas relações comerciais entre os dois Estados, Giustiniana descreveu vividamente o que foi, talvez, a última grande extravagância da república. O texto, em francês, consiste numa longa carta endereçada a seu irmão Richard; publicado na forma de livreto, primeiro em Londres e depois em Veneza, teve boa acolhida nos círculos literários e até hoje proporciona uma leitura extremamente agradável. Seu velho amigo Casanova, que voltara a Veneza — e agora, ironicamente, trabalhava como informante do governo e levava uma vida bem modesta —, enviou-lhe uma carta de fã, elogiando seu "estilo fluente e despretensioso".[13] Giustiniana respondeu com uma nota de agradecimento muito formal. Nem um dos dois fez qualquer referência ao passado e tampouco renovou a antiga amizade.

Escrever era a verdadeira vocação de Giustiniana. Suas cartas a Andrea atestam seu crescente talento, sem dúvida, mas agora ela se dedicou a essa atividade de maneira mais disciplinada e metódica. Em 1785 publicou, em Londres, seu segundo livro, também em francês, composto de ensaios e reminiscências sobre uma variedade de temas, desde educação até os efeitos devastadores do jogo. Um delicioso capítulo sobre a arte de sorrir contém um trecho revelador, que expressa tristeza ante a passagem do tempo — agora ela estava chegando aos cinqüenta anos —, porém termina com uma nota de bem-humorada resignação:

Ride com gosto, juventude encantadora e ingênua! O tempo do sorriso virá logo. Depois virão os anos do sorriso habilmente fabricado: um ar calmo e sereno esconderá muitas vezes o verdadeiro estado de vossa alma agitada. Encerrada a segunda idade e concluído o romance das paixões, já não tomareis liberdades com o sorriso: vossos traços terão perdido toda aquela doce elasticidade que lhes permitia mover-se facilmente. A tesoura do tempo terá aprofundado os sulcos que as paixões desenharam em vosso rosto: terá criado rugas indeléveis. De que vos serviria então um sorriso gauche, que anunciaria pretensões ridículas? Um ar de reflexão e bondade é tudo que vos resta: eis a marcha das revoluções que comumente ocorrem num rosto de mulher.[14]

Giustiniana estabeleceu uma rotina prazerosa e produtiva. No inverno, ficava em Pádua, mas ia a Veneza com freqüência. No verão, instalava-se na Alticchiero, aprazível propriedade do senador Angelo Querini, seu velho amigo. Depois que saiu da cadeia, em 1763, desiludido com a política veneziana, ele se recolhera a essa "casa rústica e sem vista",[15] situada na margem sul do Brenta, a alguns quilômetros de Pádua, e, com o tempo, transformara-a num elegante refúgio campestre, dedicado ao classicismo e à arte do "jardim filosófico".

A amizade entre os dois remontava à década de 1750, quando o coração de Giustiniana ainda pertencia inteiramente a Andrea. Mantiveram contato durante anos — tinham muitos amigos comuns, dos quais Andrea era, sem dúvida, o primeiro —, porém seus caminhos raramente voltaram a cruzar-se, até o momento em que Giustiniana trocou Veneza por Pádua. Quando finalmente tiveram a oportunidade de ficar juntos, desfrutando a companhia um do outro, era, talvez, tarde demais para o amor florescer entre eles. No entanto, sua amizade adquiriu um tom romântico que nunca perdeu. Na Alticchiero, Giustiniana sempre era mais que hóspede: era a dona da casa.

Em homenagem a seu amado senador, ela escreveu um guia delicioso, propondo um giro instrutivo e muito divertido pela vila. Publicado em Pádua, em 1787, o guia contém excelentes reproduções das esculturas que adornavam a propriedade.

Nessa época, havia outro homem em sua vida, além de Querini. O conde Bartolomeo Benincasa era um aventureiro pobre, natural de Modena, que, deixando para trás um casamento malogrado, chegou a Veneza por volta de 1780 e ingressou no círculo de amizades de Giustiniana. Dez anos mais jovem que ela, era um espírito inquieto, com ambições literárias, que Giustiniana admirava. Em pouco tempo acomodou-se em sua casa e se tornou seu secretário, seu administrador e, talvez, seu amante.

Benincasa era o oposto de Querini: verborrágico, afetado, dúbio, ganhava algum dinheiro fornecendo aos inquisidores informações sobre o senador e seus hóspedes na Alticchiero. Contudo, apesar de sua duplicidade, manteve-se fiel a Giustiniana até o fim. Em 1788, ajudou-a a publicar seu único romance, *Les Morlacques*, uma romântica história de amor e morte ambientada nas escarpadas montanhas da Dalmácia. O livro está repleto de comentários sociais — inspirados em Rousseau — sobre os males da cidade e a bondade essencial do homem natural. Entretanto, o *páthos* que ela confere à história — para não falar dos vampiros e fadas que povoam suas páginas — é produto de uma imaginação que, sob muitos aspectos, pertence já ao século XIX.

Les Morlacques foi seu maior sucesso literário. Em 1790, aos cinqüenta e três anos de idade, Giustiniana estava no auge de seus talentos: anfitriã amada, intelectual respeitada, escritora consumada. Não se casara novamente, mas parecia satisfeita com o afeto de Querini e a devoção de Benincasa e de seus muitos amigos. Descrevendo seu pequeno salão em Pádua, onde cientistas, escritores e artistas se misturavam com visitantes estrangeiros, Casanova, que se mudara para Dux, na Boêmia, e por fim rascunhava suas memórias, comentou que, embora infelizmente não fosse rica, Giustiniana "brilha pela sabedoria e por todas as virtudes sociais de que é dotada".[16]

Não lhe restava muito tempo para desfrutar seu triunfo. A doença que a levou para o túmulo no ano seguinte — provavelmente câncer do útero — já se espalhava em seu organismo. Ela lutou contra o mal durante nove meses, padecendo dores cruciantes. Um angustiado Benincasa diligentemente registrou o progresso da moléstia em cartas a familiares e amigos. Betsey, a filha de Richard Wynne, que na ocasião tinha doze anos e veraneava com a família no campo, ao norte de Pádua, anotou em seu diário: "A pobre condessa está morrendo. Não existe remédio para ela. Papai disse que todo mundo está muito triste".[17]

Andrea também foi para Pádua — um velho amigo visitando seu primeiro amor. Ficou "muito aflito" ao ver o corpo devastado e o sofrimento de Giustiniana e chorou em silêncio a sua cabeceira. À noite, "recomeçaram as hemorragias"; chamou-se um padre, que "lhe deu a extrema-unção".[18] À luz diáfana do amanhecer, Andrea despediu-se dela pela última vez.

Giustiniana faleceu a 22 de agosto de 1791, na casa que alugara para o verão: um pequeno e elegante *palazzo*, provido de um belo jardim. Benincasa redigiu um longo e lacrimoso relatório sobre sua morte para os inquisidores. Querini tratou "a acerba ferida do coração"[19] e colocou no jardim da Alticchiero um busto de Giustiniana, esculpido em mármore. Sobre o portal da igreja de San Benedetto, em Pádua, onde ela foi enterrada, seu irmão Richard, que estava a seu lado na hora da morte, mandou fixar uma pequena placa em sua memória.

Houve grande lamentação. As virtudes de Giustiniana foram louvadas de todas as maneiras possíveis, desde a primorosa inscrição, em latim, na lápide de mármore, até um extenso panegírico que os amigos imprimiram. Para mim, porém, nada a evoca melhor que as palavras simples do abade Gennari, obscuro cronista paduano, que, no dia em que ela morreu, registrou em seu diário: "Foi muito bela na juventude e cheia de brio e de espírito".[20]

Gosto de pensar que foi assim que Andrea a lembrou, nos aposentos escuros do Ca' Memmo, onde agora a morte o rondava. À medida que envelhecia, ele se voltava com mais freqüência para sua promissora juventude, quando tinha o coração cheio de amor e o fim da república não parecia tão iminente. Sem dúvida se transportava às vezes até o dia em que viu Giustiniana pela primeira vez, tão linda, na casa do cônsul Smith. Teria se arrependido de alguma coisa, ao recordá-la? Nunca foi de remoer o passado, mas decerto percebeu a ironia de ter sacrificado o grande amor de sua vida por uma república agonizante. Servira Veneza com distinção. Viajara muito. Tornara-se um estadista respeitado em sua terra e admirado no exterior. Fizera tudo que se esperava dele — e ainda mais. No entanto, a cada ano se desgostava mais com a letárgica classe dominante à qual pertencia e se desiludia mais com o futuro de Veneza. Como tantos patrícios de sua geração, tornara-se profundamente cínico. E mitigara a amargura de sua alma entregando-se aos prazeres mundanos que a vida ainda podia oferecer a um homem com apetite e, segundo disse, "bons dentes".[21]

O início de sua carreira política coincidira com o término da Guerra dos Sete Anos, em 1763. A paz voltara à Europa, e Andrea acreditava que, com a mistura correta de políticas, seria possível restaurar — ao menos em parte — o poderio e o prestígio da república. Achava também que qualquer atitude radical com relação a mudanças seria contraproducente; nesse ponto era muito mais pragmático que seu amigo Querini, que amargou dois anos na prisão porque desafiara abertamente o status quo. Andrea usou suas consideráveis energias intelectuais para estudar o mecanismo interno da venerável porém antiquada máquina governamental veneziana. Aprendeu depressa e elegeu-se para uma série de importantes cargos administrativos, dedicando-se à burocracia enquanto esperava o momento mais propício para dar um passo à frente e realizar de fato alguma mudança.

No plano pessoal, não conseguiu transformar o namoro com M. no relacionamento estável que desejava. Todavia, em 1763, aos trinta e quatro anos, conheceu uma jovem deslumbrante, uns quinze anos mais nova que ele, com a qual iniciou um caso que, com idas e vindas, durou mais de duas décadas. Contarina Barbarigo era a linda filha da famosa beldade Caterina Sagredo Barbarigo.* Inteligente, elegante, encantadora, é retratada em miniaturas do século XVIII com feições admiráveis, o cabelo penteado para cima em forma de colméia. Como a mãe, tornou-se a mais célebre beldade veneziana de sua geração.

Giustiniana teria inadvertidamente sugerido a idéia de seduzir Contarina? Numa carta que escreveu a Andrea durante sua melancólica estadia em Pádua, no outono de 1760, ela menciona uma visita de cortesia a Caterina, a mãe famosa de Contarina: "*Mon cher frère* [...] Asseguro-vos (cá entre nós) que me surpreendi ao encontrar uma dama tão culta e tão amável. Suas filhas são portentosas, e a que se chama Contarina, além de ser uma verdadeira beleza e, por conseguinte, parecidíssima com a mãe, [...] é tão graciosa e bem-educada que constitui, na Itália, um autêntico fenômeno e em qualquer lugar seria uma delícia".

Contarina, porém, fora prometida a outro membro do patriciado. Em 1765, casou-se com Marino Zorzi, mas o casamento logo se desfez, porque ele era impotente. O caso com Andrea recomeçou — se é que havia terminado. Contudo, a política matrimonial da classe dominante era inexorável. Em 1769, o ano anterior ao regresso de Giustiniana, foi a vez de Andrea se casar. A noiva era Elisabetta Piovene, uma jovem bonita, de vinte anos, pertencente a uma boa família de Vicenza. Não parece que ele estivesse perdidamente apaixonado, mas não havia motivo para imaginar que não poderiam ter uma convivência agradável e formar uma família decente. Tiveram duas filhas, Lucietta e Paolina, que Andrea adorava.

Entrementes, a carreira de Andrea chegara a uma importante encruzilhada. Em 1771, após uma década de aprendizado, ele jogou sua primeira grande cartada política, que consistiu numa

* Ver p. 60.

ousada tentativa de libertar a indústria e o comércio venezianos do sufocante controle das guildas. Propôs reformas inteligentes e bem pensadas, mas esbarrou na "obtusa indolência"[22] do senado. Acabou sendo derrotado pelos conservadores, porém, em contrapartida, obteve o poderoso posto de governador de Pádua.

Administrou a cidade por vários anos, na década de 1770, e gozava de popularidade. Dedicou grande parte de suas energias a um projeto arquitetônico ambicioso e algo extravagante — a criação de uma vasta praça oval na extremidade sul de Pádua, conhecida como Prato della Valle —, no qual tentou pôr em prática alguns dos princípios de arquitetura racional preconizados por frei Lodoli, seu mestre. Considera-se um sucesso sua atuação à frente de uma das maiores cidades do Estado veneziano. Em 1777 foi nomeado embaixador em Constantinopla — posto prestigioso e, para ele, altamente emblemático, pois fora ocupado, meio século antes, por Andrea Memmo, seu tio, modelo e mentor.

Profissionalmente, a década de 1770 foi produtiva e proveitosa. "Quatro homens iguais a ele poderiam governar, sem dificuldade, toda a Europa",[23] teria declarado o imperador José II, da Áustria, depois de conhecer Andrea. A declaração talvez seja apócrifa, mas o fato de ter circulado durante anos atesta a crescente reputação de Andrea como estadista sábio e competente.

Já seu casamento não foi um sucesso, apesar do começo relativamente promissor. O caso com Contarina certamente não ajudou em nada. A família e os amigos em geral atribuíam o fracasso da união ao "temperamento bilioso" e à saúde precária de Elisabetta — para não falar de seu hábito de tomar vinagre de manhã para manter-se esbelta. Com o tempo, ela se debilitou e retraiu-se ainda mais. Quando morreu de "febre gastro-reumática",* em

* Giuseppe Perlasca, famoso médico de Veneza, escreveu que Elisabetta tinha "temperamento bilioso" e era "frágil, porque durante muito tempo abusou do

1780, em Veneza, Andrea estava em Constantinopla, onde ainda era embaixador junto à Sublime Porta.

Durante os cinco anos que lá viveu — sua primeira temporada no exterior —, ele passou a ver a decadência de Veneza em termos mais claros e dramáticos. Não parou, porém, de procurar novas oportunidades de melhorar a situação da república. Como Giustiniana, admirava a imperatriz Catarina, a Grande, da Rússia, e, enquanto esteve em Constantinopla, trabalhou incansavelmente para estabelecer relações oficiais com Moscou e forjar uma sólida aliança comercial com a emergente potência européia.

Quando voltou para Veneza, em 1782, sua confiança no futuro se esvaeceu. A inércia e a resignação de seus pares deprimiram-no profundamente. E ele aceitou a embaixada em Roma, que no passado fora importante e agora era pouco mais que uma sinecura. "Resolvi manter-me longe de Veneza por algum tempo", explicou a um amigo, "seguro de que lá me entristeceria e convencido de que preciso distrair-me, em nome de saúde."[24]

Tinha cinqüenta e quatro anos e duas filhas sob seus cuidados, quando chegou à Roma preguiçosa e decadente do papa Pio VI. Estava ali para distrair-se, conforme dissera, e foi o que fez. Cul-

vinagre, que tomava nas primeiras horas da manhã, em jejum e em grandes doses, com medo de engordar". Além de "muco amarelado, manchas pruriginosas em todo o corpo, sono leve e agitado, manchas amarelas nos olhos e no pescoço", ela passou a ter problemas "no útero, dores de cabeça lancinantes e febre gastro-reumática". Perlasca prescreveu-lhe suco de limão e óleo de linhaça, mas parece que a paciente só tomava vinho. Para frustração do médico, ela não permitiu que lhe fizesse sangrias. Em suas memórias manuscritas, citadas em Brunelli, *Un'amica del Casanova*, p. 260, o abade Carlo Zilli, cronista da época, afirma que Perlasca definiu como *causa mortis* o "excesso de mercúrio" que seu maior rival, Fantuzzi, receitara para curar as seqüelas de uma aventura sexual. Desnecessário é dizer que essa informação não consta do relatório de dez páginas sobre a morte de Elisabetta que o célebre médico entregou a Andrea, mas parece que andou na boca de todos os venezianos.[25]

tivou os prazeres da boa mesa e mergulhou num turbilhão de aventuras sexuais, tornando-se muito popular entre as romanas — princesas maduras e suas jovens criadas. "Contentam-se com tudo essas amáveis vagabundas", confiou a um amigo florentino, "desde que possuam quem possuiu, porém nunca foi possuído por mais que alguns dias." E acrescentou, carinhosamente: "Exceto pela Rosenberg".[26]

Andrea levou a sério seu papel de pai — possivelmente mais que sua função de embaixador. Apesar das numerosas galantarias, fazia questão de passar algum tempo, diariamente, na companhia de Lucietta e Paolina — "meus verdadeiros amores" —, cuja educação planejou com a ajuda de um competente preceptor e de uma governanta francesa. "Minhas filhas, para sua sorte, serão belas e bem-educadas. Ainda são rústicas, mas não tanto quanto seriam se tivessem permanecido em Veneza."[27]

Em Roma, Andrea decidiu resgatar frei Lodoli do esquecimento. Após a morte do franciscano, em 1761, os inquisidores confiscaram seus escritos e os largaram numa cela úmida do palácio ducal. Duas décadas depois, por ocasião de uma de suas costumeiras viagens a Veneza, Andrea foi procurá-los. Encontrou uns montes de papéis molhados e ilegíveis. A descoberta encheu-o de tristeza. Mas também o incentivou a levar o projeto adiante. Vasculhando a própria memória e utilizando todo tipo de informação que conseguiu reunir — bilhetes, cartas e, sobretudo, depoimentos dos muitos ex-discípulos do frade —, elaborou um extraordinário tributo ao mestre.

O primeiro dos dois volumes saiu em 1786; a edição completa foi publicada postumamente, uns cinqüenta anos depois. *Elementi dell'architettura Lodoliana* é mais que um livro sobre Lodoli. Em suas páginas ressurge o espírito das décadas de 1740 e 1750, quando o franciscano "procurava abrir a mente" de muitos dos mais promissores filhos da república. Aos olhos de Andrea,

Giustiniana fora uma parte importante daquele mundo já extinto, e, assim, as lembranças da época se entrelaçam com recordações da pessoa que "foi o objeto de minha total consagração". Numa afetuosa digressão, elogia "seu espírito original" e "os raríssimos dotes que, na primeira flor da juventude, tornavam sua alma sublime".[28]

O livro está tão cheio de referências autobiográficas a sua mocidade que nos leva a perguntar se o exercício diário de escrevê-lo, em meio ao desregramento de sua estada em Roma, não constituiu também uma tentativa de redimir-se por não ter correspondido às próprias expectativas.

Entretanto, sua carreira ainda não se encerrara. No momento em que ele se distanciava do deprimente cenário político veneziano, o Maggior Consiglio, assembléia suprema da república, elegeu-o sucessor de Andrea Tron, seu mentor político, no prestigioso cargo de *procuratore di San Marco*. De repente, Andrea se viu de volta ao combate. O desprazer de abandonar a vida ociosa e fútil que levava em Roma logo desapareceu. Esse inesperado tributo por parte de seus pares renovou-lhe o vigor. Em 1787 ele regressou a Veneza e assumiu o novo cargo em meio a grande pompa, enfeitando o palácio do canal Grande com estandartes e insígnias e oferecendo os bailes e recepções de praxe.

No mesmo ano, após uma longa e difícil negociação, sua filha Lucietta se casou com Alvise Mocenigo, pertencente a uma das famílias mais ricas e poderosas de Veneza. (Foi graças a esse casamento que as cartas de Andrea acabaram no Palazzo Mocenigo, onde meu pai as encontrou, dois séculos depois.) Andrea exultou duplamente: a união era vantajosa do ponto de vista prático e o casal se amava de verdade: "Minha Lucietta é a felicidade do marido, e ele é a sua. Estão apaixonados um pelo outro, graças a suas qualidades essenciais, estimam-se tanto quanto se adoram e converteram-se em exemplo de matrimônio invejável. Não existe ciúme nem de uma parte, nem de outra, mas não há sequer o mínimo indício de infidelidade".[29]

Como era costume, publicou-se, por ocasião do casamento, uma enxurrada de poemas e coletâneas comemorativos. Dentre eles destaca-se um pequeno volume, lindamente encadernado e ilustrado. Giustiniana, que nessa época morava em Pádua, foi a Veneza para as bodas e presenteou os noivos com uma deliciosa alegoria em que a Curiosidade e o Amor conspiram para unir dois amantes e depois os confia à Perseverança — a única que pode tornar sua felicidade duradoura. Ela o escreveu para Alvise e Lucietta, mas dedicou-o, em letras grandes, a seu primeiro grande amor — o pai da noiva. E acrescentou estes versos, em que, parafraseando Lucrécio, invoca a ajuda da "protetora Vênus":

Teus doces auspícios, Vênus, invoco.
E a nosso Memmo meu dizer consagro:
A ele, que sempre te foi tão caro,
Deusa, e de todo louvor coberto.[30]

Andrea deu início a novas negociações, agora para casar Paolina, sua segunda filha, com Luigi Martinengo, herdeiro de outra grande fortuna. As conversações se arrastaram penosamente e interromperam-se quando os inquisidores decretaram a prisão domiciliar do futuro noivo por conduta licenciosa. (Andrea lamentou que Luigi se servisse de "uma prostituta romana", enquanto jurava amor a Paolina.) No fim, retomaram-se as conversações, e o casamento se realizou em 1789. Andrea pagou caro: estava com as finanças tão depauperadas que teve de entregar o Ca' Memmo aos Martinengo como parte do dote de Paolina.

Ante a perspectiva de uma velhice solitária, ele se pôs a pensar seriamente em casar-se de novo. Abordou o assunto com sua antiga paixão, Contarina, que não foi contrária à idéia. Parece, porém, que não se entenderam com relação a medidas de ordem prática, e sua longa história terminou inesperadamente. "Após vinte e cinco anos de galantaria, amores, amizade", Andrea escreveu a Casanova, "desfez-se, por uma ninharia, o laço existente entre mim e a Signora Contarina e nunca mais há de reatar-se".[31] Não contou qual era a ninharia.

Casanova lamentou a oportunidade perdida. Lembrou ao amigo que Contarina era rica e poderia ajudá-lo em sua renascente carreira política. Andrea se irritou: "Estais enganado se acreditais que ela poderia ajudar-me [...]. Já não é rica [...]. Eu pretendia esposá-la por amizade, e não por interesse, pois ela não me incomodaria de modo algum, nem na cama, uma vez que teria apartamento separado, e eu não gostava daquele excesso de pelancas [...]. Boa companhia, assistência recíproca na velhice que se aproxima para ambos, e nada mais. Com o tempo, um pouco mais de conforto, uma boa mesa [...], da qual, já que quereis saber, ainda sou guloso: como bem menos que no passado, porém continuo comendo muito, com quase todos os dentes sadios".[32]

Tal qual um don Juan velho, Andrea gostava de comentar com Casanova sua atividade sexual. "Tive de esforçar-me para cortar uma correspondência inútil com vinte mulheres de países diversos, que queriam fazer-me acreditar que estavam infinitamente apaixonadas por mim", gabou-se. Em Veneza encontrava distrações mais que suficientes, acrescentou: "Passo o tempo com velhas e amáveis amigas e com jovens ainda mais amáveis, lindas e loucas, que, embora não me dêem tudo, ainda me concedem muito".[33]

Ao completar sessenta anos, explicou ao antigo companheiro a lógica de suas galantarias: "Preciso de alívio, e, como não jogo, não compro nada que me dê prazer, não suporto conversar com nossos políticos e não tenho mais o que estudar [...] divirto-me com o belo sexo. Se vísseis, Casanova, que moças bonitas apareceram neste mundinho, depois que partistes! [...] Tento [conquistar] todas para ter sucesso com alguma, porém nunca perco o sono nem o apetite".[34] Na verdade, nem sempre tinha tanta disposição. A um amigo menos promíscuo que Casanova confessou que certa vez não pôde oferecer a uma dama "um pênis tão duro como ela merecia".[35]

Na condição de poderoso *procuratore di San Marco*, Andrea parecia forte candidato ao cargo supremo de doge. Os velhos reformadores — amigos de sua mocidade — reuniram-se a seu redor num ímpeto de ativismo político. Esse apoio tardio certamente o deixou lisonjeado, porém não o impediu de ver os problemas da candidatura. Para começar, havia dificuldades financeiras: seria uma campanha muito cara, e ele simplesmente não tinha dinheiro para concorrer. Ademais, sua família estava em via de extinção — nem ele, nem seus irmãos tinham um herdeiro varão. Para que entrar no páreo, perguntou, se não havia outro Memmo para "portar a glória maior" que o *corno*, ou chapéu dogal, conferiria à família? Por fim, e talvez o ponto mais importante, por que abrir mão da boa vida para passar seus últimos anos encerrado no palácio dogal? "Eleito doge", explicou a Casanova, "ao encontrar no teatro a senhora condessa ou a marquesa de belos olhos, belos peitinhos, graciosa e vivaz, como haveria de tê-la, sem os meios [...] que, como *procuratore*, posso empregar? Por piedade, não me tireis o prazer das mulheres, que até os cem anos me aliviará o espírito [...]. Os doges não podem desfrutar tão divinos tratamentos."[36]

Apesar de todas as dúvidas, a ambição política prevaleceu. Quando o velho doge Paolo Renier faleceu, em fevereiro de 1789, Andrea entrou no páreo. Por um momento parecia que tinha possibilidade de eleger-se com uma aliança reformista. No entanto, era tarde demais. As forças conservadoras que dominavam a vetusta oligarquia veneziana uniram-se para neutralizar sua candidatura. Andrea foi derrotado. Em 9 de março de 1789 — quatro meses antes da tomada da Bastilha —, o Maggior Consiglio elegeu um homem tão temeroso do peso jogado em seus ombros que, aos prantos, implorou que o dispensassem de tamanha honra. Chamava-se Ludovico Manin e entrou para a história como o último doge veneziano.

Após sua derrota eleitoral, Andrea lançou-se novamente ao trabalho. Curiosamente, concentrou seus esforços na Dalmácia — a mesma região que, no ano anterior, inspirara *Les Morlacques*, o romance de Giustiniana. O atraso desse território veneziano situado na outra margem do Adriático tornara-se um problema e uma vergonha para a república. Andrea trabalhou incansavelmente na elaboração de um plano para melhorar as condições de vida naquelas províncias pobres e assoladas por doenças. Depois de muito pedir e bajular, finalmente conseguiu que o Senado aprovasse um pacote de reformas agrícolas e administrativas em 1791, mais ou menos na época em que Giustiniana faleceu.

Sua saúde já começara a declinar. A gangrena lentamente lhe tomava a perna, e, antes de terminar o ano, ele se confinou em seus aposentos, no Ca' Memmo. Não foi só a dor atroz que tornou tão difíceis os meses seguintes: a pobreza também contribuiu para isso. Pouca coisa restara da fortuna dos Memmo, em grande parte dilapidada por uma dispendiosa carreira política. Até o *palazzo* da família, onde Andrea agonizava, já não lhe pertencia. "Memmo está na miséria", escreveu um amigo, desolado. "Memmo não tem mais gôndola." [37]

Durante um ano, Andrea apodreceu na cama, visitado por uma interminável romaria de amigos e ex-amantes, rodeado de remédios, instrumentos cirúrgicos, médicos confabulando. Entre os que lhe desejavam melhoras figurava o artista e viajante francês

Dominique-Vivant Denon, que mais tarde iria ao Egito com Napoleão Bonaparte e se tornaria diretor-fundador do Musée du Louvre. O homem que um dia seria conhecido como "o Olho de Napoleão" registrou minuciosamente os últimos dias de Andrea. "Agora à noite estive com o pobre Memmo", escreveu a um amigo em 15 de outubro de 1792. "Está muito mal e sabe disso." Dois dias depois: "Todas essas velhas amantes afirmam que seu sangue é excelente [...] porém o mal continua vencendo". Em 26 de outubro, Denon encontrou o médico de Memmo, que não lhe disse nada, só "ergueu os olhos para o céu". Em 1º de novembro voltou a visitar o doente: "Amputaram-lhe o dedo grande do pé [...]. Isso se chama atormentar inutilmente um enfermo, pois agora é preciso ou cortar-lhe a perna ou deixá-lo morrer o mais tranqüilamente possível".[38]

As provações se prolongaram por mais dois meses. Andrea morreu em 27 de janeiro de 1793.

Quatro anos depois, Bonaparte invadiu o Norte da Itália. Com o exército francês se aproximando, o Senado veneziano apressou-se em votar a rendição, e a república teve uma morte rápida e inglória.

Pós-escrito

"Ao menos Andrea e Giustiniana não viveram para ver o fim de sua amada república!", meu pai rabiscou no fim de suas anotações sobre as cartas. Era bem próprio dele dizer isso: dois séculos depois da vitoriosa invasão de Bonaparte, o velho veneziano que havia em seu íntimo ainda sofria com o fim ignominioso da república. Suas palavras me lembraram o grau de sua identificação com Andrea, para não falar de sua tremenda paixão por Giustiniana e de sua decepção com o destino dos dois amantes.

Em setembro de 2001, quase cinco anos após sua morte, fui para Veneza com minha família, escrever o livro que ele tinha em mente. Arrumamos uma casinha no Campiello agli Incurabili, bem perto do Zattere. Situada na beira da água, tinha um pequeno jardim, repleto de oleandros, loureiros e glicínias. De dia, os reflexos do sol dançavam nas paredes e criavam uma sensação de perpétuo movimento. À noite, quando reinava o silêncio, o rítmico murmurinho do canal assinalava o fluxo e refluxo da maré.

Eu nunca tinha morado em Veneza. Para mim ela sempre foi o lugar onde meu pai viveu sua infância. Eu a via como suponho que a maioria das pessoas a vêem: um museu lotado de turistas, uma cidade morta. Ela é muito mais que isso, como os venezianos bem sabem. Em Veneza o passado permanece vivo — intensa e desconcertantemente vivo. Acompanha-nos o tempo todo. Mistura-se com o presente. E às vezes, caminhando pela cidade, pensando em Andrea e Giustiniana, eu voltava atrás no tempo tão naturalmente que não sabia mais em que século estava.

Eu passava pelo Ca'Memmo toda semana, quando levava meu caçula à aula de música. O casarão se erguia, imponente, a leste da parada do *vaporetto* de San Marcuola, na margem norte do canal Grande. O *palazzo* do cônsul Smith situa-se um pouco mais adiante, no mesmo lado do canal Grande, antes da ponte do Rialto. Recém-transformado em condomínio de luxo para estrangeiros endinheirados, conserva externamente a mesma aparência de dois séculos e meio atrás, quando Andrea e Giustiniana ali trocaram seus primeiros beijos furtivos. Ao passar pelo grande Palazzo Tiepolo, atual Palazzo Papadopoli, eu coçava a cabeça, tentando localizar a janela do mezanino em que Andrea cortejava Giustiniana à distância, quando os Wynne eram seus vizinhos.

Os edifícios são os mesmos. As ruas não mudaram. Até os nomes afixados nas portas são conhecidos. Pouco a pouco, percebi que a história de amor encontrada no sótão poeirento do Palazzo Mocenigo transportara meu pai não só à cidade de sua infância, como a um lugar da imaginação onde a grande república veneziana ainda vivia. E que o desenrolar do longo romance de Andrea e Giustiniana lhe evocara — de um modo que eu começava a entender, embora ainda fosse meio misterioso para mim — a extinção muito mais vasta que se processava a seu redor.

Por outro lado, tenho certeza de que foi um consolo para meu pai descobrir, com o aprofundamento de sua pesquisa, que seus heróis viveram duas vidas ricas e fascinantes. Cada qual seguiu um caminho: Giustiniana se tornou uma consumada escritora; Andrea tornou-se o último grande estadista de Veneza. Seu mundo — o mundo evanescente da república veneziana — era suficientemente pequeno para que nunca se afastassem muito um do outro. E quando seus caminhos se cruzaram, eles sempre se encontravam com aquela ternura que o primeiro grande amor consegue criar para durar a vida inteira.

Teriam sofrido com o fim da república veneziana tanto quanto meu pai imaginava? Provavelmente não. Andrea sempre soube que sua vida estava atrelada ao destino da cidade. No entanto, por mais que reverenciasse a Veneza do passado, temos de nos perguntar se teria derramado uma única lágrima pela morte da inglória república que conhecera. É bem verdade que não assistiu à derrocada final, porque morreu antes, mas era inteligente o bastante para entender que Veneza não poderia continuar sobrevivendo às custas de pequenas concessões. Na época em que a gangrena começou a espalhar-se por seu corpo, ele já sabia que a república também estava condenada. Quanto a Giustiniana, morreu num momento em que praticamente cortara os laços com Veneza. Vivia basicamente no continente. Ampliara seus horizontes consideravelmente. Viajava com freqüência. Escrevia em francês. Publicava seus livros em Londres. Era auto-suficiente, independente, cosmopolita. Sob muitos aspectos, tornara-se a mulher que começara hesitantemente a delinear em suas cartas, muitos anos antes, quando previra com tamanha precisão seus destinos separados: "Tendes de viver em Veneza — eu não".

Notas

OBSERVAÇÃO SOBRE AS FONTES

A correspondência em que baseei este livro não está completa. Nos capítulos 1 a 4 recorri às cartas originais de Andrea a Giustiniana, que ainda se encontram em poder de minha família. Elas não estão datadas, e desconhece-se sua cronologia exata. Usei-as na ordem que me pareceu mais lógica, porém é bem possível que certos fatos — de menor importância, espero — tenham ocorrido antes ou depois do momento em que os situei. Esses capítulos incluem também várias cartas que Giustiniana escreveu a Andrea em 1756-7. Por outro lado, os capítulos 5 a 9 baseiam-se inteiramente nas cartas de Giustiniana a Andrea. Não se trata de originais, e sim de cópias manuscritas que suponho datarem do final do século XVIII. Há dois conjuntos dessas cópias — incompletos e superpostos — disponíveis ao público. Um se encontra na Biblioteca Civica di Padova (Bruno Brunelli usou-o para escrever *Un'amica del Casanova*, o livro sobre Giustiniana que publicou em 1924). O outro foi comprado em Veneza por James Rives Childs no início da década de 1950 e hoje está na *alma mater* de mr. Childs, o Randolph Macon College, em Ashland, Virgínia. Existe pelo menos mais um conjunto, idêntico ao de Ashland, que pertence a Giuseppe Bignami, colecionador genovês.

Não se sabe quem transcreveu as cartas originais de Giustiniana a Andrea, nem por que fez isso. Sou propenso a acreditar que Andrea devolveu as cartas a Giustiniana e mais tarde alguém das relações dela — possivelmente Bartolomeo Benincasa — as copiou, talvez com a intenção de publicá-las sob a forma de um romance epistolar, quando os protagonistas já tivessem falecido. Mas, enquanto não vierem à luz os originais de Giustiniana, não saberemos até que ponto essas transcrições são realmente fiéis. Naturalmente hoje em dia os historiadores corroboram a maioria dos fatos envolvidos nessa extraordinária trajetória. Contudo, é bem possível que, por uma questão de conveniência, o misterioso copista das cartas originais tenha cedido à tentação de editá-las ligeiramente.

PRÓLOGO [pp. 7-17]

1. Gustav Gugitz, "Eine Geliebte Casanovas", em *Zeitschrift für Bücherfreunde* (1910), pp. 151-71, e *Giacomo Casanova und sein Lebensroman* (Viena: Strache, 1921), pp. 228-61. Gugitz não explica por que Casanova decidiu chamar mrs. Anna de madame XCV e Giustiniana de mademoiselle XCV. James Rives Childs sugere que as iniciais significam "Xè'l Cavalier Vinne", "É o Cavaleiro Wynne", em veneziano; ver Francis L. Mars, "Pour le dossier de Miss XCV", em *Casanova Gleanings* 5 (1962). Numa interpretação mais simples, X poderia representar a preposição latina "ex"; nesse caso, as iniciais significariam "ex do cavaleiro Wynne". A letra W não consta no alfabeto italiano e no século XVIII geralmente era transcrita como V.

2. Bruno Brunelli, *Un'amica del Casanova* (Nápoles: Remo Sandron, 1924), p. 21.

3. "L'epistolario, ultimo giallo", *La Nazione*, 22 de janeiro de 1997, p. iii.

4. Jean Georgelin, *Venise au siècle des lumières* (Paris: École des Hautes Études de Sciences Sociales, 1978), p. 18.

5. Giustiniana Wynne, *Pièces morales et sentimentales* (Londres: J. Robson, 1785), p. 36.

6. Luca De Biase, "Vincoli nuziali ed extramatrimoniali nel patriziato veneto in epoca goldoniana: I sentimenti, gli interessi", em *Studi trentini di scienze storiche*, vol. LXI, nº 4 (1982), p. 363. Sobre casamentos clandestinos, ver Gaetano Cozzi, "Padri, figli e matrimoni clandestini", em *La Cultura*, nºs 2 e 3 (1976), pp. 169-213; e "Causarum matrimoniorum clandestinorum", Archivio di Stato di Venezia, Inquisitori di Stato, envelopes 528-34.

CAPÍTULO 1 [pp. 19-45]

1. Gianfranco Torcellan, *Una figura della Venezia settecentesca: Andrea Memmo* (Veneza: 1963), p. 23 e nº 2. Segundo o censo oficial, em 1740 os

Memmo dispunham de um rendimento anual de dez mil ducados. Ver Georgelin, *Venise au siècle des Lumières*, p. 521.

2. Marco Foscarini, *Della letteratura veneziana*, vol. I (Pádua: 1752), p. 258, nº 99.

3. *Elogio di Andrea Memmo cavalier procuratore di S. Marco* (Veneza: 1793), pp. 5-6.

4. Andrea Memmo, *Elementi dell'architettura Lodoliana* (Zara: Battara, 1833), pp. 77-8.

5. Pierre-Jean Grosley, *Nouveaux Mémoires ou observations sur l'Italie et sur les italiens*, vol. 2 (Londres: Jean Nourse, 1764), p. 10.

6. Carlo Goldoni, *Il filosofo inglese*, em *Opere*, vol. 5 (Milão: Mondadori, 1959), p. 261.

7. As negociações com a Coroa tiveram início nos últimos anos do reinado de Jorge II, mas só avançaram após a ascensão de Jorge III, em 1760, concluindo-se em 1763. As pinturas e desenhos de Smith se tornaram a base da coleção Windsor, e a Bibliotheca Smithiana faz parte da Royal Library no British Museum. Sobre a venda da coleção do cônsul Smith para Jorge III, ver, em especial, Frances Vivian, *Il console Smith, mercante e collezionista* (Vicenza: Neri Pozza, 1971), pp. 69-93; Francis Haskell, *Patrons and painters, art and society in baroque Italy* (New Haven, Conn.: Yale University Press, 1980), p. 310; Anthony Blunt e Edward Croft-Murray, *Venetian drawings of the XVII and XVIII centuries in the Collection of Her Majesty the Queen at Windsor Castle* (Londres: Phaidon Press, 1957).

8. Citado em Torcellan, *Una figura*, p. 42. Para uma descrição mais detalhada das idéias de Andrea sobre teatro e sua admiração pela cultura e pela língua francesas, ver sua "Storia della deputazione straordinaria alle arti", Archivio di Stato di Venezia, "Inquisitorato alle arti", envelope 2, maço 4, pp. 33-6.

9. Da dedicatória de Goldoni a Andrea em *L'Uomo di mondo*, publicado anteriormente em *Opere*, vol. I, pp. 777-8.

10. "Appunti sul Giovan Battista Mannuzzi (1750-59)", Archivio di Stato di Venezia, Inquisitori di Stato, referta del 22 marzo 1755. Sobre informantes em geral, ver Giovanni Comisso, *Agenti segreti veneziani nel '700* (Milão: Bompiani, 1945). Giovan Battista Mannuzzi era na época o espião mais famoso de Veneza, e vigiava Casanova atentamente. Num relatório anterior, descreveu-o como "um homem com tendência à hipérbole, que consegue viver às custas de um e outro graças a suas mentiras e a sua capacidade de trapacear". Segundo o relatório de um informante menos conhecido, Bernardo, o irmão de Andrea, estava meio dividido em relação a Casanova: "Acompanha-o com freqüência e ora o ama, ora o agride". De modo geral o sistema de informantes do governo,

que já havia sido formidável, declinou continuamente no século XVIII. Em 1760 o orçamento do setor se reduzira a quatro mil ducados e só três espiões recebiam pagamento integral. Um funcionário lamentou que fossem "tão poucos e tão medíocres".

11. De Biase, "Vincoli nuziali", pp. 319-67.

12. Lady Mary Wortley Montagu a sua filha, lady Bute, 3 de outubro de 1758, em *The complete letters of lady Mary Wortley Montagu*, vol. 3, ed. Robert Halsband (Oxford: Clarendon Press, 1967), p. 179.

13. Citado em Brunelli, *Un'amica del Casanova*, p. 4.

14. Wynne, *Pièces morales*, p. 195.

15. Ibid., p. 34.

16. Giacomo Casanova, *History of my life*, vol. 3 (Baltimore: Johns Hopkins University Press, 1997), p. 172.

17. Wynne, *Pièces morales*, p. 35.

18. Cartas de Andrea Memmo a Giustiniana Wynne (coleção do autor).

19. Casanova, *History of my life*, vol. 5 (Baltimore: Johns Hopkins University Press, 1997), pp. 171-2.

20. Wynne, *Pièces morales*, pp. 35-6.

21. Ibid., p. 36.

22. Cartas de Andrea Memmo a Giustiniana Wynne (coleção do autor).

CAPÍTULO 2 [pp. 46-66]

1. Pompeo Molmenti, *La storia di Venezia nella vita privata*, vol. 3 (Bergamo: Istituto italiano di arti grafiche, 1908), p. 175.

2. Giacomo Casanova, *History of my life*, vol. 4 (Baltimore: Johns Hopkins University Press, 1997), p. 75.

3. Ibid., pp. 191, 249.

CAPÍTULO 3 [pp. 67-102]

1. Do diário de Johannes Heinzelmann (10 de dezembro de 1755), citado em Vivian, *Il console Smith*, p. 52.

2. Lady Montagu a lady Bute, *Complete letters*, vol. 3, p. 127.

3. Casanova, *History of my life*, vol. 4, p. 136.

4. Murray a Holderness, 15 de agosto de 1755. British Museum, Egerton Papers, 3464, f. 272.

5. Lady Montagu a lady Bute, 13 de maio de 1758, *Complete Letters*, vol. 3, p. 145.

6. John Fleming, *Robert Adam and His Circle* (Londres: John Murray, 1962), p. 171.

7. Murray a Holderness, 1º de outubro de 1756. British Museum, Egerton Papers, 3464, f. 274.

CAPÍTULO 4 [pp. 103-37]

1. "Matrimoni segreti", Anno 1757, nº 47, Archivio della Curia Patriarcale di Venezia.

2. John Eglin, *Venice transfigured: The myth of Venice in British culture 1660-1797* (Nova York: Palgrave, 2001), p. 57.

3. Vivian, *Il console Smith*, p. 55.

4. "Atti di morte", Archivio di San Marcuola, Curia Patriarcale. Gianfranco Torcellan, biógrafo de Andrea Memmo, afirma que Pietro "morreu prematuramente" e, portanto, não pôde exercer sobre o filho uma influência comparável à de seu irmão mais velho, Andrea, o patriarca da família. Torcellan, *Una figura della Venezia settecentesca*, p. 27. Na realidade, Pietro morreu bem depois de seu irmão Andrea, de modo que sua menor influência sobre o filho se deveu mais ao caráter que à idade.

5. Para os negócios entre Antonio Maria Zanetti e Smith, ver sobretudo Vivian, em *Il console Smith*, e Haskell, em *Patrons and painters*.

CAPÍTULO 5 [pp. 138-72]

1. Vivian, *Il console Smith*, p. 210. O quadro acabou sendo vendido a Jorge III. Quanto à tela *A mulher hidrópica*, foi levada para Paris pelas tropas francesas em 1798, depois que Napoleão invadiu o Norte da Itália, e hoje se encontra no Louvre, onde consta como "a primeira doação feita" a esse museu.

2. Ralph Woodford era secretário da delegação britânica em Turim. Quando Giustiniana o conheceu, ele atuava como *chargé d'affaires*, já que o antigo embaixador, lorde Bristol, partira em agosto, e o novo embaixador, John Stuart MacKenzie, só chegaria em 14 de novembro de 1758. Ver John Ingamells, *A dictionary of English and Irish travellers in Italy 1701-1800* (New Haven, Conn.: Yale University Press, 1997), p. 1017.

CAPÍTULO 6 [pp. 173-208]

1. O duque de Luynes morreu em 2 de novembro de 1758; *Gazette de France*, novembro de 1758.

2. *Gazette de France*, dezembro de 1758.

3. *Mercure de France*, fevereiro de 1759.

4. Casanova, *History of my life*, vol. 5, p. 170.

5. Ibid., p. 172.

6. Ibid., p. 196.

7. Jean-François Marmontel, *Mémoires*, ed. John Renwick (Clermont-Ferrand: G. de Bussac, 1972), p. 104.

8. Niccolò Erizzo a Antonio Grimani, 1º de abril de 1759, James Rives Childs Collection, Randolph Macon College, Ashland, Va.

9. Tommaso Farsetti a Andrea Memmo, 26 de março de 1759. James Rives Childs Collection.

CAPÍTULO 7 [pp. 209-41]

1. Para descrever a fuga de Giustiniana, usei informações contidas em sua carta a Andrea de 24 de junho de 1759. Os fatos coincidem aproximadamente com os fornecidos por Casanova em sua *History of my life* (ver vol. 5, p. 212). Giustiniana escreveu a Andrea que partiu para Conflans na manhã de 5 de abril. Contudo, num documento reconhecido em cartório, madre Eustachia declarou que Giustiniana chegou ao convento em 4 de abril (ver Francis L. Mars, "Pour lhe dossier de Miss XCV", *Casanova Gleanings* 5 [1962] p. 25); usei essa data.

2. Casanova, *History of my life*, vol. 5, p. 182.

3. Ibid., p. 188.

4. Ibid., p. 187.

5. *Déposition de reine Demay au commissaire Thiéron*, Archives Nationales (Châtelet), 10873, liasse 154. Citado em Charles Henry, "Jacques Casanova de Seingalt et la critique historique", *Revue Historique* 41 (novembre-décembre 1889), p. 314.

6. Ibid., p. 315.

7. Casanova, *History of my life*, vol. 5, p. 192.

8. "Mémoire de Emmanuel Jean de la Coste à monsieur de Sartine, maître des requêtes et lieutenant général de la police de la Ville de Paris", 2 de maio de 1760, Archives de la Bastille, Ravaisson-Mollien, 12099.

9. Casanova, *History of my life*, vol. 5, p. 196.

10. Ibid., p. 198.

11. Ibid., p. 206.

12. "Naturalité à Justine Françoise Antoine Wynne [...] Par le Roy, Versailles, 13 mars, 1759." O documento, que também especifica detalhadamente todos os direitos de Giustiniana como cidadã francesa, foi publicado, na íntegra, em Mars, "Pour le dossier de Miss XCV", p. 27.

13. Casanova, *History of my life*, vol. 5, p. 185.

14. Ibid., p. 238.

15. Ibid., p. 240.

16. Ibid., p. 242.

17. Carta anônima a Andrea Memmo, 10 de julho de 1759, James Rives Childs Collection.

18. Tommaso Farsetti a Andrea Memmo, 3 de setembro de 1759, James Rives Childs Collection.

19. Niccolò Erizzo a Andrea Memmo, 27 de maio de 1759, James Rives Childs Collection.

20. Casanova, *History of my life*, vol. 5, p. 242.

21. "Alexandre Fortier, notaire au coin de la rue de Richelieu et de la rue Neuve des Petits Champs", Archives Nationales, Minutier Central, Étude XXXI. Citado em Mars, "Pour le dossier de Miss XCV", p. 24.

22. Mars, "Pour le dossier de Miss XCV", p. 25.

23. Carta anônima a Andrea Memmo, 10 de julho de 1759, James Rives Childs Collection.

24. Giustiniana Wynne a Andrea Memmo, Conflans, 24 de junho de 1759, James Rives Childs Collection.

25. Carta anônima a Andrea Memmo, 10 de julho de 1759, James Rives Childs Collection.

26. Ibid.

CAPÍTULO 8 [pp. 242-74]

1. Horace Walpole, *Memoirs of the reign of king George II*, vol. I, ed. John Brooke (New Haven, Conn.: Yale University Press, 1985), p. 132.

2. Ibid.

3. Lord Newcastle ao conde de Hardwick, 2 de janeiro de 1760, British Library, Manuscripts, Additionals 35406.

4. Walpole, *Memoirs*, vol. I, p. 132.

5. Lady Montagu a lady Bute, 3 de outubro de 1758, *Complete letters*, vol. 3, p. 179.

6. "The year fifty-nine. A new song", *The Gentleman's Magazine* XXIX (dezembro de 1759), p. 595.

7. Horace Walpole, *The letters of Horace Walpole*, vol. 3, ed. Peter Cunningham (Londres: Richard Bentley, 1857), p. 263.

8. Lady Montagu a lady Bute, 9 de novembro de 1759, *Complete letters*, vol. 3, p. 227.

9. Ibid.

10. Lord Newcastle ao conde de Hardwick, 2 de janeiro de 1760, British Library, Manuscripts, Additionals 35406.

11. *The Gentleman's Magazine* XXX (fevereiro de 1760), p. 44.

12. "Account of Lord Ferrers", *The Gentleman's Magazine* XXX (maio de 1760), pp. 230-6.

CAPÍTULO 9 [PP. 275-302]

1. Georges Cucuel, *La Pouplinière et la musique de chambre au XVIII*[ème] *siècle* (Paris: Fishbacher, 1913), p. 242.

EPÍLOGO [PP. 303-29]

1. Ingamells, *A dictionary of English and Irish travellers*, p. 672.

2. John Murray a lorde Holderness, dezembro de 1760, British Library, Manuscripts, Egremont 3464, ff. 272-86.

3. John Murray a William Pitt, 10 de julho de 1761, British Library, Manuscripts, SP 99/68, ff. 184-85.

4. Chiara Michiel a lady Montagu, 10 de março de 1762, *Complete letters*, vol. 3, p. 288, nº 2.

5. Lady Montagu a Chiara Michiel, abril de 1762, *Complete letters*, vol. 3, p. 288.

6. Conde de Rosenberg ao príncipe von Kaunitz, Veneza, 21 de março de 1762, citado em Gugitz, *Giacomo Casanova*, p. 250.

7. Lady Montagu a Chiara Michiel, Londres, 8 de maio de 1762, *Complete letters*, vol. 3, p. 292.

8. Annotazioni nº 537, 9 de janeiro de 1763, Inquisitori di Stato, Archivio di Stato di Venezia.

9. Ibid.

10. Declaração de lorde Sandwich, Londres, 21 de maio de 1764, citada em Gugitz, *Giacomo Casanova*, p. 252.

11. Giustiniana Wynne ao príncipe von Kaunitz, Klagenfurt, 30 de julho de 1764, citada em Gugitz, *Giacomo Casanova*, p. 254.

12. William Beckford, *Dreams, waking thoughts and incidents*, ed. Robert Gemmett (Rutherford: 1971), p. 118.

13. Carta de Casanova e resposta de Giustiniana, 18 de março de 1782, em Aldo Ravà, *Lettere di donne a Casanova* (Milão: Treves, 1912), pp. 227-8.

14. Wynne, *Pièces morales et sentimentales*, pp. 112-3.

15. Giustiniana Wynne, *Alticchiero* (Pádua: 1787), p. 2.

16. Casanova, *History of my life*, vol. 3, p. 172.

17. Elizabeth Wynne, anotação de 23 de junho de 1791, *The Wynne diaries*, ed. Anne Freemantle, vol 1 (Oxford: Oxford University Press, 1935), p. 67.

18. A descrição de Andrea à cabeceira de Giustiniana consta de uma carta de sua filha Lucietta ao marido, Alvise Mocenigo, em 17 de junho de 1791 (coleção do autor).

19. Angelo Querini a Clemente Sibiliato, 24 de agosto de 1791, em *Alcune lettere inedite di illustri veneziani a Clemente Sibiliato* (Pádua: 1839).

20. Abate Gennari, "Notizie giornaliere", manuscrito, Biblioteca del Seminario, Pádua, cód. 551.

21. Andrea Memmo a Giacomo Casanova, 9 de julho de 1788, *Epistolari veneziani del secolo XVIII*, ed. Pompeo Molmenti (Milão: Remo Sandron, 1914).

22. Gianfranco Torcellan, "Andrea Memmo", em *Illuministi italiani*, vol. 7 (Milão: Ricciardi, 1965).

23. Brunelli, *Un'amica del Casanova*, p. 277.

24. Andrea Memmo a Giulio Perini, 17 de setembro de 1783, Archivio di Stato di Firenze, Acquisti e Doni 94, maço 146.

25. Biblioteca civica, Manuscritos Correr, Misc. IX, p. 1138.

26. Andrea Memmo a Giulio Perini, 2 de novembro de 1784, Archivio di Stato di Firenze, Acquisti e Doni 94, maço 146.

27. Andrea Memmo a Giulio Perini, 30 de abril de 1785, Archivio di Stato di Firenze, Acquisti e Doni 94, maço 146.

28. Andrea Memmo, *Elementi dell'architettura Lodoliana*, p. 166.

29. Andrea Memmo a Giacomo Casanova, 26 de julho de 1788, *Carteggi casanoviani* (Florença: Archivio Storico Italiano, 1911), p. 330.

30. Giustiniana Wynne, condessa Rosenberg, *À André Memmo Chevalier de l'Étole d'Or et procurateur de Saint Marc, à l'occasion du mariage de sa fille aînée avec Louis Mocenigo* (Veneza: Rosa, 1787).

31. Andrea Memmo a Giacomo Casanova, 9 de julho de 1788, *Epistolari veneziani del secolo XVIII*, ed. Pompeo Molmenti, p. 192.

32. Ibid.

33. Ibid.

34. Ibid.

35. Andrea Memmo a Giulio Perini, Archivio di Stato di Firenze, Acquisti e Doni 94, maço 146.

36. Andrea Memmo a Giacomo Casanova, 29 de março de 1787, *Epistolari veneziani del secolo XVIII*, p. 185.

37. Pietro Zaguri a Giacomo Casanova, 15 de janeiro de 1791, *Epistolari veneziani del secolo XVIII*, p. 119.

38. Dominique-Vivant Denon, *Lettres à Bettine*, ed. Piergiorgio Brigliadori et al. (Arles: Actes Sud, 1999), pp. 126, 129, 137, 142.

Bibliografia

ARQUIVOS

Archives de la Bastille, Paris
Archives Nationales (Châtelet), Paris
Archivio della Curia Patriarcale di Venezia
Archivio di Stato di Firenze
Archivio di Stato di Venezia
Biblioteca Civica Correr, Veneza
Biblioteca Civica di Padova
British Library (Manuscripts), Londres
Biblioteca Marciana, Veneza (Coleção Ulrich Middeldorf)
Biblioteca do Randolph Macon College, Ashland, Virginia (James Rives Childs Collection)

FONTES COMPLEMENTARES

ANDERSON, Fred. *Crucible of war: The Seven Years' War and the fate of empire in British North America, 1754-1766*. Nova York: Knopf, 2000.

BARBIER, Edmond Jean François. *Journal historique et anecdotique du règne de Louis XV*. Paris: Renouard, 1847-56 (4 vols.).

BECKFORD, William. *Dreams, waking thoughts and incidents*. Rutherford: Edição de Robert Gemmett, 1971.

BERNIS, François-Joaquin de. *Mémoires du cardinal de Bernis*. Paris: Mercure de France, 2000.

BIGNAMI, Giuseppe. "Costantina dalle Fusine: un incontro". *Intermédiaire des Casanovistes* 13 (1996): 23.

________. *Mademoiselle X. C. V.* Gênova: Pirella, 1985 (introdução à obra de Giustiniana).

BLUNT, Anthony, e CROFT-MURRAY, Edward. *Venetian drawings of the XVII & XVIII centuries in the Collection of Her Majesty the Queen at Windsor Castle*. Londres: Phaidon Press, 1957.

BROOKE, John. *King George III*. Londres: Constable, 1972.

BROSSES, Charles de. *Lettres d'Italie du président de Brosses*. Paris: Mercure de France, 1986.

BRUNELLI, Bruno. *Un'amica del Casanova*. Nápoles: Remo Sandron, 1924. Em inglês: *Casanova loved her*. Nova York: Liveright, 1929.

BRUSATIN, Manlio. "Qualche donna e l'architettura funzionale a Venezia nel XVIII secolo". Em *Scritti di Amici per Maria Cionini*. Turim: 1977.

________. *Venezia nel Settecento: stato, architettura, territorio*. Turim: Einaudi, 1980.

CAPON, Gaston. *Casanova à Paris*. Paris: Schemit, 1913.

CASANOVA, Giacomo. *Fuga dai Piombi*. Milão: Rizzoli, 1950.

________. *History of my life* (12 vols.) Tradução de Willard Trask. Baltimore: Johns Hopkins University Press, 1997.

CHILDS, J. Rives. *Casanova*. Londres: Allen & Unwin, 1961.

COMISSO, Giovanni. *Agenti segreti veneziani nel '700*. Milão: Bompiani, 1945.

CRAVERI, Benedetta. *La civiltà della conversazione*. Milão: Adelphi, 2001.

________. *Madame du Deffand e il suo mondo*. Milão Adelphi, 1982.

CUCUEL, Georges. *La Pouplinière et la musique de chambre au XVIIIème siècle*. Paris: Fishbacher, 1913.

DAMERINI, Gino. *Settecento veneziano*. Milão: Mondadori, 1939.

DA PONTE, Lorenzo. *Memorie*. Milão: Garzanti, 1976.

DARNTON, Robert. *The business of enlightenment*. Cambridge: Belknap Press, 1979.

DAVIS, James C. *The decline of the Venetian nobility as a ruling class*. Baltimore: Johns Hopkins University Press, 1962.

DENON, Dominique-Vivant. *Lettres à Bettine*. Edição de Piergiorgio Brigliadori et al. Arles: Actes Sud, 1999.

DESPRAT, Jean-Paul. *Le cardinal de Bernis (1715-1794): la belle ambition*. Paris: Parrin, 2000.

EGLIN, John. *Venice transfigured: The myth of Venice in British culture 1660-1797*. Nova York: Palgrave, 2001.

EINAUDI, Luigi. "L'economia pubblica veneziana dal 1736 al 1755". *La Riforma Sociale* 14 (1904).

FLEMING, John. *Robert Adams and his circle*. Londres: John Murray, 1962.

FREEMANTLE, Anne, ed. *The Wynne diaries*. Oxford: Oxford University Press, 1935.

FUMAROLI, Marc. *L'Age de l'éloquence*. Paris: Champion, 1980.

GEORGE, M. D. *London life in the 18th century*. Londres: Penguin, 1966.

GEORGELIN, Jean. *Venise au siècle des Lumières*. Paris: École des Hautes Études de Sciences Sociales, 1978.

GOLDONI, Carlo. *Memorie*. Turim: Einaudi, 1967.

________. *Opere*. Milão: Mondadori, 1959.

GOZZI, Carlo. *Memorie inutili (1722-1806)*. Turim: Unione tipografica editrice torinese, 1923.

GROSLEY, Pierre-Jean. *Nouveaux mémoires ou observations sur l'Italie et sur les italiens*. Londres: Jean Nourse, 1764.

________. *A tour to London* (2 vols.). Londres: Lockyer Davis, 1772.

GUGITZ, Gustav. "Eine Geliebte Casanovas". Em *Zeitschrift für Bücherfreunde* (1910), pp. 151-71.

________. *Giacomo Casanova und sein Lebensroman*. Viena: Strache, 1921.

HASKELL, Francis. *Patrons and painters, art and society in baroque Italy*. New Haven, Conn.: Yale University Press, 1980.

HAVELOCK, Ellis. "An Anglo-Italian friend of Casanova's". *Anglo-Italian Review* 2, nº 12, pp. 206-20.

HENRY, Charles. "Jacques Casanova de Seingalt et la critique historique". *Revue Historique* 41 (novembre-décembre 1889), pp. 311-6.

INFELISE, Mario, ed. *Carlo Lodoli: della censura dei libri*. Veneza: Marsilio, 2001.

INGAMELLS, John. *A dictionary of English and Irish travellers in Italy 1701-1800*. New Haven, Conn.: Yale University Press, 1997.

ISENBERG, Nancy. "Mon cher frère: Eros mascherato nell'epistolario di Giustiniana Wynne a Andrea Memmo (1758-1760)". Em *Trame parentali/trame letterarie*, ed. M. Del Sapio. Nápoles: Liguori, 2000, pp. 251-65.

LANE, Frederic C. *Venice, a maritime republic*. Baltimore: Johns Hopkins University Press, 1973.

LEVER, Evelyne. *Madame de Pompadour*. Paris: Perrin, 2000.

MARMONTEL, Jean-François. *Mémoires*. Edição de John Renwick. Paris: Clermont-Ferrand, G. de Bussac, 1972.

MARS, Francis L. "Pour le dossier de Miss XCV". *Casanova Gleanings* 5 (1962), pp. 21-29.

________. "Une grande épistolière méconnue: Giustiniana Wynne". Em *Problemi di lingua e letteratura italiana del '700*. Wiesbaden: F. Steiner Verlag, 1965, pp. 318-22.

MCCLELLAN, G. B. *Venice and Bonaparte*. Princeton: Princeton University Press, 1931.

MEMMO, Andrea. *Elementi dell'architettura lodoliana*. Roma: Pagliarius, 1786.

________. *Elementi dell'architettura lodoliana. Edizione corretta e accresciuta dall' autore* (2 vols.). Zara: Battara, 1833.

MITFORD, Nancy. *Madame de Pompadour*. Londres: Hamish Hamilton, 1954.

MOLMENTI, Pompeo. *Carteggi casanoviani*. Milão: Remo Sandron, 1920.

________. *Epistolari veneziani del secolo XVIII*. Milão: Remo Sandron, 1914.

________. *La storia di Venezia nella vita privata* (3 vols.). Bergamo: Istituto italiano di arti grafiche, 1908.

MONNIER, Philippe. *Venice in the eighteenth century*. Londres: Chatto & Windus, 1906.

MONTAGU, Mary Wortley. *The complete letters of lady Mary Wortley Montagu* (3 vols.). Edição de Robert Halsband. Oxford: Clarendon Press, 1967.

MORRIS, Jan. *Venice*. Londres: Faber & Faber, 1960.

NORWICH, John Julius. *A history of Venice*. Nova York: Knopf, 1982.

ORTOLANI, Giuseppe. *Voci e visioni del Settecento veneziano*. Bolonha: Zanichelli, 1926.

PARREAUX, André. *Daily life in England in the reign of George III*. Londres: Allen & Unwin, 1969.

PICARD, Liza. *Dr. Johnson's London*. Londres: Phoenix Press, 2000.

PUPILLO, Marco. "Contarina Barbarigo: primi appunti sui disegni di architettura e le collezioni d'arte". Em *Gentildonne artiste intellettuali al tramonto della Serenissima*. Milão: 1998.

RAVÀ, Aldo. *Lettere di donne a Casanova*. Milão: Treves, 1912.

RUDÉ, George. *Hanoverian London, 1714-1808*. Londres: Secker and Warburg, 1971.

RYKWERT, Joseph. *The first moderns*. Cambridge: MIT Press, 1980.

SAMARAN, Charles. *Jacques Casanova, vénitien*. Paris: Calmann-Lévy, 1914.

TABACCO, Giovanni. *Andrea Tron (1712-1785) e la crisi dell'aristocrazia senatoria*. Trieste: Tip. Smolars, 1957.

TASSINI, Giuseppe. *Curiosità veneziane*. Veneza: Filippi, 1990.

TORCELLAN, Gianfranco. "Andrea Memmo". Em *Illuministi italiani*, vol. 7. Milão: Ricciardi, 1965.

TORCELLAN, Gianfranco "Contarina Barbarigo". Em *Settecento veneto e altri scritti storici*. Turim: 1969.

________. *Una figura della Venezia settecentesca: Andrea Memmo*. Veneza: 1963.

VIVIAN, Frances. *Il console Smith, mercante e collezionista*. Vicenza: Neri Pozza, 1971.

WALPOLE, Horace. *The letters of Horace Walpole* (8 vols.). Edição de Peter Cunningham. Londres: Richard Bentley, 1857.

________. *Memoirs of the reign of King George II*. New Haven, Conn.: Yale University Press, 1985.

WATZLAWICK, Helmut. "Clarification of Dossier Wynne". *Casanova Gleaning* 16 (1973), pp. 31-2.

________. "Note on Giustiniana Wynne's Marriage". *Casanova Gleanings* 16 (1973), p. 14.

WILLIAMSON, Rebecca. "Giustiniana's garden: An eighteenth century woman's construction". Em *Gendered landscapes: An interdisciplinary exploration of past place and space*. Edição de B. Szczgiel, J. Carubia, e L. Dowler. University Park, Penn State University Press, 2000.

WOLFF, Larry. *Venice and the Slavs*. Stanford, Ca.: Stanford University Press, 2001.

WYNNE, Giustiniana. *À André Memmo Chevalier de l'Étole d'Or et procurateur de Saint Marc, à l'occasion du mariage de sa fille aînée avec Louis Mocenigo*. Veneza: Rosa, 1787.

________. *Alticchiero*. Pádua: 1787.

________. *Du séjour des comtes du Nord à Venise*. Londres: 1782.

________. *Il trionfo dei gondolieri*. Veneza: Stamperia Graziosi, 1786.

________ com Bartolomeo Benincasa. *Les Morlacques*. Modena: 1788.

________. *Pièces morales et sentimentales*. Londres: J. Robson, 1785.

ZORZI, Alvise. *La repubblica del leone, storia di Venezia*. Milão: Rusconi, 1979.

Agradecimentos

Este livro não existiria se meu pai, Alvise di Robilant, não tivesse descoberto as cartas de Andrea Memmo a Giustiniana Wynne. Até falecer, em 1997, ele passou muitas horas decifrando e traduzindo as cartas e realizou uma pesquisa considerável sobre os protagonistas desta história. O material que reuniu, suas notas e, sobretudo, as muitas conversas que tivemos acerca de sua descoberta inspiraram-me durante a elaboração de *Amor em Veneza*. Sob vários aspectos, que eu não conseguiria explicar, ele também é autor deste livro.

Mencionei a história de Andrea e Giustiniana pela primeira vez a Michael Carlisle, um velho amigo da Columbia University, num longo e digressivo e-mail que lhe enviei no inverno de 2000. Sua resposta entusiástica foi crucial para levar-me a abraçar o projeto. Numa questão de dias ele se tornou meu agente, vendeu a idéia do livro e me pôs para trabalhar. Seu estímulo e seu apoio foram irrestritos.

Meu editor, Sonny Mehta, assumiu o risco de publicar um estreante. Sou-lhe profundamente grato por isso. Desde o primeiro dia foi um privilégio e um prazer trabalhar com todo o pessoal da Knopf envolvido na produção deste livro. Deborah Garrison foi uma editora dedicada, interferindo prontamente para me incentivar ou ajudar. Sua assistente, Ilana Kurshan, coordenou com eficiência e boa vontade nossa intensa comunicação transatlântica.

Para escrever *Amor em Veneza*, morei um ano em Veneza com minha família. Claudio Saracco nos cedeu sua adorável casinha no Campiello agli Incurabili e foi um senhorio extremamente simpático. Elaborei a maior parte do texto na Fondazione Querini Stampalia, perto do Campo Santa Maria Formosa. Não poderia querer um ambiente mais agradável para trabalhar. Expresso meus mais sinceros agradecimentos a Giorgio Busetto, o incansável diretor da fundação, e a sua equipe maravilhosa.

A primeira pessoa que escreveu extensamente sobre Andrea e Giustiniana foi o historiador veneziano Bruno Brunelli. Seu *Casanova loved her*, publicado em 1924, baseia-se, em grande parte, nas cartas de Giustiniana a Andrea. O material que tem surgido desde então e as cartas que meu pai descobriu permitiram-me chegar a um relato mais completo e, possivelmente, mais preciso de sua história de amor. No entanto, sempre me senti trabalhando à sombra de Brunelli, e *Amor em Veneza* inevitavelmente deve muito ao encanto permanente de seu livro.

Rebecca Williamson, da Universidade de Illinois, em Urbana-Champaign, que escreveu sobre Giustiniana com muita propriedade, orientou-me e forneceu-me conselhos preciosos. Susanna Pasquali, historiadora da arquitetura, da Universidade de Ferrara, repartiu comigo seu conhecimento sobre a correspondência final de Andrea. Também foram muito proveitosas as sugestões de um alegre trio de *casanovisti*: Helmut Watzlawick, Giuseppe Bignami e Furio Luccichenti. Meus maiores agradecimentos a Nancy Isenberg, da Universidade de Roma. Apaixonada há anos pela história de Andrea e Giustiniana, Nancy generosamente colocou a minha disposição seu considerável conhecimento e fez importantes contribuições para o formato definitivo do trabalho.

Amor em Veneza ocupou o centro da vida de minha família durante três anos. Meus filhos Tommaso e Sebastiano apoiaram-me entusiasticamente, mesmo cientes de que, por causa do livro, eu passava muito tempo longe deles. Minha maior dívida é para com minha esposa, Alessandra, por ficar a meu lado num projeto que significava tanto para mim e por dividir comigo as muitas alegrias e as eventuais aflições que acompanharam a elaboração deste trabalho.

ESTA OBRA FOI COMPOSTA EM ELECTRA PELA SPRESS E IMPRESSA
PELA BARTIRA EM OFSETE SOBRE PAPEL PÓLEN SOFT DA
SUZANO BAHIA SUL PARA A EDITORA SCHWARCZ EM MARÇO DE 2005